戦後台湾の日本語文学——

黄霊芝小説選

黄霊芝 著／下岡友加 編

溪水社

目次

〔凡 例〕

本書の原文は著者の意向を受け、すべて最も新しい稿に拠った。また所収の際に著者の了解を得て、難読字についてはひらがなとするなど、一部表現を改めた箇所がある。なお、本文中の〔 〕内は編者による注。

小説に登場する台湾の位置図

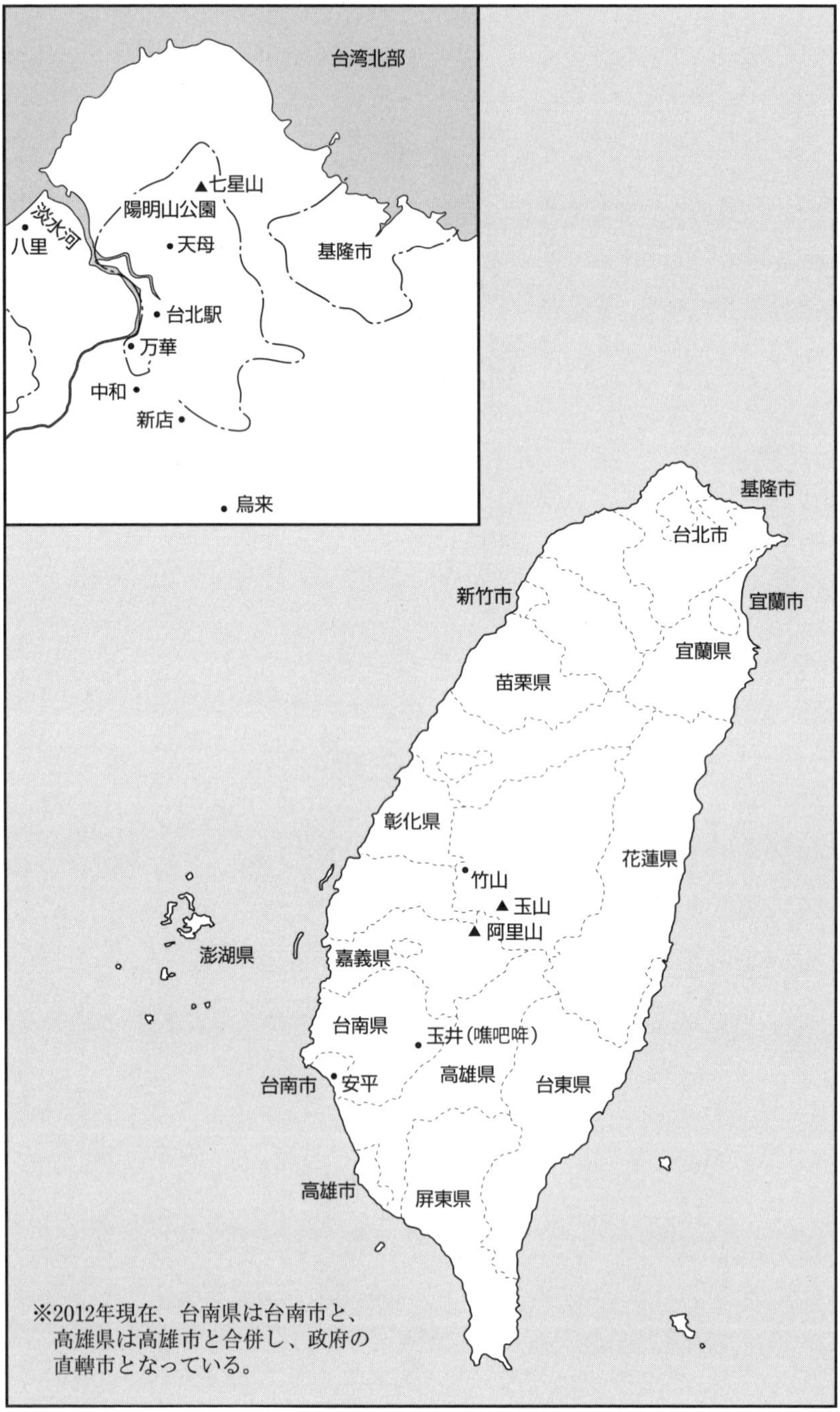

戦後台湾の日本語文学

黄霊芝小説選

古《こ》稀《き》

(一)

戦争中、総督に書いて貰ったと言う肉の太い陳内科の看板を潜《くぐ》ると、ちょうど患者を送って出た透君に会った。

——やあ、先生。

透君は子供の時からの呼称で今もって私を先生と呼んでいる。私も昔式に彼を「トオル君」と日本語読みにしている。当年私が七十一になるのだから彼もやがて五十に手の届く年齢である。立派な医学博士で専門は内臓分泌学だが、当地の医学学会の理事をも勤めている。剃《そ》り跡の青い豊かな頰《ほお》をもった彼は、私の同窓陳禎《ちんてい》の息子である。

——父は在宅していますよ。どうぞ……

私は陳禎にはこんな大きな息子がいるから好いなと思いながら、透君に挨拶《あいさつ》すると、来慣れた廊下を通って裏の別棟へ抜けて行った。その時私は陳禎に対して常々感じていた何か肩身の狭いような、頭の上がらないような感じの正体が、実は私に息子がいないためから来ているのかも知れないと考えた。子供と言えば私には娘が一人いるきりであつた。陳禎は私の学友——ざっと五十年前の台湾医学校時代の同級生なのである。ともに第二期生だった。二人とも昨年で古稀を迎えている。私はときどき七十という考えればつくづくと不思議にさえなる年齢のことを考えて、よくもまあ長い間生きて来たものだと感慨に耽《ふけ》るのだが、しかし福々しく鷹揚《おうよう》に肥った陳禎を見ると、そのつやつやとした血色からも、きちんと背広を着こなしたところからも、こやつまだ若いなと考えて、私の頭の上がらない原因が相手の若さにも由来している風に考えられないでもなかったのだが……

——おお、来たね。

陳禎は珍しく庭にホースを引っ張り出して、跣先《はだし》になって蘭《らん》に水をかけていた。私を目にすると、彼は奥に向かって誰へ言うともなく「お客さんだよ」と呼びかけ、それからこちらを見て満足げに頷《うなず》いた。こういう鷹揚《おうよう》な仕草は昔からの彼の癖なのである。

——どう、なかへ入るかね?

そう聞かれたのに対して、私は外が好いだろうと答えた。実際、午後の日射しの翳《かげ》った、そして水に濡れている庭先の蘭棚の下が、室内より凌《しの》ぎ易いのは確かだった。夏の町なかは暑いのである。しかし私にはそれ以外にも、骨董棚《こっとうだな》をしつらえ、大きな珊瑚《さんご》を飾りつけている豪勢な客間を背景に、そしてそこに蹲《うずくま》った金満家としての陳禎よりも、跣足になって蘭の手入れをしている楽隠居と言うか、頑是ない子供にも近い陳禎が好きだった。私の感ずる肩身の狭さのなかには、後に聳《そび》えた金銭の威力が大きく物を言っているのも事実だからである。私は私にも馴《な》染みの深い蘭鉢の間を散策しながら、彼の丹精の跡を欣賞《きんしょう》した。

——だいぶ作が好くなったね。

——少し増えたろう。

彼の蘭作りはいわゆる東洋蘭の部門に属するものだった。貰《もら》い物のカトレアとかデンドロとかの数鉢が棚にもぶら下がってはいたが、ほとんど手を入れず放任の状態だった。黄色の大輪が咲くので有名なのだそうだが、何とかサンレーと言うデンドロが鉢から溢《あふ》れそうにその筍芽《しゅんめ》を伸ばしていたし、カトレアを盛り高にした蛇木鉢は吊り手の針金が錆《さ》び切れたまま、この間から同じ所にぶら下がってい《つ》た。そのくせ地面近くにしつらえた台の上の東洋蘭は、どの鉢も清潔に手入れが行き渡っていた。「瑞宝《ずいほう》」だの、「養老」とか「鶴の華」とか、そのような有名な柄物が五十鉢ばかり士林砂に植えられて蘭架に納まっているが、彼の好みは彼も言うように、むしろ素心や寒蘭、春蘭などの花物にあった。台湾では珍しい一茎九華の「極品」と言う梅弁の名品を、彼は骨董を弄《いじ》るように大切にしていたが、その反面、行商人が担いで売りに来る山採りの並蘭もたった今植えられたようにしっとりと水湿を含んで、鉢に馴染んでいた。

——年をとった故か、香りと言うものに愛着を感じてねえ……

彼はよくそんなことを口にした。無論花を咲かせる楽しみと言うものは、同じく蘭の栽培に経験のある私にはよく理解出来るのだが、日頃の丹精に蘭が報いてくれているような感じで、たとえば晩夏の頃、素心が純白の花梗《かこう》をすくすくと伸ばして来るところなど、ほとんど蘭との間に絆《きずな》すら感じられて、しみじみといとしくさえなるものだった。陳禎の縞蘭には根腐れから葉先の枯れ込みの見えているものがあったが、百鉢ばかりの素心と大鉢仕立ての報歳などは、気持ちが浮き立つほど青々とした葉を拡げていた。九華やピアナン蘭などの春蘭類はさすがに作りにくいらしいがそれでも比較的標高の高い所で採れる糸蘭は同じ春蘭でありながら、平地の高温に耐えられるのかわりと順調に育っている。

——どうぞ、先生……

若い看護婦が一人お茶を運んで来て人好きのする笑顔を見

せた。陳禎のところには看護婦が何人もいるので私には覚えきれないのだが、向こうは私を覚えている様子であった。もともと看護婦には石炭酸の匂いがあって清潔そのものだから、昔から私は嫌いではなかったが、今の彼女には未熟の桜桃を思わせる酸っぱ味が残っていて、ふと私は孫娘の一人を思い出すのであった。

——どうだい、こういう植えかたで……

蘭作りでは先輩格に当たる私に、陳禎は植込材料に屋根瓦の砕片を混ぜたらどうだろうかとか、甘蔗の滓《かす》には酵素があるから好さそうに思うが、糖分は植物に有害なのだろうかとかいろいろ尋ねるのであった。しかし正直なところ、私が蘭を作っていたのは終戦前のまだ宜蘭《ぎらん》市に住んでいた当時のことであり、宜蘭のような山間の町と、コンクリートの建物やアスファルトの道路からの輻射熱《ふくしゃねつ》に喘《あえ》いでいる台北の真ん中とでは、気象的に大きな差異があって同じような作りかたは通用しないに違いない。宜蘭は呼んで字の如く蘭を産するのではあるが、その故もあって百姓でも山採りの報歳を植えており、底の破れた鉄鍋とか罅《ひび》の入った水甕《みずがめ》に植えてさえ、すこぶる好い生育を示しているのである。だが台北ではそうは行かないだろう。山では竹林のなかにそのまま植え込んでも根腐れは起きないが、台北ごとき煤煙《ばいえん》の多い熱気ばかり高い通風の悪い所では、ビルディングの輻射を避けるだけでも大変なはずである。台北へ出て来てから私ももう一度蘭を作ってみたくなる時があるのではあるが、何分にも今住んでいる店舗式の二階建てでは庭というものがないから植えようがないし、またかりに植える場所があったとしても、昔と違ってすっかり落ちぶれてしまった私には、高価な蘭などに手の出しようがなくなっている。思えばずいぶんと没落してしまったものだが、戦前はこれでもちゃんとした一かどの名上だったし、当時の金で一茎万金と言われた「瑞玉」を私は四鉢ももっていたのである。

——そうそう、瑞南《ずいなん》からこんなものを貰ったよ。

しかし私は陳禎と蘭の話をするのは好きだった。この時ばかりは私が先輩になれるからでもあろう。彰化《しょうか》で開業している林瑞南が送って来たと言う立葉の素心を私は「十三太保」ではないかと思ったが、「十六羅漢」だとのことであった。私は少し違うような気もしたが記憶がはっきりしなくなっていた。「十六羅漢」ならもう少し葉が大振りで葉先が巻き返るように覚えているのだが、やはり年とった故だろう、うまく記憶が手繰り出せない。私たちはしばらく林瑞南の噂をした。

林瑞南は同じ私たち医学校時代の同窓生である。我々の同窓は面白いことに皆名医であった。ちょうど台湾における西洋医学の台頭期であった関係で、卒業後おのおの故郷に散らばって行った同窓生たちは皆一様に医者として成功し、財をなし、そして地方の名士となった。林瑞南も彰化における医学界の大長老であり、四階建ての病院の院主であり、地方の有力者の一人であるが、学生時代は剽軽《ひょうきん》な頬の赤い小柄な美少年であった。諧謔《かいぎゃく》を好んだ彼はまた一方地方の名家の出にありがちなことでたびたび遊里へも出没した。学生時代は私とはあまり親しく往来はしなかったが、最初三十二人いた同窓生が一人死に二人死にして、だんだん淋しくなって来ると、誰言うとなく年に一回の同窓会には必ず出席しようということになった。会は台北で開かれていたが、南部からも東部からも集まって来た。もちろん私も宜蘭の山を降りて会に参加した。この時私は林瑞南が彰化で愛蘭会の会長をしているのを知り、親しみを覚えたのであった。彼はいわゆる「何でも屋」で、東洋蘭でも西洋蘭でも手に入るだけ蒐集《しゅうしゅう》して百坪近い蘭棚を構えている由であった。当時の蘭は山採りの並物以外は蝦蟇口《がまぐち》がびっくりするほど高価だったから、彼の故郷における名医ぶりは察するに難くなかった。以来彼には宜蘭産の白花報歳蘭を贈ったり、当時まだ珍しかった広東緑墨素を贈呈したりした。彼からは無銘の名品、素心の爪縞《つめしま》を貰ったり、バンダと呼ぶ奇異な南洋蘭を貰ったりした。

彼は毎年台北へ出たついでに宜蘭の私の所へ寄るのを楽しみにしていたが、私のほうでは南部に用事もないこととて、都合三回ほどしか彰化を訪問したことがない。その三回もうち一回は戦後になってから陳禎と一緒に行ったものである。もっとも私たちの交友は間に挟まった戦争に大きく禍《わざわい》されていたのも確かだった。年一回の同窓会ですら一時中止の止むなきに至っていたのだ。その同窓会が戦後に復活されてみると、もともと戦前に何人かを失っていたと言うものの、残っていたのは驚いたことに十四名だけとなっていた。ある者は爆弾にやられ、ある者は疎開地で一時全島を襲った悪性マラリアで斃《たお》れていた。医者が瘧疾《ぎゃくしつ》に斃れると言うのだから、如何に猖獗《しょうけつ》を極めたものであったか想像がつくと言うものだ。無論食糧事情が悪く、栄養が悪く、薬品の入手も意のごとくならなかった、そういう点も因をなしていただろうし、都会育ちの繊細な人間が疎開先の獰猛《どうもう》な蚊の群れに餌として狙われた、そんな故もあるだろう。しかし犯されたのは何も疎開人だけではなかった。実はかく言う私も妻をマラリアで失っているのである……

私は戦後しばらくして台北へ引っ越して来たのだが、久しぶりに会う旧友の誰もが一様にげっそりと痩せて、正真正銘の老人になっているのに驚かされたものだ。私たち生き残った十四名の勇士は、生き残ったという一つの絆を縒《よ》り合わせて、どこまでも私たちの会を守り通そうと誓っていたのだが、そのうちにまた一人二人と減り出して、三年ばかり前に最後から四番目の者を失ってしまうと、結局残ったのは陳禎、林瑞南、それから私の三人だけとなってしまったのである。私たちがほとんど兄弟以上に親密になったのは、厳格に言ってこの時以来であろうと思う。ともあれ、私たちは蘭を作ると長生きするのかも知れないな等と冗談口を飛ばしたりしたが、しかし心から笑えないものが誰にもあった。いつ私たちを襲って来るか解らない無気味なものの前で、ここ三年来、私たちは労《いたわ》り合い友愛を温め合って来たのである。

私たち三人は同窓会を年数回に増やそうかなどと話し合ったが、お互いに年も年だし、ことに近来林瑞南の持病である糖尿病が亢進《こうしん》してからは旅行も自由ではなくなっていたし、ともかくも瑞南を中心に考えて、彼の気分の好い時、あるいは年に何回か台北の大学病院へ検査に来るような時に、そのときどきに集まって晩餐《ばんさん》をともにしようと言うことになった。三人のなかでは瑞南が一番耄碌《もうろく》しているのは確かで、まだ日に五十人ほど患者を見ていると言ってはいたが、往来を歩く時の足つきなど危なっかしいものだったし、ときどき物忘れしてまごまごするのも彼だった。たくさんいる息子さんが誰一人医者になろうとせず、教員になったり画家になったりしているのも彼の心痛の種であったろう。後継者がいると何かにつけて心強いものだったし、またせっかく築き上げた看板を一代で下ろさずに済むのである。それに患者のなかには親の代からの患者と言うものがあって、こういう冥加至極《みょうがしごく》の患者にも別れなければならないのである。これは一人しか娘のいない私とて同じ思いだった。

三人のなかで一番血色よくつやつやとしてゴルフでもやりかねないのは陳禎だった。彼は病院を長男の透君に任せて、自分は製薬会社の社長に納まっている。私が彼に引け目を感ずるのは一つには彼のそういう地位も関連しているだろうと思う。一番平凡なのが私で、百姓の倅《せがれ》に生まれた祟《たた》りが今頃になって僥倖《ぎょうこう》をもたらしたのか、髪も抜けず、歯も一応丈夫で、まあまあ今のところ無病息災で、道なら一里くらいはまだ歩ける。私たち三人は口にこそ出さないが、次にぽっくり行くのは誰だろうと考え、そして一番の危険を瑞南に感じているのも事実だった。

——今度いつか彰化へ遊びに行ってやろうよ。

私と陳禎はほとんど会うたびに瑞南の健康を案じていた。が彰化へ行くことは私にはともかく、忙しい会社の仕事を控えた陳禎に時間の抽出が自由に出来るはずはなかった。私たちの約束はいつも新たに繰り返されるばかりだった。

――隠居して台北に出て来たら好いのになあ……

――駄目だよ、最近何だか頑固になっているから……

林瑞南は最近とみに頑固になっていた。昔の剽軽な面影が全然なくなったわけではないが、妙に怒りっぽく時には小児じみた意地の張りかたをするのである。いつだったか三人で町を歩きながら食料品店の前を通った時である。陳禎が店先に並べられている干牛肉を指さして、どうだ、お前にはもうそれを食べることが出来ないだろうと揶揄《からか》ったのである。ところがそれが冗談であったにかかわらず、瑞南は怒り出して、よし食ってみせると言い、その場で一斤買って三等分した。そして三人とも食うのだと言って、彼は歯のない口をもぐもぐさせ、鵜《う》呑みにするのだった。私が止せ止せと言っても、もはやそういう時は他人の言葉など聞き入れる彼ではなかった。どうしてこうも怒りっぽくなったのか、よほど体の具合が悪くなっているのかも知れない。彼が今でも日に五十人ほど患者を診ているのは、別に金が欲しいからでも名声のためでもなく、ほんとうは向こうからやって来つつある死を拒絶し、頑《かたく》なに意地を張り通そうとしているのだということが、私には一本の糸から伝わって来る電波のように理解出来るのだった。

――しかし最近は好いようだよ。むしろ俺《おれ》のほうがぽっくりやられそうだ。何しろこんなに肥っているからな。

そう言って陳禎は七福神の一人のように笑ったが、彼がそうやって笑えるのは、内心では死などやって来るものかと考えているからだろう。その証拠に彼の笑い声は自嘲《じちょう》とはならず、むしろ満足げに響いた。

――ああ、そうそう、ところでお前の家はうまく貸せたのかい？

やおらして陳禎が思い出したように私に問うた。私はうまく行った、と答えた。実は今日彼を訪ねて来たのはこのことを彼に知らせるのが主な目的だったのである。それが言いそびれてぐずぐずしていたのは、私が同じ医者として、自分の診療室を他人に貸し出して間代をとる惨めさの故であった。この年になって、しかも無二の親友である陳禎にさえ、何故か羞恥が伴うのである。それは一つには医学校時代、私のほうがずっと成績が好かったという点も作用しているかと思う。昔よく教授たちに賞められ、思い上がっていた私の顔つきを、陳禎は今でも脳味噌《のうみそ》のどこかで覚えているに違いないのだ。もともと私には百姓生まれの粗雑さもあって、屍体《したい》を弄《いじ》るのは平気だったし、解剖などは好きな科目だった。メスを一直線に当てて病死人の腹腔《ふくこう》を開けると、なかからとても痩《や》せこけた屍体とは思えないほどつやつやとした色調の好い肝臓やら膵臓《すいぞう》やらが、華奢《きゃしゃ》な、いくらか精巧さを思わせる腸や胃やに混じって立ち現われて来る。そのしっとりと濡《ぬ》れた冷たい感触を目にする時の新鮮な喜びは、豚を屠《ほふ》る時とは違った、一種荘厳な気分も手伝って、私は教授たちに名指しされてはたびたび皆の見ている前で得意そうに腕をふるったものだ。

もっとも当時の学課などは今から見ればごく程度の低いものであったが、それでも三十二人いた学生のなかで教授たちが一番期待をかけていたのは私だった。日本へ進学するように私は進められ、日本の学校へも推薦して貰えるはずになっていた。それが家父の病気やら私の結婚やらでずるずるべったりに田舎に引っ込み、田舎で好い気になって名医ぶっている間に、いつの間にか陳禎に頭の上がらない田舎医者になり下がってしまった。しかも田舎にくすぶっていた祟りで、終戦の時どうすれば金の価値を保存出来るかを知らなかったものだから、せっかくの田舎大名も一朝目覚むれば何とやらで、一介の老書生になり果ててしまった。

今では富は言うまでもないとしても、名声でもその他何においても陳禎に頭が上がらなくなっている。陳内科は今でこそ透君が院主になっているが、この延べ三百坪に及ぶ堂々たる石造りの大病院を築き上げたのは陳禎一人の力なのである。とても川端町の安普請《やすぶしん》の二階屋に看板を上げている私の医院とは比べものにならない。私が陳禎に感ずる肩身の狭さのなかに常々羞恥がつきまとって来るのも、こう言う私の没落が因の一半をなしていたのは疑いがない。しかし今、診療室を貸し出したことを告げてしまうと、私はかえって気が軽くなった。

——そう、それは好かった。

私は今さらもう一度名医になろうと言う野心はなかったし、負け惜しみを言ういわれもなかった。陳禎にしても私を見下げるはずはなく、彼が心から私のために喜んでくれているのは私にも解った。

寝室や客間や、そんな必要な部屋は残して、道路に面した診療室を誰かに貸してしまおうと考えるようになったのは、何も最近のことではなかった。もともと日に何人も患者のいない流行からはみ出した老医の医院だし、それに七十を越してからと言うもの、他人からまだ若いと言われ、自分もその気になっているものの、ときどきとんでもない失策をやらかして面喰《めんくら》うのである。いつだったか患者の一人に注射しようとして針を腕に刺し込んでから、注射筒にまだ液を入れていないのに気がついて慌てたことがある。何か頭のなかで考えていたらしいのであるが、ともかくもかかりつけの患者だったから笑って済ませてくれたものの、これが町の兄ちゃんか何かだったらぶん殴られたかも知れない。

ある時、鼻の穴に南京豆を押し込んで取れなくなった子供が母親に連れられて来たことがある。私はピンセットで摘《つま》み出せばわけはないと思ったのだが、その時運悪く郵便屋が手紙をもって来たのである。書留便なので印を押して手紙を受け取ったのだが、たったそれだけの道草で私の記憶は忘却を交えてしまったのだ。座に戻った私が子供の鼻のなかへ差し入れようとしたのはピンセットではなく、実に綿棒だったのである。しかもご丁寧に綿球までつけてオキシフルさえ含ませていたのだから驚かされる。こんな調子ではもう医者として落第なのは知れたことで、患者に申しわけないばかりか、場合によっては人命に拘《かか》わる事態をひき起こさないとも限らない。だからさっさと病院を廃業したほうが自他ともに好いことは確かなのだが、さて廃業するとなると、一応五十年にわたって扱って来た仕事だけに、何か老残の身がひしひしと感じられてやり切れないのである。それにこの川端町と言う町筋は今でこそ賑やかになって病院が何軒もあるものの、終戦直後に私が引っ越して来た頃は私一軒しかなかった。そのためもあって古くから住んでいる人たちのなかには私でなければ嫌だという患者も何人かいて、ことに沈《しん》さんと言う若い人には感心させられたことがある。

亡くなったお父さんが南部の名士だったが終戦の時に何かの嫌疑で獄死した。そう言う不幸が影を引いているのか、それともともと病身だったためか、沈さんは世捨て人のように若い奥さんと二人ひっそりと暮らしていたのだが、この人が四十度もの高熱を出したのだ。私は感冒だろうと思って消炎剤を打っておいたのだが、翌日も熱が下がらない。しかもその翌日も熱は退かないのである。私は慌てた。が注意深く診察しても病原がはっきり掴《つか》めない。肺炎にしては咳が出ないし、熱感以外に大きな自覚症状もないと言う。抗生物質を与えてみることは容易だが、そういう投薬法は無責任に過ぎて私は好まないので、奥さんとも相談して設備の好い大学病院か、またはどこかの偉い先生に診てもらうように勧めたのだが、沈さんは頭からそれをはねのけた。そんな失礼なことをするものではないと言って奥さんを叱っているのである。私はどうも私の手に負えない病気らしいからと言ったのだが、沈さんは先生の好いように治療してくれれば好いのだからと言って、言うことを聞いてくれないのである。私は責任の重大さに怯えて、私より一世代若い私の婿——一人娘の嫁いで行った内科医であるが——を呼んで診て貰ったのである。婿は痰《たん》を検査し、尿を検査し、X光線をとらせたりして、どうやら乾《かん》性肋膜炎《せいろくまくえん》の疑いがあると診断した。そしてストレプト・マイシンを打ったわけだが、ともかくもこんな好い患者のいる冥加至極な病院を廃業するのは、私にはもったいなく思われるのである。

現在の私の家庭は、老いぼれた私の外に四十を過ぎた飯炊きの雇い女が一人いるきりで、こう言う二人っきりの家計だったから、繁昌《はんじょう》しない病院でものんびりと暮らして行くには不足はなかったし、名医になろうとか金を貯めようとか言う野心ももうないこととて、私は現在の生活にさして不満はないのである。

しかしながら日に何人もいない患者を待つために、講談本などを読んで時間を潰《つぶ》す味気ない日々が続くと、つい馬鹿馬鹿しくなって、隠居の身の自由さを思わないわけに行かなかった。ことに年をとってからと言うもの、ときどき無性に娘や孫の顔を見たくなることがあって飛んで行きたくなるのだが、留守中に患者が来そうな気がして、迂闊《うかつ》に外出も出来ないのは不便だった。それが最近、婿の友人で外国から帰って来たばかりの仁《じん》さんと言う人が診療室を借りたいと言って来たのであった。仁さんはアメリカの博士号をもつ人で、住宅が同じ川端町にある関係で特に私の階下を所望しているのだそうであった。それに条件もよく、私の患者は私が診ても差し支えないと言うので、私は婿に一任して貸し出すことに踏み切ったのだ。なあに看板が一寸変わるだけだと私は自分に言い聞かせたのだが、それでも台北へ出て以来ざっと二十年近くかかっていた私の看板が下ろされるのを見た時、やはり無惨にも敗北したと言う感じを私は追い払うことが出来なかった。

だが十八万という思いがけない大金が転がり込んで来ていた。これは権利金と言うものなのだそうである。診療室の借用期間は十年となっている由で、十年後にどういうことになるのか私には解らない。その時おそらく私はもう死んでいるだろうし、死ねば他に係累のない私のこととて家は当然娘のものになる。だから婿が悪いようにしないことは確かで、むしろ借り手が婿の紹介なる点で、私は家を貸すために娘や婿に気兼ねせずに済んだことを喜ぶべきだと思った。十八万元の外に室代として月々二千元貰《もら》えるそうであった。二千元と言えば月々に私の患者から上がる収入よりもかえって多いくらいである。なるほどこんな術もあったのだと私は家を貸したことに大して悔いはもたなかった。

私はこのことを前から陳禎に話していた。うまく行くかも知れないとも言っていた。彼は自分も隠居して蘭を弄って暮らしたいものだと答えた。それは敗北し去る私への慰めの意もあったかも知れない。が彼の真実の気持ちもあながちなかったわけでもないだろう。七十を越すとたまにはゆっくり寛《くつろ》ぎたくなる時が誰にもあるに違いないのだ。しかし血色の好い陳禎は、若い者に負けずにもりもりと働くことも決して嫌いではなさそうであった。

——先生、お客さまが見えました。

看護婦が茶菓子をもって来たついでに、陳禎に名刺を一枚渡した。陳禎はそれを一瞥《いちべつ》し、あまり気乗りのない返事をした。

——そうだね、室へでも通しておいてくれ。

それから誰に言うともなく、日曜ぐらい休ませてくれんものかなあ、と洩《も》らした。私はそれが私への挨拶かとも解釈して、そろそろ潮時だから腰を上げようとすると、彼はかえって私を引き止めた。

——なあにすぐ戻って来るよ。たいした客じゃない。

彼はそう言い残すと着物を纏《まと》うためでもあろうか、そそくさと家のなかに入って行った。ズボン下の変な恰好では具合の悪い会社かどこかの客なのだろう。私は彼の後ろ姿から、彼が決して訪問して来た「仕事」を嫌がってはいないのを感じた。むしろいそいそとしていたほどである。私は陳禎には仕事があるから好いなと考えた。一ぱい仕事があるから、あれだけつやつやと血色が保てるのかも知れないとも思った。

色の褪《あ》せる暇がないのである。すると今度は、私には敗北感の原因がここにもあるような気がし出した。

陳禎を待つ間、私は蘭の傍にかがみ、陣禎のし残した蘭葉を拭《ぬぐ》う仕事を継続してやった。町なかに住んでいると、こうしてときどき拭《ふ》いてやらないと埃《ほこり》にまみれて蘭が育たないのである。

しばらくすると裏木戸が開いて陳禎の奥さんが入って来た。外出から今帰ったと言う態で盛装をしている。道理でさっきから挨拶に来ないと思っていたが、それにしてもこの老婦人もさすがに陳禎の奥さんだけあってなかなか恰幅が好かった。似合いの夫婦であろう。彼女は私がいるのを見て驚いて挨拶をした。私も挨拶を返しながら、やはりそうかも知れないと考えた。陳禎に対する敗北感のなかには、私にもう妻のいないことも大きく作用しているに違いないのだ。妻が死んでからすでに二十年以上経っている。それなのに陳禎のほうでは今なお夫婦揃《そろ》ってお茶を飲みながら談笑することができるのである。この年になってさえ人は嫉妬《しっと》を感ずるものなのであろうか。いや、それとももう少し複雑な関係が私たちの間にあったのかも知れない。

陳禎の客間からは彼の相手を押しつけるような声が聞こえていた。不機嫌そうに声を荒げているのは、相手が彼の配下でもあるのか、とにかく話が長くなりそうなので私は一応辞して去ることにした。

（二）

私が結婚をしたのは学校を出た年のことである。妻は医学校で健気《けなげ》に働いていた女給仕であった。当時十六か七になったばかりの彼女は、学校内におけるほとんど唯一の異性だった関係もあって、教務室からの伝書などを持っていそいそと教室を渡り歩いている恰好《かっこう》は、春の野に戯れる小鳥のようにも見えて、なかなか可愛らしく誰にでも好感をもたれたのであった。少女特有の初々しい表情を湛《たた》えた利発げな彼女を教室中の私たち学生の誰もが好意と愛をもって迎えたものだった。とは言っても、同級生のなかで華々しい競い合いが展開されたわけではない。

当時の私たちはもう少し古い時代の少年であり、まあ言うなれば彼女にほのぼのとした憧憬《どうけい》と淡い恋慕の情をもっていたと言うべきであろう。私にしたところで決して学友をそこのけにしたのではない。むしろ私はこう言うことで他人と争うのを好まなかったし、少女に対してもそれほどに強い欲望を起こしていたわけでもない。私たちおっとりした少年どもは誰も抜け駆けの功名に走らなかったし、それはそれでかえって教室内に一つの平和を保っていたのである。彼女は私たちの教室での共通のマスコット的存在だったわけだ。ところが卒業していよいよ学校に別れを告げる時、私は彼女に妙に離れがたいものを感じた。彼女が淋しそうにしていたのも一因である。彼女はどういうわけか他のクラスよりは私たちのクラスと仲が好かった。それは彼女が私たちと同じ年にここへ勤めに来たという故もあったろうし、林瑞南のような剽軽者がいたためもあるかも知れない。

がともかくも、誰もが彼女を愛しておりながら誰からも今一歩を求められなかったのである。学校を出たばかりの医者の卵たちは——言うまでもないが当時にあって医者は台湾での最高級の職業の一つであった——彼等は一介の女給仕に恋々するよりも、もっと素敵な夢を一ぱいに詰めて、輝かしい未来に向かい上げ潮に帆を張ろうとしていたのである。彼等は光輝ある未来に目が眩《くら》み、にわかに忘恩不義の徒と化した。私はもはや一介の女給仕に声すらかけようとしない彼等に、同じ一員としての後ろめたさなしにはいられなかった、と言っては少し言い過ぎに聞こえるが、ともかくも私が少女に求婚した一因として、この種の道義心も手を出していたのは嘘《うそ》ではないと思う。無論私とて少女が嫌いでなかったのも事実であるが。

さて、結婚後宜蘭に落ち着いた私たちの生活は、ほぼ幸福のなかを無心に明け暮れて行ったと言って好い。家父には年来の持病があった。俗に言う風湿の病で、まあ言うなればロイマチスのごときものだが、彼は錦を飾って帰った息子に満足し、息子の選んだ嫁に満足した。妻が彼の看護にも上手だったからだ。息子が働けるようになったと言って農を廃する気持ちは見せなかったが、そのかわり私や妻に農事を強いることもしなかった。家屋の大半を私たちに提供し、私にも妻にも優しい家父だった。私は役場の嘱託医として月俸四十円を貰っていた。当時の四十円と言えば宜蘭では飛びきりの高給である。弱冠二十三歳の青二才が役場内で二、三番目に高給を貰っていたことは、人々には驚異の的だった。私は白麻のぴんとした背広を一着し、今流行のパナマを頭上に載せ、黒皮の鞄を持って出勤するのである。宜蘭の町には医者が欠乏していたから、私は貴重な存在に数えられていた。名士なのである。私は日中は役場の衛生課の主任であり、夜は家父の家で患者の脈をとった。家では妻が看護婦の役を勤めてくれたのは言うまでもない。医学校にいた彼女は見よう見真似で内助の功甚大であった。

当時は今で言う西洋医学の台頭期で、無論西洋医学を信用しない人間が多数いたが、それでも注射すれば目に見えて発作の治まる喘息《ぜんそく》やら、危険と見なされていたマラリアが呆気《あっけ》ないほど簡単に治ったりすると、やはりいつか西洋医の国手ぶりが戸を伝って喧伝《けんでん》されるのである。その頃宜蘭の町にも日本人の医院が二軒あったが、ともに注射とか浣腸《かんちょう》とかで神奇の効を買われていた。

もともと田舎の人は貧しかったし、医は仁術なりと言う言葉に興奮をすら覚えていた年若い私は、薬代をぎりぎりの線でとっていたのと、それに日本人の医者だと言葉の通じない不便もあったりして、それと外国人に肌を見せたがらない婦人もいたりして、患者は自然と私に集まって来た。隣村からの往診を頼まれることもしばしばで、私もけっこう忙しかった。物堅い田舎の人はいろいろな形で私の家へお礼する。去勢鶏が八斤にもなったと言っては持って来るし、鴨の猟期には鴨を捕まえて来る。祭りの時には豚を半匹ぐらいもどさりと置いて行く。米を俵で何俵も貰ったこともある。医者は田舎では大切な人間なのであった。私は忙しかったが暮しは楽であった。また楽しくもあった。その上、婚後数年経って娘が生まれる頃には月給も五十円に上がっていた。私にも金が少しずつ溜《たま》り出したのである。

田舎の人はもともと体質が丈夫に出来ていたから治療がし

やすかったと思う。別に私が名医と言うわけでもないのだ。カルシューム剤を静脈に入れると体が熱して来る。すると薬物が非常に効いたと言う心理作用が起こって好い結果を招来する。山村にはマラリアが多かったので衛生課の仕事の一半はこれの撲滅に費やされていたし、事実私の使った規尼涅《キニーネ》の量は相当のものに達していた。薬がよく効くと、ほんとうは薬のおかげでも私のほうが感謝されるので、いくらかくすぐったいなりに張り合いのある仕事でもあった。

　金が少し出来ると私は幾許かの田を手に入れた。家父の山には植林し、一部は拓いて柑園にした。流行期にあった蘭を蒐《あつ》め出したのもこの頃である。私は一応名の通った紳士であった。

　しかしながら一方、新婚以来の妻への愛が穏やかに安定して来ると、私は一種不安に似たものに虜《とら》われ始めていた。妻と結婚したと言うことに関してである。学友たちのマスコットを盗んだ気の咎《とが》めを何となく感ずるのである。それほど幸福だったのかも知れない。しかし年に一度出席する同窓会での学友たちの目つきから、犯人に与えられる不快の情を感じとったのは、私の気の故ばかりではなさそうだった。私と彼等との間には不自然な沈黙がわだかまりがちなのであった。私は決して妻を盗んだのではなかった。むしろ進んで義の道を重んじたのだ、と私は言い切ることが出来る。恋に溺《おぼ》れていたわけでは決してなかったのだから。が皆の視線が私を避けたがっていたのもほぼ事実だった。そういう点から見ると彼等が妻を娶《めと》らなかったのは忘恩によるものではなく、逆に遠慮の挙に出ていたと考えられなくもないのである。それともあるいはこういう点も関連しているかも知れなかった。つまり彼等は学校を出てそれぞれに結婚し一家を構えているのであったが、ほとんど例外なしに良家の令嬢を貰っているのである。なかには女のほうからおびただしい持参金を貰って開業している者もあった。学校の給仕女ごとき素性の賤《いや》しき娘を貰っているのは、どうやら私一人だけらしいのである。そこに軽蔑《けいべつ》がある。そうかも知れなかった。が、もし軽蔑ならそれは私個人の問題に過ぎないのだからいっこう差し支えないのだが、しかし会に出ても怏々《おうおう》として楽しくなかったのは確かだった。いきおい私は会を敬遠した。

　ところがそういう私に絶えず親しい手を差し伸べてくれていたのが陳禎だった。彼は幼時から相愛の許婚者をもち、始めから医学校の女給仕を問題にしていなかった。つとに一家をなした彼は病院も繁昌し、六人もの子女を儲け、一回の建築と二回の改築によって病院を今の大に脹《ふく》らませていた。彼は幸福であった。だから無心に私との交友に歩み寄れたのかも知れない。一頃私は同窓会には出なかったが陳禎とは親しくつき合っていたのである。私は彼に長者の風格を認め、彼の手を喜んで握り返しながら、しかしやはり一親分からの同情を受けているという立つ瀬の惨めさを感じないではいられなかった。陳禎に対する肩身の狭さはこの時から尾を引いているのである。

同窓生の一人が物故したという噂が私の耳に入ったが私はじきにそれを忘れた。何しろ忙しかったし、老いを嘆くには健康がまだ私の体のなかに漲《みなぎ》っていた。医者としての人気は悪くなく患者も増える一方なので、私は役所を辞して病院の経営に専念した。地方の名士と言うものは折りにふれて顔役の役目を強いられるものである。政府の要員が来ると迎接にも出向かねばならず、宴会もよく続いた。音楽会が開かれると言っては、ちょっぴり歓迎の辞も述べねばならない。月日がどんどんと私を老人に仕上げて行くのに気がつかなかったほど私は忙殺されていた。その私にとって最大の楽しみは一人娘の成長を見守ることだった。すくすくと育った娘は今はお下げを垂れた女学生である。丸々と健康に育って、至るところに笑いを撒《ま》き散らす彼女に私は満足していた。欲を言えばせめて息子の一人は欲しいところだった。餅屋の店は息子に譲るのが一番適当なのである。跡継ぎがいないとせっかく築き上げた病院を無駄にしなければならない。せっかく集まった患者をも散らさねばならぬ。当時の——今でもそうだが、医者の間には病院をそっくり息子に継がせる風習が残っているものだった。ことに機械類に膨大な資本を要する外科などはなおさらである。まあそう言う利害関係は別としても、人の親として息子の一人くらいは欲しいものであった。が妻は私のために女の子を一人しか産んでくれなかったのである。差し当たり私に不満があるとすればこんなことくらいであった。陳禎など六人もの子女を儲け、そのうち男の子が五人もいるのであるが、彼の家へ行くたびに、何と頼もしい家庭だろうと羨ましくなるのであった。陳禎は私に息子の話をしたがらなかったが、そこにも親分じみた思いやりがありそうで、私としては妙に引け目を感じてしまうのであった。

しかしそう考える一方では、私は陳禎の妻と違って公学校しか出ていない私の妻を不憫《ふびん》に思ってもいた。私は妻を愛していたし、また意識して妻を愛さねばならぬと自分に言い聞かせていたのも事実である。私の家は表面上平穏無事であった。

しばらくして家父を失った頃から昔の仲間が華やかに死に始めた。私たちは明らかに老人の組に入りつつあった。当時は五十と言えばもう老人であった。戦争がすでに始まっていたが、その故もあって私たちの関心は期せずして重たい「死」へと繋《つな》がって行った。陳禎に誘われて会へ顔を出しても、昔の仲間たちは私に変な目を見せることをしなくなっていた。それよりも向こうからやって来る「死」を何とかしなければならなかった。我々新米の老人どもは痩せた肩を組み合わせて無気味な奴の来臨に抵抗しようとした。私は久しぶりに皆と協力する喜びを味わったが、しかし一方老人にしか解らない、歯の抜けた後のような一抹の淋しさをも感じていた。死はその後も毎年一人二人と私たちから人数を奪って行った。

林瑞南と急に親しくつき合うようになったのもその頃である。私たちは陳禎をも交えて蘭作りに熱中した。三人の老人はしばしば陳禎の家に集まったり、宜蘭へ蘭を採取に来たこともある。鷹揚に肥った陳禎が蛇を見て鶏のような悲鳴を上げたのがいつまでも私たちの笑い草になった。昔の美少年だった林瑞南が今では老眼鏡を鼻の頭にずり落として、脳天の真ん中を陳禎なみに光らせていた。彼は本妻の外にお妾さんもいて、都合十一人の子福者になっていた。どうだ、息子を一人やろうかなどと剽軽な彼はときどき私にそう言った。私は一人貰ってもよいと思ったが、彼のほうではそれ以上に話を発展させることに興味をもたなかった。そういうところを見るとやはり惜しいのであろうか。それとも彼としてはただ私を調戯《からか》ってみたいだけなのかも知れない。だが私には彼が遠慮している風にも見えるのだった。彼にはそういう育ちの好さというものがあるのだった。

今では彰化きっての名医である彼は、広大な庭院に南洋から取り寄せた珍果を植えたりして悦に入っていた。珍果が実ると私たちにも送って来たりしたが、一度恐ろしく嫌な匂いのするドリアンとか言うのを食わされて面喰らったことがある。何でもよほど珍しいものの由で台湾でもめったに実らないのだそうだが、そのくせ、せっかく実が出来ても彼の家でさえ誰一人食べられないのだそうである。実に腐敗した糞便《ふんべん》の匂いがするのであった。彼はそれを客にすすめ、客たちが一口頬ばってへどを吐きそうになるのを、手を打って喜ぶのであった。そんな茶目っけが彼にはまだ充分に残っていた。

三人は集まるとさんざん冗談口を叩き合った挙げ句に、必ずと言って好いほど近く旧友の上に起こった新しい死を話題にした。この次は誰の番かな、お前じゃないかな、などと平気で口にするのもいつも決まって瑞南だった。そのくせ糖尿病で妙にぶよぶよしているのも外ならぬ彼であった。もっとも糖尿病は根治困難とは言え、一名富貴病と言われるくらいだから、金さえあれば急にどうなるという病気ではない。イ
ンシュリンが高いだけである。彼は戦争に備えて大量にイン

シュリンを買い溜めていたし、私たちは三人ともまだ元気だった。

戦争がひどくなり、交通事情も悪く、空襲に脅かされる日が続き始めると、私たちは身辺の雑事にかまけて往来を中絶せねばならなかった。しかし心のなかではいつかまた生きて会おうと思っていたのは言うまでもない。戦争なんかで死んでは堪らなかった。陳禎は私が切に来ることを望んだにかかわらず、故郷のほうが好いと言って竹山へ疎開してしまった。爆撃が毎日のように続き、台北市がかなり混乱に陥っているらしいことが私たちの耳にも達していた。その頃、不幸が私を見舞った。妻が死んだのである。悪性マラリアであった。

最初ただの感冒と思ったのが間違いだった。妻もそのようにしか訴えなかったし、老いの身を警防団に引っ張り出されてへとへとに忙殺されている私に心配をかけまいとした、妻のそういう心やりも間違いのもととなった。私がマラリアだと気づいた時にはもはや手後れになっていたのだ。悪性マラリアがまだ全島に蔓延《まんえん》しない流行の前期にあったことも、私の診断を誤らせる原因になっていた。そのようなわけで私は取り返しのつかないことをしてしまったのである。通常マラリアには三つの型があって、三日熱、四日熱、熱帯熱と分れていた。それぞれに病原体が違うのである。前の二つは各々四十八時間と七十二時間置きに分裂を起こして発熱するわけである。熱帯熱、一名悪性マラリアと呼ばれるものは、二十四時間とか四十八時間とか言う短期間に分裂して、しかも分裂している時間が二十四時間以上にわたることが少なくないのである。と言う意味はこの間高熱に苛《さいな》まれ続けるということである。しかも初期の症状は発熱、倦怠《けんたい》、腰痛、食欲不振と言ったありふれたものでしかないのである。この点三日熱や四日熱のほうは遥かに診断がつき易い。急激な熱発、悪寒、それからしばらくするとたちまち灼熱《しゃくねつ》感に変わり、やがて発汗淋漓《りんり》と言う特徴のある症状を呈するのである。だから熱帯熱のほうは始末が悪いのであった。ことにマラリアは他の細菌性疾患と違って日中に発熱する特徴を有するものなのだが、熱帯性のものは昼夜をわかたず熱発し続けるために誤診し易いのである。

それにしてもマラリアは私が多年手がけて来た分野であり、悪性の病例も多数治療して来ているのである。その私が全く一寸した不注意から妻を死に至らしめたことは、返す返すも口惜しくてならなかった。自分を許すことも出来なかったし、またそれは医者としても恥であった。後年の陳禎に対する劣等意識にもかかる過失が尾を引いているであろうと思う。私はこの時医者としてすでに失格しつつある自分を悟っていた。

私は娘と二人泣きながら妻の亡骸《なきがら》を展望の利く宜蘭山中に葬った。真夏の、ほとんど津波のように蟬《せみ》の声の押し寄せて来る日だったのを覚えている。その後私と娘は得体の知れない不安に脅かされながら、黒々と戦雲のたれ込めた戦争末期を送ったのである。今私が思い返して残念でならないのは、かつて父にしてあげたように、油桐の上等な棺《ひつぎ》に妻を入れてあげることが出来なかったことである。あの頃は棺一つ買うのでも容易ではなかったのだ。

やがて戦争が終わった。人々は新しい時代の到来を喜び迎えたが、私はもぬけの殼となり、魂は死んだ妻を求めて天上をさ迷った。虚脱した心情で戦後の数年が私の側を走り去るのを見送っていたのである。この数年の間に実は大変なことが起こっていたのだ。物価がものすごく上がってしまったのである。もちろん私はそれを全然知らぬではなかった。が物価が上がると紙幣の価値が下がるのだと言うことに気がついたのはずっと後になってからだった。気がついて慌てふためいたが、その時はもう遅かった。銀行に預けていた金やら株券やらはいつまでも同じ金額でありながら、そっくりそのまま紙反古《ほご》同然になっていた。しかも物価はなおも上がり続けた。これはいけないと思いながら、しかし私にはどうしたら好いのか見当がつかないのである。

それを娘がどこからか好いことを聞き込んで来た。物を買っておけば好いと言うのである。紙幣は価値が下がる一方だが物価は上がる一方である。なるほどこれは合理的だと思ったが、さてそれでは何を買ったら好いのか解らない。私は蘭を買ったらどうかと考えたが、娘がそんなものでは駄目だと言うので、有耶無耶《うやむや》のうちにちょうど売り物に出されていた隣の店舗を買ったのである。するとたくさんあったはずの金がすっかり消えてしまっていた。

もっとも私は諦めは悪いほうではないので、去ったものは追わないことにして新しく開業し直した。いつの時代にでも病人の絶えた例はないのだから、欲さえ出さなければ暮らしに困ることはなかった。それに私にはまだいくらかの山林が残っていた。戦時中の人手不足で柑園は天牛《かみきりむし》やら貝殻虫やらの害で廃園と化したが、木材を蔵した山林は私の将来に幾許《いくばく》かの収入をもたらすはずであった。私は少しずつ落ち着きを取り戻した。

ところがこうして私が落ちぶれていた最中に、実はいち早く台北に戻っていた陳禎は逞《たくま》しい発展を遂げていたのである。彼は引き上げて行く日本人から次々と目抜き通りの建物をほとんど捨て値同様で数十軒も買い、あまつさえパイン工場だのセメント会社だの銀行だのの株をしこたま買い込んでいた。

無論それがやがて復活して繁栄することを見通してのことである。製薬事業に身を乗り出したのはもう少し後であったが、その基礎を固めたのは実はこの時であったのだ。私と比べて何と言う相違であろう。これでは私が惨めになるのも止むを得ないと言うものだ。

戦争が終わり、私たちの同窓会が再開されてみると、私たち生き残りの勇士はもう誰もがすっかりの老人であることを自認しないわけには行かなくなった。それはいくらか猫背になり、背丈の低くなった恰好や、硬化した足つきで町を歩く姿やによく現われていた。我が友林瑞南も頭が禿《は》げ始め、糖尿も亢進して歩行が大儀そうであった。口先だけは相変わらずの減らず口を利いたが杖《つえ》を持つ手に力はなかった。目つきの濁って来たのも私には案じられることだった。陳禎だけは以前にも増して血色が好く、柔らかい頰の肉を満ち足りたブルドッグのように垂らして、始終頰笑んでいた。息子をたくさんもっている彼は、同じく子福者である瑞南と、息子をアメリカへ留学させることで話題を賑《にぎ》わすことがある。私は側にいて、まるで犬の食事の終わるのを待っている猫のように、横目を使いながら彼等の会話の終わるのを待つより仕方もない。息子を一人留学させるのに十万元近い金がいるのだそうである。私は同じく終戦の時に没落どころか、株券を買い占めたりして膨大な資産家になっている瑞南の、その富の背景を思い浮かべたりして、一人取り残された淋しさを味わうのである。

その頃娘に縁談が起こった。相手は同郷の者で台北で開業している若い医学士であった。さる銀行経理の三男で私は二、三度会ってみて申し分ない青年だと思ったし、娘の意も動いている様子なので、まあ好いだろうと思った。最初私は何分にも一人娘しかいないのだから婿に来て貰うよう交渉したのだが、承諾を得るに至らなかった。一緒に住むのは好い。老後の面倒も見て上げるし、必要ならば孫を一人私の籍に入れても差し支えない。だが婿として入籍することは出来ないと言うのであった。しかしながら私のほうでは別段老後など見て貰いたくもないし、孫など欲しいわけでもない。無論孫が一人入籍して来れば家督は相続されるであろう。だが家が潰《つぶ》れようが潰れまいが私の淋しいのに変わりはないのである。とは言うものの私はやがて死んで行く身であるのを考えねばならなかった。大切なのは私ではなく娘の身であった。それに時代も大きく変わってもはや家だとか家督だとかそんなものの意義がなくなりつつあったから、私も拘らずに娘を嫁がせたのである。そして娘が台北へ行ってしまったのであるから、その翌年私も家を畳んで陳禎と言う老いたる友のいる台北へ転居したと言う次第であった。旧名川端町に構えたささやかな唐《とう》内科医院、これが私の根城なのである。

（二）

陳禎が死んだと言う通知を受け取ったのはその夏も終わりに近い時分だった。二、三日前にも私は彼を訪うていた。彼は数日後に死を控えた人間とは思えない、以前にも増した元気さで、新しく日本から取り寄せたと言う九華の「大一品」を私に見せてくれたのだが。死があまりにも突然にやって来たものだから私は茫然《ぼうぜん》としてしまった。老人とはかくも簡単に、一寸したきっかけで息絶えてしまうものなのか。躓《つまず》いて倒れる、たったそれだけの動作で死んだと言うのである。信じられないくらいあっけない死であった。私はたちまち彼の色つやの好さが尋常でなかったのを記憶の底に呼び醒ましていた。あの年であの若さ、血色、肥満、彼は溢血《いっけつ》をやったのに違いない。話によると、昨夜宴会に出ていくらかの酒を飲んだそうである。家へ帰って靴を脱ぎ、室へ上がろうとした所で敷き居に躓いた、と言うのだが、これは異変が起きたから躓いたと考えるのが妥当であろう。透君が慌てて飛んで来た時にはすでにこと切れていたと言う。私としてはまた一人の友を失ってしまったのである。しかも一番若々しく元気だった友をである。私に訃を報じて来たのは陳家の傭人《ようにん》であったが、私は彼と一緒に駆けつけた。陳禎がもう私たちの側にいないのだと思うと、私には彼が堪らなく好い人であったことに思い至るのであった。私は彼に肩身の狭い思いばかりして来たが、それでも好んで彼ばかり訪うていたのを見ても、彼が如何に好い兄貴分であったかが解るのだ。私は私なりに落ちぶれてはいたが、彼のほうでは一度として私を蔑む態度をとったことがなかった。こちらが落ちぶれようとどうであろうと、彼の眼中にある私は常に彼の親しい友人であった。私は今日こそは彼のために声を張り上げて泣きたいと思った。

遺族は奥の間に集まっていた。私は皆に一礼し、場違いなほど厳粛になってしまった室内に足を踏み入れた。その時どういう加減か、私は新しい靴下を穿《は》いて来れば好かったと考えた。

陳禎は白布に覆われてそこに横たわっていた。古式に則った衣服を着せられているのが妙に実感を削《そ》いでいた。何だか陳禎でないような気さえ私にはしたのである。しかし線香を立ててくれた奥さんの目には涙が一ぱい溜っていた。見るともなしに目を合わせて、私は慌てて視線を外らした。その後で奥さんの目から涙が溢れ落ちたのを私は背後に感じた。

私は遺族の控え目な啜《すす》り泣きを耳にしながら仏の傍へいざり寄った。目を閉じて合唱すると遺族の啜り泣きが私の胸奥深く泌《し》み込んで来た。私の双眼にも自ずと涙が湧いて来た。しかも自分でも思いがけないことに、一旦湧き出した涙は次から次へと止めどもなく湧き上がって来て、私の頬を濡らした。胸の中から込み上げて来る熱いものがいつか声となり、嗚咽《おえつ》となって、私はそこに泣き伏してしまった。気がつくと私は透君に抱かれて外へ連れ出されていた。

外に出た私は、だがたちまち冷静さを取り戻していた。医者としての職業柄であろう。のみならず興奮して取り乱したことで亡友の義理が立ったような気さえして、心はかえって軽くなっていた。それは自分でも嫌な気持ちだった。私は客間で、黙しがちに透君と語った。死因はやはり脳溢血の由であった。しかし年が年だし、息子たちも皆大きいのだから、死んでも大往生だろうと私は慰めの言葉を口にした。口にしながら、それでは同じ七十一になりながらまだ生きている私はどういうことになるのだろうと考えた。死はいつかやって来るのである。その時私の亡骸を前にして娘が嘆き悲しんでいる図が私には見える。小さい孫たちが昨日まで生きていたのに急に動かなくなってしまった私に恐怖を感ずることだろう。そして婿は思うように涙が出ないことを娘の前で一寸羞恥しているかも知れない。

走り使いのものや葬儀屋らしい人が入れ代りやって来ては透君に相談をもちかける。透君は忙しそうであった。私の知らない会社関係らしい人たちや透君の友人らしい人たちが少しずつ集まって来た。私も出来ることがあったら手伝いましょうと申し出たが、考えてみれば老人など足手纏いにしかなりそうになかった。私は辞して外へ出た。

私は林瑞南を心待ちにしていた。彼には電報を打った由である。しかし二日経った今も彼はまだ姿を見せなかった。

私は瑞南がすぐにも飛んで来るものと思っていた。最後の三人が今また一人を失ったのである。納棺以前に一目なりとも会いたいと思うのが人情ではなかろうか。しかし私は瑞南を責める気持ちは毛頭ない。もともと三人のなかでは瑞南が一番死の辺縁を歩いていた。それなのに死んでしまったのは逆につやつやと若々しかった陳禎である。瑞南が電報を受け取った時の衝動を私は我がことのように了解出来る。私は瑞南がショックを受けて参っているのではないかと危ぶんだ。

しかしそうではなかった。出棺の日の朝早く陳禎の家へ行った私は、そこに上北して来た瑞南の姿を目にした。彼は昨夜遅く台北に着き、棺の傍で一夜を明かしたのだそうであった。私は瑞南の泣きはらしたらしい目の赤さから、彼の傷心のほどを読みとることが出来た。私たちは故人の前に並んで腰かけ、言葉少なに旧交を温め合った。久しく来慣れていたこの家も陳禎がいなくなった後、訪うて来る機会はあまりなくなるであろう。もはやここは陳禎の家ではなく透君の家であった。私たちは葬場として場所を取られてしまい、今は隅に追いやられている蘭の一群を痛ましく思った。蘭も淋しいだろうと考えた。誰も顧みない塀際で素心が三梗ばかり匂っているのも、主の死が倉皇であったのを物語っている風であった。会葬者が集まって来たので私は瑞南になかで休んで貰い、私自身は入口の所で受付の手伝いをした。会葬者には見知らぬ人が多かったが、馴染みの者もないではなかった。名前だけ知っている偉い人の姿もかなり見受けられた。碁盤のように葬場は会葬者によって埋められて行った。

やがて僧が入座し葬儀が始まった。もの寂しい線香の香りのなかに読経の声が起こると、一瞬張りつめた静かさが辺りに漲《みなぎ》った。するとそのなかから波頭のざわめきにも似た忍びやかな嗚咽が洩れ始めた。その時になって私はふと、実はさっきから遠くの空で蟬が鳴いているのに気がつき、二十年前宜蘭山中に妻を葬った日のことを思い出していた。妻は三途《さんず》の川のほとりまで出て陳禎を迎えるであろうか。彼女は私がなかなか死なないので待ち遠しがっているのではなかろうかと、とりとめもないことを考えたりした。午前十時であった。瑞南は私のそばに腰を下ろし、執事の読み上げる儀程やら弔電やらに耳を傾けている風であった。読経は進み、葬儀は一定の枠のなかで時間を食んで行った。

私はふと林瑞南が泣いているのを感じた。眼鏡をかけた彼はレンズの曇りに隠れて一心に何かを堪えていた。その傷々《いたいた》しい姿にはかつての剽軽な面影はなかった。彼はもはや千万の富翁でもなかった。妻妾を蓄えた幸福な人間でもなかった。あるものはその背姿に屯《とん》した老残の惨めさばかりだった。友を失った悲しみばかりではない。昔から病弱であり、ことに近年衰弱の度を増しつつある彼が、この次こそは自分の番だと思っていないと誰が断言出来よう。多少むくんだ感じの首筋がそこにあった。もともと小柄な彼が今一段と小さくなったようにも見えた。私は元気づけてやるために手を回し、軽く肩を抱いてやった。

と、その時であった。私は思いがけず、私たち三人、いやいや全部で三十二人いた仲間たちのなかの最後の勝利者が、実は外でもない、この私であったことに気がついたのであった。それは一瞬めらめらと燃え上がるような歓喜を私の体のなかに巻き起こした。私が最後に残るのである。学生時代にも首席であった私が、人生の最後においても依然として首席たろうとしているのだった。私は葬場と言う厳粛な空気のなかで全く場違いなほど、不意に上気して来るような興奮に捕えられた。

が次の瞬間、私は仏に対して、また現に横にいる旧友に対し、あまりにもはしたない自分を恥じた。恥じる一方、だが私は自分の健康がひょっとすると早く妻を失った孤独の賜物《たまもの》であったかも知れないと考えたりした。私はそっと瑞南の肩から手を離した。

やがて葬儀が終わり、会葬者の焼香が始まった。人々は席を立ち、順を追って前に進んだ。私たちも連れ立って霊柩《れいきゅう》に香を手向け、永遠となる別れを惜しんだ。額縁のなかで陳禎はにこやかに頬笑んでいた。私はその懐かしい笑顔をしかと胸に刻んだ。

一通りの焼香が終わると出棺のための人夫が入り込んで来た。遺族がてんてこ舞いをしているので、私は瑞南から離れて仕事の手伝いをした。私は墓まで送って行こうかどうしようか迷っていた。柩は六張犁《ろくちょうり》の山麓《さんろく》に葬ることになっていた。私は墓まで歩くのは不可能ではなかったし、五十年来の交友から言っても墓まで一緒に行くのがほんとうであった。それに私情としても棺が土に納まるまで見届けてやりたいのも事実だった。が、その間瑞南を一人で抛《ほう》っておくことは出来ない。出棺した後の葬家には一人として瑞南を相手にしてくれる者はいないだろうし、瑞南としても町を散策する体でもなく訪うあてもありはしまい。病み衰えた彼は今や私に残された唯一の旧友であり、彼にしても、頼り得る相手がいるとすれば、それは私以外にあろうはずはなかった。私はいろいろ考えた末一応町の曲り角まで送って行き、そこから引き返そうと考えた。墓には後日私一人でも行ける。

気がついてみると焼香を済ませた会葬者はあらかた去って、野辺の送りをするために残っているのは親戚《しんせき》を別にすると二十人足らずしかいなかった。あれだけ交友の広かった故人も、死んでしまうと墓まで送ってくれる人が僅かしかいないのである。無論皆忙しいのだから仕方がなかった。今日は日曜でもないし、と私は善意に解釈しようとした。その証拠にここに残っている二十人足らずはほとんどが六十を越した老人ばかりだった。老人は暇なのであろう。しかし暇だとか暇でないとかだけで割り切れる問題であろうはずはなかった。交友における最後の告別ではないか。心さえあれば一日の時間ぐらい潰したって何ほどのことがあろう。人の道義はもはや地に堕《お》ちてしまったのだ。辛うじて我々老人だけが、こうして礼を踏まえ情を尽くしているのである。私は何故ともなく腹が立って仕方がなかった。

二十人足らずの老人のなかには医学校の後輩らしい顔が見えた。うろ覚えに覚えた、しかし誰だったか思い出せない顔もあった。面識のない人が多かったが、彼等のほうで私の存在を怪しまないところを見ると、私を見知っているのらしかった。私はさしずめ老人組の長老と言った形だった。

出棺の準備が整った時、私は林瑞南と陳禎の夫人が争っている声を聞き咎《とが》めて寄って行った。瑞南が墓まで送ると言うのを夫人が止めているのであった。瑞南の体では誰の目にも墓までは無理であった。途中で落伍《らくご》されたら始末に困るのも事実だった。が彼の心情も一概に咎むべきではなかった。ともかくも歩ける所まで一緒に行こうと私は口に出し、瑞南のことを引き受けた。

柩が動きだし遺族が行列を作って出発すると、我々老人組は慌てて後を追った。陳禎は知名の士であったから路上には見物がたかり、相当な賑やかさである。若い少年たちで組成された楽隊が先頭を切り、それから柩、遺族、次に夥しい花輪が後に続く。友人一同は殿《しんがり》である。台湾ではこうやって故人の住み慣れた町を一巡し、それから墓地へと向かうのであった。私は杖をついた瑞南を支える形で老人組の先頭に立っていた。私は見物の目には、私のほうが瑞南より十歳は若く見えるだろうと思い、もう一度勝利者としての感慨を味わった。道を行く人々が歩を止めて行列を見送るなかで、私はいくらかの誇らしい気持ちさえもっていたのだ。

——疲れたらそう言うんだよ、途中からはぐれることにしよう。

——うん、まだ大丈夫だ。

しかし私は瑞南が強がりを言っているのを知っていた。病院の院主として今でも患者を見ているとは言うものの、室内での仕事と往来を日に晒《さら》されながら歩くのとでは、体に応える度合いが違っていた。おそらくは庭へ出て蘭を覗く以外に、彰化でもめったに町を出歩くことをしない彼なのである。むくんだ手指の白さがそれを証明していよう。まして炎暑のアスファルトの上で、しかも正午近い太陽を真っ向から受けて、彼は汗とも油ともつかないものをたらたらと額から垂らしていた。いや彼ばかりではない、実は私ですらが帽子を被って来なかった迂闊さに苛立ちながら、アスファルトから立ち上る熱気のなかを逆上しかかったまま歩いていた。実際僅《わず》かばかりの風ではどうしようもない、鍋の底にいるような都会の暑さである。汗がいくらでも出て、新陳代謝が狂ったのではないかと危ぶまれるほどであった。汗が出るとだんだん痩せて行くような気がする。が、見回してみると汗だくになって息を切らしているのは何も私たち二人だけではなかった。私たちの後に続いている二十人の老人たちの誰もが、日照りの池のなかの金魚のように口を開けて喘いでいた。やはり年は争えないのである。ずいぶんと足を早めて歩いているつもりでも、本隊の柩《ひつぎ》とはいつか離れてしまうのである。一度赤信号が出て私たちは本隊に追いつきそうになったが、青信号でまた引き離されてしまった。自体、若者の楽隊などを先頭に立てるのが悪いのだ。年若い少年たちは、背後にいるのがよぼよぼの老人であるのを念頭に入れてくれてはいない。おそらく彼等は暑いから、あるいは腹でも減り出したから、こうして馬鹿急ぎに急いでいるのであろう。とにかく私たち老人にはとんだ災難であったし、急いで歩こうとすればするほど、息が切れ、腹が立って来る始末だった。

一組の老人にとって今は陳禎の柩を見送っていると言うよりは、尾《つ》いて行くのが精一ぱいであった。一刻も早くこの種の苦難から放免されて、氷水の一杯にもありつきたい気持ちになっているのも確かだった。もともと野辺の送りは会葬者の都合次第のものであり、どこでずらかっても好いのであった。それをこの一団の老人たちが敢《あ》えてしないのは見物人の嘲笑《ちょうしょう》が恐いからではなく、最長老の私たち二人に対しての気兼ねがあるからだと言うことを知っていた。私たちがずらからない限り、彼等は列を離れがたいのである。遺族は前方を歩いていて後ろが見えないのだし、立ち止まって見ている見物人などどうせ赤の他人だった。それに私たちはすでに往来を二つばかり折れて遊行していた。だからもうそろそろ引き上げても不足のない頃合いだった。元来どこで引き上げようと私たちの自由だった。私が一言解散しようと言えば老人たちが皆助かるのに違いなかった。しかし私はそれをしなかった。瑞南がすでに限度ぎりぎりにへこたれているのを知りながらも、私は敢えてそれをしなかったのである。汗がべたべたと全身に貼りついて来る不快も原因の一つだったかも知れない。それとも如何様に足を早めても本隊に追いつけない老人の哀れなざまを思い知らねばならなかったためかも知れない。私はさっきからわけの解らないある怒りに捕えられていたのだ。いや、それは強《あなが》ちわけの解らないものではなかった。現在陳禎を犯し、そしていつか我々を襲って来る、しかもその時には避けることの出来ない何者かに対する怒りであった。それに違いなかった。私は煮えたぎる渦を胸に宿したまま、瑞南の腕をしっかりと抱え、石のように頑なに、一心に何者かに挑むように歩いて行った。

「金」の家

(一)

わたしに男の子が生まれないといって、夫が外で笑われることがあるのをわたしは知っている。そういう時、いやあ、一つ家におすは一匹で沢山さ、と夫がこともなげに笑ってみせるのもわたしは知っている。が家へ帰って来た夫は、わたしの腹を掴《つか》んで揺すぶり、こら、息子を生んだらどうだ、また笑われて来たぞといって、厭味《いやみ》を並べるのだ。男の全盛時代なんかとっくの昔に廃れてしまったと言うのに、鎮公所〔町役場〕の書記っぽの癖して、息子、息子と騒ぎ立てるのだから、ちゃんちゃらおかしい。世間の人は人で、わたしの腹が今度は長い間脹《ふく》らんで来ないのに猜疑《さいぎ》深い視線を注いでいるらしいし、わたし自身が時折、男の子を生まない限り一人前でないような錯覚さえ起こしかけているのだから、世話はないのかも知れない。お陰でわたしの産んだ二人の娘――本当は三人生んだが、一人は早産で駄目になった――は二人だけで遊ぶことに慣れてしまっている。俺が蟬《せみ》を捕まえて来ても誰も喜んでくれないからなあ、俺が蛇を殺しても誰も吃驚《びっくり》してくれないからなあ、夫がそんなことを言う。町で誰かに殴られても、助けに来てくれる息子がいないからなあ、泥棒が入って来ても一人で格闘しなければならんからなあ、年とってからも息子の嫁さんを可愛がってやれないからなあ、それに息子がいないと笑われるんでなあ、そしてこらこらといいながらわたしの腹を揺すぶるのだ。息子はわたしにも一人は欲しいのだから、揺すぶったくらいで生まれるものなら、何回でも揺すぶりたいぐらいだ。その癖わたしが四番目を孕《はら》んだ時、わたしの意見なんかそっち除《の》けで、さっさとわたしを婦人科へ連れて行って堕ろしてしまったのも夫だった。生んでみなければ男か女かわからないのに、ひょっとしたら男の双子だったかも知れないのに、夫はもうわたしに子供なんか生んで貰《もら》いたくないらしいのだ。そして薬屋から丸い錠剤を買って来てはわたしのはらわたの中に押し込んで、嫌な思いをさせている。彼にいわせると、わたしの女腹は親譲りの悪性遺伝で、二人の娘しか生まなかったわたしの母さんと同じく、亭主の家を亡ぼすために嫁に来たのだと、そんな非道《ひど》いことまでいう。そんなら息子を一人貰って来ましょうかと水を向けてみると、冗談じゃない、そんな手に乗るもんかと、丸でわたしが姦通でもして、何処《どこ》かに生み落として来た息子を家へ引きずり込もうとしている風に解釈する。いや、解釈するようなふりをするのだ。一体お前の息子は幾つになるのかね、女は十五にもなると卵が生めるのだから、俺の推算では、息子はもう十七歳にはなるな。十七といえばすでに大人だからな、今に俺を殺しにやって来る。お前とぐるになって俺の家を横領しようってんだろう。ひょっとしたら息子の父親も一味だ、などと大変な口まで利く。わたしを売女《ばいた》と罵り、更年期障害だの、梅毒性脳膜炎だのと診断してくれるのなんか毎日のことだ。その癖口では非道いことをいうものの、夜になると、安たばこのやにに染まった指先でわたしのはらわたを掻《か》き廻《まわ》すのだから、何処までが本心なのかわからなくなる。そんなら息子を外で作って来なさいよ、ちゃんと育てて上げるから、と言ってやると、息子なんか沢山いるさ、今売り出し中の××と言う女優、あれは俺《おれ》の愛人で、今にお前を追い出して本妻にするんだ、お前なんか流行後れさ、などと言ってにやにやしている。夫は口で言うほど息子が欲しいわけでもないのだ。大体からして彼は子供好きではない。二人の娘にだって殆ど一緒に遊んでやらないし、むしろ好んでわたしと遊びたがる。彼が出任せに悪態を吐くのは、何だか愛撫のようなものでもあるらしいのだ。それとも男というのは元来が乞食《こじき》のようなもので、一々女から体をねだらねばならないのだから、そういう劣等意識から雑言を吐き散らして、威張ったふりをしているのかも知れない。ちょっと変ないい方かも知れないが、わたしは罵《ののし》られる度に何だか夫がいじらしいような、優越感のようなものを感ずることもあるのだ。もっとも鎮公所の書記っぽの俸給では、子供が沢山生まれたら養って行けないのも確かだったが……。

　わたしが生んだ二人の娘の中、幼稚園へ通い出した上の方は気立ても素直で、わたしが洗濯をしていると、石鹸《せっけん》を持って来てくれたり一緒に洗ってくれたりする。小遣い銭を上げても、それを使わずに貯め、時々「母ちゃん、五十銭やろうか、要るか」などと尋ねる。そんな時わたしは無性にこの子が可愛いく、抱きしめてやったり頰《ほお》ずりしてやったり、華奢な項《うなじ》や耳朶《みみたぶ》やらに歯を当ててみたりして、食べてしまいたい程の情愛を感ずるのだ。わたしははにかんで逃げようとする彼女を牡馬《おす》がするように執拗に抱え込んで、くねり廻る少女の体にわたしの体臭をなすりつけ、愛情を注ぐのだ。この子がはにかんでいるような時、どう言う加減かわたしの母さんそっくりの表情になって、流石に血は争えないものだと感心してしまう。痩《や》せ形で、それでいて頰のふっくらと白いところ、黒い涼しい睫毛《まつげ》、幾らか酸っぱ味を帯びた苺《いちご》のような唇、一つとしてわたしの好きでないものはない。反歯《そっぱ》で髪の硬い夫からこんな綺麗《きれい》な子が生まれるなんて、ちょっと信じられないぐらいだ。きっと美人系のわたしの母さんの方の血を余計に受け継いでいるのだろう。が困ったのは下の方の娘で、この方は実に嫌な顔をしている。皮膚の浅黒いのはまだ好いとしても、横に開いた平べったい鼻、猿の歯茎でも入っていそうな飛び出した口、反歯。同じ反歯でも夫のには愛嬌《あいきょう》があったが、此方のは素性が賤《いや》しげで見ただけで腹が立つ。下顎《したあご》のこましゃくれた恰好《かっこう》、口を曲げて薄笑いするところ、一つとして嫌でないものはない。殊に暗い室の隅で、胡散《うさん》臭げにわたしを見つめているところなど、まるで誰かに呪詛《じゅそ》されているような感じで、ぞっとする。菓子をやってもにこりともしないし、遊びに連れて行ってやろうとしても、ついぞ喜んだ例がない。上の子と遊んでいる最中でも、わたしの姿を目にすると、忽《たちま》ち丸太か何ぞのように黙りこくってしまう。どうやらわたしを敵とでも思っているらしいのだ。そして音も立てずに暗い所から憎悪に満ちた眼差しをわたしに注いでいるのである。

　同じ姉妹なのにどうしてこうも違うのだろう。母親になつかない子供なんて他に見たことがない。不当に苛《いじ》めたわけでなし、美しく生んでやらなかったから怒っているのかも知れない。どうしてこうも醜いのだろうと夫に話していたのを聞かれたことがあったが、それが不味《まず》かったのかも知れない。それに夫も悪いのだ。子供達の前でわたしのことを悪性遺伝だの、息子が産めないだの、梅毒だのといやらしいことばかり言うものだから、わたしを悪い女だと考えているかも知れないのだ。無論子供には梅毒が何なのかわかるはずもないのだが、家に男の子がいないことだけは確かだったから、わたしの悪性遺伝のお陰で男の子に生まれ損ねた残念さを、胸一ぱいにたぎらせているのかも知れない。男の子は女の子を苛めることが出来るのだし、股を広げて木の上に登ることも出来るのである。また夫は上の娘にこんなことを言う。お前は俺に似ていないな、だがお前に似ている男を俺は知っているぞ。劉《りゅう》と言う男だ。洟水《はなみず》を垂らしたところなんかそっくりだぞ。どうもお前には父親が二人いるらしいんだな。その証拠にお前のおっかさんにはおっぱいが二つあるからな、そしていひひひひと笑うのである。上の娘は年も多いし、父親よりも母さんのいうことの方が正しいことを知っているから、父親が碌《ろく》でなしの嘘つきで、金もない癖に母さんばかり苛めている、そして一度など駅の待合室で女の綺麗なのに見惚《みほ》れている間に、掏摸《すり》にそっくり有り金を盗まれたこともある大馬鹿だと知っているものだから好いものの、下の娘はまだ五つになったばかりの癖して、わたしにおっぱいが二つあると言う間違いのない事実から、悪いのがわたしでであるかのように信じ込み、そのおっぱいを二つとも食べた記憶のために、丸で不潔に染まってしまったような気になっているのだ。そしてとても子供とは思えない陰険な目つきでわたしの胸元に視線を注ぐのである。その癖、夜中にこっそり這《は》い寄って来ては、わたしの襟のなかに手首を差し込んで来るのだから呆《あき》れて物も言えない。

普通子供というものは、父親の血と母親の血を半分ずつ持っているはずなのに、この子ばかりは私の血が半分入っているとは思えない。わたしが自分で生んだのでなければとてもわたしの子供だと信じられないぐらい、この子はわたしを嫌っているし、わたしもこの子が好きではない。この子を見る度に誰かが復讐《ふくしゅう》をするためにわざとわたしの腹のなかへ入り込んで来たのではないかと心配にさえなるのだ。わたしは周囲の人達の顔を思い浮かべ、そしてまさかそれが死んだ父さんではあるまいかと考えたりして、思わずぞっとすることがある。といって何も父さんにわたしが悪いことをした覚えはないのだが。

三十二年前に父さんが死んだ時、わたしはまだ何もわからない赤ん坊だった。母さんはわたしの前に三つ違いの姉さんを生んでいた。わたしの兄弟としてはこの姉さんが一人いるだけである。姉さんは終戦の翌年台湾へ来た兵隊さんの一人と仲が好くなり、軍と共に大陸へ渡ってしまった。延安《えんあん》と言うところから一度手紙を貰ったことがあるが、大陸が共産党のものになって以来音信がない。もう死んでしまったのかも知れない。がともかくも当時幼い娘を二人抱えた母さんが悲嘆に暮れていたことは想像が出来る。再婚がまだはしたない女の行為だと考えられていた時代のことだし、また、公学校の先生をしていた父さんの地位からいっても、母さんに再婚など出来るはずはなかった。しかも男の子を生むことの出来なかった母さんは、劉の家にとっては役に立たなかった女であり、同情になど値する女でもなかった。恐らく一族の年寄り達からも辛く当たられたことだろう。父さんが遺した痩せた田圃《たんぼ》が幾許《いくばく》かあったから、それを小作に出して何とか暮らしには事欠かなかったらしいが、でも息子がいないと言うことは、父さんの家を潰すことに外ならなかった。それが潰れないようにするには、姉さんかわたしかに婿を迎えて家を継がせるより方法がなかった。しかし婿に行っても好いと言う青年には概して碌でなしが多かったし、事実素性の知れない婿を入れて非道い目に会っている例も度々聞かされていた。

だから婿を迎える位なら、むしろ養子を貰って自分の手で育てた方が安全なのであった。小さい時から育てれば気心も知れようし、親子の情も自ずと湧《わ》いて来るというものだ。大きくなれば生みの娘に娶合わせても好いし、性が合わなければ別に結婚させても好い。ただ養子を貰《もら》うと口が一人増えるのである。それだけ負担が余計にかかる。それは痩せた田圃から上がる小作料で生活しなければならないわたし達にとって、深刻な問題であったろう。この問題を、でも劉家の年寄りたちが解決したのだ。つまりわたしを養女に出してしまったのである。女の子は大きくなれば嫁に出さねばならない。畢竟《ひっきょう》は他人のものになる。しかもその時には嫁入り道具まで揃《そろ》えてやらねばならない。こんな不経済な娘を二人まで育てるのは、全く馬鹿げたことに違いなかった。どうせ他人のものになるのなら、早い中に養女に出してしまったほうが賢明なのは確かだった。それに元来、亭主を失って困っている後家さんに、うっかり関わり合って援助でもしなければならなくなったら大変だと敬遠していた親類たちも、こういう時には何かと口を入れて来るのだから仕方がなかった。もともと他家から嫁いで来た母さんは、言うなれば外来者に過ぎないのであるから、我儘《わがまま》の言えた義理でもなかった。そこで母さんはわたしを養女に出し、代わりに「金」を養子に貰ったのである。

養女に貰われて行ったわたしは乳呑児《ちのみご》だったために、母さんの家からほど遠くない農家に預けられ、乳母によって育てられた。母さんの乳は「金」が飲んで育ったわけである。わたしと「金」との血の繋《つな》がりはこの点だけである。乳母の家には子供が沢山いた。が、預かりもので、しかも公学校の先生の娘であるわたしは、家中では一番大切な人間だった。物心づいてからも鶏の股を食べるのはわたしと決まっていたし、蕃石榴《ばんざくろ》を買って来ても、一番大きいのをわたしが選んだ後でなければ、子供達は手をつけることが許されなかった。当時田舎の人達は学校の先生を大変尊敬していたのである。わたしは八つの年まで乳母の家で王女のように育てられた。後年になってもずっと養家に馴染《なじ》みが持てなかったのはあるいはそのためもあるかも知れない。わたしは養家よりは好んで母さんの家へ遊びに帰った。泊まって来たこともある。乳母と一緒なら誰にも叱られなかった。もっともこれは養家が少し離れた隣村にあった関係もある。生家の母さんはわたしが帰ると菓子をくれたり、芋をふかしてくれたりした。わたしは姉さんやら「金」やらと遊んだ。二人ともわたしには親切で思いやりがあった。わたしも彼らとあまり変わらない生活をしていたから、別に嫉妬《しっと》と言うような感情は起こらなかった。養女でも養女でなくても大して変わりはなかったのである。

わたし達は喧嘩《けんか》さえしなかった。
幾らか別離の情を味わうようになったのは学校へ上がってからだった。学校は母さんの村と養家の村のほぼ中間にあった。建造中の製糖工場が付近にあり、派出所の側には田舎バスの停留所があった。わたしの父さんも此処《ここ》で教鞭《きょうべん》をとっていたのである。学校が終わると、わたしは二人に別れてわたしの道を帰らねばならなかった。そういう時わたしは他家に貰われた心細さをひしひしと感じた。わたしはランドセルを背負い、後など振り向かずに一心に手を振って歩いたものだった。

「金」は姉さんと連れ立って帰ったが、わたしは養家の兄達と一緒になることはなかった。「金」は大人しい少年だった。わはにかみ屋であったが学校の成績はずば抜けて好かった。わたしの組では「金」の名前を知っている女の子が何人もいた。そういう点でわたしは同級生に誇らしいものを感じていた。「金」は学校ではわたしの兄として、つまり父さんの息子として通っていた。養家ではわたしを彼等の一番小さい息子と妻合わせるつもりでいた、がわたしは同じ結婚をするなら、むしろ「金」としたかった。「金」の方が好きだったし、また「金」はわたしの家を継ぐために養子に来た人だった。でもわたしは知っていた。わたしの前にまだ姉さんがいた。「金」は姉さんのものなのだ、という気持ちが長い間わたしを支配していた。幼いわたしには、姉さんよりは年少ないわたしの方が「金」に似合いなのを知らなかった。土曜日など二人が揃って下校して行くのを見ると、わたしは堪らなく淋《さび》しくなるのであった。当時のわたしにも嫉妬がどんなものであるかをちゃんと知っていたのである。わたしは好きでない養家の息子のことを考え、何事もなるようにしかならないのだと自分にいい聞かせたりした。どうせ養女に出された身なのである。じたばたした所で養家から逃げ出すわけにも行かなかった。わたしはその子——吉太——に愛など感じたことはなかった。

吉太は腕白な子供だった。学校の成績が悪いと言ってよく父親から叱られていた。彼は二つ違いのわたしに対して羞恥《しゅうち》することはなかったが、男ばかり四人いる彼の兄達にはわたしのことを羞恥していた。それがことごとに虐待という形でわたしの上に振りかかって来る。わたしが算術で百点とった、好い子だ、吉太には勿体ない、などと賞《ほ》められれば賞められたで彼に苛められ、ある時など、わたしの乳母がわざわざ彼のために毛糸の腹巻を編んでやったのに対して、彼は勉強していたわたしの襟のなかに守宮《やもり》を投げ込んで復讐した。その彼よりも、わたしはむしろ上から二番目の真ちゃんがまだ好きだった。真ちゃんはわたしを苛めて泣かせる弟に代わって、よくごめんねといってくれたりした。わたしはそれに新鮮な驚きと喜びを感ずるのだった。真ちゃんはまた時々鉛筆やら色紙やらを買ってくれたりした。せめて真ちゃんとでも結婚していたら、わたしはずっと幸福ではなかったろうかと今も考えることがある。あの時、もしわたしがお嫁に行きたいといえば、真ちゃんだって、また養家の父母だって喜んで賛成してくれたに違いないのだ。何故なら当の吉太は中学の入学試験に二度も落ちた後、町のゴム工場へ勤めることになり、何時か女工さんの一人と仲よくなっていた。それなのにわたしは何故か吉太の復讐が恐かった。それに気の優しい真ちゃんにはお金儲《もう》けが出来そうに見えなかった。そういうわけで今の夫のいいなりに、駆け落ち同然の形で嫁に来てしまったのである。夫は当時市場のなかでわりと大きな雑貨店を開いていた。市場へ買い出しに来る間に、何時か彼と親しく口を利き合うようになっていたわたしは、小説本を読んだり何かと物知りらしく見える彼に度々感心したりしたのであった。彼はわたしより七つも年上であった。当初、夫の母親が生きていた間は商売も繁昌《はんじょう》し、暮らしも楽で、わたしもお嫁に来て好かったと思う程だった。ところが母親が死に、年配の人がいなくなると、彼の女狂いが始まったのだ。相手はどんな人か知らなかったが、彼の方では余程の惚れようであった。金は持ち出すし、店の品も次々に横へ流してしまう。わたしはだんだんと店が小さくなって来るのに怯《おび》えながら、何とか考え直してくれるよう頼んだものの、ついぞ聞き入れてくれない。もともとわたしは嫁入道具一つもたずに裸で嫁いで来た身であり、いわば店の物は総て夫のものであったから、わたしとしても強いことがいえず、困った困ったと思っている中に借金が嵩《かさ》んで、何時か店を人手に渡さねばならなくなっていた。今では夫は女にも逃げられ、可哀想に鎮公所の書記っぽを勤めている。もう女には懲りたのか、それとも金がないのか、今のところは家に落ち着いているわけであるが、その代わり口が悪くなって何かとわたしを罵っている。真ちゃんが町の中学校の先生になったというのに、わたしは夫のぐうたらが口惜しくてならない。お陰で肩身も狭いのである。

夫は役場では反歯を覗《のぞ》かせてへらへらと上役に媚《こ》びへつらっているくせに、家へ帰ると忽ち王様のように上機嫌でわたしに悪態を吐くのだ。もう慣れっこになっているから腹も立たないが、それでも時々雑言が度を越してわたしを逆上させることがある。米屋が米代を取りに来ると、丸で米を食べているのがわたし一人ででもあるかのように、くどくどと愚痴をこぼすことがある。お前の胃袋は大きいなあ、嫁さんを貰う時には前もって御馳走してみて、沢山食べるかどうか調べてからにするのが本当だったなあ、残念だなあ、などといい、時には子供にまで非道いことをいう。女の子でもよく食べるのだなあ、お前の劉家には大きい胃袋の遺伝があるんじゃないのかなあ、そういえばお前の父さん胃病で死んだに違いないなあ、困ったなあ、俺の家はお前たちに亡ぼされるらしいなあ……。それでわたしは時々腹を立てて絶食してやることがあるんだ。すると彼は泡を食って鍋の蓋《ふた》が持ち上がるぐらい、一ぱいに御飯を炊き、さあ食うのだとわたしの前に鍋ごと持って来て、ふうふう湯気を吹きかける。それでもわたしがそっぽを向いて怒っていると、いきなりわたしの腕を捩《ね》じ上げて脇の下を擽《くすぐ》るのだ。そしてわたしが笑い出してしまわない限り彼の獰猛《どうもう》な行動が終わりにならない。此方が体をくねらせ、げらげら笑いながらのた打ち回ると、彼はもう機嫌が直ったものと合点して安心し、忽ち悪態の続きを始めるのだ。お前みたいな貧乏人は飢え死にさえしたら良妻賢母になれると思っている。本当の良妻賢母はどんどん食べてどんどん太るものだ。もっとも何も食べないで太れたら一番だがね、そしてにやにやしながらわたしの尻をひっぱたき、この栄養不良め！　こんな薄っぺらなお尻は魅力がないや、などと言うのである。

わたしは夫が変態性ではないかと疑《うたぐ》ることもあるのだが、でも本当は素寒貧《すかんぴん》になり、女にも逃げられて随分と淋しいのだということがわたしには理解出来るのだ。変な話だけど、七つも年上の夫が淋しがっているのを見ると、わたしは夫よりも逃げた女に腹が立ち、わたしまでが馬鹿にされたような気になって、無性に夫が気の毒になってしまう。ただ彼の悪口が耳にあまると、わたしも人間だからつい怒ってしまうのである。彼は時々こんな屁理屈も並べる。彼が貧乏になったのは総てわたしを貰ったからだというのである。わたしのような悪性の女がくっついているから何をやってもうまく行かない。その証拠にわたしが生まれると直ぐ父さんが死んでしまった。父さんを殺したのはわたしだというのである。それからわたしのいなくなった養家では——養家のことはわたしにはもう顔出しの出来る義理でなかったから、わたしよりは夫の方が事情に詳しいのだが——長男は製糖工場の課長に昇進したし、次男の真ちゃんは中学の先生だし、おまけに二十万元の公債には当たるし、その上、最近鎮公所で決定した農村発展計画によると、養家の田地の中を新しい県道が通るようになるのだそうだ。そうなると地価が上がって大金持ちになってしまう。それなど皆わたしのような厄病神のいなくなったためだと言うのである。だからわたしみたいな奴は多少でも良心があるならさっさと死ぬべきであり、いや、死んだら葬式代がかかるから、誰か男を作って逃げるのが良妻賢母の道だと、諄々《じゅんじゅん》として教え訓《さと》すのである。それからもっと非道いことまで口にする。お前には吉太と言う亭主がおった。彼奴と関係がなかったと言う証拠は少しもない。何しろ一緒に住んでいたのだからな。お前の養家には男ばかり沢山いたのだから、公平な立場からひょっとすると盥《たらい》回しにされていたのかも知れない。でなかったら、どうして俺のところへ怒鳴り込んで来ない？　養女を盗まれたことを少しも怒っていないじゃないか。むしろ手切れ金を要求されずに追い出せたことを喜んでいるみたいだ。それともお前は「金」とも関係があったのかも知れない。とにかくお前の生家はなかなか複雑に出来ているからな、などとわたしの生家にまで毒舌を浴びせる。彼はどういうわけかわたしの生家を快く思っていない。自分を生家の婿だと思っていないようなところもある。年に一度か二度わたしが生家へ帰る時なんか、頭の中にある、ありとあらゆる悪口を並べ立てて、「金」の涎《よだれ》には歯槽膿漏《しそうのうろう》の匂いがするとか、お前の田舎は避妊薬の生産地だとか、俺はお前に梅毒を染されたらしいとか、南京虫を連れて帰ったらいけないとか、色々口にするのである。彼はわたしが生家に帰るのを好まないし、彼自身も行きたがらない。小さい時に捨てられて養女に出されてしまったというのに、まだ帰りたがっている。余程の薄のろだと罵《のの》ったり、わたしが生家の財産を狙っているのだろうと決めつけたりする。「金」が結婚した時だって、式に参加しないといってさんざんわたしを困らせた。わたしはあの時のことをよく覚えている。姉さんがいなくなった以上、わたし達劉家の婿として主人側に立たねばならない彼なのである。来客の応接もしなければならないし、わたしがちゃんとした所へお嫁に行っているのだということも、一族の人達に見せる必要があった。何しろ駆け落ち同然の形で嫁に行ったわたしなのだから、彼が列席してくれないとわたし達は何といわれるか知れなかったし、しかも「金」の嫁さんになる人は外ならぬ夫の遠縁に当たる人だった。それを絶対に参加しない、「金」はお前の情夫なのだ、その婚礼に参加する馬鹿がいるものかと、自転車に乗ってさっさと何処かへ行ってしまったのである。わたしは取りつく島もなかったが、ともかくも生家へ行かないわけに行かないので、二人の娘を急《せ》かせて母さんの所へ行ったのだが。

生家へ行ったわたしは正庁の飾りつけを直したり、来客用の碗皿を洗ったりしながら、夫が何故それほどにわたしの生家を嫌がるのかを考えていた。なるほど結婚した当初、わたしは幼い頃「金」が好きだったのを話したことがある。でもそれは好きだっただけで、それ以上の何もあったわけではない。上の娘にしたって、顔が「金」に似ているなんていうのは夫一人だけだった。ところがそうやってあれこれ思案しているわたしの耳に思いがけない声が入って来たのである。紛れもない夫の声なのだ。何時の間にか生家にやって来て、忽ち来客の中央に陣どり、剽軽《ひょうきん》な声を挙げているのである。わたしには金歯を覗かせて、米の相場がどうの、砂糖の生産量が今年は落ちるだろうとか、得意げに喋《しゃべ》っているのが目に見えるのだった。その時わたしは思わず涙が出そうになったのだが。

　夫は少し変なところがあるのである。が彼の気持ちは全然わたしに理解出来ないでもなかった。彼の話によると、わたしは婚前すでに身を汚していたのだという。あの夜彼の贈物に赤い色の返礼をしなかったのがいけなかったらしいのだ。でもどうしてそんなことになったのかわたしにも解らない。何しろ経験がなかったのだから。経験がないものだから、うまく人並みに出来なかったのかも知れない。あるいは彼もいう通り、子供の時分寝ていて吉太か誰かに悪戯されたのかも知れない。「金」にもそんな心臓があったかどうか。でもわたしには全然記憶がないのだ。が彼にしてみれば、そんな他人の使い残りを後生大事に可愛がったりしたら、わたしの昔の男に嘲笑《ちょうしょう》される恐れがあるのだろう。しかもその男が誰なのかわからないものだから、誰にでも罪をなすりつけて優位を保とうとしているのである。とはいうものの、彼にはひょっとしてわたしに男なんかいなかったかも知れないと考えているらしいところもあるのだ。そうでなかったら、わたしを嫌いもせずに、時には子供がまだ眠ってもいない中から、わたしのはらわたを愛撫《あいぶ》し始めるはずはない。それにわたしはちゃんと知っているのだが、口でこそ「金」をぼろくそに貶《けな》したりするものの、時折り「金」が役所へ彼を訪ねて行ったりすると、丸で肉親の弟にでも会ったように昼食を奢《おご》ったり、映画へ連れて行ったり、時には安物の万年筆を買ってやったりしているのである。何かわけがわからない、夫ってそんな人なのだ。

（二）

「金」の嫁さん、どうして子供が生まれないのだろうね、こんな言葉がわたしの耳に入って来る。一族の人と言う人が寄ってたかって「愛さん」のお腹が脹らむのを待っているのだ。子供が生まれなかったら、わたし達の劉家に跡継ぎが出来ないのだから無理もないのだが。「金」は結婚してもう三年近くなるのである。

親類達の中には親切心から案じてくれる人もいたが、中には面白半分にわたし達の一家を俎板《まないた》に載せている者もいる。現に口の悪いわたしの夫なんか大喜びで雑言をこね回している。お前の奇想天外なお母さんが劉家を守ろうとして、反って劉家を亡ぼしたことになるな。血統関係のある娘を養女に出して、血統関係のない人間に家を継がせようってんだからな。劉家はもう亡んだな。子供が生まれたらそれこそ丸潰れだな。そして反歯を見せて、いひひひと笑っている。わたしは彼の笑い声を聞くと、わたし自身が悪くいわれている時には感じない屈辱感でかっとなってしまうのだ。そしてついむきになるところを見ると、わたしも矢張り劉家の娘に違いないのだろう。

あんたと関わりのないことよ。要らぬおせっかいは止して頂戴。すると夫は途端に反歯を引っ込ませ、まあ、そう怒るなよ、お前は怒っている時あまり綺麗ではないよと宥《なだ》めるのか、煽《あお》ってるのか、話を横へ持って行こうとするのだ。が一旦侮辱されたわたしはもう黙っているわけに行かない。「愛さん」は一体誰の親戚なの？　あんたの遠縁じゃないの？　あんたの陳家からわたしの家を亡ぼしにやって来たんだわ、きっと。そしてあんただってぐるに違いないんだと、わたしは叩きつけて溜飲《りゅういん》を下げるのだ。その癖わたしは長い間隠して来た古い傷に触られたみたいに、心をずきずき痛ませるのである。

もともと夫の一族の中から大人しそうな「愛さん」を見つけて、「金」に見合わせたのはわたしだった。母さんは始終「金」の婚事に頭を使いながら、一体何処から相手を見つけたら好いのか、さっぱり見当がついていなかった。同じ年でありながら、娘のわたしが結婚して二人も子供がいるというのに、肝心かなめの「金」にはまだ結婚させせない、困った母さんだ、矢張り腹を痛めた子供の方が可愛いと見える、などと陰口を利いている人がいるのも、母さんを余計にまごまごさせる原因の一つだった。高級中学を出て製糖会社へ勤めるようになった「金」自身は、ピンとした背広を着て、朝なんか剃刀で髭《ひげ》を剃《そ》ったりする、ちゃんとした一人前の癖に、女の子に向かってはからっきしの意気地なしで、何時まで経っても相手を追っかけることが出来ない。自分をまだ子供だと思っているわけでもあるまいが、あるいは母さんが適当に決めてくれるのを待っているのかも知れない。彼は気立ての優しい男だから、他家から貰われて来た自分が、劉家のことに口を出してはいけないのだと思っているらしいところもある。彼は日曜になると、部屋の掃除をしたり野菜畑の草を抜いたりしている。そして時には母さんのお伴をして市場へ行ったりする。何時だったか、生家へ帰ろうとしたわたしは路上で二人に会ったことがある。のっぽの彼が時代がかった買物籠《かご》を下げて、自分の肩くらいしかない母さんと話しながら連れ立って歩いているのを見た時、わたしは二人が生みの親子と寸分違わないのを不思議に思ったものだった。恐らく母さんは貰い子の「金」が素直な好い子であったことに満足し、余生を「金」に托そうと思っているだろうし、「金」は「金」で、骨肉を分かち合ってもいない自分に温情を注いで来た母さんに感謝し、母さんの一生に愛を捧げようとしているのだろう。二人の歩いている姿を思い出す度に、わたしはむしろ妬《ねた》ましさすら感ずるのである。その母さんに残された唯一の念願は、いうまでもなく「金」に嫁さんを迎えて一日も早く孫を抱くことに外ならなかった。近くを見回したところではわたしの夫の遠縁に当たる「愛さん」が飛び抜けて器量よしだった。利発げに瞬く黒目がちの眸《ひとみ》からは聡明さが窺《うかが》えたし、羞恥深い口許の微笑からは彼女の大人しい人柄を覗くことが出来た。幾らか細い胸の線が多少気にはなったが、「金」には似合いそうな人に思われた。大人しい「金」には矢張り大人しい嫁さんを貰って上げないと、尻に敷かれてしまうに違いないのである。また気の強い人では、何しろ姑さんがいるのだから禁物だった。それにわたしはこういうことにも気がついていた。「金」は劉家との間に血の繋がりを持っていない。だからわたしか又は姉さんと結婚しない限り、血統をもとに戻すことは出来ない。が姉さんとは勿論、わたしと結婚することもすでに不可能であった。しかし「愛さん」は夫の遠縁に当たる人である。したがって二人の間に生まれた子供はわたしの子供との間に血の繋がりがあるのであった。変な話かも知れないが、わたしはこの点に深い絆を感じた。

わたし達は「愛さん」と「金」の二人を交際させてみたのである。するとすらすらと気が合ってしまったのだ。数月を出ないで話が纏《まと》まったというわけである。わたし達は「愛さん」の花嫁姿を目にした時、遠からず赤ん坊が抱けるものと喜んでいた。長い間さびれていた劉家にも、やがて笑声に満ちた日々が訪れることだろうと、そう考えていたんだのに、わたし達の待ちもうけている嬉しい知らせはなかなかやって来なかったのである。一体どうしたのだろう、まさか「金」に欠陥でもあるのだろうか、それとも「愛さん」に？　勢いわたし達は「愛さん」の細い胸の線に疑いの目を向けるのであった。医者に診て貰ったらどうだろうと薦めたくもなるのだったが、でもこういう夫婦の間のことにわたし達が立ち入るのも変だし、わたしも母さんも、「愛さん」が梅干を欲しがり出すのを今か今かと見張っているより仕方がなかった。

「愛さん」を推薦したのがわたしだったから、わたしに責任があるような気もするのだった。それに実はそればかりでなく、他にも理由があった。結婚式の当日、花籠を下げていたわたしのあの馬鹿の小娘がめそめそと泣き出したのである。ただでさえ縁起を担がねばならない結婚式に涙を見せることは禁中の禁とされていた。それは新しい一対の夫婦の将来に涙が訪れることを意味するのだ。あの馬鹿が泣き出したのは無論慣れない舞台に立たされた羞《はにか》みや怖さのためだったろうが、座にいた年寄り連中が一せいにわたしへ叱責の日を向けて来たのには、実のところ面喰《めんく》らったものだった。わたしはさりげない風を装ってはいたものの、総身に針を浴びる思いだった。迷信と言ってしまえばそれまでだが、でもこうして「愛さん」に子供が出来ないと、矢張りあの時の祟《たた》りが後を引いているみたいに思われて、気が気でない。少なくとも老人たちが背後で囁《ささや》き合っている言葉をわたしはちゃんと耳に挟んでいる。口にこそ出しはしないが、母さんだって内心ではわたしを怒っているに決まっているのだ。母さんとて一時代前の人なのだから。差し当たってあの馬鹿の泣き面を気にしていないのは、皮肉にも「金」と「愛さん」の二人だけらしいのである。「愛さん」はあの馬鹿がお気に入りで、花籠を持ってくれたという点で、靴を買ってやったりエプロンを作ってやったりしている。それでも「愛さん」にしてみれば、皆が寄ってたかって彼女のお腹の脹らむのを待っているのだと知らぬわけでもなかろうから、表面上平静を装ってはいても、本当は心の休まる日とてないだろう。「金」は「金」で「愛さん」が身ごもってくれないことを、わたし達に申しわけなく思っているかも知れないし、一方わたし達にしても、子供が生まれないことから「金」夫婦の仲に罅《ひび》を入れても困るのだ。

どうしたものかねえ、と母さんが相談をもちかけることがある。その中に生まれるよ、心配しなくても、とわたしは視線を外らしながらそっけなく答える。その時わたしはこの話題を避けたがっている自分に気がつき、そしてそれに気が咎《とが》める。勿論「金」に子供が出来なければ、跡を継ぐために養子になって来た「金」も、「金」を育てた母さんも、二人とも徒労だったことになるだろう。が、時代は変わったんだよ、という言葉がわたしの口から飛び出しそうになるのはどういうわけだろう。確かに時代は変わっていた。子供など生まれたって生まれなくたって、家なんか潰《つぶ》れたって、「金」と「愛さん」が幸福ならそれで好いではないか。家がどうのこうのと言ったところで、どうせ人間には一生しかあり得ないのだし、それにもともと「金」は亡くなった父さんと何の血統関係もありはしない。しかしわたしは、母さんに捨てられて養女に出されてしまったわたしが、内心好い気味だと思っているのではないことを示すために、優しく母さんの肩に手をかけるのだった。新しい薬がどんどんと出て来る世の中だからね、何とかなりますよ、きっと。そしてわたしは年とって小さくなってしまった母さんに気の毒なものを感ずるのであった。

(三)

その日生家へ帰ると、着がえを済ませた「愛さん」がわたしと娘を出迎えた。「愛さん」の指に嵌《はま》った宝石にわたしは一寸引っかかりを感じたが、直ぐに忘れた。わたしは遅くなった詫《わ》びをいいながら、家へ残して来た下の娘のことをふと案じていた。あの馬鹿娘が消化不良を起こして昨日からむずかっているのである。あまり可愛くない子供でも病気をされると心配になるのだから、親なんて余程お目でたく出来ているのだ。夫がむずかるあの子に手を焼いている様が目に見える。でもたまには好いだろうとわたしは考える。幾ら子供嫌いといったところで夫の子供なんだから。清明節《せいめいせつ》〔旧暦三月の先祖祭〕を過ぎて二日経った今日は日曜なので、皆で祖先の墓参りに行こうというわけであった。去年の清明節は上の娘が気管支炎で墓参りどころの騒ぎでなかったから、わたしにとって今日は二年越しの墓参りである。わたしは用意して来た数品の牲醴《シィンレェ》〔祭壇にまつるお供え〕を母さんの籠のなかへ追加しながら、久しぶりに会いに行く父さんを懐かしく思い出していた。幾らか子供のように気が急いてもいる。

わたしには父さんについての記憶が全然なかった。目にした記憶もなければ抱かれた覚えも残っていない。その癖、あの世からじっとわたしを見つめていそうな父さんの淋しげな顔だけは、何時でも直ぐに思い出せるから不思議である。父さんは若くして死んだから、若い時の写真しか家に残っていない。でもわたしに思い出せる父さんはやはり白髪の混じった初老の人であった。わたしは父さんのことを考える度に、父さんが「金」をどう思っているだろうかと気になるのであった。父さんにとって「金」は見も知らぬ人だった。自分の知らない間に他人によって据えつけられた跡とりに過ぎないのだ。父さんは反対したいのだけれど、そして事実反対しているのだけれど、幾ら反対しても思う様に言葉が通じない。まどろっこしく、仕舞いには面倒になって父さんは黙ってしまったのではあるまいか。わたしには父さんの諦めを帯びた歎息が聞こえるような気がするのである。自分の息子を生むことの出来なかった母さんのことで、父さんはあの世にいる祖先たちに肩身の狭い思いをしているのかも知れない。せめてわたしか姉さんかが跡を継いでくれたら好いのにと、父さんが淋しがっていそうな気もする。もっとも「金」は父さんの一族の年寄り達の采配《さいはい》によって貰われて来た人間であるから、父さんにしても文句のいえた義理ではないのかも知れないが。でもわたしには、わたしの用意して来た供物《くもつ》の方が、母さんや「金」たちの供物より父さんを喜ばすことが出来そうな気がするのである。

二台の車に便乗したわたし達は墓地の入口で下りると、今度は徒歩に移るのだった。日頃は雑草のはびこった道も、数日来の墓参の人に踏まれて、横倒しに埃《ほこり》を被《かぶ》っていた。人里離れた墓場の中の一本道は、進むにつれて右へ折れ左へ曲り、何処までも果てしなく続いて行く。墓の数も行く程に多くなり、いつか累々《るいるい》とした墓石の国でわたし達は迷子になりそうな予感に怯《おび》える。無口がちに寄り添い、幾らか超現実の気配を感じながら、目印の石塔を探している。子供でも墓場へ来ると恐いらしく、わたしの娘はわたしに体をすり寄せ、幼い掌に汗を握っている。母さんの古ぼけた記憶を頼りに石塔の裏から土堤の斜面を右へ下りると、やがてわたしにも覚えのある涸《か》れた川原へ出るのだ。そこを越すとわたし達一家の墓が一廓《いっかく》を占めて点在しているのであった。わたしは忽ち父さんの墓を見つける。花崗岩《かこうがん》の墓石にはわたしと姉さんの名前が刻まれていた。「金」の名前はあの時にはまだ間に合わなかったから入っていない。しかしあっちがお祖父さんで、こっちがお祖母さんで、お祖父さんのお父さんは何という名で何歳まで生きたとか、黒っぽいお祖母さんの墓石は観音石と言う岩石だとか、こういうことになると「金」の方がわたしよりずっと詳しいのだ。わたし達は持って来た荷物の中から鎌《かま》だのスコップだのを取り出して、墓の周りを掃除し始める。墓石に絡んだ蔓草《つるくさ》は丁寧に刈りとり、前庭のセメントの裂け目に生えた雑草も根こそぎにする。それから墓卓に供物を並べて香を点ずるのである。

わたし達は祖先の墓にも鎌を入れ、焼香をした。血筋の遠退くにしたがって掃除はだんだん疎《おろそ》かになり、供物も少なくなる。遠い祖先に悪いような気もするのだが、用意して来た供物には限度があるのだから、実情としては致し方ない。わたし達は一休みし、家鴨の卵を剥《む》いて食べたり、蝦《えび》の殻を剥いで捨てたりする。どういうわけか卵や蝦の殻を墓上に投げ与える習慣になっているのである。仏の代わりにちゃんと食べたという意味なのかも知れない。わたしは娘に卵を食べさせながら、さっきから「愛さん」の中に不思議と異質のものを感じてならなかった。いや、「愛さん」ばかりではない。かつての日には一度も感じたことのない「金」にまで、何かの混じった異質のものである。わたしと母さんが袖をまくり上げて草を刈っていたのに、あの二人は殆ど何もしていなかったのだ。鎌の足りない故もあったかも知れない。でもわたしには目についてならなかった。大き過ぎる指環をつけた「愛さん」は草の汁で手が汚れるのを気にしながら、ほんの申しわけに草を二、三本抜いたばかりだった。それから二人は、墓の掃除よりも付近の景色に見とれ、わたし達も将来此処へ埋められるのねえと感慨深げに囁きあったり、さっき歩いて来た道の遠さに感嘆したりしていた。この人達にとって祖先などはどうでも好い存在なのに違いないのだ。幾ら跡継ぎといったって、血の繋がりのない者は所詮は赤の他人に過ぎない。わたしは劉の家へ紛れ込んで来た異なった人種を前にしたような気がしたのである。

墓参を終えて生家へ戻ると、時計はすでに二時近くを指していた。わたし達は手を洗い、汗を落とし、しばらく休んでから卓を囲んで遅い昼食をとった。上の娘は卵や何やでもうお腹が一ぱいなのであろう、水牛を見ると言って裏へ出てしまった。わたしは幾らか歩き疲れて反って若やいで見える母さんの汗を落としてさっぱりとなった姿を、珍しげに眺めていた。日に焼けて頬が赤らんだためか、それとも父さんに会って来たことで母さんは若返るのかも知れなかった。あるいはこんなにも大きくなった娘と息子を父さんに見せて来た安堵《あんど》がそうさせるのか、とにかく母さんはいそいそと嬉しそうであった。

わたし達は「愛さん」の作った手料理を食べた。「愛さん」のいなかった頃にはついぞ見かけなかったマヨネーズ入りのサラダとか、ハムとか、そんな物を母さんが箸《はし》にしているのを目にして、わたしは奇異の感に打たれた。母さんの生活にもいくらかの変化が起きて来ているらしいのである。そういえば劉の家の主婦はもう母さんではなかった。今や家の中心は「愛さん」に移りつつあった。恐らく母さんは主婦の好みに歩調を合わせるべく努力をしなければならないのだろう。が、わたしとしては、劉の家が少しずつ変貌《へんぼう》して来たことを認めないわけに行かなかった。

――最近なあ……

母さんがわたしに話したところによると、今度新しく作られることになった県道が、うちの田圃《たんぼ》を横切って隣村へ伸びて行くのだそうだ。何時か夫がいっていた、あの養家の地所を通ると言う道路、あれと同じ道路なのに違いない。それが同時に両家の地所を通るのだ。わたしは咄嗟《とっさ》に夫のいった言葉を思い出していた。――路が出来ると地所が値上がりする……

大金持ちになる……みんなお前という厄病神がいなくなったお陰で……

——そいでねえ……それで町から紡織社会の人が土地を見に来てねえ、李《り》さんちの畑に坪四百五十元の値をつけたんだってよう、それでよう……

四百五十元と言うと、うちの地所が一甲と八分地あまりだからとわたしは胸の中で計算を始めていた。そしてそれが無慮二百五十万と言う、とてつもない金額になった時、わたしはわたしもその分け前に預かれるだろうかと考える前に、突然、劉の家が洗いざらい「金」に攫《さら》われるのを感じた。「金」と言うよりも「金」の夫婦にである。父さんとは何の関わりもない人たちにである。わたしは自分でも意識するほど顔が蒼《あお》くなった。

——そう、そうなの。

母さんの所を辞して家へ帰って来ると、下の娘をもてあましていたらしい夫は、忽ち安心したのか、急に晴々とした顔になってわたしに悪態を吐き始めた。

——ああ帰ったぞ。うちの母さん、南京虫を連れて帰った。歯槽膿漏を連れて帰った。

上の娘は父親の悪態には無関心に、生家から摘んで帰ったオキザリスの花やら野生のトマトやらを妹に分けている。妹は思いがけない喜びに出会った時の癖で、咄嗟にわたしの顔を窺い、それから少しも面白くないような風を装って、尻をずらしながら後向きになるのだ。夫はわたしのお腹に手を当て、鼻をくんくん鳴らしながら頓狂《とんきょう》な声を上げる。——やあ。やあ、母さん身ごもって帰ったぞ。赤ん坊の匂いがする。おしめの匂いがする。「金」の子供が生まれたらどうしよう。

彼は上機嫌で、殆ど鼻唄を歌ってでもいるように悪態を繰り返す。それから思い出したように声を引っ込めると、今度は真顔になって、彼の関心事の一つを尋ねるのだった。

——ところで、「金」の嫁さん、赤ん坊はまだかい?

わたしはそれに首を振った。と、その途端である。ある考えが稲妻のように閃《ひらめ》き渡ったのであった。

——そうだ、「金」に娘を一人やろう。

一瞬わたしはこの考えが素晴らしいものに思えた。娘を一人やれば「金」に跡継ぎが出来るばかりではない、劉の家を洗いざらい「金」の夫婦に攫われずに済むのである。しかも家を父さんの血統へ戻すことが出来る。どうせ夫は子供好きな人間ではないし、それに「愛さん」は下の娘がお気に入りだ。さらに驚いたことに、わたしは次のことまでを頭に浮かべていた。——それにわたしはもう一人子供を生んでみることが出来る。今度こそは男の子が生まれるかも知れない——

わたしは二人の娘を顧みた。すると二人とも同じ血統の保持者として、不思議にも等量の価値をもってわたしの目に写った。この時になってわたしは始めて下の娘も同じわたしが腹を痛めた子である実感を味わった。そういえば二人は顔形こそ違っても、矢張り何処かで似通うものがあったのだ。と、今度は、わたしは下の娘にせよ、「金」にやるのが惜しくなり出した。

紫陽花

（一）

――伸《しん》さん、何をしてるんです？

陽はそろそろ西へ回っていた。紫陽花の咲き始める、だが鬱陶《うっとう》しい台北の季節である。毎日ひるを過ぎると観音石を敷き詰めた石畳の庭へ屋根瓦の投影がそっくりそのままの形でずれ出し二間《けん》幅ほどの細長い庭をセメント塀のほうへ少しずつ移動して行く。そしてそれが塀にぶつかると、今度はそのまま塀の面を縦へ這い上がって行くのである。その屋根瓦の投影のなかでは、さっきから数羽の雀が煉瓦《れんが》を数えながら跳び、時折舞い上がっては場所を入れ代わったりしていた。雀の囀《さえず》りもどこか鄙《ひな》びた静かな住宅地の午後である。セメント塀の上には昨日もそこに止まっていたオニヤンマが一匹、ときどき同じ場所へ止まり直しては目玉を動かし、複眼のつけねを引っ掻《か》いたりしていた。仲の病室に当てられた離れの六畳間にも午後の翳《かげ》りがうっすらと佇《たたず》んで、昼蚊が一匹狼狽《うろた》えながら天井の暗がりへ紛れ込んだ。入って来たのは母親だった。

――雀が鳴いていたものだから……

戦時中に拓《ひら》かれたこの住宅地では、付近にまだ田も多いこととて雀の囀りにはことかかなかった。伸の庭先にもたびたび降りて来ては何かに驚いたように羽をばたつかせて逃げて行った。瓢簞《ひょうたん》をくり抜いてぶら下げておくと、しまいには棲《す》みつくという話であった。伸もいつか雀を飼ってみたいものだと思っていた。しかし今、彼は雀を見ていたわけではなかった。彼は顔を赤らめ、出窓から下りた。

――落ちたらどうします？

伸は二十になっていた。肺を患って学校は休んだままになっていた。母一人子一人の淋《さび》しい家庭である。父親はもういなかった。ある夏の日に戦犯の嫌疑で捕えられ、そのまま戻って来なかったのであった。あれから三年経っていた。

――勉強は済みましたか？

伸は気立ての優しい少年だった。母親に逆らったことがほとんどなかった。別に孝行がしたいわけでもなかったが、夫を失って内心淋しい思いをしているに違いない母親にいたわしいものを感じていた。そしてそれは自分にも当てはまる境遇だった。彼は何かに堪えるような気持ちで毎日少しずつ勉強していた。

——さあ、お薬にしましょう……

病院へ行けば彼は看護婦さんたちに大事にして貰えるほどの重症患者ではなかった。ただ眉の秀でた、そして家庭の好さそうな彼に好意を寄せる看護婦さんが何人かいた。しかし家にいる限りでは彼は母親にとって常に大切な息子だった。

一日量十グラムのPASは量から言っても舌ざわりから言っても彼を辟易《へきえき》させるのに充分だった。PASの外にカルシューム剤、ビタミン剤、それからバターだの卵だの、さらには時間を区切ってストレプト・マイシンの注射も打たねばならなかった。当時INAHはまだ市販されていなかった。左肺の上葉に三個所ほど浸潤があるのだった。

——さあ……

PASは胃を損ねると言われていた。ざらざらとガラスの粉を思わせる物資は溶けて血管に紛れ込むには何か粗雑過ぎる感じであった。胃を保護する意味をも兼ねて伸は薬を呑む前に軽くパンを摂る習慣になっていた。

——お茶よりもお湯が好いでしょう。

母親は教養のある日本婦人であった。厳格でもあった。戦前にある格式の高い日本の上流家庭から台湾へ嫁に来た彼女は、感情を見せると言うことをほとんどしなかった。感情を見せる前にそれを締め出そうとしている風にさえ見える時があった。それは一つには夫を奪われた悲しみに堪える気性の激しさもあったろうし、また傷ついた誇りと格式への意地と言うものもあったかも知れない。女中さんが居つかないのも彼女の気性が禍《わざわい》するのに違いなかった。彼女は今でも戸棚の奥に薙刀《なぎなた》を一本隠しもっていた。

——小説はあまり読まないほうが好いですね……

二つの本棚のなかには学校の教科書以外にいくらかの詩集やら小説やらが入っていた。昔父の読んでいたものもあったし伸が本屋で求めたのもあった。伸は馴染《なじ》みの薄い作家のものはあまり読もうとしなかったが気に入った作家の作品は何回でも繰り返して丹念に読んだ。「小説はあまり読まないほうが好いですね」と言うのは医者の口癖であった。しかし母親は伸が大学の受験に文科を選んだ時、別に反対はしなかったのであった。伸は読みかけてベッドに伏せたままになっている本を脇へ押しやって、でもと軽く口答えした。

——学校は何年後れても構いませんよ。それだけ長生きすれば同じことですからね。でも毎日少しずつ勉強しないと馬鹿になります……

母親自身、部屋に本箱をしつらえていた。インク壺《つぼ》が置かれていた。五十になった彼女は背を丸め、鰹節《かつおぶし》を削る要領で鉛筆の芯《しん》を削《そ》ぎ落としていた。眼鏡をかけて彼女は手提げのラジオの前に座り、英文の講座を筆記したり中国語の勉強をしたりした。

——少しは散歩をして来ると好いでしょう……

仲は淋しかった。子供のころ日本人の入る小学校に通い、日本人の中学校へ入った彼は、友達と言えば日本人の子供以外になかった。が彼等は終戦と共に故国に引き上げて行った。しかし仲は自分一人だけが淋しいのではないことを知っていた。そういう世代があり、また現に目の前にいる母親もどれほど淋しいかを彼は知っていた。

——さて、今夜のお菜は何にしようかねえ……

家のなかはひっそりとしていた。猫でも飼ったら好いのにと仲は思うのであったが、潔癖な母親は動物というものを好まないのであった。表では曳《ひ》き荷の行商人を囲んで付近のおかみさんたちが集まっているようすだった。ころころころと小さい太鼓槌《たいこつち》を鳴らしているのはきっと小間物を売っているあの爺さんだろう。その側をちりんちりんと鳴らしながら三輪車が一台通って行ったのが解る。裏の長屋を越した向こうの空地で雄鶏がけたたましく鳴き出したのはたぶん子供たちの投げたボールが転がって行ったからだろう。そしてどこかで炭を割る音が聞こえるのは、付近でももう夕食の仕度が始まったからなのだ。風に乗って時折町の騒音が流れて来る。

母親が行ってしまうと、仲はもう一度窓からそっと裏の家を窺《うかが》った。

（二）

仲はその人を見たことがなかった。でも声だけはたびたび耳にするのだった。その人は裏の塀に接して建てられた三間長屋の端の一軒に住んでいるのだった。ちょうど仲の窓の正面左寄りにその家の窓が一尺ほど塀の上からこちらを覗《のぞ》いており、声はそこから洩《も》れて来るのだった。その一部屋は炊事場でもあるのか、水を使っている音の聞こえる時もあったし、声が奥の部屋から屈折して洩れて出ることもあった。ときどき思わぬ間近から声が一齣《いっせき》だけ飛び出して来ることもあった。どことなく哀愁を帯びた少女の声であった。が仲がこっそりガラス窓に顔を寄せる時には少女の姿はいつも見えなくなっているのが常だった。

少女は舌ざわりの滑らかな北京《ペキン》語を使っていた。あるいは北京の人かも知れなかった。しかしそうではないのかも知れなかった。北京語は仲にとっても国語のはずだった。が戦後国籍が変わって間もなく、しかも学校を休んでいる伸には国語は異国の言葉も同然の響きをもっていた。うまく聞きとることもうまく話すこともまだ出来なかった。そして少女は明らかに大陸から渡って来た人であった。

少女の甘い声のなかには何となく哀愁がこもっていた。伸は声しか聞こえぬ少女に一も二もなく惹《ひ》かれて行った。

少女は時折遠い見知らぬ地方の小唄を口ずさむことがあった。その淋しい調べを聞きながら伸は故もなく気の毒に思ってしまうのだった。そしてその後で相手を気の毒がることの理不尽を可笑しく思ったりした。第一相手がどんな人なのか、どんな家庭なのか、まだ何も知らないのだった。不幸な家庭だと決まっているわけではなかった。しかし伸には少女が淋しい生活を送っているように思えてならなかった。それは伸自身が淋しかったからかも知れない。

少女には父親がいないようすだった。父親らしい人声の聞こえたことがなかった。父親ばかりでなく男の声というものが全然聞こえないのだった。母親らしいつつましやかな老婦人との二人暮らしのようであった。炊事場と思われる伸の家に一番近い部屋で、老婦人はコトコトと何か一人で仕事をしていた。

少女の声が一日中聞こえているということはなかった。いつ家にいていつ外出してしまうのかわからなかった。が母親と話をしている声さえめったに聞こえないところを見ると、どこかへ勤めに出ているようにも思えるのだった。それにしてもどこへ勤めに出ているのかは皆目見当もつかず日曜だからといって別に家にいるようすも見えなかった。塀の上に開いた例の窓から不意に淋しげな声が聞こえて来るのは時に朝の早い内であったり、時に午後の四時頃であったりした。四時頃になって顔を洗い、食事をし、それからどこかへ出かける風でもあった。伸は一目でも少女を見たいものだと思っていた。声一つから、そしてつつましげなその長屋住まいから、一つの輪廓《りんかく》を思い描いているとはいうものの、我々は誰でもどういうわけか視覚に頼る習慣がついていた。百聞一見にしかずという言葉があった。目で確かめたいのである。彼女が日に一度は炊事場らしい所へ来るのは確かだった。が彼女の炊事場は暗かった上に煉瓦塀が窓の大半を隠していた。彼はカーテンの陰に潜んではしげしげと覗き見を企てた。

ときどきチラリと少女らしい影の見えることがあった。がそれは見えたような気がするだけなのに違いなかった。窓は細目にしか開けられていなかったし、彼女の姿はたちまち見えなくなっているのが常だった。そして消えてしまうともはや二度と現われることはほとんどなかった。しかしながら伸は彼の目ざとい一瞥《いちべつ》から色白の、華奢《きゃしゃ》な、そしてどことなく哀愁を湛《たた》えた一少女の面影を推定するのに不足はなかった。

彼女のほうから伸の窓を盗み見することはあまりないようすだった。それは躾《しつ》けが好いためなのか、それとも無関心のためか、いずれか解らなかった。でも伸は自分の母親が日本人という、いわば他人の好奇心をひきやすい家庭であるのを知っていた。それに家もこの界隈《かいわい》では好いほうである。それを少女は知らないのかも知れなかった。またひょっとすると戦争中彼女の家では日本兵の凌辱《りょうじょく》を受けたのかも知れなかった。彼女に父親らしい人のいないのがその可能性を裏書きしていないとどうして言えよう。そのような怨みがあって見て見ぬふりをしているのかも知れなかった。こちらを覗いてくれないのが伸には淋しいのである。恋人がすでにいるのだろうかと伸はそんなことまで気になるのだった。窓一つ隔てて二人は昵懇《じっこん》になる動機がなかなかもてなかった。

少女は午後の四時頃ともなると洗面器を持って来て炊事場で顔を洗う習慣のようであった。野菜とか衣類を洗っているのではなさそうであった。突然、非常な近距離から少女の声が飛び出して来るのはこういう時だった。そしてまた声は突然に途切れるのだった。それは伸にも解る簡単な言葉「違うわよ」とか「まあほんとう?」とかいう類のものである場合もあったし、よく聞きとれないどこかの方言の場合もあった。がいずれにしても伸にとってそれが音楽の一節であることに変わりはなかった。少女の声が途切れると今度はそれに答える母親らしい老婦人の声が細いなかにも慈愛深げに聞こえて来るのだった。

暗い窓のなかにひょいと少女の姿の一部の見えることがあった。がそれは決まって肩から下、脇から上とか、腰の辺りとかスカートの一部とかであったりした。塀の上に覗いている窓は高さにして一尺そこそこであったから仕方がなかった。頭部や顔が見えたと思った時にはもう消えてしまっていた。だがこの瞬間をよぎる彼女の姿から、彼女の着ている服がたいていはカーキー色であること、肥満した少女でないことは解るのだった。カーキー色の服というと? 伸はいきおい女学生を連想し、カーキー色の制服を着けている学校をあれこれと思いやるのだった。彼女は夜学校に通っているのかも知れなかった。

少女は洗面を終えると鄙びた小唄を口ずさんだりしながら奥の部屋へ引き上げて行くのであった。いく重にか遮られた壁の隙間を縫って声が消え去って行くのを、伸は小鳥を追跡する少年のように耳をそばだてながら追って行った。炊事場の向こう側にはたぶん寝室と居間が各一室ずつはあるはずだった。それからしばらくすると今度はほんとうに少女の声はどこからも聞こえなくなってしまい、どうやら外出した気配になるのであった。夜学校へ通っているとしても一体どこの夜学校なのだろう。だが少女はあるいはどこかへ勤めているのかも知れなかった。カーキー色の服は女学校の制服と決まっているわけでもなかったし、ひょっとすると単に彼女の好みの色に過ぎないのかも知れなかった。またかりに制服に間違いなかったとしても、警察や軍部関係の役所の服装もそのような色合いであったし、他にも探せばいくらもありそうだった。第一母親と二人の世帯では彼女が勤めにでも出なければ生活費の出所のない理屈であった。長屋に住んでいる彼女たちがそれほど裕福には思えなかった。もちろん伸が相手を女学生なら好いなと考えているのは確かだった。そのほうが年恰好からして自分に似合いだったし、また世間ずれのしていない女学生というものが清純であるためもあった。が伸はたとえ相手が勤めに出ているとしても健気《けなげ》に働いている可憐な少女が嫌いであるわけはなかった。そもそも声一つから窺える相手が決して世間ずれのした少女でないのを伸は信じて疑わなかった。

それにしても午後遅くなってから出かけるのは気がかりであった。勤め先が万一酒場だったらどうしよう？　酒場のほかにもダンス・ホールという所があるはずだった。伸はそのような場所へ入ったことはなかったが、書物などでその場の空気はまんざら理解出来ないでもなかった。彼は危険をひしひしと感じていた。花が咲くと虫が寄って来るのである。しかし伸は危険を感ずる反面、彼女が決して酒場などに勤めている少女でないのを信じていた。彼女はもっと清らかな少女なのだ。勤めているとしても健全な所でなければならなかった。ただ伸としては出来ることなら自分の病気が治るまでは少女をほかの誰にも見られたくなかったのである。

一方、少女の母親はしばしば炊事場に姿を見せていた。米を研いでいることもあったし小まめに七輪をあおいでいることもあった。年寄りは動作がのろいのでなかが薄暗いとはいうものの彼女の姿が胸、脇、腰、膝へと一尺幅の窓のなかをずれ動いて行くのを伸は何度となく目にしていたし、時には竹で囲った小さな庭に出て木戸口から裏の空地で遊んでいる鶏を一人で見ていることもあった。横顔の美しい小柄な老婦人であった。楚々《そそ》とした身綺麗な感じだった。伸はこの老婦人の姿から少女の面影を想像することが困難ではなさそうに思えるのだった。おそらく少女はこの老婦人の若い頃にどこか似ているのに違いなかった。そういえば声もどことなく似通った響きがあった。そしてそれはまだはっきりと見たことはなかったが同時に懐かしい少女の面影に重なるものでもあった。

　伸は一度わざわざ遠回りして散歩に出かけたことがあった。裏の路地は伸の家の建っている路地と少し違って多少屈折しているらしく、両者はかなり離れた所で大通りに繋がっていた。その路地口に立って伸は少女を待ってみようと考えたのだ。あるいはどこかですれ違っても好いとも思っていた。顔を知らなくてもすれ違いさえすればたちまちこの人だと解る自信があった。それほどに自分の勘が不正確だとも思えなかったし、二人にそれほど縁がないとも思えなかった。彼女の外出の時刻を選んだのはそのためであった。彼の病勢は彼に散歩を許さないほど悪いものではなかったから、母親の肯《がえ》んじないはずもなかった。ただ伸の心中を知らない母親が伸のために襟巻きを持って一緒に連れ立ったのは伸には迷惑な話だった。

　しかし伸は知らぬ風を装い、路地から大通りへ出、それから少女の家へ通ずる裏の路地口へと足を運んでいった。その間歩調をゆるめ、たて込んだ店舗のショー・ウィンドウを覗いたり街角に佇んだりしたのはいうまでもない。が、こうしてせっかく苦労したにもかかわらずついに少女には行き会えなかったのである。少女の容貌が予想からかけ離れていたとは考えられなかった。第一カーキー色の服の少女には行き会わなかったのであるからたぶん時間がずれてしまったのであろう。もう少し佇めばあるいは行き会えたかも知れなかった。しかし同じ所をうろうろして人目を引くのも具合いが悪かったし、第一母親に隠しごとをしている気のとがめと、それが露見しそうな恐れもあって彼は歩いて来た道筋を戻ったのであった。が心のなかでは二人の縁を信じて疑わなかった。

　もともと少女は母親と二人っきりで住んでいた。そして伸のところでも母親との二人暮らしである。こういう環境の相似に縁を感じたのはいささか唐突に過ぎたであろうか。しかもお互いに背中合わせに住んでいた。天体でいえばほとんど衝突の位置である。これは広い世のなかにおいてよほどの縁がない限りあり得ない偶然の所産であろう。伸はいつの日にか少女との恋が実を結ぶのを信じてもよさそうに思えるのだった。

　しかし伸はこういうことをも知っていた。終戦の翌年に夫を獄中に失った母親は、大陸から渡って来た人たちに好感を――少なくとも息子の嫁としてその少女を受け入れられる気持ちのあるはずがなかった。それに少女のほうでもひょっとすると戦争で父親を失っているのかも知れなかった。それでなくても少女の国は、伸をも含めた当時の日本人によって蹂躙《じゅうりん》されているのである。背中合わせに住みながら少女が伸の家に一瞥すら与えない理由も、あるいはここにあるのかも知れなかった。それから生活様式もかけ離れていた。伸たちは今もって障子を回らせた畳の部屋に住んでいたし、少女のほうは日本式の長屋を適当に改造して畳を板の間に直したり、脚の高い寝台を置いたりして生活しているのに違いなかった。襖《ふすま》は板張りの仕切り戸に換えられ、白木だった柱や窓枠にはペンキが塗られ、玄関には縁起を担ぐ赤紙の対聯《ついれん》が貼《は》られているだろうことは見ないでも解っていた。そしてさらに現実的な面においてもまず言葉の障害が横たわっていた。伸の国語は突然に詰め込まれた、それも中途半端な外国製品のような感じのものでしかあり得なかったし、母親にいたっては戸籍調べに来る警官と挨拶《あいさつ》一つ出来ない始末だった。

一方、少女のほうでも日本語はおろか台湾語さえ知っていそうにないのだ。二つの家庭は似ているようでその実ずいぶんとかけ離れていた。二人の老母たちにしたってさりげない顔つきのなかに、あるいは彼女等の民族から学んで来たそれぞれの優越感を互いに隠しもっていないとどうして知れよう。伸はたとえ少女と知り合いそして恋を囁《ささや》く日があったとしても、老母たちの——最小限度母親の——反対が介入して来るだろうという心配をもっていた。少なくとも彼女等に祝福して貰うためにはまだ長い時日を要することを知っていた。だが災転じて福となる、という言葉もあるのだった。その日がいつか来そうな気もしていた。そして、その日の来る前に少女が他人のものになってしまわないことをひたすら念ずるのであった。少女は伸にとって初恋といっても好い人である。それも声一つによって惹きつけられた人であった。

（三）

伸はこういうことを考えるようになっていた。つまり人は誰でも五官をもっていた。物を見、音を聞き、嗅ぎ、味わい、そして触れる。そのなかで人は視覚ばかりを信用し過ぎるような気がするのであった。むろん視覚が実生活において最も便利であることはいうまでもなかった。盲人は敏捷《びんしょう》に行動出来ないし、敵を避けることも敵を襲うことも自由に出来ない。人間の歴史が闘争の歴史であったことを考える時、視覚は身を守るためには確かに一番有用な機能であったろう。だが百聞一見に如かずといって何もかもを視覚に頼ってしまうのは間違いではあるまいか。

我々は物を見ることによって相手の実在を確かめられるばかりでなく、相手からある概念的な印象を受ける。善良そうな人だとか、学問がありそうだとか、そういう見えないことにまで視覚を頼ってしまいがちなのだ。そしてその後で人は見かけによらないとか一杯喰わされたとかいって後悔するのである。もともと視覚を信用し過ぎたことに気づかないのだ。人の目を欺くために我々は科《しな》をつくることもできるし、そういう科には生まれてこのかた誰でもかなりの修養を積んでいるのである。そこへ行くと声はもっと本質的に出来ていそうに思えるのだった。もちろん声にも猫撫で声というのがあった。しかしそれは耳にした途端に猫の声であることがばれるものだった。

一口に声といってもそれは音であるばかりでなく、抑揚、リズム、発声の仕方とか調子とかいろいろなものに関連があるのであった。そしてそれらを包括して声にはその人の気質から教養までが丸出しになっているものであった。生まれつき心の優しい人は声も優しいのが普通なのではあるまいか。ラジオ劇を聞いていても、目には何も見えていないにかかわらず不思議とその人物の性格が解るものだった。そして妙に惹きつけられたりする。いや現に伸は顔形はおろか姿さえほとんど目にしたことがないのに、裏に住んでいる少女の人柄までが手にとるように解るのだった。好みやら身だしなみやら頬の柔らかさすら感ずることが出来た。そればかりか声一つから少女の容貌《ようぼう》すら推定出来そうに思われるのだった。むろん彼の推定している少女の容貌はあるいは間違っているかも知れなかった。彼女の髪は実際には彼が考えているほどに柔らかくなく、頬はふっくらと白く、唇は苺《いちご》のように紅くないかも知れなかった。しかしもっと本質的なもの、気立てとか教養とか、いわば香りというようなものが想像からさほどかけ離れているとは思えなかった。もともと容貌とはいくらでも整形出来るものだった。人を欺くことも容易であれば欺く作用をもっているのも確かだった。

古来盲人はめったに人を誤ることがないといわれていた。それというのも視覚に惑わされることなく相手を捕えることが出来るからだろう。相手を理解するには視覚はむしろないほうが好いということもいえるのだ。そのような視覚──言い換えれば容貌などに──価値のないのは解り切ったことであった。そこへ行くと伸は耳で少女を捕えていた。視覚に禍されずに本質的なものを捕えていた。それで充分ではないか。何も少女の顔形を見るには及ばないのだ。どんな顔をしていようと差し支えないではないか。伸はそう考えた。がその反面心のなかで絶えず少女の容姿をあれこれと想像している自分に気がついて、これは一体どういうことなのだろうと戸惑ってしまうのだった。

生まれて以来視覚を頼って生活して来た人間には、すでに視覚に中毒されてそれから抜け出せなくなっているのかも知れなかった。しかし伸はたとえ将来のいつの日かに少女と邂《かい》逅《こう》し、少女の容貌を目にし、そしてそれが彼の想像とかけ離れたものであったとしても、いささかも少女への愛に妨げはないと信ずるのであった。彼が愛しているのは容貌ではなく少女の人柄なのだ。伸の心にあるのは睡蓮《すいれん》の花びらのように哀愁を湛えた一人の少女であった。

（四）

ある宵のことであった。夕立の上がった庭に月下美人が三輪咲き匂っていた。顔を寄せれば息詰まるばかりの甘美な香りを漂わせて、いくらか憂わしげにこの南米産のサボテンは絹作りの巨大輪を軒下の宵闇《よいやみ》に浮き立たせていた。伸は縁側に電気スタンドを持ち出して百燭《ひゃくしょく》の照明を月下美人に当てていたのである。そして自身は庭下駄をひっかけ、捨石の一つに腰を下ろしてこの一夜で萎《しぼ》んでしまう短命な花を見守っていた。少し離れた所から見ると、月下美人は造花よりも整然と花弁を重ね闇から抜け出したようにぽっかりと息づいていた。

月下美人の花は人を悩ましくさせるものをもっていた。それは清楚にして清楚でもなく、豪華のようでいて豪華でもなかった。清らかななかに甘美さを湛え、無垢《むく》でありながら夜をのみ咲き匂う花であった。伸はさっきから悩ましい気持ちに浸っていた。炊事場で母親が皿を洗っている音が聞こえている。

とその時であった。少女の声が不意に背後から飛び出して来たのは。「まあ、きれい!」という声が例の窓から、しかも思いがけない近距離で聞こえたのであった。驚いて伸が振り返るのと相手が逃げ去るのとほとんど同時だった。少女は声を出した途端に伸が目の前に座っているのを発見したに違いなかった。がほとんど同時の一瞬のうちに伸ははっきりと少女の顔を見たのであった。大きな眸《ひとみ》が華奢な顔形のなかで一心に慌てていた。柔らかな白い頬のなかに開かれた紅い唇。新鮮で、そして紛れもない美少女の顔。

少女の顔は一瞬の後にはもう消え去って、後にはただ例の窓が半分ばかり開かれたまま電気スタンドからの光を深淵に吸い込むかのごとく佇んでいた。が伸は浮き立つほど嬉しくなっていた。羞恥《しゅうち》に燃えて走り去った少女の動悸《どうき》すら肌に感ずることが出来た。第一今日初めて声をかけて貰えたのである。

背中合わせに住みながら近づきになる縁のなかった二人に突如として機会が訪れた感じであった。しかも少女は伸が考えていたのと寸分違わない、いやそれよりもっと美しい、もっとたおやかで華奢で無垢で、そして甘美な少女だった。頬は花びらのように白かったし、黒い眸は潤いを帯びて清らかに瞬いていた。波のかかっていない柔らかい髪は彼女がまだ社会ずれのしていない女学生であることを裏書きしていた。あどけなさの抜けきれない口許の羞《はにか》みから、ほっそりとした喉もとの白さまで伸には見えたのであった。少なくとも見えたと信ずることができるのだった。それもこれほどの近距離においてである。

伸には少女の息が顔にかかったとさえ思えたほどだった。伸は今までにも夜になると庭へ下りて行くことがしばしばあった。少女は四時を過ぎると家にいなくなるのが普通だったから、夜に少女の目を意識することは絶えてなかった。だから今夜の突然の出現は伸を驚かすに足り、且つそれだけに嬉しかったのも事実であった。何故今夜に限って在宅しているのか、それは解らなかった。解る必要もなかった。伸はたった今、目にした花のかんばせと、たった今耳にした花の囁きを反芻《はんすう》するだけで充分だった。「まあ、きれい！」というのは無論月下美人に発せられた言葉であった。あるいは電灯の照明のなかに浮き上がった庭のたたずまいに与えられた賛辞かも知れなかった。が伸はあたかも自分が賞められたかのようにさえ感じて頬《ほお》が熱くなって来るのだった。

おそらく少女は外から戻って来て、手を洗うためか、とにかく炊事場へやって来たのである。すると隣家の庭が明るかった。見ると月下美人が咲いている。夕立の後に庭木はしっとりと潤って夜気に濡れ、灯りのなかに浮き立って見えたのだ。それで思わず声を挙げてしまったのに違いない。もちろん伸がそこに座っていようとは思ってもいなかった。ところが声を出した途端に隣家の少年を発見してしまったのである。彼女自身も、あたかも隣家の少年を「まあ、きれい！」と賞《ほ》めてしまったように感じたのだ。伸は狼狽《ろうばい》した彼女の姿が目に見えるようであった。何と可憐《かれん》な人ではないか。一瞬の後に彼女が消え去ったことを伸は残念がりはしなかった。少女に声をかけられたということだけで、少女が自分を目にしてくれたということだけで、彼は一も二もなく幸福になっていたのである。

その晩のことがあってから伸は努めて耳をそばだてていた。あの出来事が少女にどういう作用を与えたであろうか。もし自分に好意をもっているなら羞恥が長く続くはずであった。彼女の胸のなかにある自分の地位を伸は確かめたいのである。

しかし結果は曖昧《あいまい》であった。もともと日に二言三言聞こえるか聞こえないくらいのものであった。そして事件の後も取り立てていうほどの変化は認められなかった。にもかかわらず伸にはある予感があった。少女は伸の耳を意識していた。目を意識していた。炊事場に来ている時には声を立てないのである。足音をひそめている風に思えるのである。がそれはあるいは伸の心の作用に過ぎないのかも知れなかった。

窓は相変わらず半開きになったまま塀の上を覗いていた。しかし少女の声が聞きづらくなっていたのはほぼ確かだった。伸はそれを淋しいとは思わなかった。姿は遠のいたが心は近づいたからである。のみならず伸には嬉しいことがまだあった。彼は今まで声一つだけで純粋に恋が出来るのだと考えていた。だが今少女の容貌を知ってしまったことはやはり問題の一つが解決されたことに外ならなかった。しかも少女は彼の想像と寸分の違いもなく美しかったのである。それは彼の純粋の恋にプラスこそすれ決して拮抗《きっこう》するものではなかった。

（五）

朝早く、五時頃ででもあろうか。手荒に木戸口を叩く音がして母親が慌てて戸を開けに行く。その音で目の覚めることが月に一度はあるのだった。入って来たのはいわずと知れた役所の衛生隊、つまり便所汲《く》みである。彼等は大通りまで運搬車に乗って来て、そこから桶《おけ》を担いで路地路地へと散って行く。十人余りが一グループとなり、各人が一戸ずつを訪問して回る仕組みだった。伸は布団に埋まったまま木製の桶が門柱にぶつかって立てる音を聞いたり、べたべたと庭を蹂躙する荒々しい人たちの足音を聞いたりして闖入者《ちんにゅうしゃ》の歩いて行く道順を耳に追うのであった。

昨夜洗って竹竿に通しておいた洗濯物を母親が慌てて取り入れているのが解る。伸は裏庭に植えられた季節の花やら一株の紫陽花やらが痛められはしまいかと気になるのだった。伸にしろ母にしろこういう闖入者を歓迎しないのはやまやまなのだが、そうかといって月に一度は来てくれないとまた困るのであった。汲取《くみとり》人たちは勝手知った庭を通り風呂場の角をよぎって奥へと入って来る。そしてやがて家の外壁の一部がぽっかりと剥《は》がされる音がして、そこからブリキ製品が差し込まれ、家屋の基層深く隠されていたものが攪拌《かくはん》されて鈍い水音を立て始める。アンモニアの臭いが明けがたの清浄な空気のなかに混じり合って行くのが寝室にいる伸にも感じ取れるのだった。そして今日一日が始まったことに気づくのである。

耳を澄ませていると、明けがたの闖入者は彼の家ばかりでなく付近一帯に散らばっているのがよく解るのであった。ほうぼうの家屋の内臓のようなものが攪拌されている音が聞こえて来る。とくに一番近いのはすぐ裏の少女の家であった。二軒の家ではほとんど時を同じくして無法者によって攪拌され、汲取口にぶつかるブリキの音やら水音やらが反響し合って、あたかも相聞の歌を奏でている風に聞こえるのであった。しばらくしてこの歌が終わると、天秤棒のしなる音がしてべた足の響きが庭土を叩きながら立ち去って行く。そして伸の家から汲み出された水液は大通りで待っている運搬車の水槽のなかで突然に少女の家の水液に邂逅するのだった。その時異性の彼等は互いに羞み合い、もじもじとし、それから青きドナウの流れのようにしずしずと混じり合って一つになるのであった。彼等は運搬車に積まれて町を出、百姓たちの肥料として地球上のどこかで手を取り合ってしみ込んで行くのである。

伸は彼と同じように布団にくるまったまま相聞の歌をうっとりと聞きつつ目覚めているかも知れない少女の瞬きを思い浮かべ、体が甘くなって行くような幸福感に浸るのであった。そして少女も幸福な思いにふけっているだろうかと考えて無性に嬉しくなるのだった。それから彼はすっかり目が覚めてしまうのであった。

（六）

ところがそれからしばらくして伸は少女が裏の家からいなくなってしまったのを発見したのであった。彼女の声がいつの間にか聞こえなくなってしまったのだ。のみならず気がついた時、彼女の家には見も知らぬ七十近いと思われる老夫婦が住むようになっていた。もともと物静かな母娘の住居だったし引っ越して来たのがまた静かな老夫婦だったため気がつかなかったのらしかった。がともかくも伸は狼狽した。

最初、伸はこの老夫婦を少女の親戚ではないかと考えた。南部からやって来てしばらく滞在するのかも知れない。が、それにしては炊事場で米を研いだりして客分には見えなかったし、少女の母親までが見えなくなったのも不思議だった。では少女たちは引っ越してしまったのだろうか。伸は大陸から渡って来た人たちがいとも簡単に転居することを知っていた。それは内乱の多かった国柄に住む人間にとって自然に身につけた習慣であった。が、それにしても母娘は何故急に転居しなければならなかったのだろう。数日前、少女は伸に向かって「まあ、きれい！」という言葉を発してしまった。そういう羞恥に堪えられなくなって引っ越したのであろうか。まさかいくら何でもそれだけで転居するとは考えられなかった。転居には費用がかかるものだったし第一母親の都合ということもあった。それよりも少女は伸に声をかけてしまった後で実は前から隣家の少年が好きだったことに気づいてそわそわとし出したのだ。母親は日本人が嫌いなのであるからむりやり少女を連れて転居した……

もっとも転居するにしても荷作りとか運搬とかで背中合わせに住んでいる伸に知れないはずはないのに一体どのようにして行方をくらましたのだろう。あるいは裏の長屋は家具つきの貸家ででもあったのか。だが伸はこういうことも考えてみた。たとえば戦争中に行方不明になっていた少女の父親がひょっこり発見された。戦争中ばかりでなく戦後も内乱の続いていた国であるからあり得ないことではないのだ。その父親が台湾にやって来たので高雄かどこかの港へ迎えに行っている。七十近い老夫婦は留守番に頼まれているだけなのだろう。しかしそうとは思ってみるものの、あの睡蓮の花びらのように清純で甘美な、そしていくらかの哀愁を湛えた少女の声はいつまで待っても再びと現われては来なかったのである。

伸はもう一つの可能性を考えてみた。今は六月である。台湾では学年末なのだ。卒業試験を済ませた彼女は同級生の誰かと南部へ旅行に行っている。あるいは親類の家へ遊びに行ったのかも知れない。だが少女は伸が心待ちにしていたにかかわらずそれっきり戻って来なかったのである。

嫁に行ってしまったのだろうか。母親の面倒も見てくれるというのでいそいそと嫁に行ってしまったということもあり得ないではなかった。彼女の家の経済状態がそれほど好いわけでもあるまいからこの縁組みにまず母親が乗り気になったのかも知れない。ほんとうをいうと自分だっていくらでも母親の世話くらい引き受けるのに。大陸から渡って来た人たちのなかには保守的な家庭がたくさんあって、そういう家庭では幼時からの許婚者《いいなずけ》のいる場合も少なくなかった。少女にもそういう人がいたのだろうか。しかし伸はこういうことにも気づいていた。結婚を云々する以上は時に男の訪問があったり一緒に食事をするためのご馳走《ちそう》をつくったり、そういう応接がなければならなかった。

そして伸の目の先に相手の炊事場があるのだった。が伸の知れる限りではそのような動静は絶えてなかったし、男の声すら聞こえはしなかったのである。したがって少女は結婚したのではない。ひょっとすると駆け落ちしたのだ。それを追って母親が真っ青になっている……

ともかくも伸は愛情をひらりとかわされてしまったような、

拒絶をされたような奈落《ならく》に落ち込んだ。二人の絆がぷつりと切れてしまったのである。同じような境遇をもち、背中合わせに住み、年恰好も似合いでしかも声一つでぐんぐんと魅かれて行った、こういう縁なくしては起こり得ない二人の絆がかくも簡単に切れてしまうものであろうか。仲は少女が手紙らしいものを残しては行かなかったかと考えて塀際を探してみたが、何も見つけることが出来なかった。少女は引っ越し先を仲には告げてくれなかったのである。どこの学校に通っていたのかも解らない。果たして女学生であったのかどうかさえ実はあやふやである。ここに至って仲は身近にいた彼女にもっと積極的に働きかけなかった自分の迂闊《うかつ》さに気づいたのであった。がいまさらどうしようもないことであった。

（七）

——紫陽花が綺麗《きれい》ですね……

戦争が終わった時、仲は中学の三年生であった。学徒動員という団体生活のいわば鍋のなかに詰め込まれたような重っくるしい一時期。若い配属将校に頭を押さえられていた高等官の級主任の顔。兵隊を気どった上級生の理不尽な暴力。胸で受け止めねばならなかった上官の軍靴も、持ち慣れなかった鍬《くわ》の重みも終戦とともに過去のものとなった。しかし戦争が終わるとともに仲は幾多のものを失っていた。最も親しかった友達の一人は機銃掃射《きじゅうそうしゃ》を受けて死んでいた。もう一人の友達は黒焦げになり、押しつぶされた梁《はり》の下でその幼い妹と抱き合ったまま死んでいた。そして今新しい国籍のなかで見も知らぬ秩序が彼を取り巻いていた。父が捕えられ獄へ下って行くのを見た日、軍靴のまま座敷へ上がって来た三人の憲兵が如何に恐ろしく見えたことだろう。それからの母親と息をひそめたような生活。父の遺骸《いがい》を引き取りにいった時、赤い建物の前にこの紫陽花が狂ったように咲いていた……

——あれから三年になりますね……

父が死んでしまうと遺った財産は思ったより少なかった。豪勢なことの好きだった父は金遣いも荒かったし、大金を他人に恵み与えることも平気でする質だった。母親は住み慣れた屋敷を駐留米軍のクラブとして貸し今のところへ引っ越して来たのだった。家は狭かったが造作の新しいのは母親の気に入っていた。見知らぬ町筋であるのも二人にある安易な落ち着きを与える原因となっていた。

母親は仲が案じていたほどには白髪の数を増やしはしなかった。やはり気性の故なのだろう。が母親が胸のなかで淋しさを噛み殺していることは誰よりも仲がよく知っていた。狭い裏庭で黙しがちに母親は季節の花を植えて行った。そのなかで三年来紫陽花はこの世ならぬ焔《ほのお》を燃え立たせて来たのであった。

——ええ、三年になりますね……

伸もときどき庭に下りては草花の手入れをすることがあった。土をスコップで掘り起こしていると腐植土の湿りのなかからみみずが飛び出して来て初々しい体つきで跳ね回るのであった。伸はそれをスコップの先でちょいと二つに切りつけた。切られたみみずは痛みに堪えかねて狂ったように跳ね回る。伸はそういう迸《ほとばし》る痛みを執拗《しつよう》に追いつめ、さらに四つに切りつける。彼はうっすらと頰を上気させ、目を輝かせながらこの残酷な遊びに興ずるのであった。父が無性に恋しくなることがあった。父と一緒にたびたび競馬を見に行った記憶があった。故郷の町に初めて飛行場というものが出来た時、一般市民を代表して最初に飛行機に乗る光栄に浴したのも父だった。声も体躯《たいく》も人一倍大きく、驚くほど健啖《けんたん》で粗豪でいつも実力のあるものが勝つと豪語していた父。そういう父を伸はあまり好きではなかったが、それでも父の庇護のもとに育った幼時は顧みて懐かしいものだった。がそれも過去のものとなっていた。今伸にとっては第一に心せねばならぬことは病気であった。左肺上葉にある浸潤は一進一退を続けてなかなか消失してはくれなかった。軽い咳に頰を上気させることもあった。青臭い痰《たん》に眉《まゆ》をひそめることもあった。壊れ物を宿しているかのように自分の体を大事に扱わねばならなかった。明日あたりそろそろ病院へ行かねばならない。

（八）

ある夜、伸は思いがけない声を一つ発見したのであった。甘やかで匂やかで、そして哀愁を湛えた、それは紛れもないあの裏の少女の声であった。声はラジオのなかから流れ出たのだった。彼女はアナウンサーであったのだ。伸はみるみるうちにあの日の大きな眸を思い出していた。

二、三日前の夜であった。町へ買い物に出た母親がなかなか戻って来ない退屈しのぎに伸は自室のラジオをひねっていたのである。元来、彼はラジオというものを好まなかった。いたずらに喧《かまびす》しいばかりであった。それというのも北京語で話される放送に彼の理解力がついて行けないことも理由の一つであったろう。新しい国語ばかりでなく幼時より日本語の環境に育った彼は、自分のものであるべき台湾語さえ満足に使えないのだった。そのために戦前からあった旧式だが高級の、緑色のマジック・アイを備えた電蓄兼用の大型ラジオは、今もって彼の部屋に置かれているとはいうものの、それはラジオとしてではなく電蓄として存在しているのだった。彼はときどきレコードをかけるのである。当夜伸はダイヤルを回していた。右へ左へ早い速度でダイヤルを動かしていると、歌声の一こまやら蛮声やらが飛び出して来ては飛び去るのだった。キイキイという放送局の音が電波に乗って大きく聞こえたり遠退いたりした。彼は指に任せてダイヤルを止め、音楽の一節に耳を遊ばせたり人の言葉をやり過ごしたりした。そして放送局の数を数えながらラジオを小児のようにいじっていたのである。と目盛りの右寄りになったいわゆる一四〇メガサイクルの辺りから突然に少女の声が飛び出して来たのだった。

——……では皆さん、明日までさようなら、ごきげんよう……

そして驚いた伸が耳をそばだてるのと同時に放送は終わったのであった。電蓄の正面についているマジック・アイが二つに割れ、それからあたかも宇宙の彼方へでも消え去るかのごとくその魔法の目を閉じてしまったのであった。全く思いがけない一言であった。だがあれほどに愛していた人である。聞き違える声ではなかった。伸の心臓から突然に愛が溢《あふ》れ出して来てすたこらと踊り出したのはいうまでもない。

彼は十一時という時刻を脳裏に刻み込んだ。それからむろん一四〇メガサイクルの数字も。伸はここでめぐり会えるとは考えていなかっただけにあたかも天の啓示を受けたかのように感じた。一分早くても一秒遅くても聞くことの出来なかった声である。しかも一度聞きさえすればもう金輪際逃すことのない、相手の居所さえ解る声であった。偶然にしてはいささか僥倖《ぎょうこう》に過ぎよう。

少女は放送局に勤めていたのである。午後の四時に出かけるのは担当が夜だったためなのだ。もともと素敵な声のもち主だったからアナウンサーが適役であるのはいうまでもなかった。どうして今までそれに気づかなかったのだろう。そしてカーキー色の洋服は放送局の制服に違いない……

伸は放送局の勤務状況を知らなかった。がおそらくは四時過ぎに出勤すると、放送ニュースの整理をしたり台詞の練習をしたりするだろうことは想像が出来た。そして夜の部はたぶん六時頃から始まるのだろう。伸は同じく放送局の建物がどんな具合に建てられているのか知らなかった。しかしマイクロフォンの前に彼女がちょこんと座っている図は手に取るように見えるのだった。

十一時に放送が終わると彼女は書類を棚に戻し、机の上を片付け、お茶の一杯も飲んでそれから家路へと向かうのに違いなかった。夏はまだよいとして北風の吹き荒ぶ冬の夜などはどんなに辛いことだろう。伸は彼には経験のない職場で健気に働いている少女の身を思いやり、低頭の思いすら抱くのであった。がいずれにしても多年の懸案が解決されたも同然だった。彼女の住んでいる所は知らなかった。しかしダイヤルさえ回せばいつでも会えるのはもう間違いないことだった。彼女の素性もほぼ明らかになった。伸はよほど安心してしまったらしい。当夜はいつになくぐっすりと眠り込んだのである。

（九）

　翌朝、目の覚めた彼は起床に先立ってラジオのスイッチを捻《ひね》っていた。急にラジオが好きになったことを母親に知られるのは具合が悪かった。だから音はできるだけ小さくしぼっていた。しかも遅かれ早かれ感づかれるのはいわずと知れたことだった。伸はその時のために弁解の言葉を用意していた。僕も少し英語でも勉強しようかと思って……。母親がこの言葉に喜んでくれるのは間違いないことだった。が伸には顔を赤らめずにこの一言が喋《しゃべ》れるかどうか自分にも自信がなかった。

　ラジオのなかでは室内楽をやっていた。音楽に多少の興味をもっている彼はそれがハイドンの四重奏曲であるのを知っていた。元来彼はハイドンを好まなかった。ハイドンの曲にはある安定した健全さがあった。ヒステリックとか病的とか、そんなものがないのである。彼はもっと、たとえばリストやらショパンやらのように人の神経を鍵盤の上であしらうような旋律を欲していた。しかし今彼は今朝に限ってハイドンも悪くないなと考えている自分に気づいていた。それは曲が少女の放送局からかけられているからであった。ひょっとすると今レコードをかけているのが彼女かも知れないのだった。小柄な彼女は蓄音機の前にちょこんと座り、針が盤面を擦《こす》って行くのを見るともなしに見守り、曲の調べを聞くともなしに聞き、だが心のなかではかつての裏の家に住んでいた少年のことを考えているのかも知れなかった。何しろ二人には何かしら縁があり、目に見えない一本の糸にあやつられているような気もするのだった。心なしか伸は流れて来るメロディのなかに少女の前髪の匂いまで嗅《か》ぎ当てられるような気がした。

　と、音楽が途切れて一人の女が出て来たのだった。女は今の曲の名と次の曲の名を口にするのだった。舌ったるい甘やかな声ではあったが残念ながら伸の彼女の声ではなかった。伸はちょっと淋しい気がした。しかし彼の彼女は夜が担当なのだから早朝を兼ねるわけがないのは初めから知っていた。

そうと知りながら万一を期待していたのだ。伸はひょっとしてダイヤルを間違えたのではないかと考えて針をずらしてもみた。がその近くに放送局がないのはやはり彼女の局に違いないことを証明していた。しばらくして音楽が終わると再びさっきの女が出て来た。こちらは教育放送局でございます。こちらは教育放送局でございます……

そして彼女は語を継いでこれから国文の講義が始まることを報ずるのであった。午前七時だった。

——おや、早いんですね……

新聞を取りに行こうとした母親がラジオを聞きとがめて襖を開けた。

——ええ、少し気が変わったんですよ、お母さん……

——それは好いことです。ラジオはあなたが考えているほど役に立たないものではありませんよ。現に私など……

——そうですね、新聞も読めるようになったし……

——でもね、中国の言葉のなかには私にどうしても発音の出来ないのがありますね。たとえば……

——それは仕方がないでしょう。日本語のなかにだって中国人に発音出来ないものもあるでしょうし……

——厄介ですね、言葉というものは……

——早口に喋れば好いんですよ。言い間違えても聞き間違えてくれますからね……

——まさか。でもこの間は恥をかきましたね。警察の人にお茶を出して糖（タン・砂糖）をどうぞ、というつもりだったのが「トン」と発音してしまって。通じないんですね。ちょっと間違えても……

——ふふ……

といった次第で伸は顔を赤らめずに済んだのであった。

——さあ、朝ご飯にしましょうかね……

食事の終わった後も伸は一四〇メガサイクルに取りついていた。そしていろいろのことを知ったのであった。国文の講義が終わると次に歴史の講座が控えていた。次に数学があり英文があった。各科目が三十分ずつに区切られている様子だった。伸は三十分置きに女の声を耳にした。女は出て来ると決まって今の講義が終わったことを告げ、次の科目を知らせるのだった。そして九時半に午前中の放送が全部終わり、昼の放送は十二時半から二時半までにあるとのことであった。一朝かけて伸はついに一言も彼の彼女の声を聞くことは出来なかったのである。そういう点からみて少女が夜の担当であることはほぼ間違いがなかった。

伸は教育放送局の放送が終わった後もときどき思い出したようにスイッチを捻ってみた。するとその度に一四〇メガサイクルのところから台湾語の歌が聞こえたり芝居があったりした。時には広東語《カントン》の放送もあった。伸は同一の目盛りをいくつかの放送局が時間を区切って共同使用しているらしいことを知るのであった。今まで気にもかけなかったラジオに関する知識が少しずつ増えて来るのに彼は興味をもち始めた。

十二時半にはあいにく母親が部屋に来ていた。もちろん今は母親がいてもいっこうに差し支えなくなっていた。しかし万一少女の声を聞きとがめて伸の心中を見透しでもされたら具合が悪いのは確かだった。幸いに伸は母親を撃退する方法を知っていた。帳面を拡げ英和辞典を引っぱり出しておけば好いのだった。母親は決して伸の勉強の邪魔はしなかったから。昼食を用意するために母親は出て行くのである。かくして伸は昼もラジオと取り組んだ。一応は放送の内容を知らなければ、という理由で母親も不審がりはしなかった。英語と国文だけならどの放送局にも講座が設けられていた。現に母親は別の放送局の講座を聞いていた。悪くないですよ、と母親は言っていた。しかし伸がどの放送局を選ぼうと彼女は干渉をしなかった。

昼の放送は最初のニュースを除くとほとんど朝と同じようにに講義で満たされていた。さすがに教育放送局と名乗るだけはある。ただ朝と違う点は全部が小学生や幼稚園のための時間であった。そしてどの学科も同じく三十分ずつであり、切れ目切れ目に今朝の女の甘ったるい声が出て来るのであった。伸の彼女は昼の放送にも出ないようすだった。

確かに教育放送局は他の放送局と趣きを異にしていた。放送の内容はほとんどが講義であった。ニュースも教育に関するものが選ばれ、広告というものがなく、かけられる音楽からして高尚なものばかりだった。伸は少女がこのようないわば学校にも近い放送局に勤めていることを喜びたいと思った。ここには一般社会にありがちな淫《みだ》らなものが拒否される。学校の先生に見られる清純さが保たれているのだ。放送局では味もそっけもない授業の合い間合い間に可憐な少女たちの声を織り交ぜることによって、堅苦しい雰囲気を救っているのだろう。内容に反比例して少女たちが実際以上に美しく感じられるのもこのために違いなかった。伸は少女の学歴とか知識の程度を知らなかった。が放送局で毎日偉い先生がたと顔をつき合わせていること自体が素晴らしい環境であるはずだった。伸はこのことを少女のためにも喜んだ。

午後六時半、時計が時刻を報ずる前に伸の胸は高鳴っていた。そしてとうとう待っていた声が聞こえて来たのである。

——こちらは教育放送局でございます。こちらは教育放送局でございます……

おお伸はたちまち幸福の絶頂に達した。

――ＢＥＧサーティ・フォー……

紛れもない、あの匂やかで甘やかで、いつか窓から迸《ほとばし》って出た、あの声であった。伸は目をらんらんと輝かせた。彼女の声は続いていた。

――ＢＥＧサーティ・ファイブ、広播週率一四〇メガサイクル、中波波長二一・三メートル、ＢＥＧサーティ・ナイン、広播週率……

彼は一言も聞き洩らすまいとした。そのくせ一言も耳に入っていなかった。広播週率だの中波波長などいう耳慣れない中国語の意味はよく解らなかった。がそんなものはどうでも好かった。耳をくすぐる快い音楽に陶然としていた。総身が花粉にまみれた感じである。

少女は今夜の放送の番組を予告していた。それによると英文、仏文、独文そういった大学の課程が三十分置きにぎっしりと並んで伸も名を知っている高名な教授たちが講義を受けもっているのだった。伸は漠然とこの放送局が馬鹿に出来ない局であるのを感じとった。これだけの学者を集めるのはただごとではないのだ。伸はこの時まだ教育放送局が国営の、そして教育部直営のものであるのを知らなかった。

予告が終わると一寸した切れ目があって中国の古琴を主にした音楽が奏でられた。それはある淋しみを湛えた、ちょうど少女が好んで口ずさんでいた民謡にもどこか相通ずる調べであった。もちろんかけられているのはレコードだったろう。が伸には少女が琴を弾いている風にも錯覚されるのだった。もし少女に薄い絹を纏《まと》わせ、簪《かんざし》を髪に添えればたちまち王朝時代の美姫に早変わりするのは間違いないことだった。

やおらしてニュースが始まった。教育部長がどうしたとか義務教育がどうしたとか、彼女の声は水のように流れた。今まで裏の家から洩れて来る哀愁を含んだ口調しか知らなかった彼はこういう朗読をする彼女の声に今までとは違った利発さが籠《こも》っているのを感ずるのだった。彼女は天性聡明《そうめい》なのである。優等生の朗読を聞いているみたいだった。それにこういうところに勤めていると世事百般から時局の事柄にまで自ずと通じて伸よりずっと博学のようであった。伸は耳を澄ませて彼女の声を聞いて行った。彼女の声は伸にもそれと解る正確な国語であった。正確ということは伸のような中途半端な勉強中のものにも聞き取り易いということだった。伸は何だか少女から国語を教わっているような錯覚さえ覚えた。

ときどき解らない言葉が混じった。地名だの外国人の名前などは特に解りにくかった。中国では外国人の名前にも漢字を当てがって四声に分けて発音するのである。しかし少しくらい解らなくても差し支えないのだった。少女の声そのものが音楽であった。不思議な魅力をもっていた。彼はラジオに背をもたせかけていた。そして音響を小さくしていたから彼にだけ囁いているみたいでもあった。目を閉じてそっと息を吸い込むと彼女の息までが胸のなかへ流れ込んで来るようであった。それほど二人は身近にいた。彼女の息づかいが頰に触れて来るのである。そしてそれはいつだったか月下美人の咲いていた宵に触れた彼女への記憶に繋がって行った。

　伸はラジオの構造を知らなかった。がそれには複雑な原理―科学―があることを知っていた。にもかかわらず彼は何だか箱のなかに彼女が入っていそうな気もして来るのだった。

　伸の電蓄には機械の熱気抜きを兼ねた小さな飾り穴が左右に三つずつついていた。伸はそこから内部を覗いてみた。すると薄暗い箱のなかに真空管が並んでいるのが見えるのだった。ガラスで出来た真空管は箱内の闇を透視しあって猫の目にも似た不思議な明かりを灯していた。それは明らかに真空管に違いなかった。が伸の目には真空管の表面に、放送局に座ってマイクロフォンへ話しかけている少女の姿が何だか見えるのだった。

　ニュースが終わるとまたしばらく音楽があった。今度は軽音楽である。番組の継ぎ目に音楽が挿入されている仕組みのようであった。たぶん時間の埋め合わせに使われるのだろう。それが済むと少女は次の講義の内容を予告した。少女の声が聞こえる度に伸は恍惚《こうこつ》とし、心もち恥ずかしげな科《しな》まで作ってラジオのスピーカーに頰を寄せるのだった。

　夜の放送が昼間と違う点は全部が大学の課程で埋まっていることだった。これは伸に幸いした。ちょうど聞いてよい課程のなかに彼女もいたからである。そして少女はきっちり三十分置きに出て来た。だから途中でラジオを消していても時計の目盛りさえ忘れなければ彼女の声を一言半句聞き洩らさずに済むのだった。このようにして伸はとうとう彼女の話した一日分の言葉を全部耳に蔵《しま》い込んだ。かつて日に一言か二言しか耳にすることの出来なかった少女の声を、これからは毎晩のように聞くことが出来るのだった。伸はまだこれほど幸せになったことがない。

　夜の十一時、放送の終わりを告げる鐘が打たれると再び少女の声が聞こえて来た。――こちらは教育放送局でございます。こちらは教育放送局でございます。ＢＥＧサーティ・フォー……

　十一時ともなると少女にも疲労が訪れるのに違いなかった。彼女の声に多少の睡魔が乗り移っているのが解るのだった。そういう彼女に伸は稚《いとけ》ないものを感じていじらしく思うのであった。少女はこれで今日の放送が全部終わったことを告げ、翌日の朝の放送内容を予告し、それから「明日までさようなら、ごきげんよう」と挨拶するのであった。そして二人を結びつけていた糸は突然に切れて、昨夜と同じように電蓄のマジック・アイが中央から二つに裂けて電波が宇宙の彼方へ遠ざかって行くのだった。伸はそれに小さく手を振り「さようなら」とつぶやくのだった。

とうとう今夜は一行も勉強しなかったのである。机の上に広げられた英和辞典はhippo, hippodrome, hippopotamusと語源を調べたままになっている。

（十）

このようにして伸は毎晩ラジオに熱中した。裏に住んでいた時と違って今は毎晩のように懐かしい少女の声が聞かれるのである。まるで一緒に住んでいるみたいだ。伸は日中もときどき思い出してはダイヤルを回した。が日中に彼女の声の聞こえないのはやはり彼女が夜の担当であることを証拠立てていた。そして夜は必ずそこにいた。なぜ少女が夜の係になっているのかということを伸は推測してみた。故もなく夜の担当となったのであろうか。それとも自分でそれを望んだのだろうか。夜は静かで仕事に専念し易いからと特に自分で望んだのかも知れなかった。彼女はこれで仕事をやらせると熱心で責任感のある人なのだ。それとも女というものが夜になると急に美しくなるのを知っていて特に夜を希望したのだろうか。いやそんなことはあるまい。彼女はそんな淫らな心はもっていない。

伸は一つの放送局に何人くらいのアナウンサーがいるのか知る由もなかったが、少なくとも二、三人はいる少女たちのなかでたぶん彼女が一番怜悧《れいり》なために大学の課程である夜の部へ回されたのに違いないと考えた。性質もよく聡明でもある彼女は誰からも可愛いがられて夜の部に抜擢《ばってき》されたのだ。それとも教育放送局の花とでもいうべき放送局中随一の美少女である彼女が出て来ることによって、大学生たちがこぞってこの放送局を聞きたがり、いわば看板の役目も果たしているのかも知れなかった。とすると——伸は少し気がかりであった。大学生のなかにはいけ好かない奴がいるのである。ことに医学院の学生なんか女の患者に触れるのが楽しみで医者になるのだから、そういう彼等が少女を誘惑しようと試みないと誰が断言出来よう。これはうっかり出来ないぞと伸は自分に言い聞かせるのだった。何しろ少女はまだ稚ないのであるから悪人を見分ける眼力はなかった。自分が陰になり日向になって保護してあげないといけないのだ。しかし彼は知っていた。今のところ少女には悪い虫はついていないようすである。それは声を聞けば解ることであった。彼女の声は清純そのものであったし、それにあの月下美人の咲いていた宵に彼女の見せた羞恥は男を知った少女にはあり得ないものだった。

とまれ夜の六時半から十一時までが少女と過ごす時間だった。日を追って伸はいろいろのことを知った。教育放送局が政府の直営によるものであること、伸の家からさして遠くない植物園内に建っている科学博物館の最上階にあること、バスでせいぜい二停留所の距離であること、伸はいつかそこを訪ねるようになるだろうという予感がしていた。それから局で使っているすべての教科書は重慶南路《じゅうけいなんろ》の中広書局で売っていること。もちろん伸がさっそく外出して国文、英文、フランス語からドイツ語までの教科書を買って来たのはいうまでもない。彼は元来からして語学には興味と才能をもっていたのである。

伸は何とかして放送局の内情を知りたいものだと思っていた。今のところアナウンサーは女ばかりのようすであったが男の混じっている心配があった。アナウンサーの外にも事務員がいそうである。そして男はすべてが危険人物であった。年ごろの男女がいつも一緒にいるとどんなことがもち上がるか知れたものではないのである。犬にしても猫にしても思春期になると何となく異性が恋しくなるものであった。それでなくても美しい花に魅かれるのは人情の常だった。彼女を取り巻いている男たちが睡蓮の花びらのような彼女をほっておくわけはなかろう。

伸は放送局に何人くらい事務員がいて、どんな仕事をし、どんな時間にアナウンサーたちと話をするのかが知りたかった。彼女たちは三十分置きに出て来て話をするだけだったから、授業中何をしているのか不明だった。放送局の内情を知りたいと思いながらそのことが果たせないのである。彼は少女の声の一高一低からも彼女の周囲の匂いを嗅ぎ出そうとした。いきおい彼は神経を極度に張りつめていた。

ある時次の科目の予告をしている最中に彼女がくすりと笑ったことがあった。何もおかしいことのあるわけはなかったから横に誰かがいることは確かだった。誰かが何かをいったのである。何をいったのだろう。授業中の三十分の間、彼等は何の話をしていたのだろう。その話の続きから笑ったのだ。一体相手は誰だろう。男なのであろうか。伸はふと少女の体をくすぐった奴がいたのを感じた。役所から退勤して来た旦那様《だんなさま》が不意に新妻を抱きしめる、その時に発する羞みのなかに喜びを混じえた、拒絶のなかに受諾をほのめかせたそんな笑い声であったのだ。ほんの一瞬の出来事であったが伸は奈落の底に突き落とされたような気がした。

しかし一瞬の後、彼女の態度はすっかり元に戻っていた。いや、それは元にではなくかえって慎み深くなったようでもある。自分で自分を制御しているような声であったところを見ると誰かに叱られたのかも知れなかった。あるいは自分で自分を咎《とが》め立てたのか。とにかく彼女の言葉のもつ流暢《りゅうちょう》さのなかにぎこちなさが混じり込んでいた。少なくともこの小さなミスで彼女が上役に叱られる恐れは充分にあった。放送中に笑うのは確かにいけないことなのだ。しかし彼女はまだ稚ないのであるからちょっとした不注意くらいは見逃してやるべきだった。もし恋人といちゃついているのでさえなければである。彼はたった今、少女とふざけ合っていたらしい相手がどうか女性であることを念願しないわけに行かなかった。ラジオを隔てて伸の神経は彼女の一挙一動を捕えようと焦った。

伸はまた少女が彼の耳を意識しながら放送しているかどうかにも留意していた。かつて裏の家の窓から「まあ、きれい!」と声をかけてしまった彼女は、明らかに伸に羞恥を感じたのだった。そして羞恥は――最小限度人は誰でも嫌いな相手に羞恥など感じないものではなかろうか。

少女は伸に声をかけてしまってから伸に親しいものを感じ始め、それとも始めから好きだったことに気がついて、ちょうど伸がそうであったように少女も夢に現に伸を想いこがれているかも知れなかった。しかもラジオはたいていどの家庭にもあるものだったから彼女は聴衆のなかに伸の耳を意識しているのが道理だった。とすると何かと態度に現われそうなものだった。が伸は彼女の態度から自分に対する愛慕を読みとることが出来なかった。

しかし考えてみると、これは彼女が転居してからかなりの日が経っていることにも関係がありそうだった。日が経てば羞恥とて薄れ去るのが普通なのだ。もしあの時、少女は「まあ、きれい!」といった翌日辺りにラジオを聞いていたら、あるいは少女の心に愛の溢れていたことが解ったかも知れないのだ。少女もそれを望んでいた。それなのに自分は少女がアナウンサーであることを知らず、チャンスを失ったばかりか彼女を怒らせてしまったとも考えられるのである。ひょっとするとあの翌日、少女はラジオのなかで伸にだけ解る愛の囁きを送ってくれたかも知れないのだ。それを返事しなかったものだから少女は腹を立てて引っ越してしまった。ああきっとそうに違いない。時によると今笑ったのは伸に対する復讐《ふくしゅう》かも知れなかった。伸を焦らせて嫉妬《しっと》させて、それで伸が放送局へ訪ねて行くのを待とうとしたのかも知れない。伸はやはり一度訪問して誤解を解かねばならないと考えるのであった。自分は愛情がないのではなく伝えるのに方法がないのだった。

こういうことはたとえば次のようなことにも考えられた。夜の十一時に「さようなら」といった後でマジック・アイがいつまでも作用している時があった。局の電源を切っていない証拠である。毎晩放送が終わって局の電源が断たれると、それがこちらのマジック・アイに作用して消えて行くのであるが、伸はそれに手を振って別れを惜しむのを習慣にしていた。ところがその電源のなかなか消え去らない時が時折あるのだった。何故だろうか。自分に何かを伝えようとしているのではあるまいか、と伸はすぐ考えた。

それでは何を伝えようとしているのかという点になると解らないのだった。別れを惜しんでいるのかも知れなかった。それともうっかりして電源を切り忘れるのに過ぎないのかも知れなかった。が伸には何故ともなく彼女の傍に悪い男がいて放送が終わるや否や彼女に抱きつくような心配をなしとしないのだった。しかしいやしくも教育部直属の放送局にそんないかがわしい人物のいるはずはなかった。伸は安心しようとした。が安心出来ないのも確かだった。自分に嫉妬させるための演技だったらまだどんなに好いかと思うのである。

また逆に放送の終わるやいなや、さっさと電源を切ってしまうこともあった。これも何故だろう。お前の挨拶など受けないという意味だろうか。彼女がそれほどやっきになって自分の愛を待っているのであろうか。意に添わない結婚をお母さんに強いられて自分に救助を求めているのではあるまいか。ああ大変だ。早く何とかしなければならない。それにもっと悪く解釈すれば部屋の外で待っている恋人に早く会いたいためにさっさとスイッチを捻ってしまうのかも知れなかった。伸は自分がもう少し健康だったら毎晩でも植物園へ行って見張り出来るのにと残念でならなかった。

放送の途中で流暢なはずの彼女が言葉をつかえさせることがあった。これも何故だろう。一言つかえるとのぼせてしまうのか続けて第二の失策をやらかしてしまうのであった。そういう時伸は少女が顔を赤くしているのがすぐ解った。それにしても何故つかえるのだろうか。昨夜睡眠不足だったのだろうか。そして睡眠不足なのは何故だろう。男と遊んだのではあるまいか。それとも裏の家に住んでいた少年を思い出して眠れなくなったのか。しかし伸は故もなく少女が生理日を迎えているためにぼんやりしているのではなかろうかと考えるのであった。何しろ背中合わせに住んでいたのだから何でも解りそうな気がするのだった。そして生理日のような他人の秘密まで解るのだから自分の愛がよほど強く正しいのだと考えないわけには行かなかった。少女がつかえると伸は代りにはらはらし、それから頬を染めている彼女がいじらしくてならなくなるのである。

伸はこうして日夜彼女を思いつめている自分が実は精神病ではないかと心配することもあった。教育放送局の講座のうち、英語と国語とフランス語を聞いていたがそれは聞いているというより半分は三十分が終わるのを待っているのだった。偉い教授たちの言葉は残念ながら伸の右の耳から入って左の耳から出て行った。何しろ少女とはまだ一度も話をしたことがなかった。声だけは毎晩耳にしていたし息づかいも胸に畳み込むことが出来た。が一方では彼女に何ら合図を送る術はなかったのである。もし彼女が全然自分の存在などに気を止めていず、自分を愛してもなく、記憶にすらないとしたらどんなに惨めで滑稽《こっけい》だろうか。しかし伸は自分の勘を信じていた。幼い頃より勘は好く働いたしそしてたいていの場合勘は正確だったのである。要するに縁さえあればいつかは結ばれるのだ。

現に二人は縁によってここまで結ばれて来た。背中合わせに住み声一つに魅かれ、ちゃんと顔を見合わせ、想像していた容貌が想像の通りであり、しかもこれらは一歩も家を出ないで行なわれたのである。あまつさえ転居で一旦失った彼女を偶然の機会からラジオのなかで見つけた。今では毎晩のように一緒に時を過ごしている。裏に住んでいた時よりも却って親しく、ほとんど耳朶《みみたぶ》に触れ合っているほどである。生理日さえ解る始末だ。これはよほどの縁なくしては出来ないことであった。だから縁さえ信じておればそれで好いのだ。人為的にこそこそと動き回って、たとえば彼女を訪問するとか何かの計画を立てたりすると逆に縁が逃げてしまうこともあり得よう。それに現在二人が急に愛し合うようになっても、自分が病気の身ではすぐに結婚も出来ない。親だって反対しそうである。二人が近づきになるのはもう少し先でも差し支えないのだった。

ところがここに二人を近づけるきっかけが一つ起きたのであった。放送番組の組変えが行なわれたらしく、新しい番組表を希望する人は返信用切手を添えてお申し越しくださいとニュースの後で彼女がそう告げたのだった。番組は変更されても別段差し支えなかった。彼女さえいなくならなければ伸はいっこうに困らない。だが伸はひょっとすると彼女の名前が印刷されているかも知れないと考えた。知りたかった。こんなに愛し合っておりながらお互いに名前も知らないのである。

放送局宛に手紙を出すのは何だか彼女へ出すのに似ていた。放送担当の彼女が番組表を送るというこの種の事務にまで手を出すものかどうかは解らなかった。しかし放送の合い間合い間に事務室へ下りて何かの手伝いをすることは考えられた。聴衆から来た手紙をめくってみるのである。ひょっとすると伸からのが来てはいまいかと探してみることもあるだろう。ああそうだ、案外少女は伸から手紙が貰いたいために数百万の聴衆に向かって番組表の進呈を申し出たのかも知れない。返信用切手を添えて、という一言が少しみみっちかったが、それは聴衆が数百万いることを考えれば致しかたないことだろう。伸が彼女の名前を知らないのと同じく少女も伸の名前を知ってはいない。しかし住所は知っているのである。だから伸からの手紙は封筒を見れば解るはずだった。彼女は伸の封筒を手にとって可憐な胸をときめかせる。それから事務員に知られないようにこっそりと抜き取って懐へ忍び込ませるのだ。手紙は彼女の肌に触れ、伸の愛は鳩の卵のように温められる……

伸は彼女が他人の手を煩わさずに自分で番組表を送ってくれるに違いないと考えた。彼女は伸宛への封筒を丹念に上書きするだろう。愛しているという一言は嗜《たしな》みからいって少女に書けるはずはなかった。しかし愛していることを伸に悟らせる何かの表示をすることは不可能ではなかった。たとえば香水をそれとなく染み込ませるとか睡蓮の花びらを一枚入れるとか、ひょっとすると少女は伸だけに解る方法で自分の名前を知らせて来るかも知れないのだった。したがって伸のほうでも一見して彼女が自分の愛に気づくように封筒をしためる必要があった。

彼は書き慣れない毛筆をとり出して何回も書き直した挙げ句についに一世一代の封筒を書き上げたのである。自分の人柄が解るのでなければ意味がなかったし無様ではみっともなかった。丁寧に書き過ぎては嫌味になり、ぞんざいに過ぎれば失礼であった。つんと澄ましていてもいけないし、俗に流れては沽券《こけん》に関わった。毛筆を選んだのはそのほうが正規の礼に則《のっと》っているためもあったし教養がありげに見えるためもあった。近来毛筆を使う人が少なくなったので見分け易くなるという利点も考慮していた。中国的な彼女が毛筆を好みそうに思われた故もある。

伸はいつだったか散歩のついでに郵便局で売り出しているのを買った揚羽蝶《あげはちょう》の切手を貼り、返信用にもそれを入れてポストへそっと落とし込んだのである。彼の愛は羽ばたいて飛び立ったわけだ。後は待つばかりである。丹念に愛を織り込んだ封筒を彼女が見分けてくれないとは思えなかった。蛾ですらが二里の先から愛人の羽ばたきに応えるという。

　ところが翌日の晩、少女はまた放送の途中で声を詰まらせたのであった。それは伸にだけ解る女の日であった。が指折り数えてみるとどうやら違うようでもあった。そこで伸は納得した。彼女が自分の封筒を受けとったのだ。所番地を知っている彼女のことであるからすぐに伸のだと解った。そして今や伸の名前をも知ることが出来た。封筒のなかには愛がいっぱい入っている。切手に蝶を使ったのは蝶のように私は飛んで行きたいという意味なのだ。何と嬉しいことだろう、というわけで彼女は転倒しているのだ。神への感謝に目を輝かせ、ややもすると隣家の少年の面影が目に浮かんでついニュースを報道し違えるのである。

　伸はもっと滅茶苦茶に報道し違えてくれても好いと思った。首にでもなれば案外二人は簡単に結ばれるかも知れないのだ。案ずるより生むが易しという言葉があった。伸はラジオのスピーカーに頰を寄せ、やるせなげに息を吐き、少女に愛を送り返すのであった。それから思い出して自分の部屋で同じくラジオを聞いているらしい母親の動静を窺った。

　こういう伸の一人よがりは、しかし必ずしも病気のために世間と没交渉になっているところから来た一人合点でもなさそうであった。翌日、待望の番組表が届いたのである。上書きは間違いもなく女文字であった。丸い、人柄の解る、そして伸に理解の出来るすらすらとそつのない、たぶん二、三回は書き直したらしいペン字であった。ただの女事務員が書き捨てるにしては丸い控え目な女文字は丁寧に過ぎていた。何だか息を詰めて押し殺した指先の震えすらも感じとれるのだった。彼女が封筒の上書きをする時どんなに胸をときめかせていたかは同じ経験をもつ伸にはよく理解出来るのだった。少なくとも彼女が伸の名前を知ってくれたということだけでも、一歩あゆみ寄ってくれたということだった。彼女から来た封筒を鼻に当てるとかすかに前髪の匂いもした。

　しかも伸が返信用として送って行った揚羽蝶の切手は使われずに——記念として彼女が大事に蔵ってしまったのだ——代りに一輪の月下美人を印刷した美しい切手を貼っていた。おお、月下美人である。彼女は蝶のように飛んで来る代りに一輪の月下美人となってあなたの胸を飾りましょうという意味なのだ。加えて月下美人は二人にゆかりの花であった。ああの夜の出来事を少女も忘れてはいない。伸は有頂天になってしまった。

　番組表は二枚の葉書を継ぎ合わせた大きさの俗にいう時間割りだった。午前の部、正午の部、それから夜の部と分かれており、放送に多少の変動があるようすだった。日中の放送はその後あまり聞かなくなっていたからどの程度の変更があったのか解らなかったが、夜の部では二十分だったニュースが半時間となり、十五分だった音楽の時間が十分に縮まった。それから数学と国文が昼に繰り上げられた代りにイタリー語とポルトガル語が一日置きに開かれることになった。英文と東洋史が前後を交換し、宗教の時間がなくなって文化史が加わった。

これで仲はいとしい少女の声をよけいに十分ずつ聞くことが出来る道理であった。十分もよけいにお喋りすると喉が痛まないだろうかと彼は心配した。毎日欠かさずにニュースを聞くことによって仲はかなりの物知りになっていた。彼女の知っていることを仲も知っているわけである。加えて今まで字を知っていても読むことが出来なかったいくつかの北京語音をも知ることが出来た。彼は自分でも中国語の学力が進歩して来たのを意識した。二人の縁が如何に濃いかが解るというものである。番組表に彼女の名前は印刷されていなかったが仲はさして失望しなかった。そのうち解る時が来るのは知れたことであった。いやそのうちにではない。それから三日経ったある夜、ニュースの終わりに彼女が自分の名を口にしたのであった。――以上担当はシャウヤンでございました――

この一言は外国の放送局では以前からやっていることらしかった。それを真似ることになったのだろうか。中国人が保守的な民族であったためかあるいは外国の真似をしたがらない国民性のためか、とにかく今まで担当者の名前をアナウンサーが自分で報告する習慣はなかったのである。しかし仲は真っ先に、これは自分に伝えるために口にしたのではあるまいかと考えた。何故なら少女はすでに仲の名前を知っていた。その報告を兼ね、またその返礼として彼女も名前を教えてくれたということもあり得よう。何と可憐な少女ではないか。

仲はシャウヤンという発音に当てはまるありとあらゆる漢字を頭のなかに手繰り出していた。辞典も調べてみた。が彼女の名を聞いた瞬間にごく自然に二つの漢字を思い出していた。小羊である。きっとこれに違いなかった。少し平凡であったが少女好みのしそうな名であった。もちろん本名ではないだろう。しかし彼女を代表するにふさわしい名でもありそうな名であった。小羊は常に善意に満ち、従順で人に可愛がって貰うために生まれて来たような動物だった。とにかく二人はまた一歩近寄ったのである。住んでいる所は遠退いたが心は以前に較べてずっと近いところにあった。仲は抱くには少し不恰好に過ぎる電蓄を抱いてやるせなげに頬を寄せた。

ところが次の日もその次の日も少女はニュースの後で自分

の名を報告するのであった。伸にだけ知らせるにしてはおおげさに過ぎた。これではまるで広告しているみたいだ。伸は一寸嫌な気がした。飛んで行って中止させたいとすら思った。

少女というものは名一つ羞みがちに秘めもったほうが好いのである。しかし伸は考えた。これにはきっと事情があるのだ。事態急を告げているのである。彼女に縁談が起き、断わりがたい立場に陥ってしまった。急を伸に告げて助けに来て欲しいのである。だがそれにしては少女の声は相変わらずの甘やかさを湛えていた。淋しげではあっても虎口《ここう》に陥った者の焦りは見せていなかった。それに彼女は伸の住所を知っているのであるから万一の場合は電報も打てるし逃げて来ることもできる。それよりもこれは局の命令で今度から担当者の名前を報告して責任をとる形となったのだろう。

彼女は羞恥深い人だからそれを拒みたがっていたがしかし勤め人の悲しさで局に逆らうわけに行かない。伸がお嫁に貰ってくれるまでは何といっても家庭の生活費を稼がねばならない彼女なのであった。名をさらして愛人に嫌な思いをさせる形になったことを伸はきっと許してくれるに違いないと少女は考えているのだ。伸はもちろん許して上げていた。それに小羊というのは本名でないのだからもともと差し支えはないのだ。


ところがそれから一週間ほど経つと突然に小羊がまたいなくなってしまったのであった。二度目の失踪《しっそう》である。ニュースには見知らぬ女が出るようになっていた。伸は以前にも経験したこととて甚だ狼狽した。退職したのであろうか。お嫁に行ったのでは？　それとも病気かも知れない。

放送局には日曜というものがないのだった。彼女が局を休んだことはなかった。勤務時間が短いから休暇が貰えないのかも知れなかった。それとも放送局の花である彼女が休むと聴取率が悪くなるので休ませて貰えないのだろうか。裏の家で垣間見た感じからいってもとてもというほど健康ではなさそうだった。それが疲労で病気になったことも考えられた。お喋りをすることも肺を使い過ぎることである。ひょっとすると少女も自分と同じように肺を悪くしてしまったのかも知れなかった。もし結核なら自分は先輩だから何とでも役に立って上げられるのに何故一言もいってくれないのだろう。それともお母さんが病気なのだろうか。お母さんのほうもあまり丈夫そうには見えなかったし年が多いと高血圧ということもあろう。もしお母さんに万一のことがあったら一人ぼっちの彼女はどうして日を送れば好いのだろう。ともかくも小羊かお母さんのどちらかが病気している恐れは充分にあった。薬代にこと何か力になって上げることがあるのではないか。

欠くことはないであろうか。

伸は小羊たちが引っ越した後もよく裏の家を観察することがあった。が越して来た老夫婦のところにそれらしい来客のあった例はなかった。小羊たちと何の関係もない人たちのようであった。裏の家から何かの手蔓《てづる》を見つけることはすでに断念していた。手蔓はラジオのなかにしかなかった。それが断ち切れたのである。

が、伸の杞憂《きゆう》は杞憂にすぎなかった。小羊の欠勤が一週間で終わったからだった。

——BEGサーティ・フォー、こちらは教育放送局でございます。こちらは……

一週間ぶりに懐かしい声が聞こえた時、伸の不安は一挙に吹き飛んだ。涙が込み上げて来た。無性に彼女が恋しかった。昨日までの怨みは跡かたもなく消えていた。あるのは百倍にもなったいとしさだけである。彼は例によって電蓄の飾り穴から内部を覗き放送室に座っている彼女に合図を送った。

少女が一週間欠勤した理由はニュースの報道が始まるとすぐに解った。日本からの教育視察団が来ていたのである。これは前にも報告されていたから伸は知っていた。それで一行十二人にこちらの学者を混じえて教育庁長主催のもとに一連の会議が開かれ、あまつさえ全島の教育施設参観のために彼女が教育放送局の記者として同行して行ったのである。その録音放送をやっていたのだ。

それは個人訪問をも兼ねたものであったが、この時伸は初めて小羊が英語に堪能《たんのう》なのを知った。北京語と違ったニュアンスで彼女がそれを口にする時、伸は天界の楽曲を聞くような気がした。しかもすこぶる流暢なのは驚くべきことだった。この分だと英語を勉強している母親が彼女を見直すのは請け合いであり、引いては自分との愛に好い結果をもたらすことも想像された。それに英語を通じてではあったが、日本人と親しく語り合ったということは母親に日本人をもつ伸にとって嬉しいことでもあった。もう大丈夫であった。ああ、いとしい小羊。伸はラジオの声を大きくしたり小さくしたりして遊び、挙げ句の果てに声を極限に小さくしぴたりと耳を押しつけたり頰を押しつけたりして甘ったれた。

その夜伸は小羊と契りを結んだ夢をみた。華奢な彼女は伸に抱かれてその胸のなかにすっぽりと納まった。柔らかい前髪が伸の頰に振りこぼれ、どこかで睡蓮の咲いているような静けさのなかで二人はいつまでも抱き合った。初々しい肌をもった彼女は伸の腕のなかで羞じらいがちにその黒い眸を瞬いた。伸は彼女を抱きしめ、一枚一枚鱗《うろこ》を剥《は》がしながら魚のように交わるのだった。

目が覚めた時仲は少女がたった今身籠《みごも》ったような気がしてならなかった。二人はたった今交わったばかりである。無論仲は愛の生理を知っていた。しかし二人の恋はあまりにも現実離れしていた。声一つだけで何もかもが通じ合う、それほど純粋であったが故に非現実的な交わりにおいてさえ身籠り得るのであった。仲は自分が身籠ったことすら知らずにぐっすり眠っているであろう少女の寝姿を思い浮かべ、いとしさで一ぱいになるのだった。

（十一）

ところがある日とうとう大変なことが起きてしまった。小羊が今度こそほんとうにいなくなってしまったのである。三日経っても四日経っても、一週間も二週間も戻って来ないのである。どういうわけか仲は彼女が人にさらわれたのを感じた。今まで一度見失って二度とも見つけ得たにもかかわらず、今度こそは戻って来そうにないのを直感した。

日本の教育視察団にさらわれたのかも知れない。留学という名目で誘拐されることもあり得よう。あるいは放送局で講義を担当している教授たちのなかに夫人の亡くなったのがいてそれが小羊を後妻に貰って行ったのかも知れない。人は一緒にいるとつい仲よくなってしまうものだった。そして学問好きな彼女は教授たちを尊敬している……

仲は少女がいなくなる数日前のことを反芻《はんすう》してみた。いなくなってしまう前兆がなかったろうか。しかし彼女の声にとりたてていう変調は何もなかったはずである。いや仮にあったとすれば最近よく声を詰まらせることだった。彼女が声を詰まらせるのは好く考えてみると必ずしも生理日のためばかりでなく、あるいは痰を詰まらせていたような気もするのだ。軽い咳を聞いたこともあったし、詰まった痰を処理する時間だけマイクロフォンを掌《てのひら》で覆っている気配を感じたことすら何度かあった。とするとやはり胸を患っていると考えるほうが妥当かも知れないのだった。そうだ、これはひょっとすると裏に住んでいた時僕にうつされたのかも知れない。もしそうならこれこそ縁というものだった。僕の細菌が彼女の体に巣喰っているなんて嬉しい限りであった。それに責任もあった。僕がうつしたのだから結婚しましょうと申し出ても好いのである。一つ家で一緒に療養出来たらどんなに楽しいだろう。

一旦結核らしいと考えるとこの考えが間違っていないような気がし出したのも不思議だった。彼女は勤務中に赤いものを吐き零《こぼ》したのに違いない。年端も行かない少女にとって毎日の勤めは辛かったことだろう。放送局のほうで仕事を多く与え過ぎたのかも知れないのだ。彼女は今入院しているのだろうか。それとも家で治療を受けているのだろうか。結核は今でこそあまり人に嫌われなくなったが、それでも一部の人間はまだ伝染されることを恐れている。患者の苦しみの一半はこういう扱いを受け身の形で体験せねばならない点にあった。もし他人が彼女を嫌ったらその分だけ自分は愛して上げることが出来る。それにしても彼女はどこに行ってしまったのだろう。今や彼女の居所は皆目見当がつかなくなっていた。残る道は一つしかない。勇を鼓して放送局へ行ってみることだった。行って尋ねてみるのである。が僕にそんな勇気があるだろうか。

午後四時半であった。本屋へ行って来ますといって伸は家を出た。今日は自分の一生にとって重大な日であるのを知っていた。虎穴《こけつ》に入らざれば虎児《こじ》を得ず、男一匹しっかりせよと自分を鞭《むち》打った。この時刻を選んだのはちょうど彼女の出勤と重なるからである。

バスを下りると大きな鉄門があって巨大な国立科学博物館が建っていた。伸は仏桑華《ぶっそうげ》の咲き競っている石畳の道を右寄りに回って行った。放送局が科学博物館の右寄りの屋上にあることはアンテナの位置で解った。伸は決闘に臨む侍の気持ちを体験した。後へは退けなかった。

胴回りの大きい円筒形の科学博物館を外廓《がいかく》に添って歩いて行くと、北寄りの戸口の一つに教育放送局の看板がかかっていた。ここがつまり入口なのだろう。それとも勝手口かも知れなかった。ともかくもここから入れば六階に通ずるらしいことはほぼ確かだった。ひっそりと開かれている二枚の扉は八尺に余るものであったが、巨大な建物の一部としては異様に小さく感じられた。

なかには誰もいなかった。倉庫へ通ずるらしい扉が一つあり隅に自転車とオートバイが五、六台置かれてあった。突き当たりの壁に添って左へ踵《きびす》を返すと階段がひらけていた。伸はそれをとことこと六階まで上って行ったのである。途中で誰にも会わなかった。まるで迷宮に紛れ込んだみたいである。しかしすでに何階まで上ったのか解らなくなりかかって来たところに毛筆で書かれた古ぼけた教育放送局の看板がかかっていた。それは国営の放送局の看板にしては殺風景なものだったが、それ故に気の小さい伸から恐怖を除くのに役立った。伸は心を落ちつけながら扉を押した。

長方形の奥に長いかなり広い部屋であった。突き当たりに二段組みの窓があり左右の壁には書類棚がずらりと並んでちょっと大学の図書館みたいである。そして右側の書類棚に二カ所ほど途切れた空間があるのはたぶん奥の部屋へ通ずる扉があるためだろう。見るからに事務室のような資料室のような所であった。中央の奥寄りに机が置かれて女事務員ばかり四人座っていた。いや女事務員は四人ではない、入口の扉の陰に受けつけのような形でもう一人座っていた。伸は目聡《めざと》い一瞥から人好きのしそうな少女が一人混じっているのを見てとった。後は平凡な女性ばかりである。がこの可憐な少女は残念ながら彼の小羊ではなかった。小羊はやはり今日もいないのだろう。五人のなかに四十を越したと思われる眼鏡をかけた中年の女性が上役といった形で机に座っていた。

伸が扉を開けるのと同時に女たちは一せいにこちらを見た。扉の陰の女も目を上げた。伸は来る前から用意して来た言葉を吐き出した。

——番組表が欲しいんですが……

顔が少し上気していた。しかし彼は後にもまだ次の言葉を用意していた。

——英文法の本、本屋では売り切れなんだけど……

彼は思ったよりすらすらと嘘《うそ》の言える自分に羞恥した。伸の声が小さかったので入口の女が奥へ向かって取り次いだ。

——番組表まだあったかしら?

すると眼鏡をかけた上役らしい女が対角線の位置に座っていた一人に顎《あご》をしゃくった。

——探してごらん。

声をかけられた女はもう一度伸を見、それから面倒臭そうに立ち上がった。

伸は冷や汗が出そうであった。相手が無愛想なのでどうして好いのか解らない。女は背後に並んだ書類棚へ歩いて行き、黙ったままごそごそとなかをかき回した。ブラウスの背中のボタンが一つ外れているのが伸の神経に触った。だらしのない女だ。

小羊がいないとすると、伸はどうしようかと迷っていた。もとより口に出して尋ねてみる勇気などありそうになかった。が、その時彼は女たちの言葉のなかに「小羊」という一言が飛び出したのを聞いてはっとしたのであった。

——小羊! 番組表はあったの?

明らかにこの無愛想な女をそう呼んだのである。伸は驚いて女に視線を注いだ。しかし絶対に女は伸の小羊ではなかった。違う。名前が同じだけなんだ。と伸が考えかけた時、不意に女が返事をした。

——ええ、まだ一束残っていてよ。

おお、だがそれは紛れもない小羊の声ではなかったか。あの匂やかな甘やかな、あの声である。姿は悪くても声は確かに美しかった。そして彼女こそほんとうの小羊だったのだ。仲は動顛《どうてん》した。と、女は歩いて来て仲に番組表を渡した。反っ歯をかくした厚い唇をほころばせて一つだけ申しわけ的に愛想笑いをした。それから一枚で足りるかと聞いた。仲は腹の底まで見透かされたように感じた。

仲は真っ青になっていた。小羊はついに裏の少女ではなかったのである。どうしてこんなことになったのか解らない。疑いもなく裏の少女と同じ声であったのに。こんな偶然が実際にあり得るものであろうか。仲は駆け出さんばかりに階段を下りた。

そんなはずはないという気持ちもまだ残っていた。しかしたった今、耳にした声は疑いもなくラジオで聞き慣れた声だった。ああ、どうしてこんなことになったのだろう。仲は自分の体のなかで何かが急激に崩れ去るのを感じた。と同時に無意識のなかにある矛盾を大きく感じていた。自分が愛して来たのは一体どっちなのだろう。声一つで相手の人柄から何から何までを理解出来ると信じ、視覚に煩わされず最も純粋な形で相手を愛することが出来ると信じて疑わなかった心が、裏の少女ではないと知ったとたんに崩壊してしまったのだ。

何故だろう。どうやら仲が愛していたのは裏の少女だったらしいのである。厳密にいえば仲は裏の少女よりもラジオの少女とより親しかったはずである。よけいに声も聞いたしいろいろの出来ごとにも出会った。それなのにどうしてこういう結果になるのだろう。理由はただ一つ裏の少女のほうが美しいという点だけだ。そしてラジオのなかの少女は美少女ではなかった。人はやはり耳より目を頼りたがっているのだろうか。仲はどのようにして階段を下りたのか覚えていない。ただ番組表を受け取った時にちゃんと礼だけはいったのを覚えている。彼はさっき決闘へ臨む気持ちで入って来たばかりの道を、今度は打ちひしがれた心情で戻って行った。屋上の窓の一つから誰かが彼を笑っている風に感じられた。彼自身涙に堪えてもいた。

バスの停留所は科学博物館の鉄門の側にあった。門を出た仲は折よく来合わせたバスに飛び乗った。と、その時である。彼は誰かに挨拶されたのを感じて横へ顔を振り向けた。すると――おお、車掌であった。いや車掌ではない。裏の少女であった。正真正銘の裏の少女であった。仲を見て羞みがちに微笑んでいたのである。仲はとっさにすべてを了解した。二人は同じ人ではなかった。そして裏の少女は実は車掌さんだったのだ。

それは思いがけない奇遇だった。が一瞬の後、仲は挨拶を返すのと同時に少女に背を向けてしまっていた。のみならず後から乗車して来た人たちに押されるがままに少女から離れて、バスの前のほうへと歩いて行っていた。心のなかではいけないいけないと思っていたにかかわらずである。今こそ絶好のチャンスであった。彼女自身がちゃんと伸を認めていた。挨拶までしてくれたのだ。そしてあれほど恋いこがれた相手である。この機を捕えて話しかけるべきであった。どこに住んでいるのか尋ねるべきであった。恋しかったとさえ伝えるべきなのだ。

それなのに伸はそれをなし得なかったのである。衆人環視のなかで少女と話をする勇気がなかったのも事実だろう。彼は羞み屋であったから。そして少女が美し過ぎたから。また気が転倒していたのもほんとうだろう。さっきから打撃が続いていたから。が同時にどういうわけか伸は心のどこかで車掌さんだった彼女に軽い失望に似たものも感じていたのも事実である。伸は少女に出会って嬉しかったにかかわらずしきりに狼狽もしていた。そしてそれに堪え切れなくなって来た彼は逃れるようにバスの前門から次の停留所で下車してしまったのである。車が動き出した時に彼は後尾の扉のなかに立っている少女ともう一度顔を見合わせた。そしてもう一度羞んだ。それから――それから今度こそ永遠に機会を失ってしまいそうな予感に怯《おび》え出した。

（十二）

――紫陽花がいたみましたねえ……

郊外の小さい庭にも秋が訪れて来るのだった。昼過ぎともなると傾き易くなった太陽は霞《かす》んだ大気のなかを南寄りに落ちて行き、一株の桑の老木から離れた落葉はかさこそと音を立てながら塀の隅に吹き溜って行くのだった。母親が木の葉髪をかこつ今日このごろともなると、病葉《わくらば》の増えた紫陽花は黄斑の汚点に穢《けが》れて見る影もなく立ち荒《すさ》ぶのであった。

――でも、お母さん。

母一人子一人の家庭にもやがて一年がまた過ぎ去って行くのだった。夜空を埋める恒星の数々は未来億万年にわたって瞬き交わすというのに、人々は歳々に老い、会うては別れ、生まれては亡び去って行くのであった。思えば母親も淋しい晩年を送っている一人であった。遠い異国から嫁に来て父の家に馴染《なじ》むことも薄く今は郷里の親類たちからも孤立して伸と二人細々と身を寄せ合っているのだった。母親に対して不孝をしてはならない伸であった。

秋が深くなって来ると

山では栗鼠《りす》が木の実を集め
里では鼬《いたち》が穀倉を荒らし
ええ、でも秋が深くなり冬が深くなり
そして春の兆しが見え始めると
かじかんだ病葉の陰から新しい緑を萌《もや》して
一株の紫陽花は甦《よみがえ》って来るはずだった。
そして
ええ、そして春は小さい郊外の家にも訪れて来るはず
だった。

天中殺

花模様の透かしとなった表の大門を閉め、外に立ってペンキ塗りの終わった洋館を眺めていると、三人の男が近寄って来て、僕に声をかけた。

「この家は人に貸すんでしょうか」

「ああ」

と僕は答えた。ところは台北郊外の天母《てんぼ》という山手の町である。天母といえば一頃有名だった高級住宅区である。アメリカの軍事顧問団が台湾に駐在していた数年前までは、その将校たちや外国商社の人たちが特に好んで住みたがった一界《かい》隈《わい》で、洋風の建物がゆったりとした庭園をもって設計され、切り石を積んだ建物もさることながら、赤い瓦《かわら》屋根が木々の緑に映えて、台北市のなかでも特に美しい一地区をなしていた。その後、軍事顧問団がアメリカに引き揚げてからは、いくらかさびれたとはいうものの、商社の人たちに引き続き利用され、今もって一応は繁栄している。僕の所有にかかわるこの家も、ずっとあるドイツ人に貸していたのだが、つい最近期限が切れ、その引っ越しのあと、電気や水道栓の修繕、ペンキの塗り替えなどにここ一、二週間を費やし、明日あたり新聞の貸家広告欄に広告でも出そうかと思っていた矢先であったから、僕は喜んで三人の男を家のなかに案内した。

三人のうちの一人は付近に住んでいる貸家紹介業の者で、くれた名刺に李秋龍《りしゅうりゅう》という名前が刷られていた。今さっき、この二人の客を連れて少し離れた裏山のほうへ家を見に行った帰りだという。

家を借りたいといっている男は江隆世《こうりゅうせい》という者で、まだ学生を思わせるような若者だった。連れのもう一人の男は彼の友人の由で、話によると、アメリカに住んでいる江隆世の叔父さんが、今度アメリカを引き払って台湾へ帰って来ることになり、そのため、適当な家を一軒借りておいてくれと頼んで来ているのだそうであった。

アメリカに長く住んでいると、台湾の一般住宅、たとえばマンションのような建物では息がつまりそうである。そのため、どうしても天母でないと駄目だとのことであった。ついさっき見て来た家は庭が狭く、おそらくアメリカの叔父さんは気に入らないだろうという。彼、江隆世には、かなり広い庭に四面を囲まれた僕のこの家が気に入っているように見受けられた。

「少し急いでいるので」

といって、彼はすぐ契約をとりたいといった。僕としてもそれに越したことはないので、僕たちは約束をし、その夜、紹介人李秋龍の家で租賃の契約書をつくった。月一万五千元で、敷金は四万元、期限は一応一年とし、江隆世の友人という許家英《きょかえい》を保証人とし、江隆世を借り主として契約書をつくった。紹介料は一般習慣にしたがって、一カ月分の家賃の三分の一、つまり五千元を李秋龍に支払った。こうして契約は成立し、僕はその家の一切の鍵を江隆世に渡した。

貸家のための家をもつことは、実はかなりに面倒なことだった。ことに僕は付近に住んでいるわけではないので、新聞広告などを見て他人が電話でもかけて来ると、その度に鍵を持って天母へかけつけなければならない。天気のよい日には窓を開けて風を通したほうがよいし、雨の日には窓を閉めねばならなかった。それに万一借家人が見つからない場合には、家屋内の設備、クーラーとか浴用のボイラーとか、水道栓、鏡などが紛失することもある。だから今こうして簡単に借家人が見つかったことで、僕は内心ほっとしていた。江隆世のアメリカにいる叔父さんは一応来月の初め頃に帰国する予定だが、確実な日にちはまだわからないとのことだった。が、家を貸してしまった僕にとって、そんなことはどうでもよかった。要するに鍵さえ渡してしまえば、後の管理は彼がするべきであり、一方、家賃は契約した日より数えるものであった。

こうして一カ月が経ち、二カ月目の家賃を貰《もら》う日がやって来た。江隆世に電話をかけると、あいにく江隆世は出張のために不在で、代わりに許家英が電話口に出た。一緒にいるところを見ると、二人はあるいは会社の同僚なのかも知れなかった。先日、耳にしたところでは、江隆世は貿易会社の課長をしているとかいう話だった。許家英に家賃の話をすると、彼は盛んに恐縮して、今夜、自分から届けましょうといった。僕は相手に足を運ばせるのは気の毒だから、こちらから出向こうといったのだが、彼はそんな必要はない、といい、どうせ僕らは若者だから一走りするのは何でもない、といい、真実にその日の夕方、許家英は自家用車を運転して僕の家へ家賃を届けに来てくれた。

この日に彼といろいろ話し合ってはじめて知ったのであるが、彼と江隆世とは学校時代からの友人で、江隆世の父親が経営している貿易会社に一緒に勤めているのだとのことだった。つまり江隆世が許家英にとって社長の御曹子というわけであった。

また、江隆世の叔父さん、アメリカから戻って来て天母の僕の家に住むはずの人は、まだ台湾に戻って来てはいない由だった。しかし、そのうちに戻って来るはずであり、家賃は今後、毎月、自分が届けましょうとのことだった。

天母の家にはカーテンをつけ替え、また電燈の配置を少し直したとのことであった。この種の改造は将来契約期限が切れて相手が引っ越す時に、もと通りに直すべきことが契約事項の一つとなっているので、僕としてはたいして気になることではなかった。僕は彼と話をしながら、彼が若者に似ず、礼儀をわきまえ、その素性のよさそうなことに好感をもった。

さて、三カ月目になると、今度は許家英のほうから電話があって、アメリカから戻って来るはずになっていた江隆世の叔父さんが、事情で帰国とり止めとなった。そのため、申しわけないが天母の家の契約を打ち切りにして貰えないかとのことだった。僕としては残念であったが、そのようなこともあり得るであろうし、相手の身になってみれば、必要のない家を借りておくいわれはないはずだった。それに僕としても別に損失があるわけでもなかったから、快く承諾した。そして僕たちは時間を約して天母の家へ集まることにしたのである。もちろん僕からは四万元の敷金を彼に返し、彼からは鍵を返して貰い、かくして契約を終止するわけである。

ところが、天母の家へ着くと僕はびっくりした。元来は六尺の高さだった煉瓦塀《れんがべい》の上に、さらに三尺ほどの高さに目隠し用の竹塀をめぐらせているのである。それはもちろん、アメリカの叔父さんが庭や室内を外から見られたくないためからの造作だったのであろうが、思いがけなかったので少しびっくりしたのであった。しかるに、びっくりすることはそれだけではなかった。家のなかへ入ると、今まで欅《けやき》の板煉瓦だった床が一面に赤い絨毯《じゅうたん》に変わっていた。そして天井には竹を編んだ簾《すだれ》状のものを波形に吊《つ》るしている。

つまり、これはかなりの大改造であった。通常、これだけの改造をする場合には家主に一応の承諾を求めるものだった。しかし僕たちの契約書にはこの一条はなく、わずかに立ち退く際に元通りに造作を戻すべきことが記されてあった。

「何ぶんにもアメリカの叔父の要求でこう直したのですが……」

と江隆世はいい、この改造に実は数十万元使っている。それで、この造作を僕のほうで買いとって貰えませんか、とまでいい出したのである。

「冗談じゃありませんよ」

と僕はいった。自体、天母の僕のこの家は自分で住むわけではなく、他人に貸す家だった。その場合、床に絨毯を敷くのは至ってまずいのである。借り主というものはあまり家を大事に使わないのが普通であり、しばしば煙草の火を落としたり、犬を家のなかに入れたりする。すると僕のほうでは、借家人を新しく変える度に絨毯を新しく敷き替えなければならない。もともと、この家を買った時にも絨毯が敷いてあったのである。それをわざわざとり除いて板煉瓦に改めたのだ。しかも現在ではこの種の大衆向きのナイロン製絨毯は普及しており、値も板煉瓦に較べると格安となっているから、家を人に貸す場合、板煉瓦のほうがむしろいい家賃に貸せる。こちらとしてはとんだ迷惑なのに、それを買ってくれとはとんでもないことだった。僕は契約通り元に戻してくれと要求した。

しかし、この要求はもとより無理な話だった。彼らにとって、使ってしまった造作費は丸損のはずであり、損といえば今までに支払った二カ月分の家賃も損であった。それに加えて、さらに造作を元通りに直すとしたら、ますます金がかかってしまう道理である。しかも剥《は》ぎとった絨毯はもう使いものにならないだろう。

しかし問題は解決しなければならなかった。彼らの使った金額は占めて三十万元ぐらいにも上るのだそうであったが、彼らはせめてその半額を僕に負担して貰いたい意向なのである。半額と言うと十五万元であるが、何分にもこれらは僕にとって何にもならない造作であった。天井に吊るしている簾にしても、僕の目から見れば俗っぽいとしかいいようがなく、さらに彼らは電燈を全部壁のなかへ隠してしまうような照明に改め、そのほうにも相当の費用をかけたらしいのであるが、ナイトクラブならともかく、とても住宅に向く照明法ではなかった。

仕方がないので、造作のうち、とりはずせるものは彼らに自由にとりはずさせ、総坪数六十坪にあまる建物の約三分の二を占める絨毯の金額がかなりな額に達するだろうことから、僕は彼らに返すべき四万元の敷金に二万元を加え、都合六万元を江隆世に渡すことで話が落ちついた。もちろん、よけいに二万元支払ういわれは少しもないのであるが、そこはまあ、彼らの損失の一部を賄《まかな》ってもいいと僕は考えたのであった。なぜならば、少なくとも彼らは使いもしなかった家に、二カ月分の家賃を僕に支払ってくれていたからである。が、僕が彼らがこれらの造作にすでに支払いをすませているのかどうかわからないので、彼らが造作を任せたという正福装璜行《そうこうこう》の主、林全福《りんぜんぷく》に電話し、確実に支払いの終わっていることを確かめた上で、契約を解消した。

これで問題が決着したので、僕は改めて人を傭《やと》い、室の掃除やら庭の除草および煉瓦塀の上の竹塀をとり除かせた。庭草が伸びているので、手入れに四、五日はかかりそうであった。

ところが契約を終止した二日目の夕方のことである。掃除を頼んだおばさんから電話があった。今装璜行（室内装飾の店）の主とかいう人が天母の家に来ていて、江隆世のためにした造作および家具一式、締めて三十万元をびた一文まだ貰ってないから主人を呼んで来い、といっている由だった。僕はこれは簡単な問題ではないなととっさに感じた。いうまでもなく、先日解約に先立ち、室内装飾を扱ったという正福装璜行の林全福なる男に僕は電話しており、費用の三十万元はすでに支払いずみだという返事を貰っていた。だから今新しく現われた男がニセ者であるか、または江隆世が電話を教えてくれた林全福がニセ者かのどちらかだった。僕は家を出ながら、これは厄介なことになったと思った。

天母の家に着くと件《くだん》の男はもう立ち去ったあとであったが、彼は捨て科白とも思われるような紙片を一枚大門に貼《は》りつけていた。それには、「江隆世、未払いの金をもって今夜店へ来い。十時まで待っている。金を払わない限り、この建物は誰にも使わせない。そのため、車を一台ここへ置いておく」とあった。そして全く驚いたことに、ぼろぼろになったフォードの貨物車を、それも右側の後車輪をとりはずした上で、大門内の玄関に通ずる道のど真ん中に据え置いているのである。

おばさんの話では、車を置いて行った男は二十四、五の若者で、逞《たくま》しい体つきをし、人殺しをしかねないぐらいに腹を立てており、また、大門や玄関入口の鍵をもっていたから、あるいはほんとうにこの人が造作をし、ほんとうにお金をまだ貰っていないのかも知れない、という。

僕はちょっと考えた上で、ともかくも派出所に届けておこうと思った。そこで彼の残した紙片を大門から剥ぎとった。紙片には盧嘉運《りょかうん》という署名があり、仁愛路《じんあいろ》二段十号、それから電話番号が書かれてあった。

派出所に届けると、係りの警員の話では、車を置いて行った男の住所が仁愛路二段となっているから、仁愛路管轄の派出所に届けるべきだという。また警員は、もし今夜そこを訪ねるなら、夜分は危険だから仁愛路の警員に同道して貰ったほうがよい、と忠告してくれた。僕は仕方がないので、仁愛路へタクシーを飛ばせた。

仁愛路管轄の派出所は新生南路《しんせいなんろ》にあったが、そこへ辿《たど》りついて届け出ると、問題の起きた場所は天母であるから、天母の派出所に届けるべきだ、というのである。何のことはない、二つの派出所とも面倒がって受けつけてくれないのである。とにかく、仁愛路二段十号へ行ってみたいから、同道して貰えないかと頼むと、ちょうどそこの管轄の警員という人がいて、その家を知っている、あれは空き家だから行くに及ばない、といってとり合ってくれなかった。僕はどうしていいのかわからなくなったので、一応知人の弁護士のところへ足を向けた。

弁護士の尤《ゆう》君は僕の中学の後輩である。彼は僕の話を聞いてかなり興味を覚えたらしい。そして正式に派出所に届ける「報案書」を書いてくれた。彼の話では、正式の届け出は天母の派出所にするべきで、副本を仁愛路の派出所に出すものだそうであった。尤君の書いてくれた報案書には、「自分と何の関係もない人物」が「来歴の不明な自動車」を自分の家に置き捨てて行ったから、処理してくれ、とあった。そして、江隆世に家を貸したとか造作がどうしたとかということには一切触れていなかった。僕にはそれがちょっと変に感じられたのであるが（多くのことを予備知識として知っていたほうが、警官としても大局を理解しやすいと思われるのであるが）、法律とはそんなものなのだそうであった。派出所に処理してもらう事件は盧嘉運との間の出来事で、江隆世とはかかわりがないのだというのが彼の意見だった。

この報案書を翌朝、僕は書留速達便で送り出した。

一方、僕は盧嘉運に電話をかけた。万一、真実に江隆世が代金を払っていなかった場合、盧嘉運は疑いもなく被害者だったからである。そして彼の損失は僕の責任ではなかったが、かりそめにも僕とかかわりをもった江隆世によって惹き起こされたものである。だから僕としても、彼に協力するのが人の道だった。彼に電話をかけたのは、一つには事情を確かめ、二つには江隆世の住所や電話を彼に知らせるためだった。ところが、盧嘉運は僕からの電話だと知ると、声を荒げて僕に食ってかかった。彼の解釈では、僕と江隆世がぐるになって彼に詐欺を働いたというのである。彼にいわせると、自分は室内装飾業であり、天母の家が誰の所有物であるのか知る由もないし、知る必要もない。要するにその家を装飾したのであるから、その家から代金を貰う。代金が貰えない限り、その家は誰にも使わせない。最少限度、その家を装飾した費用を貰っていないのであるから、内部の品々はまだ自分のものである。したがってお前が家主としてその家をとり戻したいのであれば代金を支払うべきである、というのである。

僕が事情を話して、とにかくこのことは君と江隆世との間の債務関係であるから、といって江隆世の住所と電話を伝えようとすると、「そんなことは百も承知している。江隆世はどこかに逃げてしまって出て来ない」と耳を貸さない。「江隆世の父親の電話番号を知っている」といっても、「父親は息子の債務を負担する義務はない」という答えである。そして僕と江隆世がぐるになっているのだと主張して止まないので、しまいに僕も腹が立ってしまった。そして、「そう思うのであれば警察に訴えたらいい、法院へもち込んだって構わないさ」と僕も答える。

「とにかく……」

と盧嘉運はいった。「かりにあんたが江隆世とぐるでなかったとしても、造作の金はびた一文貰っていないのだから、室内のもの、絨毯とか簾とか電燈とかはいわば盗品である。盗品を隠しもっている人間は、盗賊の仲間として考えられるから、盗賊と同罪なんだ。いわんや、あんたはそれに金を払ったという話じゃないか」

確かに僕の乏しい法律知識に徹しても、盗品を隠しもったり買いとったりした人間に罪があることは僕も知っていた。だから彼の言葉ははっきりと僕への恐喝として僕の耳に響いた。だが彼が最後につけ加えて言葉、「いわんやあんたはそれに金を払ったという話じゃないか」とはどういう意味だろう。僕が江隆世に敷金を返す時、よけいに二万元支払ったことを彼は知っているのであろうか。知っているとしたら、なぜ知ることが出来たのだろう。

僕は最初、彼が被害者かも知れないと思い気の毒にも感じていたのだが、この一言で逆に彼が江隆世とぐるであり、最初から計画的に僕を食いものにしようとしているのではあるまいか、と考えるようになっていた。ぐるでなければ、僕が絨毯に二万元払ったことを知るはずはなかった。それに、江隆世にしろ僕にしろ、早く警察へ訴えなさいと僕が勧めても、彼は警察に訴えようとはしないし、江隆世の電話を教えてやろうとしても、ノートに控えておこうともしない。そしてただしゃにむに僕から金をとろうとするだけである。第一、彼が江隆世から造作および彼のいう家具一式の注文を受けた時、天母の家は空き家だったのであるが、それに対してびた一文の前金もとらずに三十万元もの仕事なり物なりを持ち込むことがあり得るだろうか。考えれば考えるほど臭い話だった。

だがただ一つ、もし彼が真実に被害者であった場合、絨毯に僕が二万元払ったことは、彼のいうように罪に問われることらしかった。僕は弱点を相手に一つ握られているという不安を、やはり感じないではいられなかった。

盧嘉運に電話したのと同じく、僕は江隆世にも電話した。が、若い女が出て来てとりつぎ、江隆世は目下出国して不在だという。許家英はいるかと尋ねると、彼はすでに退職していないという。行き先を尋ねたが不得要領であった。

さらに僕はかつて電話をかけたことのある林全福とよぶ装璜行にも念のために連絡したが、誰もとりつぎがなかった。

貸家紹介業の李秋龍にも連絡したが、彼とて相手の素性を知っているわけはなかった。すべてはうまく仕組まれた詐欺のように僕には思われた。だがここに至っては、僕は売られた喧嘩は買うつもりだった。社会悪などに低頭する僕だと思ったら大間違いである。一旦、依怙地《いこじ》になったら梃子《てこ》でも動かない僕であることを、彼らは知らないのだ。

報案書を送り出したあと、一日経ち、二日経ち、一週間が経ったが、天母の派出所からも仁愛路からも何の音沙汰もなかった。例の車輪をとりはずした貨物車も以前の通り僕の家の門内に置かれたままだった。一体警察は何をしているのだろう。

僕は天母の派出所に出向いた。尋ねてみると係りの者が不在だから、事情がわからないという。かいつまんでわけを話すと、そんなことなら車を門外へ曳《ひ》きずり出せばいいじゃないか、何も届け出るには及ばないという始末である。無論、車を外へ曳きずり出すことは僕も考えないではなく、弁護士の尤君とも研究ずみだった。かりに誰かがバケツなり袋なりの塵埃《じんあい》を僕の家へ捨てたとしよう。この場合に僕がその塵埃を捨てていけない道理はないだろう。だが今一番問題なのは車の主、盧嘉運がいかなる素性の人物なのかわからないことだった。彼が江隆世たちとぐるになり、しかも表立って僕にたかって来るほどの男だったなら、車を動かしたら最後、何をしでかすかわかったものではなかった。この種の人物に道理を説いたって何もならないのだ。したがって、僕の立場からいえば、車はあくまでも警察の手によって曳きずり出して欲しいのである。

車を警察によって曳きずり出して貰うには、いくらかの費用を納める必要がある由だったが、が、そんなわずかな費用など物の数ではなかった。それよりも悪社会との問題を解決するには、あとに災いを残さないことが不文律なのである。

翌日、天母の派出所から僕の家に電話があり、目下調査中だからしばらく待つようにとのことだった。そしてまた一日経ち、二日経ち、一週間が経ったが、何の捗《はかど》りも見えなかった。

たまたま、僕の友人の一人に昔、警備司令部に勤務していた退役の陸軍少将がいた。警備司令部は主として政治犯を扱う軍の機関であったが、こんな場合どうすればよいのか、参考意見を尋ねてみるのもよいのではないかと思われた。それにもし天母の派出所に知人でもいたら、ずっと早く処理して貰えるのに違いなかった。そこで彼を訪ねて事情を話すと、彼は快く力になってやろうといってくれた。そして自分は退役して日が経っており、現在の警察には知人がいないので、代わりにといって現役の警備司令部のある上校（大佐）に電話をかけてくれた。この上校は昔の彼の部下だった男である。こうして僕たちは翌日を約し、とある喫茶店で会い、僕は事こまかに事件を説明した。

上校の説によると、こういう場合、元来は天母の派出所が扱うものであるが、派出所があまり積極的でないのは、あるいは相手との間に何かの関係があるのかも知れない。何しろ派出所の人員というものは、人民の誰彼と接触する機会が多いから、当然いろいろな人と知り合い、友達になったり、誰か知人に頼まれたりでもすると、人情の常として、それをないがしろにすることが出来なくなってしまう。だから今、派出所より一級上の分局へ改めて報案書を出したほうがよい。また都合のよいことに、自分の友人の一人が分局の刑事組長と懇意なので、彼に頼むことにしよう、といってくれ、その友人——今は徴信社《ちょうしんしゃ》を経営している、警察上がりの王礼《おうれい》という人間を紹介してくれた。僕はさっそくその足で王礼氏を訪ねると、彼はだいたいの話は上校から聞いたといい、僕を客間に案内し、詳しい事情を僕に尋ねた。

僕はすでにいろいろな人に話して半ば暗記してしまっている事の顚末を、王礼氏にも一くさり説明した。聞き終わると王礼氏は、「合点した。三日後にまた来なさい」といって僕を帰した。僕はこのような問題になると正規の手続きをとって届け出をするよりも、むしろ偉い人の顔によって上から命令式に解決したほうが手っとり早いだろうと思った。役所などでも窓口でも埒《らち》のあかない問題に出会った時、主任に事情を話すと簡単にけりのつく場合が多いことを、僕は経験で知っていた。ともかくも王礼氏を得て、僕は一歩解決へ近づいたと思い、ほっとしたのであるが、このことを弁護士の尤君に言うと、彼はかえって、「これはまずいぞ」といった。そんなことをすると——歴史に徴しても——官と賊の両方から金をゆすられる結果になりがちだというのである。僕はまさかと思ったが、万一官吏に金をゆすられたとしても、それで解決がつくのであれば差しつかえないと思った。

三日後、王礼氏を訪ねると、彼はいった。

「分局の刑事組長とこの件について研究した。今、一番の問題は、あなたが盧嘉運の残した紙片を拾いとったことだ。その紙片は彼が江隆世に宛てて書いたもので、あなたへのものではない。だから放っておけばよかったのだ。それを拾いとったことは、自分もこの一件にかかわりがあることを承認したことになる。だがまあいい。とにかく分局宛《あて》の報案書をつくってくれ。私から刑事組長に渡しておく。報案書を受け取り次第、刑事組から人を出して例の貨物車を曳き出してくれるといっている。その代わり、これは慣例だが少し謝礼しなければならない」

といった。僕はこれが尤弁護士のいう「官吏も金を要求する」ことなんだなと考えながら、金額を尋ねると、

「一万二千元ぐらいでよいだろう、たいした事件でもないから。そのうち六千元を前金として明日ここへもって来なさい。わたしから渡しておく。残りは解決がついてからでよい」という。僕の天母の家は家賃が一万五千元ぐらいだったから、一カ月分の家賃程度で解決がつくなら、早く解決するに若くはなかった。僕は承諾した。が、念を押した。

「ただ、車を曳きずり出しただけでは、あとでまた何が起きるか知れたものではない。だから盧嘉運を呼び出して、あとのたたりのないようにしてくれなければ」

王礼氏はそれは当然だといった。そうしなければ解決したことにはならないよ、ともいったので、僕は安心し、翌日、喜び勇んで六千元を彼に渡した。

ところがである。一日経ち、二日経ち、一週間経っても何の動静もなかった。例の車は相変わらずそこに頑張っているのである。僕は王礼氏を訪ねた。すると彼は、

「そんなはずはない。分局へ行って刑事組長に聞いてごらん」

といった。そこで僕は分局へ出向き、刑事組長室のドアを押した。

なかへ入って事情を話すと、赤ら顔をした組長は大きな声で、

「事情は王礼から聞いた。配下の陳警員に調査を命じたから、陳警員に尋ねるとよい」

といったきり、僕を相手にしてくれない。僕は六千元を支払った手前もあり、もう少し親切にして貰って当然だという気持ちがあったから、もっと詳しく尋ねようとすると、彼は怒ったような声で僕を叱り、「陳に聞けといっているのだ」といった。僕はむかっとしたが、哀れなものは常に僕ら善良な小市民であった。僕は組長に追い出された形で、組長室を出た。

陳警員を探して彼に尋ねると、「目下二度ほど盧嘉運に出頭するよう通知を出しているが、まだ見えない。そのため停頓《ていとん》している」という話であった。

僕は抗議した。「元来すでに刑事組長とは話がついているのだ。一週間以内に車をとり除いて貰う約束だったのに……」。しかし陳警員は僕の言を斥《しりぞ》けた。

「そんなわけに行かないよ。盧嘉運だって被害者なんだから……。被害者の立場も聞いた上でなければ、どっちが正しいかわかるはずもないじゃないか」

ことすでにここに至れば――僕は警察までが僕を疑っていることに、堪えがたい屈辱を感じた。

「とにかく」、と陳警員はいった。「盧嘉運が見えたらあなたに連絡するから、もう何日か待ちなさい」。僕は一体どうしたらよいのかわからなくなってしまっていた。ただこの時になってから、僕は王礼という男がおそらくは六千元を横取りしたのに違いないと思った。第一、警官自身が悪者では道理に合わない。少なくとも僕は、僕に王礼を紹介してくれた警備司令部の上校や、上校を紹介してくれた僕の長い間の友人までが、ぐるだとまでは考えたくなかった。そうでなかったら、この世には信用の出来る友人など一人もいないことになる。それに僕の渡した六千元という金額は、彼らが身分を穢すほどの大金でもない。おそらく、上校と王礼とはそれほど親しい間柄ではなく、王礼を見誤っていたのであろう。

とにかく、このようにして僕は尤弁護士のいった「今に官と賊の両方から金をとられる」ことが覿面《てきめん》に当たったので、口惜しくてならなかった。尤弁護士に対しても全く面子のない話だった。かといって、今さら王礼をなじったところで何の役に立つだろう。六千元はいわばこちらが「贈った」のであり、領収書もなければ証拠もないのである。

友人の一人が見かねて僕に一策を献じた。台北万華《まんか》の破落戸《ごろつき》の頭領格の一人を彼が知っているというのである。彼に頼んで盧嘉運を訪問させたらどうかという意見であった。盧嘉運のようなちんぴらは、かりに警察が怖くなくても、大破落戸を前にしては縮み上がること請け合いだからである。理は確かにそうかも知れなかった。が、こんな親分に頼むのは、要は金の問題であり、どこまで親身になってくれるのか知れたものでもなく、かつ、泥棒を追っ払ったあとでその人が泥棒になりかねない、そんな心配があった。これは止めたほうがよさそうである。

では、分局へ届け出たものの埒があかないならば、分局より上の警察総局へ改めて届け出たらどうだろうか。しかし、警察総局ではこれを管轄の分局へ回送するだけに終わりそうだったし、分局を差しおいてそれより上の総局へ届け出たことで分局が気を悪くし、ことさらに事件を解放してくれなくなることも考えられないではなかった。ここに至って、僕はどうしたらいいのかさっぱりわからなくなってしまっていた。

一週間ほど経ったある朝、分局の陳警員から電話があって、今盧嘉運が分局に来ているから、僕にすぐ来るようにとのことだった。僕は急いで家を出た。

ここではじめて盧嘉運と顔を合わせたわけである。色の浅黒い、体つきのがっしりとした、そしてふてぶてしい顔つきをした男だった。陳警員がとり上げて見ていた身分証によると、二十五歳、住所不定、前科一犯となっていた。彼は僕を見ると、じろりと僕を睨《にら》みつけた。そして、かつて電話のなかで僕にいったことを同じように繰り返した。江隆世から合計三十万元、そのびた一文貰っていないこと、家にまだ絨毯や簾や電燈の笠、スイッチなどが残っていること、その金を僕が払ってやらなきゃ、一体誰から貰えばいいのだ、などということである。

「訴えたらいいじゃないか」

と僕は口を返した。そして、「一体君はなぜ江隆世を訴えようとしないのかね」と尋ねた。すると彼は、

「訴えたところで結果があると思ってるんですか。たとえば、あなたは警察にわたしを訴えて二ヶ月になりますよ。結果はありましたか。もしわたしが今日出て来なかったら、来年になっても結果なんかあるもんですか」

といって不敵にも白い歯を見せて笑った。

陳警員が、「天母の家に置いて行った車は君のかね」と尋ねると、彼は「そうだ」と答えた。「君が置いたのだね」と尋ねると、今度も「そうだ」と答える。「どんな車だね」と聞くと、彼はとぼけて、「さあ、どんな車かは知らん」と答えた。「そんなことはないだろう。自分の車を知らんことはないだろう。フォードか何かかね」と陳警員が尋ねるのに対して、「知らぬものは知らん」と答えてすましている。糞度胸《くそどきょう》が座っているのか、この種の問答に慣れているのか、とにかく、あまり気持ちのいい相手ではなかった。陳警員も陳警員で、警官のくせに相手の見えすいた嘘《うそ》に怒りさえ見せず、これでは埒のあくはずはなかった。のみならず、陳警員はこんなことまで僕にいうのである。

「いずれにしても、あんたも盧嘉運も被害者なんだから、彼の蒙《こうむ》った被害の一部をあんたが負担してやったらどうなんですか。あんたが来る前に盧嘉運とも話し合ったのだが、江隆世にもち逃げされた家具類はあんたと関係ないことだから、それを差し引いた残り、つまり絨毯や簾、電気設備などを彼のために買ってやることは出来ませんか。盧嘉運は時価の半額でいいといっているので、半額なら安いわけだから、それでけりをつけたら一番都合がいいんじゃないんですか」

僕は思わずかっとなった。実際に腹が立ってならなかった。警官ともあろうものが一体何をいってるんだ。これではまるで相手とぐるだ。

もちろん、僕とて問題を早く解決したいのは山々だった。かつて江隆世に敷金の他に二万元出してやったのも、問題を早く解決したいからにほかならなかった。問題を解決して早

く誰かに家を貸したほうが有利なのは子供だって知っている。だから現在家に残っている絨毯などを適当な価格で買いとることだって、僕に出来ないわけではない。もし盧嘉運が真実に被害者だったならである。真実に被害者だったならば、彼がぼろぼろの車を一台僕の家に据えおいて僕を困らせたことだって、許せないではない。しかし、彼が被害者だという証拠が一体どこにあるのだ。僕は最初から彼盧嘉運が江隆世とぐるになって僕にたかっている——もちろん証拠があるわけでないが、少なくともその可能性のあることを疑っており、それを陳警員にも漏らしているのであるが、陳警員はそれに対して一顧だにしないのである。盧嘉運が真実に被害者であり、いいかえれば江隆世が真実に悪者であるのか、そもそも盧嘉運が三十万元、びた一文貰っていないことが事実なのかどうか、この家の造作を確かに盧嘉運がやったものかどうか、一体どこに証拠があるというのだ。

自体、警察がこれらのことを調査しようと思えば、決して出来ないことではない。僕は法律については門外漢であるが、常識から考えても、この事件を解決する根本的な道は、まず江隆世を探し出すことである。あるいは保証人だった許家英でもいい。これはあるいは紹介人の李秋龍を問いつめて行けばわかるかも知れない。江隆世には父親もいる。正福装璜行の林全福なる人物にも当たってみる必要があろう。かくして盧嘉運のいうことが正しいかどうかを決定しなければ、誰が悪人で誰が被害者なのかわかるはずはない。しかるに警察は何の調査をもしようとせず、はじめから盧嘉運を被害者として認め、僕に被害の一部を負担せよと勧めているのである。僕は警察のこの種の態度に我慢がならなかった。彼らは問題が片づき、届け出の案件が消却さえ出来れば、それで責任はなくなるのである。

僕は断わった。とにかく盧嘉運が真正の被害者であるという証拠がない限り、僕は和解はしない。もし家のなかにある絨毯簾を彼が彼のものであると主張するならば、彼のものである証拠をもって来た上で、それを全部とりはずして帰ればよい。どうせそんなもの、僕には全然必要ない。

しかし、そういう僕に対して、盧嘉運は「わたしが絨毯や簾をはずしたら、そのあとの整理や修繕にいくらかかるのか知ってるんですか。絨毯を買ったほうがずっと安上がりなんですよ」などといっていた。だが今は金の問題ではなかった。いくらかかろうが俺の勝手だ。とにかくお前みたいな奴と話をするのは、話しただけ口が穢《けが》れる……

このようにして分局における僕と盧嘉運との会談は失敗に終わり、翌日、分局は書類をとりまとめて、法院へこの案件を移送してしまった。それからなのだ。全くほとほとに困りはてたのは。法院とは一体何をしているところなのか、さっぱりわからないのである。

分局から法院へ書類の回ったあと、二カ月ほども経ってから、僕はやっと検察官の公訴による証人として呼び出しを受けた。午後の二時に開廷するという通知である。僕は張り切って出かけ、午後の一時過ぎにはそこに着いた。法院に呼び出されたのはこれがはじめてであったが、解決への第一歩が踏み出されたということで、受けつけの係員の不親切さはさして気にならなかった。

盧嘉運は来ていなかった。他人の門内に貨物車を置き去りにして、他人の権利を侵害した彼には罪があるはずだった。したがって、彼は逃げ回って出て来ないのであろう。

僕は午後の一時過ぎにはもう法院に来ていたが、予定の二時を過ぎてもなかなか僕の番が回って来なかった。三時、四時となり、結局、僕が呼び出されたのは午後の五時二十分頃であった。法院では五時が退勤時刻であったが、事件が多くてさばき切れず、こうしてずるずるに時間が延びるのだろう。そして僕の後にもまだ三組ほど順を待っている者がいた。

呼び出されてなかへ入った僕は、正面に座った検察官の前に立たされた。検察官は事件の書類に目を通しながら、僕に二言三言尋ねた。僕が勢い込んで顚末を喋ろうとすると、検察官は「尋ねられたことにだけ返事しなさい」といって、僕によけいな発言を許さなかった。そして車が家のどこいらに置かれているのか、その場所は生活に困る場所なのか、また現場の写真を一枚撮って送って来るようにと命じ、僕に関する事件の調査はこれで終わった。検察官の横に座って問答を記録していた書記官が、書類を差し出して僕にサインを求めた。正しくいえば、書記官の記録が正確なものであるかどうか、一応目を通した上でサインをするのがほんとうであったが、書記官は僕にそんな余裕を与えなかった。僕は結局、盲判を押すような形でサインした。呼び出されてからその室を出るまで、前後にしてわずか十分足らずであった。

外へ出ると無性に腹が立ってならなかった。二時の呼び出しが五時二十分になって始めて開廷され、調査は十分で終わった。自体、物事を解決するにはまず事の真相を知るのが第一要件である。わずか二言三言の問答だけで、検察官が内情を了解してしまい得るとは思えなかった。彼らが通り一遍の形式で僕を呼び出したらしいことは、考えてみるまでもなかった。

翌日、僕は、天母へ赴き、写真を数枚撮って検察官宛送った。また尤弁護士の勧めにより、付帯民事訴訟の訴状を提出し、盧嘉運へ損害賠償を要求した。この手続きをとっておかないと、検察官は盧嘉運に有罪の判決をするだけで、僕の損失にはかかわってくれないのだそうである。また、この種の起訴は公訴に付帯して行なわなければ別に訴訟費用を納めねばならない由であった。

それからまた日が経ち、およそ三カ月ほども経ってから、僕は改めて法院からの呼び出しを受けた。今度は案件が検察処から刑事法延へ回され、刑事推事〔判事のこと〕の扱うところとなった。

今度も盧嘉運は出頭していなかった。僕は事件の当事者として、実は今もって真実の悪人が誰であるのかわからなかった。盧嘉運が江隆世とぐるになって僕にたかろうとしたのだとも考えられたし、江隆世だけが悪者で、盧嘉運は被害者なのかも知れなかった。たとえば盧嘉運が江隆世を訴えようともせず、僕にだけ食いさがって来るところとか、呼び出しがあっても法院へ出て来ないとかいう点から見ても、彼らのぐるらしいことは充分に考えられることだった。が、そうかといって、盧嘉運が被害者では絶対にあり得ないわけでもなかった。少なくとも、江隆世が室内の装飾を任せたという正福装璜行の林全福なる人物までをつくり上げていたり、江自身の行方がはっきりしなくなっていたり、あるいは契約した貸家を二カ月で解約したり、といった事柄には疑ってしかるべき点がかなりあった。したがって、真実に物事を解決するには、あくまでも江隆世を探し出すことであった。彼さえ出て来れば真相が明らかになり、かくしてはじめて公正な裁きができるのだと僕は思うのだが、僕がこの利害関係を推事に語って聞かせようとしても、推事はてんで聞いてくれようとしなかった。彼らにとって今裁くべきことは、盧嘉運が車を一台置いて他人に迷惑をかけた、その罪さえ裁けばいいのらしかった。それ以外のことは、今日の案件とはかかわりがないのである。第一、誰も江隆世を訴えてはいないのだから……。

僕もかつて尤弁護士に「江隆世を探し出さない限り事件は解決出来ない」といったのであるが、彼ら法律を学んだ人たちはそう考えないものらしかった。尤君にいわせると、江隆世と僕との間には何の契約違反もないというのである。しかし、僕にいわせればこの事件のもち上がった張本人は江隆世なのである。だから彼を無関係の人物だといってしまうのは僕には不可解だった。だいたい、車を置き去りにした盧嘉運が、もし悪人の一味であれば許しがたい人物であったが、かりに彼も被害者だったなら、僕は彼を許すことは出来るのである。これは裁きのもっとも基本的な立場だと僕は思うのだが、法律家たちがそう思わないのでは仕方がなかった。こうして今日の出廷も、僕の感じでは「来ても来なくてもさして変わりのない」状態のもとに終結した。僕は同じく書記官のもって来た書類に盲判を押し、外へ出た。

そして、それっきり三カ月経っても四カ月経っても、法院からは何の音沙汰もなかった。天母の家には草がぼうぼうと生え、門内では例の貨物車が勝ち誇ったように、ふてぶてしい横腹を見せていた。

友だちの何人かが見かねて、何とか車を外へ曳き出せないものかと考えてくれた。元来ならば管轄の派出所で簡単に始末がつけられそうなことだった。しかし案件が法院に回っている今となっても、派出所の警員立ち会いのもとに、車を曳き出してはいけない道理はなさそうであった。警員がそうしてくれないならば、隣長さんに立ち合って貰えばよいのではないか。

友だちの一人が僕を彼の友だちのところへ連れて行ってくれた。その人は台北市政府の市長の秘書をしていた。事情を開いて彼はさっそく警察総局へ電話を入れてくれたが、法院へ案件が回った今となっては、法院の判決を待つのが順序で、警察としては法院への手前もあり、事件に携わることは具合いが悪いとのことであった。

今はもう仕方がなかった。

「法院とはそんなものだよ」

と尤弁護士は笑った。世間一般では、誰もが何かの事件に出くわした時、法院へ訴えれば勝つに決まっていると知りつつ、相手と和解してしまいたがる原因が、今になって僕にもわかったような気がした。法院沙汰にすると相手の名誉を傷つけ、怨《うら》みを後に残しやすいばかりでなく、何度となく法院から呼び出しを受け、時間ばかりが長引き、しかも訴訟費用、弁護士代などと出費も嵩《かさ》むのである。その間の精神的、物質的損失が大きいのである。が、今はもう仕方がなかった。もっとも、それにしても判決が遅すぎるようであるからというので、尤弁護士が陳情書を一枚書いてくれた。

尤君の話によると、刑事法廷から判決が下ったあと、改めて強制執行の請願をすることになるのだそうである。法廷では判決を下して盧嘉運の有罪を宣告するわけであるが、僕にとって一番肝心な貨物車は、判決のあとといえども誰もとり除いてはくれないのである。したがって判決のあと、もう一度請願をし、強制執行のための費用も納めなければならない。事はまだまだ遼遠《りょうえん》な彼方にあった。もうどうにでもなれであった。

さらに一カ月ほど経って、やっと判決書が郵便で僕の手元に送られて来た。見ると、盧嘉運に五十日の有期徒刑または千銀元の罰金となっていた。何のことはない、盧嘉運は僕をさんざんに悩ませ、丸一年もの家賃をふいにさせ（それは十八万元にも達する）、そして彼自身は千銀元――つまり台幣三千元の罰金を払えば事がすむのであった。しかも僕のほうでは、貨物車がまだそこにあるのであるから、これから強制執行の訴えを起こし、そのための費用をも受けもたねばならないのである。一方、盧嘉運自身は終始姿を見せず、判決が下った今でさえも、どこかに隠れてにやにや笑っているのであろう。彼が出て来ない限り、徒刑を強いることも出来なければ罰金を科することも出来ない道理であった。

さらに二カ月経って、今度は尤弁護士が民事訴訟の代理人として法廷に呼ばれた。僕もそれに同道したが、驚いたことに、盧嘉運がそこに来ていた。彼はふてぶてしい態度で推事の前に立ち、住所が変わったので今までの呼び出しには一度も接していなかった、といった。「若者ですからね、住所がときどき変わるのは当然でしょう」といって平然としていた。それから彼は単刀直入に原告と和解したいと申し入れた。

つまり、彼は無条件で自動車をとり下げる。その代わり、僕の提出している損害賠償をとり下げてほしいというのである。僕はさっき盧嘉運がふてぶてしい顔で出頭してきたのを見て、幸先の悪さを感じ、簡単には事が片づくまいと考えていた矢先だったので、損害賠償さえ要求しなければ無条件で車をとり除いてくれるという彼の申し出に、すっかり嬉しくなってしまっていた。そこで一も二もなく同意した。

こうしてこの事件は一年あまりかかってやっと片づいたのであるが、あとで僕は尤弁護士に大変叱られた。せっかく、訴訟に勝つ間際になってから和解するなんて、愚の骨頂だというのである。だいたい、法理からいってもこっちが勝つのは当然だったし、盧嘉運としても、車を一台抛《ほう》り込んでこっちを面くらわせ、それによって金をとろうとした当初の計画が、事件の法院へ回ってしまったことで、金もとれず、一方では貨物車を使用することも出来なくなり、彼自身までが困ってしまっているのは自明の理なのであった。しかし、僕はとにもかくにも事件が片づいたことでほっとしていた。僕の蒙《こうむ》った損失は、弁護士代を含めてかなりの額に達したが、僕は和解をしたことに後悔はしなかった。が、尤弁護士は――弁護士とは法廷で勝訴することに生き甲斐を感ずるものらしく、ためにいつまでも残念そうな顔を消そうとはしなかった。

しかしながら、結局、事件は片づいたとはいうものの、果たして盧嘉運が悪者だったのか、それとも被害者だったのか、ついにわからずじまいとなってしまった。

――それから一年ほど経ったある日、寝室の床下から白骨が一体分でて来た。

豚

（一）

豚めは日に三十斤の糞《ふん》を出すという。糞の成分は有機物一五パーセント、窒素〇・六〇、燐酸《りんさん》と加里がそれぞれ〇・四五、〇・五〇パーセントとなっている。これは畜獣中、山羊に次ぐ高単位のものだそうで、堆厩肥《たいきゅうひ》の形として与えた場合には窒素は〇・八四と増大する由だ。私の蜜柑《みかん》畑は広さが半ヘクタールあまりのものだったから、二匹の豚を飼うとして日に六十斤、月に直せば千八百斤、年には二万余斤となり、坪当たりの施肥量二十斤が得られる計算となる。二十斤というと大きいバケツに一杯位の分量であるが、堆厩肥の形で与えるのが普通であるから、かなりの肥料が得られることになる。肥料を与えられた蜜柑樹は一雨ごとに新根を伸ばしてそれに取りつき、養分を吸いとって累々と蜜柑を実らせるのである。その薄穢《うすぎたな》い養分を吸収して太った蜜柑を、人が旨い旨いといって食べるのであるから考えても愉快だ。

元来私とて職業を得る機会に恵まれなかったわけではない。工芸家として多少名を売り出していた私にはある美術工芸学校の講師の口がかかっていたし、著名な故宮製陶公司〔公司＝会社のこと〕からも入社を勧誘されていた。またある広告公司の設計課主任に迎えたいという誘いを受けたこともある。

それを私はそっくり断わったのだ。私は束縛された生活が嫌いだったし、上役に頭を下げるなど真っ平だった。それに細君めが真っ先に賛成して、私に就職するよう勧めるものだから、ますます嫌になるのは天下の男子の一人として当然のことなのである。

適当に怠け者で、我が儘で、そしてそれにもまして天邪鬼《あまのじゃく》に出来ている私は、とにかく他人の好むものは何でも嫌いであった。立身出世を念頭して齷齪《あくせく》している人を見ると他人事ながら腹が立ってならない。へどを吐いて見せてやりたくなる程である。例えばセパードという犬がいた。頭が好いとかで大変な流行である。この一事だけで私はもうセパードを親の仇か何ぞのように憎み嫌うのである。芸術などで飯は食えないという言葉が通用していた。それだからこそ、よし、それなら芸術家になってやろうと考える私であった。飢え死になど少しも怖くない。

こんな変哲な性分をもった私のことであるから生活能力は無論ゼロである。それがどうにか今まで生き延びて来られたのは、いわゆる地主だったためである。父の遺した田畑を小作に出して生活して来たわけだ。あまり大きな声ではいえないのだが、芸術家面をしているのも、一人前の顔をして細君まで貰《もら》ったのも畢竟《ひっきょう》は地主だったおかげなのだ。年々懐に入って来る小作料でどうにか生涯を送れそうな見込みも立っていたし、細君の一人や二人も養えそうに思ったからこそ結婚もしたのだった。

勿論結婚した当初はそれで好かったのだが、生まれた娘が幼稚園へ通う頃に突然土地改革ということが実施されたのであった。今まで私の所有だった田畑が全部小作人達のものになったのである。これは時勢というものが変遷するのを念頭に入れていなかった私の方が悪いのであるから致し方ないとして、それにこういう政策が間違いだとも思えない点もあって、私は喜んでこれを受け入れたのではあるが、困ったのは収入が途絶えたことであった。もともと生活出来ると思ったらこそ芸術家になったのであり、結婚もし、子供まで作ったのである。それが急に生活出来なくなったのだから、私はもう細君を捨てるより仕方がなかった。

ある日、私は細君にもう一度嫁に行ったらどうかと勧めてみたのである。ところが、彼女はそれを拒絶した。このことはいたく私を驚かせた。結婚して六年にもなる私は、彼女がかなりの俗物で指輪をつけると美しく見えるとか、新しい流行の洋服を着ると顔までが晴れやかになるとか、そう信じている人種だと考えていたからである。それが今私と一緒に飢え死にしても好いというのであるから私は感激した。しかし、これは直ぐわかったのだが、彼女は決して飢え死にする気持ちはなかったのだ。それは例えば次のような言葉からも窺《うかが》えた。

——あんたは一家の主でしょ。しっかりしてよ。

——あんたには責任があるのよ。何とかしてよ。

——何処かへお勤めに出たら好いじゃないの。家にはもうお金がないのよ。

——お金がなかったら今の世の中では生活出来ないわ。そんなこと位わからないの?

——一体どうしてくれるのよ。ああ、わたしは本当に大変な人と結婚してしまった。

全くその通りである。私は一家の主であり、少しもしっかりしていない。家には金がなくなったことも知っている。お金がなければ生活出来ないのも残念ながら本当らしい。だが俺は勤めになんか出るのは嫌だ。飢え死にするのは仕方がないが金儲《かねもう》けには興味がない。第一貧乏になったのは社会が変わったからで、何も俺の責任じゃないよ。しかしお前にまで飢え死にして欲しいとは思っていないから、もう一度嫁に行けといっているのだ。今度は小作人の所へ行けば丁度いいじゃないか。

元来人々がお金を儲けるのは何故だろう。金を使うためだ。だが儲けてからそれを使ってしまうのなら、儲けないで使わなくても同じことではないか。それだけ苦労も省けるよ。そもそも金がなければこの世では生活出来ないなんて誰がいった。鳥を見ろ。蚯蚓《みみず》を見ろ。蜻蛉《とんぼ》だって鼠《ねずみ》だって一銭も金を持っていない。それなのにちゃんと楽しそうに生活しているではないか。金なんかなくたって俺は平ちゃらだ。

事実、園芸学を勉強したことのある私は、野菜が野草から改良されたものであることを知っていた。野草をもう少し柔らかく、そして味がよくなるように改良したものに過ぎない。しかるに野菜を買うには金が要るが野草を食べる分には何も要らないのである。しかも幾らでも生えている。これは植物ばかりでなく家畜にしたってそうだ。

猪《いのしし》や熊を捕えなくても蛇、蜥蜴《とかげ》、蝸牛《かたつむり》、蟬《せみ》にしろ雀にしろ何でも食べられるのである。自然界に食べ物なんか幾らでも転がっていた。金で買ったものでなければ食べられないと考えるのは全くの阿呆なのだ。それに改良を施されて人為的に生産されたものの栄養価が低くなっているのも常識だった。これはバタリーで飼われた鶏が農家の庭先で半自然に育った鶏より安価なのを見てもわかる。味も悪い。猪や鹿は薬になるが、豚にはその効用がなくなっている。椎茸《しいたけ》だって天然のものの方が味も好いし高価でもある。こんなことも知らないとはよほど馬鹿な女だ。

なるほど病気をすれば医者にかからねばならない。金がかかる。薬代だってかなりの数目に達する。しかし大昔、医者などのいなかった時代にだって人は生きて来たのだし、ストレプト・マイシンがなかったに拘らず子規にしろ、蘆花《ろか》にしろ、ショパンだってそうだ、ちゃんと立派な仕事を残したではないか。とにかく金なんてあまり重要ではない。

しかしそうはいっても、全然金の要らない生活は私といえども不可能であった。第一米だけは買わねばならない。自分で植えるわけに行かないからだ。それから破れた服を着ていると矢張り何かしら恥ずかしいので新しいのを買わねばならない。靴でも靴下でもそうだ。幼稚園の月謝も払わねばならぬ。畳の表替えも必要である。税務署からは税金を取りに来る。払わないと直ぐ財務法廷へ廻《まわ》されて家屋を競売に出すと嚇《おど》かされる。やれ寄付だ、やれ何だ、幾ら私が金は要らないといっても、矢張り何かと必要なのは全く残念ながら事実であった。

　どうして世の中がこんな具合になってしまったのかさっぱりわからないが、最初に銭というものを発明した野郎は本当にけしからん奴である。人類最大の悪人といってもよいだろう。

　そこで仕方がないから私は観念した。計画を立てたのである。百姓になってやろうと考えたのだ。百姓といっても稲を植える田んぼでは駄目である。一年に度々植えるのでは手数がかかって仕方がない。それよりは果樹が好い。果物は米などと違って主食ではなかった。いわば贅沢品《ぜいたく》である。したがって何だか高級なのだ。果樹園を経営しています、という言葉だって何となく語呂も悪くない。一度植えて置けばその後何十年かにわたって収穫ができる。これは怠け者の私にはお誂《あつら》え向きだ。畑を買う金は家を売ればわけなく得られよう。

　細君はこういう私の計画に賛成した。もう一度嫁に行くよりましだと思ったに違いない。あるいは曲りなりにも私が金儲けになりそうなことに関心を持ち始めたことを喜んだのか。しかし、これは他にも理由があった。

　蜜柑は通常植えて三年目から結実を始める。十年で盛産期に達し六、七年持続する。二十年を越すと老衰して実も小さくなり産量が減る。最盛期の収益が一ヘクタール年に十万元位である。この十万元という金額は決して少額ではない。しかしこのなかから工賃、肥料代、薬剤費などを差し引き、更に台風の損失とか旱害《かんがい》とか、そんなものまで計算すると実益五万元位になってしまうだろう。最盛期がこれである。しかも最盛期は六、七年で終わる。

　だがこんなことを私はおくびにも細君にいいはしない。それどころか私は逆にヘクタールに就き優に二十万元の収益があるのだど吹聴した。細君めは私を頑固だが嘘《うそ》をつく人間とは思っていないし、それに新聞でも時々何処そこの畑で何十万元収穫があったとか記事が出ていたから、彼女は一も二もなく私のいうことを信じた。哀れな女だ。加えて彼女は蜜柑が好物だった。ひょっとすると彼女は悪阻に罹《かか》って蜜柑を鱈腹《たらふく》食べている幸福な図まで想像していたかも知れない。とにかく彼女は私の計画に賛成したのである。が条件を一つだした。交通の不便な所は嫌だというのである。近郊を要求したわけだ。

　これは私とて同感だった。娘の通学ということも考慮しなければならなかったし、私とてこれでれっきとした工芸家である。仮に六尺大の香炉を作り上げた場合に町へ運搬出来なければ大変である。それにこっそり町へビールを一杯飲みに行って来ようという時、交通は便利であるに越したことはない。

ところで、家は簡単に売れたが畑を買うのはかなりごたついた。先ず二つの案を立てることが出来た。一つはいわゆる適地栽培である。その土地に適したものを植える。これには色々な利点があった。作り易いということ。病虫害が少なく生育が好く、そして収量も多い。品質も好いはずである。そのために省力栽培が利くので大面積の経営が出来る。したがって政府の奨励するのもこの方式であった。実際に百姓達が行なっているのもこの方式であった。いうまでもなく一番合理的なのだ。それだからこそ私はこれを嫌った。

第一、人真似なんか面白くないし意義もない。それにこの方式だと収穫物も収穫時期も一村ことごとく同じであるから単価も安くなる道理であった。一斤一元や二元のために私のような大工芸家が汗水を流すなんて愚の骨頂である。更にもう一つ、交通の便を考えると高価な土地しか買えないわけだから大栽培は初めから不可能なのだ。

そこで私は別の方式を考えた。つまりその土地に適しないものを植えるのである。手数ばかりかかって能率の上がらない仕事をしようというわけである。これは何だか私の好みに合った。無論そのためには技術が要る。だが失敗しても恥にならない利点もあった。高級な果物を小面積植えるわけである。一斤二元にしか売れない蜜柑の代わりに一斤百元もする胡桃《くるみ》でも植えようかと私は考えるのだ。

植物にしろ動物にしろ、生物には環境に順応する能力があるものだった。北海道の少女が台湾へ嫁に来たからといって日射病に罹るとは限らない。それに博学な私は園芸についても一説を持っていた。例えば寒帯の植物は概《おおむ》ね落葉する。何故か？　冬眠中は周囲の悪条件に耐えられるからである。冬眠中の蛙を炭酸ガスの容器に密閉しても死なないといわれている。植え換えをされた植物が葉を落とすのも、休眠に似た状態となって悪条件に耐えようとするからに違いない。寒帯の植物を熱帯に植えると、恐らくは夏季の高温に耐えかねて落葉してしまうことが考えられた。つまり元来は冬季に休眠するものが夏季休眠となって、逆に冬に生育するようになるだろう。その可能性は充分考えられるのである。そしてそのことが植物の生理に何かの影響をして結実の法則を狂わせるかも知れない。ひょっとすると適地に栽培されたものより立派な果実が得られないとも限らないのだ。とそこまで考えなくても、例えば暑がりの植物を日蔭《ひかげ》に植えれば涼しく過ごさせることが出来るのは誰でも知っていた。ただ日蔭で育てると炭水化物の貯蔵が不足するから、それを補う意味で一〇パーセントの砂糖水を葉上より噴霧する、そういう方法もあるのだった。

それから私は、こういうことも考えた。一般に畑は平面的にしか利用されていない。それを私は立体的に利用しようとするのである。先ず三十尺置きに栗か胡桃を植える。これは大木になる上に落葉樹なのだ。落葉樹ということは、少なくとも落葉している間だけは地上に日光を透過させ得るということである。したがってその下にまだ何かが植えられる。私は研究の結果、それには蜜柑が好いことを発見した。蜜柑は比較的少ない日照時数でも開花結実するのである。況や一〇パーセントの砂糖水噴霧という最後の切り札もある。しかも日蔭に育った蜜柑樹は黄龍病《こうりゅうびょう》〔カンキツグリーニング病のこと。葉の黄化、落葉、果実の着色不良などの被害が現れ、最終的には枯死する〕に犯され難いらしいことを私は薄々感づいていた。これは北向きの畑に黄龍病が出ないというデータを見てもわかるはずだった。

それから更に私は、蜜柑の下に匍匐《ほふく》性の棗《なつめ》かゴレンシ、あるいは茸《きのこ》でも植えれば土地を三段に利用出来ると考えた。三倍の面積を経営するのと同じ結果が得られるのである。いや同じではない。例えば除草、施肥などは三分の一の労力で済むはずである。私は生まれつきの百姓ではないから頭は悪くないのだ。

ところで畑は、南面した日当たりの好い所を物色すべきなのはいうまでもなかった。傾斜は出来れば十五度を越さない方が好い。土地は肥えていること。雨量は年二〇〇〇ミリが適当だ。しかも出来れば夏季に雨の降る方が好い。交通は便利で民情が好く、ということになると気に入った畑がなかなか見つからないのである。

先ず台北近郊を考えてみよう。近郊というと東西南北であるが、東の三張犂《さんちょうり》一帯と北方の陽明山《ようめいざん》一帯は台湾でも雨量の多い基隆《キールン》区に隣接している。しかもまずいことに雨期が冬と来ていた。雨の欲しい夏は乾季で、降って欲しくない冬にこれも二〇〇〇ミリから四〇〇〇ミリも降るのである。それでは西はどうだろう。西は海岸へ続く平原が広がり、その果てに海を遮って南北に走る低い丘陵が横たわっている。未開発の山林が多いのは台風を正面に受けるからである。冬季の東北季節風も強い。稜線を越した西面では今度は潮風を受ける。だから果樹栽培に適するわけはなかった。

そこで残る所は南ということになる。南は中南部へ延びる縦貫道路や鉄道が走って交通は便利だった。気候も南へ行くほど好くなる。が困ったことに水田がだんだんと工場に変わりつつあり、それが山の麓《ふもと》まで延びて行っていた。工場の煙突のもうもうたる煙は見ただけで肺癌《はいがん》に罹りそうだ。

——山を買うなら陽明山が好いそうよ。

ある日細君がいった。

——……兄さんがいうんだけど、あんたは生まれつきの百姓でないから一応農業で失敗することを考慮しないといけないって。その場合陽明山なら別荘地帯だから土地として残る。わたしもそう思うわ。

わたしもそう思うわ、などといわれて、ああそうですかといえる私でないことは明らかだった。私は無論反対した。第一、一応失敗することを考慮してとは要らぬお節介をしたものだ。失敗しようと成功しようとお前の兄さんなんかに関係ない。陽明山などを買ってやるものか、と考える私であった。

元来私は陽明山をも候補に挙げていたのだ。雨量が多いのは欠点だが長所も多かった。国立公園があるために交通が至って便利であること。公害というものが殆どなく砂ほこりも全くないこと。標高の低い割りに地勢の関係で冬季かなりに低温であること。海抜僅《わず》か七五〇メートルの七星山麓にも雪が降るのだから温帯果樹の栽培が容易である。七星山には冬の蔬菜《そさい》を夏季に栽培して利潤を上げている農家も多かった。しかし今陽明山が好いそうよ、といわれた以上、男子の面目にかけて私は陽明山を買うわけには行かなかった。残念だが仕方がない。

ブローカーが毎日のように私を連れ歩いた。土地ブローカーは何組もいた。ある時は私が南方の中和郷の山を見に行っている間に、細君めが別のブローカーの案内で烏来《ウーライ》の山を見に行ったりした。細君めも山に興味を持ち始めたようである。古い万華《まんか》の商家に生まれ、土のない町中に育った彼女は、農業とおよそ縁のない生い立ちを持っていた。首飾り一つと半日を遊んだりブラウスの襟にレースを縫い込んだり、そのような趣味しか持っていなかった彼女が、生活のためとはいえズボンをはき、運動靴をはいて畑探しに出かけるのは見ていて涙ぐましい限りだった。気の優しい私は彼女に対して申しわけないような気にもなるのであった。

理想的な畑はなかなか見つからなかった。というより、土地にはどの一つにも欠点があるものだった。傾斜がゆるく、地味の肥えたものには道が通じていなかったり、地点が好くて、交通の便利な畑が台風の害を受け易い東向きであったりした。此処は好さそうだと思うものには水がなかったり電気が来ていなかったりする。私の理想とする畑は大体二ヘクタール位の面積である。そして出来れば四、五百坪ほどの池が一つ欲しかった。近くに渓流があればもっと好い。私はただの百姓ではないのだから住んで満足出来る環境が欲しいのである。池には蓮《はす》を浮かせ、蛙を鳴かせ、時には魚釣りにも興じたい。玩具のアヒルを泳がせて、水面を飛ぶ蜻蛉と半日を遊ぶことが出来たら正に天国だ。ブローカー達は時にとんでもない遠い山奥にまで私を連れ込んだ。私のような気難しい買い手に出会ったのは始めてだといって怒っていた奴もいる。しかし買う以上は気に入った畑でなければ意味がなかった。

私は新店鎮《しんてん》の奥にある一つのザボン畑を買おうかどうしようか迷っていた。土地柄は好かった。ザボンも八年生位である。近くに川も流れていたし電気も通じていた。面積は三ヘクタールで申し分ない。がこの畑はバスの道路からかなり入り込んでいた。住むには不便なのである。学校へ通う娘のことを考えても、此処を買う場合は最小限度住居を別に構える必要があった。それでは畑の管理に不便であり、また私の持っている金も足りなくなりそうである。どうしたら好いかと私は迷うのだった。

細君めは、しきりに陽明山を欲しがった。色々見て廻ると矢張り陽明山が好いというのである。仕舞いには涙までぼろぼろと雫《こぼ》した。実は彼女の気に入った畑が一つあったのだ。それは国立公園へ通ずる道路の、それもバスの停留所から歩いて五分位の地点にある畑だった。国道から谷へ下りて、更にそれを上る上り口から山頂までの階段畑だった。傾斜が四十度近いのが欠点だったが、頂上の見はらしは格別に好かった。全台北市が鳥瞰《ちょうかん》出来るのである。住むには確かに好い所であった。電気も通っていたし電話線も近くまで来ていた。水道の施設はなかったが渓流が清冽《せいれつ》な水を迸《ほとばし》らしていた。だが畑としては第一に狭過ぎた。半ヘクタールしかないのである。そして割高だ。

陽明山の国道付近はかなり以前から、ヘクタール売りではなく坪計算であった。しかし私は決心して此処を買うことにしたのである。一つは細君の涙の効用もあった。涙に免じて男子の面目は潰れずに済むのである。もう一つは畑のなかに三本の柿の大木があった。そしてそれが大木であることに私は大木の相を愛する者だ――その三本の大木から穫れるに違いない、恐らくは三千斤にも達する柿の実を、親子三人で鱈腹食べている図を想像して頗《すこぶ》る愉快になったのも事実である。

更にこういうと変に聞こえるが、畑がなかなか決まらないでいる中に、妙なことに私にもだんだん農業に自信がなくなって来たのである。売り物の畑を見ていると、どの畑にも左程の収量がありそうに思えなかった。本物の百姓でさえこの調子なのにと、私は私の腕の細さが心配になるのだった。細君めの兄さんのいうように、事実陽明山を買った方が安全かも知れなかった。面積の小さいのは作物の種類を選択することで埋め合わせることにしよう。

この畑は二昔前までは柿園だったのだそうである。ところが柿は安い上に渋を抜く面倒な操作をせねばならず、加えて風害による落果も多い。それで蜜柑園に切りかえられたのだが、その蜜柑が数年前から黄龍病に罹り出した。これは今もって陽明山に蔓延《まんえん》中のビールスによる致命的な病害である。百姓達は蜜柑の枯れた後に次々と桃や竹を植えたりしていた。桃は植えつけ後二年目から結実を始めるし、竹に至っては翌年から筍《たけのこ》が採取出来るからである。

私の買った畑には枯れ残りの蜜柑が四十本ほど残っていた。栄養不良になった小さな葉の中に貧弱な青い実を疎《まば》らに着けていた。系統も悪いらしい。そして不規則に桃が植えられたり竹薮《たけやぶ》があったり、バナナだのパパイヤだのが、植えているというよりは生えているといいたいほどに、伸び放題の草の中に立っていた。

私は先ず剪定鋏《せんていばさみ》と鋸《のこぎり》と鍬《くわ》と鎌《かま》を買った。かなりに張り切っていた。それから住むための小さい家を設計した。

大工や左官達の仕事ははかどった。が私の畑仕事は遅々として進行しなかった。幼時より「己の欲せざることを他人に求むる勿《なか》れ」の言葉を信条として来た私は、自分を頼る主義だった。自分で仕事をすれば他人と意見の喰い違う心配もなく一存を通すことも出来た。これは天邪鬼に出来ている私には必要なことだった。人手を頼むより自分でした方が手っとり早いためもあった。とにかく私は働くのは見かけほどには嫌いでないのだ。細君めは手伝おうとしなかったが、汗まみれになって働いている私に驚きの目をみはり、しきりに同情した。幼稚園を止めて今は陽明山の小学校への入学を待っている娘は、地所が急に広くなったので大喜びである。彼女は畑を見廻ってどの一本の蜜柑の実が大きいとかバナナの花が咲き出したとか数えて廻るのであった。

私は鍬で除草するのがとても駄目なことに直ぐ気がついた。時間がかかり過ぎるのである。東の端から西の端まで除草する間に、東の端ではもう次の世代の草が生え始めていた。これでは一生涯除草し続けても除草し切れるものではなかった。私は鎌で刈ることにした。が間もなくこれも大変な労働であることに気がついた。何しろ腰が痛んだ。手にはまめが出来る。しかも鎌の刃は直ぐに鈍った。

私は園芸叢書を引っくり返して妙案を考えるのであった。そして雨の後に石灰窒素を散布するという方法を選んだ。これはうまく行った。濡《ぬ》れている草に付着した石灰窒素は忽《たちま》ち雑草を枯らせ、しかもそれを腐蝕《ふしょく》させて堆肥《たいひ》にしてしまうのである。次に私は蜜柑樹の剪定を行なった。台湾では通常柑園に剪定を行なわない。収穫の時に結果枝を一、二寸着けて切る、せいぜいこの程度の弱剪定しかしないのである。それを私は縦横無尽に切りまくった。垂れた枝は切ると本に書いてあった。それから樹冠の内部にも日光が入るように開心仕立ての方式が好いとも書いてあった。それで私は中心の太枝をすっぽりと切り捨てた。あまり気前よく切るものだから細君めがしきりに惜しがった。

――大丈夫なの？

彼女は木が枯れるのを恐れているのである。娘は折角実を着けた木が小さくなるといってこれも残念がった。が正直いって私には剪定の法則があまりよくわからないのだった。本を読んでもこれは手品の種明かしと同じで、読んでいる時は理解しているつもりでも、いざ蜜柑の前に立つとどう切るべきなのか見当がつかなくなるのだ。図の通りに枝が生えていないからである。しかし男子の面目にかけてとにかく玄人である必要があった。それに私には私独特の立体農場の構想があった。だからこんな古い品種など枯れても惜しくはなかった。

黄龍病はまだ続いていた。私の引っ越して来た後にも蜜柑が次々に枯れて行った。一つは力枝を残すという剪定の法則を無視した私の強剪定が、木を弱らせたためもあったらしい。また草を刈ったり防風樹を切り倒したりしたためからの日光の強まった故もあったかも知れない。が私は馬のように勇んでいた。

私は果樹園芸の本を色々と読むのであった。そして現在の、あるいは将来の果樹園芸が粗植大本主義から密植小本仕立てに移るべきことを知った。木が大きいと薬剤の噴霧にしろ剪定にしろ、あるいは収穫する場合でも不便なのだ。それに風害をも受け易い。木を大きくして、例えば一株の樹冠を四坪に育てて百斤ずつ実らせるよりも、四坪のなかにぎっしりと十六株植えて各株に十斤ずつ実らせる方が、究極的には収量も多いという。しかも労力がずっと省ける。私はこの合理性を認めた。そこで私は蜜柑の枯れ跡や空いた所に蜜柑の密植を企てた。

元来蜜柑の枯れた跡へ再び蜜柑を植えるのは禁忌とされていた。いわゆる忌地の現象が起きるのである。これは一説には毒素のためといわれ、一説ではネマトーダ〔線虫類のこと。動植物に寄生するものがある〕の害といわれている。だがこれらには薬品の処理で連作の可能なことがすでに証明済みであった。天地返しだけでも効果は大きいそうである。いわんや私は木を大きくしないつもりだったから、逆にこの忌地現象を利用しようと考えたのである。忌地は密植を可能ならしめる。その代わり黄龍病にかからないカラタチ砧《だい》の温州《うんしゅう》蜜柑を植えることにした。

　私は冬の新植期を控えてせっせと植え穴を掘った。三尺間隔に一株ずつ植えるとすると、半ヘクタールで千五百株植えられる計算になる。怠けていては新植期に間に合わない。しかも私の三段構えの立体農園では最上部に落葉性の大本果樹を植える予定であった。私はこれに栗を選んだ。柿でも好かったが、柿は実がなるまでに年数がかかる上に一斤一元では仕方がなかった。栗はこの点三年で結実を始め、その後は百年の老樹に至ってなお結実し続けるといわれている。その上栗の実は当地では一斤百元近い。栗の実が高価なのは殆どが輸入に頼っているからだった。栗は温帯果樹であり、そして台湾は亜熱帯なのだ。しかし過去台湾において栗が栽培されなかったことが必ずしも栽培不能を意味しないのは前述の通りである。

　台湾の百姓達は確実に利益を上げ得るものでない限り興味を示さなかった。だから誰も植えてみようとしないのである。私は日本の猪原栗研究所から「有磨」と呼ぶ品種を購入する手筈《てはず》を整えた。この品種は花が咲いただけ結実し、結実しただけ収穫出来、収穫しただけ出荷出来る猪原氏自慢のものだった。栗は大木に育てるべきだったから大きな植え穴を掘る必要があった。怠け者を自認していた私も働くとなると案外な働き者であることに自分でも意外な気がした。

　陽明山へ越してから最初に懇意になったのは隣長さんだった。渓流を二百メートルばかり遡《さかのぼ》った所に百姓達の村落があった。全部で二十戸ほどである。隣長さんはその長老格であった。この一帯で都会から越して来たものといえば私一家だけだった。したがって私は皆に好奇心をもたれていた。彼等はよく私の家へ遊びに来た。私の働きぶりを賞讃するのである。そして新米の私に果樹栽培の基本観念を教えようとした。が、彼等の方法は私から見るとみな時代遅れだった。しかし彼等にいわせると私の方式は出鱈目《でたらめ》だった。

　蜜柑はもともと剪定すべきものではなかった。しかも私は忌地現象を無視しようとしていた。加えて蜜柑は十五尺に一本植えるべきである。それを私は三尺に一本植える予定なのだ。栗など植えたって実るはずはない。そして鍬で除草せず石灰窒素を撒《ま》いて誤魔化している。彼らは家の調度類などから見ても百姓に見えない私が、人を雇わず自分で働いているのを訝《いぶか》り私の素性を探り出そうとした。そして私が彼等の祖先代々の農業の法則を借用せず、出鱈目なことばかりやっているととうとう愛想をつかし、仕舞いには私のことを少し頭が変ではないのかと考えて、細君めに同情までする始末だった。

（二）

——あんた、豚を飼うんだって？

——うん。

——止してよ。あんな穢いもの……

——綺麗《きれい》にしてやれば好いよ。お風呂へでも入れて……

——気持ち悪いわよ。ブウブウ鳴いて。そんなのが家にいたらわたし卒倒するわよ。

——慣れれば怖くなくなるよ。亭主と同じだ。

——何を食べさせるつもりなの？　豚は沢山食べるのよ。

——ああ沢山食べて沢山出すんだ。そこが魅力なんだ。

——誰が掃除するの？　それに豚は腐ったものを食べるものよ。家中が臭くて呼吸も出来ないわ。

——心配しないでもいい、腐ってないものをやれば好いさ。

——何のために飼うのよ。豚を飼ったたって儲からないて隣長さんがいってたわ。忙しくなるばかりだわ。

——まあ趣味だな。細君を貰ったたって儲からないよ。同じことだ。

——何匹飼うの？

——二匹は必要だろうね。一対飼ってやらないと可哀想だから……

——何処で飼うつもり？

——小屋を建てるさ。炊事場の横が好いね。便利で。

——私毎日外出するわよ。

——ああ差し支えないよ。

——絶対にわたし手伝わないから……

冬の新植期に私は千株の蜜柑苗を植え込んだ。春の短い台湾では冬に植えつけをするのが普通だった。半ヘクタールの面積に千株の蜜植しか出来なかったのは畑が傾斜地だったためである。いや、傾斜地のためではない。傾斜地なら急であればあるほど面積が広くなる。が私の所は段高が八尺に及ぶ階段畑だった。石を積んだ階段畑には多くの無駄が出るのである。平地ならば千五百株の蜜植が出来るはずだった。私は五百株による減収を五千斤と見て残念がった。蜜柑の品種としては桶柑《たんかん》、温州蜜柑を各四百本、それからオレンジの類を二百本植え込んだ。三種類に分けたのはどの品種が一番風土に適しているかわからなかったためと、万一密植栽培に成功しなかった場合に、最小限度風土に適した品種を半ヘクタールに分散させることが出来ると考えた故である。

何しろ新しい方式を計画はしても新米の私には自信がさっぱりなかった。千本の苗を植えるだけでも容易でなかった。

まごまごしていると苗を枯らしてしまう恐れがあった。仕方がないので臨時に人を雇って手伝って貰った。彼らの仕事ぶりは手回しが好かった。腕力も充分だった。が残念なことに几帳面《きちょうめん》ではなかった。きちんと三尺を計って植えてはくれないのである。そのため折角紐《ひも》まで張って一直線にしたはずの植え穴が乱された。また彼等は好んで苗木を深植えにした。私の読んだ本ではしきりに深植えを警告していたのである。だから私は彼等に少なくとも接木部を地上に露出することを要求した。にも拘《かかわ》らず彼等は経験を振り廻して、深植えにしないと活着率が低いといって譲らなかった。

こういう意見の対立があるからこそ、私は人を雇いたくないのだ。が気の小さい私は面と向かってあくまでも浅植えを主張することの出来ない性質だったから仕方がない。彼等の帰った後で一株一株上へ持ち上げたり、乱れた直線を整えるために植え直しをしたりした。かなりの重労働であったが、私はそれをやり遂げたのである。怠け者の私であっても、やるべき仕事には几帳面であった。

一方上部に植えるべき栗苗を、私は予定通り猪原栗研究所に発注していた。書物によると栗は他花受粉の必要がある由で、そのために別の品種、「銀寄《ぎんよせ》」と「利平」を横浜のある種苗会社に注文した。栗は台湾では苗木が買えないのである。いずれも航空小包で届くはずだった。

栗についても私はかなりの研究をしていた。台湾で誰も栽培していないという点で私は特に興味をもった。また万一蜜柑の栽培に成功しなくても、栗だけでも成功してくれれば充分だった。東洋の栗は日本栗と中国栗の二類に大別される。日本栗は大果であるが渋皮離れが悪く、中国栗はその逆である。

私の選んだ「銀寄」は気候に対する適応性が大で暖地でも冷涼地でも同じように成績が好い由であった。古い品種ではあったが、今でも日本で一番広く栽培されているもので、反当たり一五〇貫の収量があり、樹勢は強健だそうである。一果の大きさは平均三〇グラムで大きいものは四〇グラムを越す。無論クリタマバチには耐虫性がある。

「利平」は岐阜県山県郡の土田氏の実生樹の中から発見された日本栗と中国栗の雑交種と見なされ、説明によると果実はやや大、平均二五グラム、果色は濃く、外観美麗、肉は粉質でしまり、甘味中位、香気には乏しいが品質は佳良、また風による落果が少なく、渋皮は日本栗よりむぎやすく、樹勢が特に強健で日本栗の栽培出来ないような痩《や》せ地でも栽培が可能だという。何しろ台湾における栗栽培のデータが皆無なので、資料は総て日本からのものである。当地でどこまで栽培が可能なのか見当もつかないのだ。したがって強健で風土に適応性の大きい品種を選ぶ必要があったわけである。

それから私は生産のための果樹ばかりでなく、趣味のための果樹をも植えようとした。人間は金を儲けるために生まれて来たのではないからである。胡桃、ペカン、フェイジョア、ポーポー、ビックリグミ、それから朝倉山椒《さんしょう》とか、日本で選出された無花果《いちじく》とかまで色々と注文した。これらはいわば遊びであるから崖下とか防風林の代わりに植えるつもりである。

苗木を日本から取り寄せるのは厄介だった。第一植えつけの時期が異なっていた。日本で掘り上げに適する時期は当地では植えつけに遅過ぎた。私はしきりに発送を急き立てた。が日本から小包の届いたのはもう春も酣《たけなわ》になってからである。気温が高過ぎては活着を悪くする。根の出る前に葉が伸びて来るからである。それにもっとまずいことが重なった。栗の苗木に殆ど細根がなかったのだ。これはもともと栗というものがそうなのか、あるいは業者の怠慢から苗木を一度移植して細根を発生させるという原則が守られなかったためか、ともかくも猪原栗研究所のものも業者からのものも、ともに直根を一尺に切り縮めた苗木ばかりだったのである。

加えて航空便とはいうものの、発送に当たっても入国に当たっても、それぞれの国の検疫を受けねばならず、日数もかかり薬害も受け、痛んで到着した故もあったらしい。丸で水を輸入する形でたっぷり水を含ませた水苔で根をくるんでいたにもかかわらず、私の大切な栗苗は半分も活着しなかった。しかし私は活着しなかった分を他の植物で補って計画を変更することを好まなかったので、枯れた分は翌年補充することにした。そして事実私は、その後の三カ年にわたって苗を補充し続けた。栗苗はそれほどに活着が悪かったのである。

ともかくも私の一世一代の農業は始まった。植えつけが終わると私は雑草の処理にかかった。石灰窒素は相変わらず有用だった。私のように充分な体力を持たない者は頭を使って省力を考えなければ体の続くわけはなかった。その点肥料も有機質のものより化学肥料が簡便だった。清潔でもあった。私は雨天を利用して硫酸アンモニアをばら撒いたりした。八リットル入りの噴霧器を肩に下げて階段畑を上り下りもした。

山へ来て驚いたものに虫の多いことがあった。先ず蟻《あり》が多かった。小さいのは一ミリにも満たなかったが、顎に巨大な牙《きば》を着けたものは体長が一インチにも達した。種類も五、六種はある。土の中に隠れていて迂闊《うかつ》に近寄ると針で刺して来る性の悪い種類もあった。雨の後ではよく蟻が蚯蚓《みみず》を襲ったりした。蚯蚓は生きながらにして一群の蟻に噛《か》まれ、のたうち廻るのだった。

私は彼等の闘争に声援を送り、時には蚯蚓を助けてやったりした。黄金虫の幼虫も土の中に住んでいた。蟬の幼虫もよく捕まった。子供のころ昆虫採集に熱中し殊に毎年蟬の声を聞くと胸のどきどきして来る私は、掘り起された蟬の幼虫を掌《てのひら》の中にいとしがり、それから彼のために新しい穴を掘って匿《かくま》ってやるのだった。見たこともない虫が色々といた。百足に似て百足でない赤い縞《しま》入りの虫も綺麗だった。長い毛を房々と翁《おきな》の眉のように垂らした毛虫もいた。触ると獣のように吠え立てる緑色の巨大な虫もいた。

私に害を与える一番の元凶は蜂だった。叢《くさむら》の中に巣作りしているのを知らずに鎌を入れたりすると、顔面に刺されるのが普通だった。それから柿の若葉には模様の入った丸い虫がいて、その体に触れると二時間でも三時間でもしくしくと痛んだ。赤い頭をした昆虫の一種は刺激性の尿を放出した。だが害虫ではあっても、見ていて動悸《どうき》を覚えるほど美麗なものが沢山いた。

子供のころ私の故郷に少なかったクロアゲハやツマベニアゲハが沢山飛んでいた。追いまくって逃がしがちだったミカドアゲハも蜜柑樹を飛び越えては戻って来たりした。翅《はね》に黒彩のある蜻蛉も渓流のほとりに群がっていた。そして吸盤の強い雨蛙から殿様蛙、更には淋しげな顔をした蟇《ひき》なども草の茂みの中を跳んだりした。青色の尾をきらめかせた蜥蜴《とかげ》も何かしら小粋であった。人々の嫌う蛇も何種類かいた。亀殻花《クウカッフェー》と呼ぶ毒蛇の三角形の頭は私にも薄気味悪かったが、全身が深緑色の蛇に私はむしろ見惚《みほ》れたりした。

蛇や蜂が怖いために細君は階段畑を二、三段しか下りることをせず、娘にもそういいつけていた。この二、三段の畑の隅に、細君は茄子《なす》だの白菜だのを植えた。当地の農家で誰一人植えていない小蕪《こかぶ》やセロリを播《ま》いたりして、それを農家の人達に自慢するのも彼女だった。建物のある最上段には花壇をしつらえ、彼女は午後の一刻を土いじりに費やすのであった。山と縁のなかった彼女も、少しずつ山の生活になじんで来たようである。

私は畑へ下りて行く時にボール箱を携帯し、珍しい虫類が見つかると捕獲して帰るのだった。栽培価値のありそうな植物、例えば羊歯《しだ》とか山草の類なども採取した。私の家の軒下にはいくつものガラス箱があって、爬虫《はちゅう》類やら昆虫やらが飼われていた。娘は大喜びであったが、細君は近寄ろうとしなかった。私の愛していた緑色の蛇はガラス箱のなかで卵を産んだりした。

私はほぼ幸福だったといって好い。それに私のかねてからの主張であった「人は金がなくても生活出来る」は見事私によって実証されつつあった。山には色々な食べ物があったのである。この一帯の山にはもともと葱《ねぎ》の自生があった。それから百合が下草に混じって群落をなしていた。蕨《わらび》のようなものもあったし、茗荷《みょうが》は渓流のほとりにはびこっていた。桃も蕃柘榴《ばんざくろ》も親子三人に食べきれないぐらい実をつけたし、三本の柿の大木に至っては多い時には四千斤も実がなった。

以前の持ち主の植えていた蜜柑にも舌鼓を打つことが出来た。バナナは季節にかかわらず房を垂らし、五、六株の緑竹は一雨毎に筍をもたげて来た。落ち葉のなかにも木の子が生えていた。相思樹の切り株からも木くらげがとれた。渓流には小蝦《こえび》が泳いでいたし、川蟹もかなりにいた。食用蛙も肥っていたし、私は蛇をも食べてみた。蛇には背骨に沿って引きしまった筋肉があり、あらゆる魚類より遥かに濃厚な味を持っていた。それから獲っても獲っても獲り尽くせない蝸牛《かたつむり》。細君はこういういか物を決して食べようとしなかったが娘は旨《うま》いといって頬《ほお》をほころばせた。何時の間にか台湾全土に広がってしまった非洲《アフリカ》蝸牛は、元来が日治時代に総督府の桜井技師によってアフリカから食用を目的としてわざわざ移入されたものだという。

私がまだ小学生だったころのことである。当時の金で一匹五円というかなりな高価で私も二匹買って貰い、リンゴ箱のなかにモミ殻を敷き毎日白菜やらキャベツやらを与えて大事に育てたものだった。それが誰だったか蝸牛を食べて死んだという噂《うわさ》が立って、人々は飼育の興味を失い野に放ってしまったのである。今ではこの巨大な蝸牛は全島の菜農にとって最大の害敵となっている。しかし戦時中私達は何度も食べたことだし、決して毒のあるものではなかった。胡麻《ごま》で和《あ》えれば一寸おつな味がするのである。

このようにして私の一家は町に住んでいた時の半分にもならない費用で生活出来た。しかも規則正しい労働をしている私は、肩にも肉がついて来たようである。大工芸家としての野望は今のところ一休みであったが私は今の生活に悔いは持たなかった。

ところがこうして私の生活が順調であったに拘らず、肝心要の蜜柑苗がさっぱり大きくならないのだ。忌地の害が大きく出ているらしいのだ。これはネマヒュームという薬品で処理出来るはずだった。しかし、それにはかなり厄介な操作が必要とされていた。先ず六寸間隔に十センチの深さの穴を開け、その中に五ccのネマヒュームを注入する。それから土を被《かぶ》せ固く踏みつけるのである。半ヘクタールというと千五百坪であるから全園に処理すると先ず十五万個の穴を開けねばならない。考えただけでうんざりする仕事である。しかもこの薬品は相当高価な上に生育中の苗木の根をいためる恐れも充分にあった。

　私はこれを放棄した。もっともこれを放棄したのは外にも理由があった。苗木の大きくならないのが必ずしも忌地の故ばかりとも思えなかったからである。何しろ私は新植の前に小さいながらも植え穴を掘り天地返しを行なっていた。それによって忌地の害はある程度避けられていたはずである。加えて大きくならないのは蜜柑ばかりではなかった。栗だけは私の選んだ品種が適切だったためかあるいはもともと林木に近いものだったためか、活着こそ悪かったが一旦活着した後の生育は驚くほど好かった。春の新枝がぐんぐんと伸びて一気に一メートルにもなるのである。特に「銀寄」の生育は目ざましかった。

　ところがその他の果樹、胡桃にしろポーポーにしろ、あるいは葡萄《ぶどう》、無花果、総てが植え込んだ時のままいつまでも大きくならないのである。どうしてだろう。一つは明らかに土質の悪いためだった。

　私の畑の土は何という名称の土壌なのか知る由もなかったが、赤茶けた土は雨が降ると忽ちべとべととした粘土になって幾らでも靴にくっついて来たが、一旦雨が止むと今度はからからに乾いて亀裂を生ずる始末だった。保水力が至って悪いのである。私が一心に石灰窒素を撒いて雑草を腐蝕土に作り変えていたに拘らず、半腐れの草までが乾き上がって土質改良の役目を果たさなかった。畑が日当たりの好い西南向きの故もあった。元来台湾では西南向きが一番よいとされていた。殆どの台風が東北からやって来るからである。そして西南の冬が最も暖かい。だがこう乾燥してはどうにもならなかった。

　いうまでもなく私の畑の側には渓流が清冽なしぶきを上げていた。ところが私はこの水を引き入れることを隣長さんに固く禁じられていた。話によるとこの渓流は水利会の所有に属するのだそうで、田んぼの所有者以外には使う権利がないのだった。かつて村の者が水を引き込んで大変な騒ぎを起こしたことがあったという。したがって私は他の方法を講ずるより仕方がなかった。

　先ず畑に荳科《まめか》の被覆《ひふ》植物を植えたのである。荳科の植物には根瘤《こんりゅう》バクテリアがあるから窒素を消耗しない。しかし試植の結果は不成功であった。荳科の植物が一般に深根性であったに拘らず遂に旱魃《かんばつ》に耐えられなかったのだ。一番下段の、つまり地下水に近い所にだけどうにか生育する始末だった。とすると残る道は一つしかなかった。豚を養うことである。堆厩肥を入れるわけだ。豚の糞が土質改良に最良であることは誰にも異議のないこととされていた。だが……

（三）

豚を飼っても儲けのないことは私も知っていた。当時の養豚は今のように企業化された大規模のものではなく、各戸に一頭とか二頭とかを残りものや自家生産の薯《いも》に豆粕《まめかす》、麩《ふすま》を混ぜて養うのであった。

——何しろ豚はよく食べるんですよ。あなた……

と隣長さんはいった。

——儲かりませんね、絶対に……

これも隣長さんの言葉である。一匹の豚は売れるまでに大よそ五千斤の薯を食べる由であった。五千斤の薯は薯として売っても三千元には売れる。ところが豚めは二百斤の体重のものがちょうど三千元にしか売れないのである。野郎がよく食べることを農家の人達はむしろ誇らしげにさえ口にする。

五千斤の薯というと、どれだけの量になるのか私には見当がつかなかったが、書物で読んだところでは、若豚一頭の一日の食餌《しょくじ》は石油缶一個に過ぎないこととなっていた。五千斤も薯を食べるのは薯に栄養分がないからであろう。豚めが大きくなるのは食餌の量によるのではなく食べた蛋白質《たんぱくしつ》の量によるのだった。どれだけの蛋白質を食べれば何キロ体重が増えるかは紙上で計算出来るのだそうである。書物によると百キロの体重を増やすためには三十八キロの蛋白質があれば好いことになっていた。薯の蛋白質は〇・九パーセントしかなかったから、三十八キロを得るには実に四千キロの薯が必要なのである。

ところが都合の好いことに、蛋白含量の多いものほど高価というわけではなかった。現に先進国ではただに近いクロレラ養豚法が開発され徐々に実用化されつつあった。クロレラというのは何処《どこ》の水溜《みずたま》りにでも直ぐ発生する植物プランクトンである。水溜りの水を緑色に変じてしまう微細な浮遊植物だ。クロレラはその特徴の一つとして栽培し易いこと、何しろ水溜りにでもひとりでに発生するのだから肥料を与えれば無際限に増殖する。

実験によると一つの培養地から大体三日に一度収穫出来るのだそうであった。それから飼料としての最大の長所は何といっても蛋白含量の多いことだった。クロレラが発見されるまで、飼料の筆頭はいうまでもなく豆粕であった。麩の蛋白質は一二パーセントであり、糠《ぬか》は六パーセントである。が豆粕には四二パーセントもあるのだった。豆粕が長らく飼料の王者としてその地位を確保していたのも故なしではない。

が驚くべきことにクロレラには実に五〇パーセントという信じ難いような蛋白質が含有されていたのである。しかもクロレラの飼料価値は蛋白質ばかりでなく、他の鉱物質、鉄、加里、ミネラルからビタミンのＡＢＣＤＥと殆どの栄養素が揃っているというのであるから、私のように少しいか物食いの傾向のある人間などは、つい何とかしてみたくなる程の代物でさえあるのだ。その上クロレラの最大の利点は前述したように殆どただで得られることだった。

先ず培養池を作る。これは土質などを選ぶ必要はない。日当たりさえ好ければ好いのである。深さは一尺が適当だそうであった。深過ぎると容量が増える代わりに水温が低下する。クロレラは低温では繁殖が悪いのである。掘り終わった穴に市販のビニール布を敷けば池は忽ち完成である。池に入れる水は河水でも水道水でも好い。これに窒素肥料を入れるわけである。化学肥料でも好いし、もっと簡便で効果的なのは我々の下賤《げせん》なる排泄物《はいせつぶつ》の由であった。鍋か空き缶に入れ、粥《かゆ》を作る要領で煮るのだという。殺菌するためである。それを池水に入れる。後は陽光に晒《さら》すだけで好かった。いつの間にかクロレラが発生して池水が緑変するのだ。

もっとも一口にクロレラといっても色々な系統に分類されていて、繁殖に適する水温やら日光量やらを異にしていた。したがって各自の地理条件、気象条件に最も適した系統のものを大学の研究所から貰って来れば好いのである。小規模のものならわざわざ大学まで行かなくても付近の水溜りから掬《すく》って来ても好いだろう。池一面に繁殖したこの緑の水を明礬《みょうばん》で沈下させて濃縮液をとるわけだ。日本に関根　某《なにがし》なるクロレラ研究者がいて、著名の人らしいのだが、四尺×六尺のビニール池三基で五頭の豚を養っている由であった。だから隣長さん達のいう「豚はよく食べる」などの言葉はそれ自体がすでに時代遅れであった。科学的に研究すれば合理性は何処からでも見つかるものなのだ。それを百姓達は徒《いたずら》に祖先から伝わった秘法に頼って蛋白含量〇・九という藷ばかり食べさせるものだから、豚めは腹ばかり脹《ふく》れてさっぱり大きくならないのである。

私が豚を飼うのにはもう一つの用途があった。沼気《しょうき》の利用である。豚めの糞尿を水槽に溜めて発酵させると良質のガスがとれる。このガスをコンロに導いて来ると優良な燃料に早変わりするのである。これがつまり沼気と呼ばれるものだが、無色無臭で燃やしても煙がでない。室内を閉め切っても中毒もしなければ窒息もしないという。火力も強く、しかも発酵済みの糞尿を液肥として使えば寄生虫卵も死滅しているわけであるから理想的である。

それを当地の百姓達は沼気の利用も知らず、農家の主婦などは薪集めに苦労している始末だ。全く愚の骨頂である。彼等と違って頭の好い私はクロレラで豚を飼い、糞から燃料をとり、燃料の粕で畑を肥やし、豚は売って金にする、というつもりだった。こんな合理的なことはそうざらにあるものではなかった。

私は二十斤程度の小豚を二頭隣長さんに依頼した。小豚は鼻の短かい、骨の太い、何となく胴伸びのした、そして後脚が垂直で、体毛の薄いのが好いのだそうである。一度聴いたぐらいでは覚え切れないので、隣長さんに代購を頼んだ。一斤二十一元が相場だという。

(四)

やがて豚めがやって来た。しかし隣長さんが担いで来てくれたのは牡《おす》の小豚がただの一匹だけだった。良い小豚が一頭きりなかったのだそうである。もともと二十斤程度の小豚は売っても僅《わず》かの金にしかならないから誰も売りたがらず、また買い手の方でも大きい方が手数が省けるので、小豚店で扱っているのは通常三十斤から四十斤のものが多い由だった。

——そのうちに良いのが見つかったらまた買って上げますよ。何も急ぐことはない。小豚は良いのを選ぶのが大切ですからね……

と隣長さんはいうのである。だがかつて子犬を買って来て一晩中鳴き通されて閉口した経験のある私は、一匹であるという点で今夜も小豚めに鳴き明かされるのではないかと不安でもあり、一方小豚めに孤独を強いるのも気の毒であった。私は明日あたりもう一度一人で出かけて行って更に一匹買い足そうと考えた。隣長さんが小豚を一匹しか買ってくれなかったのは、彼のいうように良いのがなかったわけではなく、私に二匹も養うことを思い止まらせようとしたのかも知れないからだった。何しろ隣長さんは何度も二匹では多過ぎる、何しろよく食べるのだから、といっていた。しかし私は隣長さんには厚く礼をいった。それから用意していた薯蔓《いもづる》を小屋の中に投げ込んでやった。が豚めは匂いを嗅《か》いだだけで食べようとはしなかった。

私と細君と隣長さんは小屋の外に立って豚めを鑑賞した。こんな間近に見るのは初めてであった。二十四斤だそうである。牡であることは来た時から判っていたが、去勢済みだということは話を聞くまで私には判らなかった。牡豚は生まれて間もない中に去勢してしまうのだそうである。愛を知り始めると頬がげっそりこけて来るのは何も人間だけではないからだった。そして去勢しないと気が荒くて手に負えないばかりか、肉も臭くて食用にならないという。私は私自身去勢されることを心配したことがなかっただけに、豚めに頗《すこぶ》る同情した。

畑でとれる麻竹を柱に、釘で緑竹を打ち止めた私の手作りになる豚小屋のなかを彼は楽しげに走り回った。別に人間を恐れている風は見えなかった。二、三回走り回った後で寄って来て鼻面を私の体になすりつけようとした。私は彼の体に触れてみたが思いがけないくらい首に肉がついていた。猪首《いくび》という言葉を思い出した程である。鼻が短かく、骨太で胴伸びし、というような隣長さんの言葉を私は思い出していた。なるほどどこんなものかと考えた。彼は割に清潔な体をしていたが、矢張り何処かで嗅いだことのある豚小屋の匂いを蓄えていた。細君は隣長さんを捕まえてお喋《しゃべ》りを続けていた。豚に関することをあれこれ尋ねているのだった。

――小豚って案外可愛いじゃないの？　あの目を見てごらん。でも臭いわね。何斤になったら売れるの？　何を食べさせるの？　どうやって食べさせるの？　とてもよく食べるんでしょ。一カ月で何斤増えるの？　病気になることはなくって？　人を嚙《か》むことないかしら？　豚小屋は掃除するものなの？　どうやって掃除するの？　蠅《はえ》がたかるでしょ。蚤《のみ》は湧《わ》かないの？　人間に病気うつるかしら？　あら、こちらを見てるわ。気持ちの悪い鼻ねえ……

傍《そば》で聞いていると豚めに興味を持っているように見えるのだが実際はそうでもない。半ばは隣長さんに対する愛想であり、そして半ばは――何しろ彼女ほど農業というものを見下げている女はいなかった。百姓さんの手を見てごらん、と彼女はいうのである。節くれ立って皺《しわ》だらけで、しょっちゅう、肥溜めを掻き回し、日光に晒され、汗だらけで泥だらけで、そして年に幾らも収入がないんよ。阿呆《あほ》らしい、というのが彼女の持論だった。

彼女は隣長さんと話をしながら、実は農業に関する都会人の無知をさらけ出し、それによって優越感を味わっているに過ぎないと私は観察した。がそこに気づかない隣長さんはむしろ得々として、目さえ輝かせながら何しろよく食べるんだから、何しろ豆粕が高いんだからなどといっている。

隣長さんが帰ると私は豚小屋の未完成の部分を急いで繕った。何事にせよ切羽詰まってからでないと仕事に着手出来ない私は、入り口の柵を組む仕事をまだ終えていなかった。釘《くぎ》を打つと豚めを驚かすので私は針金で縛ることにした。新しく我が家に加入した豚公は、さっきはそうでもなかったのに皆がいなくなると急に警戒心を持ち出したようである。彼は小屋の隅に体を寄せ、柵を組んでいる私が危険人物かどうかを判断しようとしている風だ。

——そんなに驚かなくてもいいよ。今日からお前さん此処《ここ》へ住むことになったんだ。

犬の場合、こちらが話しかけると直ぐ馴染《なじ》んで来るものだったが、豚めは鼻面を地べた近くに引き寄せ、低く唸《うな》りながら身構えていた。

——まあいいや、そのうち慣れるだろう。お前さんは遠い所から連れられて来たんだからな。

と私は高低のない声で絶えず話しかけ、体も努めて動かさないようにして柵を組んで行った。割った竹を丸太に縛るのである。豚めは跳ぶことをしないだろうから二尺もあれば充分だと思った。柵が低ければこちらも跨《また》いで入るのに便利だ。

さて仕事が終わると私は今度は彼のために食事の用意を始めた。早朝に刈っておいた藷蔓を大きく刻み鍋にかけた。細君は初めから手伝わないといっているから一人で働くより仕方がなかった。もう午どきで豚めも腹を空かせているだろうと思い、情愛深い私はばたばたと竈《かまど》を煽《あお》ぐのだった。私はふと細君めが子供を産んだ日も私がこうやって七輪を煽いだことを思い出していた。

豚の餌《えさ》を作るために、私は既製品のセメント竈を一基と大きな中華鍋を買っていた。食器はこれもセメント作りの長方形のものをしつらえた。セメントでないと食欲の旺盛《おうせい》な彼は食器までも食べてしまうのだそうである。食器の隅には水抜きの穴があり、そこから溝を伝わって残留物が外へ流れ出るように私は加工した。この溝は将来下段の畑に造る予定の沼気槽へ通すつもりであった。沼気は豚めがもう少し大きくなって肝心の糞を大量に排泄してくれるようになってからでなければ利用出来ない。

鍋を下ろすと私はふうふうと息を吹きかけて熱を冷まし、細君めの炊事場からこっそり白飯をひとしゃもじ盗みして混ぜ、更に麩をかけて水を入れて攪拌《かくはん》した。それをバケツに移すと私の手料理にしては色香も立派で美味しそうであった。

——さあブウ公、腹が減ったろう。びっくりしなくて好いよ……

いきなり柵を乗り越えると相手を驚かす心配があるので、私は話しかけながら柵を跨いだ。バケツの餌を食槽にあけると、彼は私を見てぶうぶう声を立てたが、それは挨拶《あいさつ》というには抑揚のない無愛想な声であった。しかし私には彼が鼻を上げて食餌の匂いを嗅ぎ分けようとしているのがわかった。が臆病《おくびょう》な彼は鼻をひくつかせるだけで近寄ろうとしなかった。仕方なく私は外へ出て板戸の隙《すき》から彼を窺った。

私が遠退いたことに安心した彼は食槽の傍に歩み寄った。鼻面を伸ばして匂いを嗅いだ。場所の変わった故もあったかも知れない。また食槽の形が馴染みのものと少し違う点もあったらしい。それとも別に警戒する理由があったのか、彼はかなり丹念に食餌の匂いを吟味した。それから思い切って鼻面を槽内に突き入れると食槽の底を掻《か》き回し始めた。ところがあたかも食べられるものが何処にも見つからなかったかのように鼻を抜くと、がっかりした態度でぶうぶうと不平をこぼし、元の所に戻ってしまった。どうやら味が違うらしかった。しかしうまく茹で上げた藷蔓に白飯を混ぜ、更にたっぷりと麩をかけた彼の餌は、私にさえ旨そうに見えるものだった。そしてこれは隣長さんから聞いた献立表にもちゃんとあるものだった。私はてっきり此奴は病気に違いないと考えた。

だが食べてくれないのでは困るのだった。仕方なく私は別の容器に白飯だけを入れて与えてみた。が結果は同じことであった。

——ああ、そうか……

塩を入れる必要があるのかも知れないと考えた私は塩を振りかけてみた。が矢張り駄目なのである。

私は私達の食べ残した蔬菜《そさい》とか胡瓜《きゅうり》とかササゲ等も投げ込んでみた。水だけも与えてみた。容器が足らなくなり、細君めが無関心を装っているのをいいことに実は小鍋を三つばかり横領していた。それなのに豚めは結局何も食べてくれなかったのである。

——困ったぞ、何も食べないぞ……

家へ入って細君にそういうと、彼女は私の方には見向きもしないでふふんと鼻で笑った。嫌な女だ。私がさっきから豚めにかかりきっているのが気に入らないのに決まっていた。だが私はうすうす感づいていた。豚めは矢張り二匹は飼わねばならんのだ。二匹おればこんなに臆病にもならず餌つけが簡単に行くのに違いない。動物は餌を仲間に食べられるよりは、自分で食べてしまいたがるものだった。明日あたりもう一匹買って来よう、そう思いながら遅い昼食の卓につくと、細君はミシンを置いて歎息を吐いた。

(五)

その日一日、豚めは結局何も食べなかった。学校から帰って来た娘が歓声を上げて大喜びし、藷畑《いもばたけ》へ小さい藷を抜いて来たり野菜屑《くず》を投げ込んだりしたが、彼は頑《かたく》なに食べることを拒否したのである。ビスケットが二、三枚落ちていたところを見ると、ビスケットまで与えてみたのに違いなかった。

彼女の学校では田舎のこととて同級生達は誰でも家に豚を飼っていた。これで彼女もやっと一人前になれたわけである。

——ブウスケ、意地悪ねえ……

彼女はすっかり豚めが気に入り、まるで玩具を与えられたかのように豚小屋へ入り浸った。体が小さい故か、豚めは私に対する時に示す警戒を娘にはもたなかった。その反面私への警戒心は朝よりもひどくなった様子である。私が近づくと小屋の中を怯《おび》えて逃げ回った。小屋から外へ出ようとして鼻面を竹と竹との間に押し込んで血まで流したりした。空腹ということが彼にそうさせるのかも知れなかった。私がちゃんと餌を与えているにかかわらず、私が彼を餓死させようと企《たくら》んでいる風に考えているらしいのである。

——どうしたものですかねえ……

私は隣長さんを訪ねた。

——大丈夫、直ぐ慣れますよ……

隣長さんのところでもときどきこういう臆病者に出喰わすのだそうであった。

——明日になれば好くなりますよ。何しろ豚めは食べるのが好きなんですからねえ……

そして隣長さんは買う前に野郎がちゃんと立派な糞を垂らすのを見届けたから絶対に病気ではないと太鼓判を押すのである。

ともかくも病気でさえなければと私も安心してクロレラ池を掘りに行った。クロレラ池は冬も日当たりの好いことが要求されるので南面の畑に作ることにしていた。深さは一尺が好いと書いている本もあったし、二十センチが理想的だという本もあった。浅いのをいくつもこしらえた方が好いらしいのだが、あまり場所をとり過ぎても困るし、また幾らクロレラが高温を好むといっても台湾の真夏はたいへん暑いのであるから、私は念のため二尺位の深さに掘るつもりだった。深過ぎる場合には水を少なく入れれば済む。それに池を作る以上は魚も放してみたい。

ところが私がシャベルで幾らも土を掘らないうちに細君めが私を呼び立てるのである。早く来てよ、早く早く、とよほど狼狽《ろうばい》の様子である。私はてっきりこれは娘が豚めに噛まれたのだと思った。

が、そうではなかった。豚めが垣を破って逃げ出したのだ。見ると垣の竹が二本折れていた。奴が遁走《とんそう》を企てるとは考えていなかったので、豚小屋はそれほど頑丈には作られていなかった。割り竹を麻竹の柱に釘づけしただけのものなのだ。そして豚めは鼻面を押しつけているうちに比較的弱い竹を発見して、そいつを押し破ったのに違いない。

奴は小屋から飛び出して私達が薔薇《ばら》を植え込んでいる中庭で悠々と草をむしって食べていた。奴は私の姿を目に入れると忽ち警戒の態勢をとり、草をむしりながらも一方では逃げ道を物色し始めていた。細君は薔薇の新芽が二本も折れたことで興奮していたが、私はむしろ豚めが刺《とげ》で傷つくのを恐れた。これは娘も同じで盛んに豚が怪我するよ、と喚《わめ》いていた。そのくせ彼女は逃げ出した豚を恐れて家のなかから私を指図しているのである。

逃げ出した穴から再び彼を追い込むのは容易でなかった。しかし幸いなことに中庭は一方が石を積んだ崖で仕切られていた。下の段まで少なくとも九尺はあった。豚めが飛び下りでもしなければ畑へ逃げ去ることは不可能だった。何故なら一方には豚小屋が塞《ふさ》がっており、他の方には建物があった。ただ一カ所前庭へ出られる通路があった。私は先ず其処を塞いだ。

豚めは私に追われて何度も穴の前を走り過ぎた。がなかなか穴のなかへ戻ってはくれなかった。仕方がないので私はペンチを持ち出して竹を四、五本外した。穴を大きくしたわけである。そしてやっと彼を小屋へ追い込んだ。無論跡は直ちに繕った。

私は豚めがさっき草をむしって食べていたのを思い出して、雑草を投げ込んでやった。が野郎は私の誠意を無視して草を踏みにじり、あまつさえその上に悠々と放尿をしやがった。

私は再びクロレラ池を掘りに行った。市販されているビニール布は大幅のものでも六尺止まりであったからそれに合わせて掘るわけである。深さを二尺とすると幅が二尺しかとれない。それでは日光の照射面が小さくなるのでV字形に掘る予定であった。長さは十尺が手頃であろう。一基だけ先に作ってみるつもりである。ところがまだ仕事を開始しない前に、今度は娘が呼び立てるではないか。

——ブウスケがまた逃げたよ、パパ……

この野郎と思った。よほど質《たち》の悪い豚らしい。見に行くと、さっき破った穴の直ぐ横に新しい穴を開けているのである。豚小屋は作ったばかりであるから、竹の腐敗しているわけはなかった。ただ豚というと食べて寝る以外に能のないものだと考えていたために、細目の竹をも混ぜて組んでいたのは事実である。それがまずかった。豚めは鼻面で竹垣を押しているうちに細いのを発見するのに違いなかった。

私は今朝から忙しく働いている私をますます忙しくする豚めに腹を立てながらも、叩くわけにも行かず——そんなことをしたら崖を飛び下りて逃げる恐れがあった——仕方なくまたペンチを取り出して穴を拡張し、そこから奴を追い込んで跡を修繕するのであった。豚めはひょっとすると三回目の穴を開けないとも限らないので、私は小屋を点検し、弱い部分を強化し更に長い丸竹を補って金輪際押し破れないようにしたのである。

午後は何時かもう五時を過ぎて、私は結構疲れてもいたし腹も減って来ていた。豚めの夜の食事もそろそろ準備せねばならない。そこで池掘りは翌日へ延ばすことにした。ところが奴め、垣が強化されて破れなくなったものだから、今度は入口の柵を飛び越して炊事場へぬっと顔を出したのだ。細君めが悲鳴を上げて逃げ出したのはいうまでもないとして、鍋までひっくり返したのは大損害であった。

何しろ豚めが垣を破るものだとも柵を飛び越すものだとも思っていなかったのが失策のもとだった。入口の柵は二尺では駄目なのだ。もっとも隣長さんの所でも柵は二尺しかなかった。それをこういう性悪の豚では柵まで高くしなければならないのだろう。全く仕方がなかった。私は手にマメが出来るのを承知で豚めを追い込むために竹を外し、更に丸竹を添えて今度は柵を三尺にしたのである。元来三十斤足らずの小豚というのはそれほど大きなものではなかった。それに豚の足はもともと短いのだ。人間にしたって丸々と肥った子供に高跳びなど出来る道理がなかった。それを私が手洗いに立った隙にこん畜生の碌《ろく》でなし奴がまたまた柵を飛び越しやがったのである。

私はもう我慢がならなかった。手近にあった棍棒《こんぼう》を手にとると力任せに彼の尻をひっぱたいた。もう殺してすき焼きにでもしてやろうと考えた程である。だが今まで彼に翻弄《ほんろう》されて泣き寝入りしていた私が急に怒り出したものだから、流石《さすが》の彼も驚いたらしい。彼は中庭の方へは逃げず、全く思いがけない速さで柵を飛び越えて元の場所へ戻って行った。そしてぶうぶう鳴きながら横目で私をじろりと見ているのである。

私は腹も立ったし馬鹿馬鹿しくもなった。さっきから豚めと知恵比べをしているみたいだった。が何はとまれ、もう一度柵の高さを追加するより仕方もなかった。

――パパ、大丈夫?

一回毎に柵の組み直しをする私に娘は心配そうに尋ね、私は大丈夫だと答えるのだった。私の体は彼が一回ずつ小屋破りをする毎に、畑へ竹を刈りに行くことによって蜘蛛《くも》の巣だらけになり、まるで煙突掃除人か何ぞのようになって細君めの嘲笑《ちょうしょう》を買うのである。何を好き好んでこんなことをするのだろう。よっぽど馬鹿な人だよ……だが豚めは四尺を限度にしてとうとう私に屈服したのだ。それとも私に叩かれたためか、ともかくも小屋に住むことを潔しとするようになった。

（六）

さて翌日である。豚は生き物であるから何とかして餌を食べさせねば死んでしまう。私は馬鹿の一つ覚えのように前日と同じく諸蔓を茹《ゆ》で、それに白飯と麩を混ぜて彼の所へ提げて行った。昨日の餌は水で流して薔薇の肥料にしてしまった。奴は昨日と同じように鼻を餌槽に突き入れ、そこを掻き回して食べられるものを探そうとするのだが、矢張り何も見つからないらしかった。そして鼻面を抜くと一杯喰わされたとでもいいたそうな顔をして小屋の隅へ行ってごろりと横になるのだった。

一体どういう次第なのか私には見当がつかなかった。今まで彼の食べていたものと味が違うことだけは推察できた。だが私はこういうことを知っていた。例えば蚕などは桑の葉以外に何も食べないのである。どれほど腹が減っていようと、他の物を食べてみようとはしないのである。これは他の動物でも同じだった。ライオンは腹が減っても草を食べようとはしないし、牛に肉をやってもそっぽを向いている。彼等は人間と違ってよほど愚かに出来ているらしかった。食べ慣れないものでも食べてみたら餓死しないで済むのに、それを少しも知らないのである。しかし豚めは私にとっては商品であり、また一旦生育を害すると以後の生長に悪い影響を来たすかも知れなかった。したがって私は考えられるだけの献立を、手を変え品を変えて彼に与えねばならなかった。草もやってみた。胡瓜もやってみた。崩した豆粕も買って来たし、バナナも放り込んでみた。米の研《と》ぎ汁《じる》も飲ませてみようとしたし、豚の肉までやってみた。

あまり大きな声ではいえないのだが、細君の炊事場から味の素まで盗み出して振りかけてさえしてやる。それを彼は何時でも決まって鼻面で食べ物を掻き回し、不味《まず》そうに顔をしかめて彼方へ行ってしまうのだった。もうどうにでもなれであった。私は事実彼を持てあまし、豚を買ったことを後悔し始めていた。奴は昨日から何も食べていないものだから、こちこちの糞を二、三個所にばら撒いているだけである。我が待望の三十斤の糞を得るのは容易ではなさそうだ。

――ねえ、パパ……

娘は学校から帰ると真っ先に私に尋ねた。

――ブウスケ、ご飯食べた？

おそらく学校にいる間中心配していたのに違いない。食べるもんかと私は答え、ブウスケの野郎よっぽど質の悪い奴だと罵《ののし》った。

——ねえ、弁当上げてみても好い？

娘は弁当の食べ残りを持ち帰ったのであった。あるいは豚めにやろうとしてわざわざ残して帰ったのかも知れなかった。ああいいよ、と私はいったものの、心ではどうせ食べはしないからと考えていた。娘は柵越しに豚を真似てぶうぶう鳴いてみせ、それから弁当の残りを投げ込んだ。ブウスケめは例のごとく歩み寄って来てそれを嗅ぐのであったが、思いがけないことにむしゃむしゃと食べ出したではないか。

最初に私が考えたのは弁当は味が好いということだった。卵焼きだとか魚の甘煮だとか、そういう味がしみ込んでいるはずだった。それとも娘は小柄であるから安心して食べてみようとしたのかも知れない。おそらくはそのいずれでもあったのだろう。が私には別に直ぐ気づいたことがあった。夏のこととて弁当の残飯が腐敗しかかっていたのである。

以前町に住んでいたころ付近に豚を飼っている婆さんがいて、近所の家から台所の残り物を貰って行くのだった。私の家でも水瓶《みずがめ》を一個預かっていて余り物を片っ端から投げ込んで置く。その腐った、幾らか酸っぱ味を帯びた残物を婆さんが週に一回か二回取りに来た。豚が臭いというのは糞尿の臭みよりは餌が臭いのだった。私は前から豚めが腐敗したものを食べるのを知っていた。そういうもので養われていることも知っていた。

しかしそういう飼いかたは初めから考慮の外においていた。第一腐ったものを食べさせるのはあまりにも気の毒であったし、不衛生でもあった。豚は臭いという概念を豚の名誉にかけて除いてやるためにも、また豚は臭くないと細君に納得させるためにも、私は清潔な餌で養い、小屋は掃除し、時には豚めの体をも洗ってやろうとさえ考えていたのである。事実外国では乾燥した飼料に清潔な水を与えて飼育している。そればかりか小屋には花を活け、レコードまでかけている人もいるそうであった。その方が生育も好くなるという報告まであるのだ。それをこの野郎は、かかる王侯の生活を好まず、腐ったものしか食べないのかも知れなかった。よくよく育ちが悪いと見えた。

そして事実その通りだったのだ。私が捨てかけたままになっている腐った昨日の餌を与えてみると、奴めはものの見事に舌なめずりまでして平らげてしまったではないか。何のことはない、馬鹿にしやがると私と娘は腹を抱えて笑い合った。後で知ったのだが、豚めは麩を混ぜて一昼夜発酵させた餌をもっとも好むのだそうであった。

（七）

餌を食べるようになってからは、豚めは外へ逃げ出そうという野心を完全に忘れ去った。何度も逃げ出したのは空腹のためだったらしいのである。現金なもので二、三日経つと私を見ても恐がらなくなっていた。それどころか、ぶうぶう鳴いて寄って来る始末だ。体に触っても平気になり、それが十日も経った頃になると、こちらが体に触ってやるのを待っているほどであった。背中を爪でごしごし掻いてやると、よほど気持ちが好いと見えてごろりと横になり、目を閉じて鼾《いびき》をかき、眠ったふりまでする。

——いやねえ、ブウスケ、まるで殿様じゃないの……

娘はブウスケと大の仲好しになり、学校から帰って来ると夕食までの数時間を豚小屋で過ごすのであった。そしてときどき手を舐《な》められてきゃっきゃっと騒いでいる。色々と手数をかけやがったくせに、こうなると案外可愛いもので、私も娘も暇を見ては爪で背中を掻いてやったり、腹をくすぐってやったりした。私達はいつの間か彼にブウスケという名を与えていた。彼は私達にとってはもはや家族のようなものだった。私は少々の甘藷を作っていたが、収穫期にはまだ達していないので、根塊を与えることが出来ない。今のところ刻んだ蔓葉を煮込んで軟らかくし、糠《ぬか》と麩を加えて一日発酵させ、それに人間の残飯を混ぜて与えていた。クロレラは友人を通じて大学の研究所から、そこで選出した摂氏四十度まで耐えられる熱帯種と、外国から取り寄せた由の温帯種を混合して培養を開始していた。間もなく収穫出来るはずである。

ブウスケの一回の食餌量は、小豚の故もあったがせいぜい小さいバケツに七分程度だった。この程度ならもう一匹か二匹飼ってもたいしたことはなさそうであった。大きくなったら一匹で百斤の餌を食べますよ、と隣長さんはいうのだが、私にはちょっと信じられなかった。日本の本にも石油缶一個と書いてあるし、それに以前犬を飼ったことのある私は、発育盛りの子犬が親犬より少なく食べるわけでないのを知っていた。人間にしても大人が子供より食べるとは限らない。それに量が増えたとしても、藷蔓は刈った後から次々と再生して来るから餌に困ることはなさそうであった。もともと藷蔓には大した栄養価がないのであるから、これは満腹感を与えるためのものでしかない。そして我がクロレラは日々にその色調を深めて来ている。私は真剣にもう一、二頭飼うことを計画し出したのである。

もっともこれは他にも理由があった。一匹飼うのも二匹飼うのも手数は同じであった。余計に諸蔓を刈り、余計に麩を混ぜ、余計に糞を収穫する、わずかな労力が増えるだけなのだ。左程変わりのない手数なら断然頭数を増やすべきであった。それに豚めは最初に聞いたように日に三十斤も糞を出してくれそうになかった。今のところ日に三斤位のものであろうか。無論大きくなれば量が増えるであろう。がこの調子だと、日に三十斤の収穫を得るまでには、まだどれだけの時日を必要とするか不明であった。もともと私が豚を養うことにした原因の一つは、沼気を燃料に使うこともあったはずで、だから譬《たと》え日に三十斤穫れたとしても一匹だけでは不足であった。沼気は多ければ多いほど火力も強い道理である。

が、何しろ養豚の経験は私には皆無であったし、隣長さんに百斤は食べますよと嚇《おど》されてみると、矢張り餌が続くかどうかに疑念が湧いて来ないでもなかった。しかし私は諸蔓の外にも飼料になりそうな植物が沢山あるのを知っていた。最初から諸蔓にさほどの栄養価のないのはわかっていたのだし、その程度のものならもっとましな植物があるはずだった。因《ちな》みに書物を繰ってみると、稲藁《いなわら》の蛋白値は二・五パーセントであり、諸の〇・九より遥かに多い。葛《くず》にも二・五パーセント、萩《はぎ》には二・二、その他私も植えている栗の落ち葉には一三・五という高単位の蛋白質があったし、藤に至っては二三・八パーセントの驚くべき数字が出ているのである。

柳の葉にも一三・五パーセント、櫟《くぬぎ》の葉、赤楊の葉、ニセアカシヤなど多数の植物の方が麩やら薯より遥かに蛋白質が多いのだった。牛や象などが草や木の葉しか食べていないのに、あんなに大きくなる道理もここにあるのだ。だから諸を与えるより藤蔓でも採取して来た方が好いわけで、しかもこれらは山野にありあまるほどある。いや現に私の最下段の畑に生えている荳科の牧草は、荳科である以上蛋白質が多いに決まっていた。

それに加えて私のクロレラ池は日増しに濃度を増し収穫間近である。況《いわ》んや一旦収穫期に達したクロレラは、その後三日に一度の割で収穫出来るというのだから、後は至って楽である。何しろ蛋白値五〇パーセントという史上空前の濃厚飼料が得られるのであるから、それに何であれ、腹の足しになるものを混ぜて与えればよいのだ。豚めはどんどん肥えてどんどん排泄してくれる。

私は色々考えた結果もう二匹位養うことに問題があるとは思えなかった。因みに付近の農家の飼養豚数は一戸当たり平均一・五頭だそうである。いうまでもなくそれは彼等が蛋白値を考慮せず親譲りの五千斤の諸で飼おうとするからこそ、それだけしか養えないのだった。おそらく彼らはクロレラの名さえ知らないのだろう。私は農民でこそなかったが、目下海外で研究されつつあるクロレラ養豚を取り入れて、この地方に先鞭《せんべん》をつけてやろうと企んでいる次第である。

（八）

ところが細君が真っ向から反対した。

——そんなに沢山飼ってどうするの？　どうやって飼うつもりなの？　一匹でも臭くて仕様がないのに、これ以上臭くなっても平気なの？　死んだらどうする？　大きくならなかったら？　私に嫌な思いをさせても何とも思わないの？　私家出してやるから……

しかし結婚してすでに日の浅くない私は、細君を扱うこつをわきまえていた。がみがみ叱られている間は黙っておればよいのだ。そのうちに口がだるくなって自然と黙って来る。

その翌日あたりにワンピースの布地を一枚奮発するとか、多少気を引くこと、例えば電気洗濯機というもの案外便利だそうだよ、とか何とか口にすればたいていは治まりがつくのであった。もともと世のなかの細君なるものは誰でも自分の亭主には失望しているのが普通だったから、昔から諦《あきら》めることには慣れているのだ。細君めはがみがみいいながらも、そのうちに諦めて我が家の豚が三匹だったことを納得するのである。そればかりか私はちゃんと見抜いていた。彼女は三匹で一万元近く売れるということから、秘かにテレビの値段が八千元だったことを思い出していないと誰がいい切れよう。女とはそんなものであった。だから私は何も恐れることなく自説を行動に移しても差し支えないのだ。

豚めが三匹になると聞いて喜んだのは娘であった。人間でも我が家では三人だったからちょうど好いと思っているのである。一人一匹ずつということにして、ただ彼女は母親が豚嫌いなのを知っているために母親の分の面倒まで見てやっても好いと考えているのだ。彼女は学校から帰ると母親に隠れて豚と遊んだり、目を白黒させて私に合図を送ったりする。心なしか娘の顔が豚に似て来たみたいで私は一人で愉快がった。

ある日私は村の豚小屋へ赴いた。場所は話に聞いて知っていた。しかし中へ入った私は全く面喰らってしまった。二坪半ほどの薄暗い土間囲いのなかに二十匹はいると思われる元気な奴等がまるで蛆《うじ》の大軍のように犇《ひしめ》き合っているのだ。絶えず糞尿を垂らすものだから絶えず水を流して冷やりとした穴倉のような感じである。私以外にも小豚を買いに来ている農夫が二人いた。私は優先的に選ばないと好い小豚を彼等に選び去られる心配を感じた。何しろ彼等は専門家であるから小豚の良否は一目で見分けられるだろう。だが私は新米であった。ただでさえどの一匹もが同じように見えて仕方がないのに、況んや片時も止まることなく動き回っている二十頭の中から、例の鼻の短かい、骨の太い、毛が疎らで脚の垂直に立った、胴伸びのしているなどという条件のものを選び出すのは全く至難だった。

それに新米の私は、うっかり悪いものを選んで新米なることが発覚するのを恐れた。私にも羞恥心《しゅうちしん》があったからである。何しろ入って来た時から小豚屋の主も二人の農民も私を彼らの仲間と思い込み、専門家にしか通用しない話をしかけて来ていた。こういう場合に私は直ぐ照れくさそうに頬を染め、しかも自分がれっきとした農民であることを何故か装ってしまうのである。だからそれがばれてしまわないためにも、迂《う》闊《かつ》に小豚を選べなかった。

そのうちに件《くだん》の二人の農夫は、それぞれ気に入ったものを選び出していた。主がそれに目じるしとして赤いどろんとした液体を背中に塗りつけた。次に網を伸ばしてその二頭をからめとった。からめとった小豚はすかさず用意された竹籠《たけかご》に移された。

その間に私の目も少しは慣れて来た。が、毛が薄いとか濃いとかならある程度は見分けられたが、走り回っているものの脚が真直ぐかどうかまでわかるはずがなかった。私はどうして好いかわからなくなって来ていた。

——ところで、あんたはどれにするね?

主に尋ねられて私は小さいのが好いね、と答えた。原因は二人の農夫が二人とも割と大きいのを選んだからであった。大きい奴のなかにはもう悪いものしか残ってないかも知れないからである。それに私は二頭買うつもりだったから安くつく方が好いわけだ。以前家を売って得た金は今はあらかた使い果たしていた。それに小さくても蛋白値五〇パーセントのクロレラを秘蔵している私は直ぐにも小豚を大きく出来る自信があった。

——では、これが好いだろう……

と小豚屋の主が走り廻っている一匹を指した。ああそれは好いと農夫の一人も相槌《あいづち》を打った。彼等は動物を扱うという荒仕事をしている割に、いや、それともそれ故にか善良そうな人達だった。それに山へ越してから私は一つの発見をしていた。農民達は都会人と聞いただけで反感を持ったが、農民同士では常に協力的であった。だから私は彼等のいうに任せた。ただ一つだけ私は希望を述べた。ブウスケが牡だったからこそ今度は牝《めす》にして欲しいのである。私は経験がなかったから去勢された牡が異性をどう思うか知らなかったが、矢張り牡牝にした方が倫理観に適うような気がしていた。

――牝ですかね？　一匹ずつにしたらどうです？

小豚屋の主は選び直してくれた。牝の方がおとなしいからね、と農民の一人が口を入れ、もう一人が言葉を返した。――うちじゃ牝は駄目なんだ。来年の祭りに使うんだから……

――あんた何処へ住んでるのかね？　見たことのない人だが……

と主は私に尋ねた。――呼びに来て下せえよ、去勢に行ったげますからな……

私は、ああと答え、そして答えながら牝豚も去勢しなければならないことを思い出していた。隣長さんがそういっていたのである。思春期に入る前に卵巣を抜いてしまうのだそうだ。そうしないと愛に窶《やつ》れて大きくならないという。隣長さんの弟が去勢師をやっているとのことだった。

私は都合二匹選んで貰った。二匹とも牝であった。小豚屋の主は私の豚をも籠に入れ、私達三人の豚をそれぞれ秤にかけた。籠の重量を差し引いて私の二匹は五十四斤であった。一斤二十二元の由である。ところが金を計算する時どういうわけか一頭につき一斤半の追加を請求された。私にはこの意味が呑《の》み込めなかったが、専門家の間では常識になっていることらしく、二人の農民も黙って払っていたから、私も尋ねるのを控えた。口に出したら私の新米なのがばれてしまう。もっともこの点については後で隣長さんから聞くことが出来た。売った時刻が食前の場合はよけいに幾らか支払うのだそうである。豚は大食だから食前と食後では値段が違うというわけなのだ。

さて、私は五十四斤という小豚をタクシーの荷物台に載せて山へ帰って来た。私の畑は前にも述べたように谷を一つ下りた向う側の傾斜面から始まり、その頂上に家が建っているので荷物を運び上げねばならない。五十四斤というと私一人の力ではとても駄目だった。仕方がないので隣長さんに加勢を頼んだ。そして隣長さんが折角忠告してくれたにかかわらずとうとう豚を買って来たことがばれてしまった。

――あれまあ一体何を食べさせるつもりです？　三匹でざっと三百斤、あんた日に三百斤ですよ、売れるまでに藷めが一万五千斤、一体何処からこれだけの藷を持って来るんです？　無論買って与えれば別ですがね、引き合いませんや……

隣長さんがこんなおおげさな口を利く度に、細君めはさも同感に堪えぬかのように相槌を打つのである。少し薄のろのところへ嫁に来た不幸を慰めて貰いたげな顔つきである。しかし隣長さんは今度買った二匹は二匹とも豚相が好いと賞《ほ》めてくれた。

娘はさっそく二匹の豚めにも名前をつけた。小さい方が「ズングリさん」、大きくて毛の赤いのは「ハナマガリ」である。よく見ると鼻が曲がっているのだそうだ。おそらく豚めに一々名前をつけて飼ったのは私の家だけだったかも知れない。今考えてみても私の三匹の豚めは、よその豚より幸福だったと思う。もっともハナマガリはその後性質の下賤なことが判って「ロクデナシ」と改名された。それからなのだ。三匹の豚めのために私は実に大変な日々に追い込まれるのである。

（九）

先ず三匹の豚めは喧嘩《けんか》ばかりしやがるのであった。セメント造りの餌槽に餌をあけるや否や物凄《ものすご》い奪い合いを始める。他の二匹に食べさせまいとして体を右へ張ったり左へずらしたり、時には全身の重みを相手の体にかけ押しのけたり、しかもその間にも一刻も早く食べてしまおうとするのであるから大変であった。それも三匹が三匹とも同じことを考えているのだから堪らない。

がつがつと丸で縫い物をしているような音を立て、餌しぶきを跳ね飛ばして顔中から首、背中、腰へと水浸しになるのである。押しのけられた奴は急いで中へ戻ろうとするのだが、もうその時は他の二匹の背中に塞がれて割り込む隙がない。彼は左へ走り右へ走り、その間にも二匹目が余分に食べていることに我慢のならない焦躁《しょうそう》を感じてひいひいと悲鳴を上げ、とどのつまりは他人の背中へ乗り上げて餌槽へ体ごと飛び込んでしまう。それを鼻面で押しのけられ、仕舞いには牙をむいてとっ組み合いの喧嘩を始める始末だった。二匹めの豚めは互いに相手の鼻や首に噛みつくのだが、噛まれた奴は直ちに逆襲し小屋の中を転げ廻る。

それから二匹とも、実は自分達が喧嘩をしている間に他の一匹に余分に餌を食べられてしまったことに気づいて、慌てて餌槽へ飛んで帰る。そして再び押し合いへし合いが始まり、挙げ句の果てにまた喧嘩をおっぱじめる始末だった。私は側にいて一体どの一匹がどの一匹と喧嘩しているのかわからなくなってしまう。とにかく手当たり次第に一匹の後脚を押さえ、怒鳴り立てながら喧嘩の仲裁をしようとするのだが、彼らのずんぐりした体には案外な力があって後脚を私に取られながらも前のめりになって戦い、時には私を蹴《け》って引っくり返したりする。

三匹の中では一番小さいだけあってズングリさんが最もおとなしかったが、食欲は旺盛で最初のうちは喧嘩を吹っかけられても応じない。悲鳴を上げながらも餌槽にとりついているのである。それが相手の尻に押されて前のめりにつんのめってしまうと、今度は相手の脇の下からでも股ぐらからでも割り込もうとする。この時怒った相手に噛まれるのだ。するとさしものズングリさんも一時に怒りが爆発して戦いが開始される。

ハナマガリと名づけられたもう一匹の牝は牝のくせになかなかの性悪で、他人に餌を食べられるのがどうしても我慢ならないのである。したがって一番他人を攻撃したし一番鳴き立てた。ことにブウスケは一カ月近く早く家へ来ているから一回り図体が大きい。それがどうしてもハナマガリの気に入らないのだ。図体が大きいとそれだけよけいに食べると思っているのだろう。彼女は小さくて敏捷《びんしょう》なのを利用してブウスケの横腹を攻撃する。ブウスケはブウスケで最初に家へ来た優先権が侵害されたことで腹が立ってならない。ことに今まで独りで物を食べていた習慣から食べ方の早くない彼は自分が一口食べる間に五口も六口も食べられてしまうことに焦躁を感ずるのである。

しかもハナマガリめは体をブウスケに密着させ、ありったけの力で横倒しに押して来る一方、鼻面を伸ばしブウスケの口許から餌を奪う形で食べて行く。ブウスケめは体ばかり大きいくせに思ったより不器用で、攻撃を受けると身をかわして逆に噛みつこうとはするが相手が敏捷なハナマガリでは的が外れて仕方がない。彼は何時でも戦いに破れ便々たる大腹を抱えて逃げ廻る始末だった。彼の耳の先から血が滴っているなどしょっちゅうのことだ。

私は彼等の喧嘩を少なくする目的で餌を洗面器とか鍋とかに分散させてみたが、ハナマガリの碌《ろく》でなしめは他人の食べているものの方が上等だという僻《ひが》み根性から、他人の餌を奪いに飛んで行くのである。それで餌を奪われた奴がハナマガリの餌を食べに行くと、今度は忽ち自分の餌を守るために飛んで帰る。そして此処にまた悲鳴と牙との戦いが繰り返されるのである。

ハナマガリめは時にまた餌の入っている鍋やら洗面器やらを引っくり返した。相手が食べているのを奪う拍子に引っくり返すこともあったし、先に自分の食べかけを引っくり返してから他人のを奪いに行くこともあった。そういう時、私はもう我慢がならず力任せに彼女をぶん殴るのだ。すると彼女は突然私に殴られた理由が呑み込めず、殴られた時に発した鈍い音が果たして自分の体から出たものか不審そうに私を見上げるのだった。それから私が怒っているのを発見して、今度は敵が私でもあるかのように鼻面を地面近く下げ、警戒しながら後ずさって行く。そして仕舞いには餌槽のなかへ入り込んでしゃあしゃあと放尿するのである。全くあきれ返った奴だった。よほど育ちが悪いと見えた。

とにかく豚めの食餌が一回終わる度に辺り一面水浸しというか泥浸しというか餌は飛散し、こぼれ、豚の体ばかりか私の顔から手足から豚めの涎《よだれ》やら汚物やらでぬるぬるする始末だった。

しかるに腹の脹れてしまった奴等は、今度は私に背中を掻いてもらうために先を争って私の足元に寝転がるのだ。奴等は上目づかいに催促し、時にはもう引っ掻いて貰っているものと錯覚まで起こして、目を細め鼾をかいて寝たふりまでするのである。全く手におえない奴らではあったが、でぶでぶの彼等に慕われると矢張り可愛い感じもして、つい爪を立てて背中をごりごり引っ掻いてやったりする。しかしながら私の手は何といっても二本しかないので一度に三匹の背中を引っ掻くわけに行かない。代わる代わる掻いてやっても気の早い奴等はそれに満足せず、のこのこと這い上がっては寝転び直すのである。

その時は優先権を強請《ゆす》るのが目的であるから他人の存在など念頭に置きはしない。それで他の豚めの上へ寝転んだり腹を踏んづけたりする。すると此処に再び喧嘩が始まるのであった。後で隣長さんに聞いたのだが、豚めは同胎のものを買えば喧嘩しないのだそうである。それを知らなかったのは手落ちだったが、今となってはもう仕方がなかった。私は豚小屋にいる間じゅうひっきりなしに喚《わめ》き立て、喧嘩の仲裁をし、泥んこの仲間入りをした。

細君めはそういう私を見て、そら始まった、豚屋の親爺《おやじ》が喚いていると嘲笑し、本当の大馬鹿だと軽蔑するのであった。彼女にいわせると私の体には豚の体臭が染み込んだそうである。今にダニも湧《わ》くという。幸いなことに私達は結婚以来室を共有しない習慣だったから、どうにか夫婦円満を保ってはいるが、この頃細君めは私の肌着を洗ってくれなくなった。

娘は学校から帰ると真っ先に弁当の残りを持って食べさせに行く。それからおやつに貰ったパンやらビスケットやらを半分けする。豚めはもはや腐っているいないにかかわらず何でも食べるようになっていた。食べられるものなら何でも好いのである。一人娘で兄弟もなく、遊びに来る学友もなく、娘とて遊び友達が欲しいのだろう、小屋に入り浸っていた。話し声が聞こえていると思うと大抵は豚に話しかけていた。時には画用紙とクレヨンを持って写生している。

私は娘が豚と遊ぶことに反対はしなかったが、柵内へ入ることを許さなかった。豚めがいつ人を噛むか知れたものではなかったからである。彼女は柵内に手を入れて豚を可愛がったが、彼女には依怙贔屓《えこひいき》があってブウスケが一番のお気に入りだった。彼女は時に雑巾で顔を拭《ふ》いてやったり尻尾にリボンを結んでやったりしていた。

（十）

ところで、豚めは喧嘩するだけが能ではなかった。悪戯《いたずら》もするのである。床のセメントを剥《は》がして遊ぶのだ。もともと私は左官上がりではなかった。加えて山に住んでいると材料の仕入れ一つにも不便な場合が多かった。ことに運搬という点になると、セメントは一俵一俵になっているから力さえあれば、つまり人を雇えばどうにかなる。が砂とか砂利とかになると少量を運び上げて貰うにも時間がかかり工賃が嵩《かさ》んだ。

住む家を建てた時にしても随分な無駄使いをしたものだった。問屋ではトラック一台の砂を四十元で売っていた。がそれを私の山まで運んで来るトラック代に先ず二百元とられる。更にそれを畑の天辺まで人を雇って運び上げるのに一台につき同じ二百元の手間賃がかかった。町で四十元で使える砂が私の所では四百四十元計算なのだ。そこで吝嗇《りんしょく》を決め込んで豚小屋は材料を落としていた。

それを豚めが悪い所を指摘するかのように掘り起こすのである。それとも床を剥がすこと自体が楽しいのか、とにかく毎日のようにどこかしらが荒らされるのだった。そして奴等はセメント床の下の土をむさぼり食べた。彼らが土を食べるので私はわざわざ土を運び込んでやったが、私の与える土は鼻面で辺り一面に撒き散らす以外に食べようとはしなかった。時には掘り起こしたセメントをビスケットのようにかじって食べた。

私は毎日のように穴埋め作業をしなければならなかった。セメントは固まるまでに時間がかかるから石膏《せっこう》を混ぜて使用した。一日でも作業を怠ると、穴が思わぬ大きさに拡張されて収拾がつかなくなってしまう。本当は新しく塗り直すべきなのだが、現に豚めが住んでいるのではそれも出来なかった。

更に豚めは床を荒らす以外に竹垣の竹をも齧《かじ》った。竹はまだ頑丈で床ほど脆《もろ》くはなかったが、猪の子孫である彼等に齧られると、その部分が矢張りくびれて来た。万一切断された場合は逃げ出されるわけであるから、私はおさおさ警戒を怠るわけに行かない。

――きっと蛔虫《かいちゅう》ですよ、あんた……

隣長さんがそういって駆虫薬を買って来てくれた。駆虫薬は餌に混ぜて食べさせるのである。これは確かに効いた。蚯《み》蚓《みず》の恰好をした虫が何と二十匹あまりも出て来たのだ。私はあきれて見ていたが、豚めは出て来た虫をまた食べようとする。

ところで、虫が出てから床を荒らさなくなった代わりに、豚めの食欲が猛然と湧いて来たのにには実のところ驚かされたものだった。買われて来てから一月にしかならないのに径一尺五寸、深さ二尺のバケツ一杯と更に一杯の水を三匹でぺろりと平らげるのである。見ている中にこちらまでが腹の減って来そうな食べ方である。もともと何匹かで餌を奪い合うこと自体に食欲増進の作用があるものらしかった。加えて喧嘩することも腹の減る好い運動になるのだろう。しかも駆虫の後においてをや、である。

私は豚めを見る度に彼等の体全体が一つの胃袋のようにさえ感じられて来るのだった。最初は藷蔓を与えていたが再生するより刈り取る方が多いのでとても間に合わなくなった。仕方なく里芋の茎葉を混ぜたり、更には季節の雑草をも混入した。豚めはそれでも喜んで食べた。が、蛋白値の高い栗の落ち葉とか野生藤の葉も集めてはみたが食べてくれなかった。不味いらしかった。付近に幾らでも植えられている相思樹も荳科であり蛋白質が多いはずだったがこれも食べてくれなかった。

柿や桃の青い葉は煮込んだ上で発酵させると旨そうに食べた。が、これは大量を得るのが困難だった。私は戦争中に出た「食べられる野草」という本から盛んに餌になりそうなものを探し出しては彼らに試食させるのだった。しかし飼料として適用するものは先ず何と言っても大量に入手出来るものでなければならなかった。菊科の野草にも高い栄養価があったが、菊科は種子が飛散して群落をなさない。したがって採取に時間がかかり過ぎた。バナナの茎は案外旨そうに食べた。だがバナナの産地でもない北部の山でそれを求めるのは困難だ。私の畑にある数株は数回伐《き》ってもうお仕舞いだった。渓流のほとりに生えている茗荷は私には旨そうに見えたが豚めの嗜好《しこう》には合わなかった。パパイヤの葉もそうである。

ところが最後に私は偉大な発見をしたのである。俗にヒルガオと呼ばれている朝顔に似た花の咲く多年生の宿根草があった。台湾の山野、特別に標高の高い所でもない限り何処にでも見られる雑草である。私の畑でも、刈っても刈っても根絶しない悩みになる雑草で、崖から谷へかけてとか、木の上にまで絡んで繁茂する蔓草だった。これが思いがけないことに彼等の口に合ったのである。

勿論正式の名前さえ知らないのだから栄養価は私には不明だったが、それは二の次の問題だった。何故なら私はすでにクロレラを収穫していて毎回の食餌に混ぜ込んでいたからである。栄養はクロレラで充分なはずだった。ともかくもこのヒルガオを発見したことで量の問題は解決が出来た。ヒルガオは私の所ばかりでなく隣の畑、山、谷を覆い尽くして満山ことごとくヒルガオという所も珍しくなかった。

しかしながら量の問題は解決したが、労力的にはなかなかの大仕事だった。私は朝起きると先ず豚めに朝食を与え、喧嘩の仲間入りをし、それから小屋の掃除をした。これらが終わってから顔を洗い、私自身の朝食をとるのである。

それが済むと三尺直径の竹籠を抱えてヒルガオを刈りに行く。量は幾らでもあったが一日分の量として三籠を刈らねば足りなかった。三籠というと矢張りかなりの時間がかかるのである。先ずヒルガオは家の近くにも生えていた。しかし下段に行くほど水湿に恵まれている関係で茎葉が柔らかい。つまり渓流の崖にはびこっているのが一番上等だった。私はそれを刈るわけである。大きな籠を抱えて私は絶えず崖から滑り落ちないように注意し、毒蛇を踏まないように気をつけねばならなかった。そして力弱い私は刈りとった三籠の蔓を家まで運び上げるのに都合三回谷から上までを往復しなければならない。毎日のことだが三回目ともなると息が切れて籠を抱えるというよりは引きずり上げる形である。

天気の好い日はまだよいとして、雨の日は合羽を着て行動が不自由だった。崖は滑るし崩れることもある。蔓草も濡れると重いものだった。そして雨天にはもう少しで蛇を踏みつけるところだったということにしばしば出喰わす。付近に亀殻花という毒蛇の多いことは前にも述べた。そして豚めは雨が降ろうが風が吹こうが毎日腹を空かせて私を待っていた。暴風の時など私は全く惨めであった。

さて刈りとったヒルガオを家へ運び上げると今度はゴミを取り除く必要があった。木の枝の切れ端だとか竹切れは煮ても柔らかくならないから前もって取り除く。それから贅沢な豚めはヒルガオの蔓でも老化したものは食べないのでこれも取り除かねばならない。やっとのことで選別が終わると今度は包丁で刻むのである。蔓は煮ても崩れないから短く切ってやるわけだ。これらを竈の火で煮て甕に入れ、麩とクロレラを混ぜて一日発酵させるのである。

仕事はこれだけではなかった。竈に使う薪も割らねばならないし、木も伐らねばならぬ。豚めの貴重な排泄物も畑へ運んで行く。沼気をとるための水槽は、忙しいために設計もまだやっていなかった。それに糞めは標準の三十斤にはまだ遠く、現在日に三匹で三十斤位である。これを毎日バケツで蜜柑の根元へ捨てに行く。溝を伝って外へ流出する餌の残りやら尿やらも立派な肥料であるから大甕に溜《た》めていた。これも汲《く》み出して果樹に配って歩かねばならない。豚尿は生で食物に与えても害が出ないのである。

　階段畑を日に何回も上下するのはかなりな労働であった。雨の日になると靴がよく滑った。階段畑を滑り落ちて頭上から尿めをさんさんと浴びて成仏したこともある。小屋を毎日掃除しなければ直ぐ蝿が寄って来た。しかも私は原則的には果農なのであるから、豚より大切なのは果樹であった。雑草の処理から殺虫その他の仕事が山ほどあった。ただ豚めは動物であるために一食でも手を抜くことが出来ないのである。その点植物は多少ごまかしても急にどうなるというわけではなかった。勢い多忙にかまけて実のところ畑仕事は放ったらかしの気味である。蜜柑の大敵であるカミキリ虫が取りついていそうな気が始終しておりながら、私はかなり長い間畑を見廻ってもいない状態なのだ。

　ところが仕事はまだまだ沢山あった。クロレラ池は日に何回も掻き廻すことを要する。水を動かして空中の酸素を混ぜ込む一方、池水の底部にあるクロレラを浮上させて日光と酸素が絶えず平均して供給されるように心掛けないと、クロレラは死滅して沈下し、腐敗して水を濁らせてしまうのである。加えてクロレラの収穫も相当に面倒だった。豚めが三匹に増えてから私はクロレラ池を四基に増やしていたが、培養の面では順調によく繁殖していた。それを毎日一基ずつ、つまり四日に一順ぐりの割りで収穫するのである。

　収穫するために私は樽《たる》を使った。サイフォンの原理を利用して緑水を樽へ移す。樽は培養地より小さいから何回かに分けて採取するわけである。この緑水に明礬を一リットルにつき五グラムの割りで投入し攪拌する。本によると、クロレラは分離されて沈澱《ちんでん》するとあった。それで上澄み液を捨てて底の濃縮液を採取すると書いてある。が、私の経験では逆にクロレラが浮上した。これは日中呼吸作用を営んでいるために酸素をもち、それで浮き上がるのではないかと考えられたが実際はどうだかわからない。

　とまれ私は上に浮いていたクロレラを掬いとってどろどろの濃縮液を別の容器に溜めるわけである。これを繰り返して収穫を終えると池内に再び放水し、煮沸した人糞を加えて次期の培養を始める。クロレラが沈下せずに浮上する以上、緑水を樽へ移さずそのまま培養地に明礬を混入する省力が考えられないでもなかった。がそこは化学的知識を持たない私の悲しさに、うっかり明礬を入れると後の繁殖に害を来たしそうな気がして止めた方が好いと考えてしまうのだった。それに細長い培養池ではうまく明礬が攪拌出来ない。

この採取した濃縮液を、煮つめたヒルガオに混入して発酵させせるわけだが、豚めは喜んで食べた。クロレラは旨いらしいのである。が何はとまれ時間がかかり過ぎるのは全くやり切れなかった。朝から晩まで働きずくめに働いて私はへとへとに疲れた。

それに私は何といっても工芸家の端くれであった。その方面での抱負もあったはずだ。それが豚めにかまけて今のところお手上げの形である。食事一つ寛《くつろ》いでとったことも殆どない有様だった。しかも豚めはまだ一人前になっていない。売れるまでにまだかなりの時間もかかるし、またもう少し大きくなればもっと食べることも確かである。全く隣長さんのいう通り今に大変なことになりそうであった。口にこそ出しはしなかったが、私は内心三匹の豚めに辟易《へきえき》しかけていた。だが、それでも日はどんどんと経ち、私は暦の上で、豚めによって先へ先へと追いやられて行った。

（十一）

——ねえ、豚を売ってしまいなさいよ……

と細君がいう。そうだね、と私は答える。実は昨日のことだ。ヒルガオを刈っている時に誤って崖から転落したのである。ヒルガオは好んで七、八尺の灌木《かんぼく》に絡みつくのだが、それをよじ登って取ろうとした私はその木が枯木だったことを知らなかったのだ。ポキリという音とともに私は谷底へ転がり落ちた。一丈ほどの深さであったが、脛《すね》から膝にかけて岩に裂かれた直線が六、七条血を滴らせた以外に命に別状なかったのは全くの幸運といって好かった。が、びっこを引いて家へ帰って来た私を見て、流石に冷淡な細君も驚いて声を挙げたものだ。細君めにいわれるまでもなく、豚めがけしからん奴らであることは私も知っていた。雨の日であろうが風の日であろうが、こちらが怪我をしようとしまいと朝から晩まで腹を空かせて餌を待っているのである。私の貴重な毎日は彼らの胃袋を満たすことのために浪費されている形だった。それでは大工芸家としても面子丸潰れである。元来豚を買った第一の動機は糞が欲しかったからであるが、この肝腎の糞が人もいい、本にも書いてあるように三十斤も排泄してくれない。三十斤というのはどうやら成豚の場合をいうものらしかった。しかるに成豚になってしまえば、豚めは売りに出すのであるから糞めは永遠に三十斤を採取出来ないことになる。

これはちょっと計算を誤った形である。それに食量が確かに多すぎた。無論私は殆どただで得られるヒルガオを主食とし、これに蛋白値五〇パーセントのクロレラを混ぜている。

ヒルガオの栄養価こそ不明だが全然ないということはなかろう。藁《わら》を食べても象はあんなに大きくなるのである。いわんや私にはクロレラの強みがある。だから大いに採算がとれるはずだったが、よくよく計算してみると、逆に不合理な結果が出たのであった。

というのは、明礬が案外に高くつくのである。市販のものは一斤が四元で大した金額ではないが、しかし四元の明礬から取れるクロレラ濃縮液はせいぜいバケツ半杯に過ぎない。クロレラに五〇パーセントの蛋白値があるのは無論嘘ではないだろう。が蛋白値というのは乾燥物を基準にするものであるから、濃縮液を乾燥させた場合を考えると、それから取れる粉末がどれくらいあるものなのか、たぶん何グラムもないだろう。したがって僅かばかりの乾燥物が四元ということになってしまう。

ところが問題はここにあるのだが、四元出せば良質の豆粕が一斤買えるのである。豆粕の蛋白値は四〇パーセントあまりであるからクロレラを与えるより遥かに有利になってしまうのだ。これはよほどの計算違いをしたものであった。豆粕を買って与えれば有利であるばかりでなく、手数も省ける。外国でクロレラ養豚が成立するのは、恐らく外国では明礬が安いからに違いなかった。あるいは豆粕が高いかだ。ともかくも殆どただでクロレラが手に入ると考えたのは大きな間違いであった。

ここにおいて私が豚を飼養する動機が怪しくなって来たわけである。糞は少ししか穫れないし、クロレラは高い。蜜柑に多少の肥分を与え得たのは事実である。そして三匹の豚めは大きくさえなれば一万元近くには売れる。その時には上等なテレビが買えるのであるからその楽しみもないではない。が、売れるまでにはまだ一段の時日が必要であった。豚めは私の目にはかなり大きくなったと見えるのだが、隣長さんにいわせるとあまり大きくなっていないそうである。彼の所ではもっと生長するという。しかも彼の所では栄養価の低い藷を与えているのだ。

普通豚めは生後六カ月で百斤を越すと普通いわれていた。それを我が家では一番大きいブウスケでせいぜい八十斤位のものだと隣長さんはいうのである。これは計算違いのクロレラを与えた失策もあったし、また私の飼いかたがテクニックを無視した故だともいう。小豚は五十——六十斤までは出来るだけ蛋白質の多いものを与え、その後は逆に藷蔓の如き繊維の多い蛋白質の少ないものを多量に食べさせるべきだと主張するのだ。そうすることによって豚めは太る代わりにぐっと体長を伸ばし腸が太くなる。一旦そのような体形にしてから再び米糠や豆粕やらで太らせる。

こういうテクニックを使わないと、豚めは絶対に大きくならないと断言までするのである。更に私の牝豚も去勢が遅れている由であった。駆虫の回数も少ないという。そして私は、手数ばかりかかってあまり大きくもなっていない豚めに貴重な一生を潰されそうである。それで私はブウスケ一匹を残して他の二頭を売ってしまおうと考えるのであった。ブウスケには可愛いところがあるから残して飼ってもよい。それに牝の方を売ってしまえば去勢の手数も省ける。今はまだヒルガオがあったが冬が深くなると葉も落ちてしまうだろう。その時三匹の豚めのために私は一体何処から餌を求めてくるのか自分でもわからないのだ。

（十二）

飼養に供する小豚は一斤二十二元が相場だったが若豚の場合は成豚なみに一斤十四元にしか売れないという。つまり屠《と》殺《さつ》場で引きとる値段にしか我がロクデナシめもズングリさんも売れない由であった。だが致し方なかった。私は二匹を売ることを隣長さんに依頼して買い手を見つけて貰うことにした。隣長さんは早速、村の者を二人連れて来た。しかし我が家の豚めは彼らの気に入らないのである。五カ月も養ってこの大きさでは後が思いやられるというのだ。

小豚は一日生育が後れるとその遅れを取り戻すのが容易でないそうだ。全く困ってしまったが二、三日すると今度は見知らぬ人が訪ねて来た。隣村の者だそうで豚を売ることを耳にして見に来たのだった。彼は私にどの位養ったかを尋ねた。私は正直に五カ月だと答えた。ただ普通より一回り小さい小豚を買ったのだから、それほど生長が悪いわけではないのだと強調して聞かせた。彼は甕《かめ》に入れて発酵させている我が独特のヒルガオを覗《のぞ》いてニヤニヤしていた。こういう生育の悪くなった小豚は屠殺場へ送るには小さ過ぎるし、養うには誰も欲しがらないから安くしないと売れないよと彼はいうのである。

幾ら位かと聞いてみたところ一斤十元なら買うという。少し安過ぎるとは思ったが仕方がなかった。買い手が見つかったことだけでも幸いだった。それで結局最初に一斤二十二元で買った時と同じ金額にしか売れなかったのである。てんてこ舞いして働いたことだけが損というわけだ。それ見なさい、といって細君めがもう一度私を軽蔑したのはいうまでもない。もっともこれは後で耳にしたのだが、二匹を買って行った隣村の者は自分で養うために買ったのではなかった。彼は時価より反って好い値段で転売したのである。

　六十斤前後の小豚はこれからぐんぐん大きくなるので売る人が殆どいなかったから買い手は恐らく喜んだことであろう。何カ月養ったというようなことはわざわざ口に出さなければ誰もわからないのだ。が、もともと金銭にあまり執着のない私はそれを聞いても嫌な気持ちがしなかった。むしろ逆に幾らか面子を取り戻したような気さえしたから不思議である。しかし隣長さんに対してだけは、矢張り豚めを売らねばならなくなった不始末をしきりに羞恥した。

　一方、広くなった豚小屋の中ではブウスケめが何だか落ち着かなそうであった。急に一匹になってしまったことに理解が出来ない風である。彼はしきりに竹垣の隙間から外を窺って仲間を探した。以前のように柵を破りはしまいかと私は案じたが、最早便々たる大腹を抱えた彼は若き日のように振舞うことはしなかった。

　――ブウスケ可哀想ねえ。お前は淋《さび》しいのねえ……

　娘はブウスケが好んで生のまま食べる銀合歓《ぎんねむ》の若枝を折って与え、一入《ひとしお》彼を不憫がった。彼女は椅子を持ち込み、ブウスケと話をしながら宿題を書いたりした。彼女が豚と話しているのを聞いていているとなかなか愉快である。

　――ブウスケ、明日おやつに何上げようか。ブウスケにはお母さんがいないから可哀想ねえ。お前お魚食べたことある？　学校の図画の時間にお前を描いて上げたんよ、そしたら鼠みたいな顔になっちゃった。ごめんなさいね。ブウスケは夜中に夢を見ることはあって？　夢の中で大人になったとしたら嬉しいかしら。どうしてお前お話が出来ないの？　つまんないな……

　ブウスケめは私よりも娘になついていて、彼女が学校から帰るとちゃんと足音でわかった。ヒイヒイ鳴いて娘を探すのである。そして娘が柵の前に立つと体をすり寄せ、不格好な唇を巻き上げて甘える。娘が脇の下を擽《くすぐ》ったり便々たる大腹を撫《な》でたりしようものなら、この肥大漢は馬のように小屋中を走り回って大羞恥の状を示した。それから娘が櫛《くし》で背中を引っ掻いてでもしてやると、彼は桃源郷に遊んでいるような目つきをし、柵に凭《もた》れかかったまま鼾をかき始める始末だ。

　――ねえ、うちの娘少しおかしいと思わない？

　細君が私に尋ねる。そうだね、少しおかしいねと私は答える。しかし豚めは去勢しているから大丈夫だよ、別に危険はないと私は慰める。何しろ一人娘だから友達が欲しいんだよ。

　――そうじゃないけど……

　細君の話によると、娘は弁当をちょっぴりしか食べないというのである。大部分を豚めのために残して帰るというのだ。

まさか、と私は思った。

——それが本当なのよ。今日など三分の一も食べてないわ。好きなものを入れてやってるのに、何時もあまして帰るのよ……。

病気じゃないのかい、と私は尋ねる。いいえ、と細君が答える。豚めが来てからずっとこうなのだそうである。

——あんた少し注意してやってよ……

私はああ、そうしようと答えた。が私はこの娘を叱るのが苦手なのだ。学校の成績も一応悪くないし聞き分けもある。そして涙もろいと来ていた。一寸意見されると直ぐに涙ぐんでしまうのだ。人一倍羞恥心の強い彼女の秘密はそっとしておいた方が好いのである。だが弁当を食べないのでは体を悪くしてしまう。仕方がないからある日動物園へ連れて行って遠廻しに話をした。

——ごらん、動物にはそれぞれ食べるものが決まっていて、例えば虎は牛肉が大好きだが牛に肉をやっても食べないよ。蚕はどんなにお腹が空いていても、桑の葉しか食べないし、蝶の幼虫だって同じだね、だから……

が、案の定彼女は忽ち俯《うつむ》いて涙ぐんでしまった。

（十三）

しかし、豚めが一匹に減ったので私は大分助かった。ヒルガオも一日に一籠刈ればよかったし、忙しい時には柿や桃の葉でも間に合った。尿めも二日置きに汲めばよかったし糞めも——いや糞めはだんだん量を増して来ていて、小さいバケツに一杯近くとれるようになっていた。私は毎日それを蜜柑の根元に施して来た。それ以外に豚めのための手数はさほどかからなくなっていた。クロレラは日に何回も掻き廻さねばならないし、収穫も面倒なので培養を中止した。経済性も怪しいのであっさり豆粕に切り換えたのだ。私の計算では、三十八キロの蛋白質を賄うには九十キロの豆粕があれば足りるのだった。金にして約五百元である。

私は久しぶりに手が空くようになった。私は長く半放任の状態に置いて来た果樹園を少しずつ整理し直した。砧木部《だいぎぶ》から側芽を出している蜜柑苗がかなりにあった。若木にはあまりカミキリ虫はつかなかったが、昔からあった中老木には鋸《のこぎり》屑《くず》に近いカミキリ虫の木屑がこぼれていた。葉にも煤病《すすびょう》「植物の病害。葉の表面などが暗色の菌糸で覆われ、煤色となる」が出ていた。煤病の株には必ずといってよい位に貝殻虫がついていた。

そして貝殻虫は蟻が牧養しているものだそうである。

私は毎日蜜柑の側芽を掻き、針金でカミキリの幼虫を刺殺し、噴霧器を担いでは薬剤を散布した。当時新しい殺虫剤としてパラチオンが登場していた。この猛毒を有する殺虫剤は確かに大きな殺虫効果をもっていた。貝殻虫もよく死んだし葉を食べた蝗《いなご》や芋虫の類も死んだ。しかし無知な農民が牛虱《うしじらみ》を殺そうとして牛まで殺してしまった話をたびたび聞かされていた。手で薬液を掻き回して中毒死した農夫もあった。

第二次世界大戦の末期にドイツで発明されたこの有機燐剤《ゆうきりんざい》は、元来が殺人用として開発された毒物なのだ。私は八リットル入りの噴霧器を担う前に、手足や首筋などの露出部に石《せっ》鹸《けん》水を塗り、更に手袋をはめ、靴下を穿き、顔には頭からすっぽりとビニール袋をかぶせて、半ば窒息しかかった状態で雄々しい作業の途につくのであった。

私の植え込んだ三種の蜜柑のうち、昔から産地だっただけあって矢張り桶柑の発育が一番好かった。次がオレンジで温州蜜柑の生育が一番不良だった。ところで私は、仮そめにも芸術家の端くれだった。そして芸術家には共通の特徴があるものだった。それは独創を尊ぶことである。奇を愛することだった。したがって私は付近に幾らでも植えられている桶柑を一番可愛がらず、政府が加工最適品種と認めて奨励していたにかかわらずさっぱり普及しない温州蜜柑を片意地に可愛がって、豚めの糞を多量に与えていたのであるが、温州蜜柑めはなかなか大きくならないのである。私が植えたのは宮川早生《わせ》系で、もともと樹冠が小さいとのことではあったが、それにしても桶柑に較べて発育がかなり遅れていた。

植物にとって適地生存ということは動物以上に大事な条件らしかった。もっともこれは大事にされなかったために草刈りもせず放任された、その雑草が被覆作用をなして反って桶柑に幸いした怪我の功名もあったかも知れない。だが順調に育たなかったのは何も宮川早生温州蜜柑ばかりではなかった。花が咲いただけ実がなり、実がなっただけ採取できる由の有磨栗が先ずあらたか枯死していた。

栗の若木は日本では凍傷にかかり易いとのことであった。冬季の寒さに犯された若木はしかし直ぐには死なず翌年の夏になってから枯れるという。夏に枯れるため、その原因が前年の凍傷によるものだということが長い間わからなかったそうである。そして凍傷を受け易い部位は根元の近くの由であった。そういう理由から猪原研究所の苗木は全部高接ぎ苗であった。にも拘らず私の畑において次々と枯死して行ったのである。

これは決して猪原氏の責任ではないと私は今でも信じてい

る。日本では秋に栗の休眠が始まる。そして冬の寒さをもっとも抵抗力の強い休眠の形で迎えるのだ。日本における凍傷は抵抗力の限界を越した寒さによるものだった。が、当地の凍傷は多分に形が違う。台湾は日本ほど寒くないから凍傷は起きまいと多くの人は考えがちである。が、事実は逆なのだ。何故なら暖かいために休眠の深さが足りないからである。中途半端な休眠では気温が零下に下がらなくても簡単に凍害を受ける。殊に天気の好い日だと日中温度は優に三十度を越す。この時栗めは春がやって来たのか冬がまだ来ていないのか見当がつかないものだから、眠るべきか覚めるべきか迷ってしまうのである。そこへ夜が来ると気温が四、五度に下がる。こういう気温の急変で休眠し切っていない栗めは傷つくに違いなかった。日本栗の生育出来ない痩せ地にでも生育可能なる由の利平栗ですらが、次々に数を減らして行った。が、不思議なことに同じ栗でありながら銀寄ばかりはすくすくと育っていた。大きい株になると早くも八～九尺に伸びていた。

　そればかりかそのなかの数株は乏しいながら今年すでに白い花穂を見せていた。銀寄栗はそのように順調だったが他のもの、私が趣味的に植えた、恐らく台湾では珍果に数えてよいビックリグミとか、ポーポーとか、胡桃とかは驚くほどに生育が悪かった。一本枝が出ては一本枯れ、いつまでも丈が伸びなかった。これは無花果、梨、ペカン等も同じであった。要するに私の畑では適性をもったものと、もたないものとの差異が大きく見えて来ていたのである。その中に適性をもったものだけを枯れ跡に分植して果樹園を整えるより仕方のないことは明らかだった。そして適性をもったものといえば、銀寄栗を除けば結局昔からこの地方で作られていた桶柑以外になかった。一番独創性のない、いわば芸術家の私にとって一番面白くない奴しか育たないのである。私は農業がだんだん嫌いになりそうである。

(十四)

ある朝のことだった。ブウスケめの騒ぎ回っている音で私は目が覚めた。最初盗賊が豚めを盗みに入ったのかと思った。だが夜はすでに明けかけていた。見に行くと奴は目を吊《つ》り上げ泡を吹きながら小屋中を走り回っていた。彼が血相を変えて苦しがっていることは一目でわかった。

　彼は私の存在には目もくれず、まるで闘牛場に引き出された牛のようにいきり立っていた。首を前に突き出し、走ってはあたかも目が見えないかのように体を柵にぶっつけ、立ち止まっては反射的に逆の方向へ突進した。座っても立ってもいられない、ちょうど蟹《かに》めが腹のなかで内臓をちぎってでもいるような苦しさだった。私はしまったと思った。思い当たる節があったのだ、農薬の中毒に違いない。

私は昨日、用があって町へ出た。帰って来たのは夜遅くなってからである。私が外出する場合、細君めは観念して豚めに餌を与えるより仕方がなかったが、しかしそれは与えるだけであって決して餌を作るわけではなかった。ヒルガオを刈るとか、竈の火を起こすとか、更には小屋の掃除、後始末などは全部私の仕事だった。私としては一日分の餌を用意してから外出するわけである。昨日もそのようにしたのだ。だが、一昨日私は果樹苗にパラチオンを噴霧していた。万一細君めが何かの風の吹き回しで藷の蔓を刈って豚にやったとしたら、中毒は免れなかった。私は細君を呼び立てた。すると矢張り藷蔓を刈り与えたというのである。私は返す返すもしまったと思った。

細君めが豚めに愛情を示すなど天地が逆さにでもならない限り有り得ないことだった。だから蔓を刈ってはならぬと伝えてはいなかった。しかし細君めも細君めである。一昨日私が噴霧器を担いで一朝じゅう階段畑を上り下りしていたことを知らないわけはないのだ。そして農薬が毒物なのは小児でも知っていた。が、いまさらそんなことをいっても仕方がなかった。

私は頭の中にある幾つかの薬の名前を思い浮かべていた。それから戸棚に蔵っているはずの浣腸器を瞼《まぶた》に浮かばせていた。確かパンチオニンという薬剤があるはずだった。ゲドックスという名も聞いたことがあった。それから抗ヒスタミン剤も中毒に効くのではないかと考えられた。ペニシリン・ショックに先ずベナを打つと聞いていたからである。しかし今、私の家にどんな薬があるのだろう。

私が戸棚の薬箱を探している間に、ブウスケめは走れるだけ走った後、最後の一踊りを踊り上がると、そのまま其処に倒れてしまった。四肢を硬直させて痙攣《けいれん》を始めたのだ。寝巻きのまま小屋に入り込んだ娘がおろおろしながらブウスケの名を呼んでいる。細君めは豚に毒を食べさせた張本人が彼女である意識から今にも泣きそうな顔をしていた。私は戸棚の奥にパンチオニンもゲドックスもないのを知っていた。解毒剤として持っているのはせいぜい蜂に刺された時のためのアンモニア液しかなかった。だが抗ヒスタミン剤ならあった。それから止血剤としてビタミンKが一箱あった。ビタミンKには利尿の作用がある。解毒の作用は不明であったが尿が出れば毒は薄まる道理だった。

ブウスケめは目を閉じていた。鼻孔を拡げて喘《あえ》いでいた。

歯を噛み合わせ、あたかも寒いかの如く震えていた。私は注射を打った。それから町へ獣医を呼びに行くべきだと思った。山の上には獣医がいなかった。いるのは去勢師だけである。隣長さんに尋ねても恐らく何の足しにもならないだろう。バスの停留所は歩いて五分位の距離だった。時計を見ると七時二十分前である。私は痙攣しているブウスケめの背中を撫でて泣きべそを掻いている娘に、早くご飯を食べて学校へ行かないと遅れるぞといい、それから着替えのため家の中に入った。

私は上衣を着ながらもう一度出て来て、早くしないと学校に遅れるぞ、ときつい声でいった。娘は顔を上げて私を見たが、その目には明らかに私をなじる色が見えていた。学校に行かなければ不可ないと私は三度目をいい、ブウスケめが硬直したまま痙攣しているのを目にし、それから停留所へ急いだ。昔犬を飼っていた時に知り合った獣医を呼びに行こうとするのである。

獣医めはまだ寝ていたが直ぐに起きてくれた。しかし豚の病気は農会の獣医に頼まなければ駄目だといって、農会の番地を電話帳で調べてくれた。私が其処へ急いだのはいうまでもない。が残念なことに早朝のこととて獣医めはまだ出勤していなかった。何時に来るかも一定していないという。私はしばらく待ったがこうして待つのは得策でないと思った。事は急を要するのである。私は思い返して薬屋に走った。

教えられるままに私はパンチオニンを買った。ゲドックスは静脈に入れなければ効果がない由であった。そして静脈注射が私に出来るはずはなかった。家へ戻るとブウスケめは同じ所にひっくり返ったまま痙攣を続けていた。痙攣はさっきよりも幾らか治まったようである。あるいはそれだけ衰弱して来たのかも知れなかった。噛み合う歯の間から血が流れていた。

娘はすでに登校していた。バスで二停留所の距離にある学校への道を、肩を落として歩いて行く彼女の後ろ姿が私の目に浮かんだ。すると私は不意に涙を感じた。死ぬかも知れないブウスケめを、彼女はきっと看護したかったに違いないのだ。だが今、彼女は諦めた時の癖で、唇を噛み、力なく路傍の石を蹴っているのだろう。

私はブウスケの腿《もも》に注射した。彼はもはや痛みを感じないかのごとく、されるがままにしていた。体を投げ出し、口で喘いでいる形である。彼はそのままの恰好を長く続けていた。が、臨終はなかなかやって来なかったのである。殆ど一朝じゅう私は彼を見とっていたのだが、何時とはなしに痙攣が治まっていた。そしてブウスケめは引きずり込まれるような深い眠りに落ちて行った。好い兆候なのか悪い兆候なのかわからなかったが、私としては見とるよりほか仕方もなかった。

するると、昼を過ぎてから彼はよれよれと起き上がった。明らかに病み上がりといった恰好である。しかし危期が去ったのはほぼ確かだった。彼は寝藁の上に力なく尿を垂らした。餌を与えてみると二口ほど食べたが直ぐに口を離し、小屋の隅へ行って寝転んだ。

夕方娘が帰って来た時ブウスケは昼に与えた餌を食べていた。多少やつれてはいたが、もはやあれだけの大病を起こした後とは信じ難いほどしゃんと立っていた。普段と違うところがあるとすれば、記憶の一部を何処かに忘れて来たような顔をしていることだった。彼は見知らぬ人を目にするかのように娘を見上げていた。娘は案じていたブウスケめが死なずに済んだのを見て忽ち表情をむき出しにした。八重歯を見せて笑ってはいたが目は涙でいっぱいだった。

彼女は柵から乗り越さんばかりにしてブウスケめを呼んだが、ブウスケめは彼女に低い声で答えるだけで近寄って来ようとはしなかった。矢張り弱り切っていたのだろう。がとまれこのことがあって以来、ブウスケめとの絆《きずな》が一段と深まったのは事実だった。私にしろ娘にしろブウスケめを家族の一員として遇したし、ブウスケめも私達に一段となついた。かくして日はまた経って行った。

（十五）

豚めは大きくして売るものだった。もともと売るために養っているのだった。が、私はブウスケめを売った日のことを生涯忘れないだろう。

呼ばれてやって来た豚屋は、何処か豚に似た悲しげな顔をしていた。豚ばかり殺していると悲しみが蓄積されるものらしかった。彼は息子を伴って来たが、農夫に見えない私が豚めを見事に飼い上げた手際の好さを賞讃し、この豚は上等だと折り紙をつけた。上等な豚とは体重のなかに含まれている脂肪の少ないことが要求されるのだ。豚の脂肪は年々消費が少なくなるので、太り過ぎているものは安価にしか引き取って貰えないのである。

豚屋は一くさり四方山話《よもやまばなし》をし終えると柵を越えて中に入った。彼はちょうど空手でも打つような身振りで忍び寄り、矢庭にブウスケの後脚を掴《つか》んで引き倒し、思わぬ手早さで縄をかけた。馬乗りになり、前後左右の四脚を縛り上げたのである。この時になってからブウスケめは、してやられたことに気がつき、慌てて悲鳴を上げたが最早後の祭りであった。豚屋の親子は天秤棒《てんびん》をブウスケの脚に通し庭へ担ぎ出した。ブウスケめは体をよじって暴れたが、徒らに縄目が脚に喰い込むだけでどう仕様もなかった。彼は冷たい地べたに転がされてヒイヒイと鳴き立てた。

豚屋は豚めを秤《はかり》にかけてしまうと木の枝を拾って地面で銭の計算を始めた。二百二十斤に達したブウスケめは占めて金三千とび八元になるのだった。豚屋の息子は何やら金属の器具を取り出してブウスケの耳に当てがっていたが、やがてガチャリという音とともにブウスケめが悲鳴を上げたのは、正しく耳に何かの記号を打ち込んだのに違いなかった。一瞬私はブウスケと顔を見合わせたが急いで目を反らせた。彼の目が人の目に見えたからである。がこの時を境にして、ブウスケめの所有権は私から他人の手に渡った。

ブウスケめは、地上に投げ出されたままひっきりなしに喚き立てていた。助けを呼んでいた。が、誰も助けに来てはくれなかった。動物は得てして自分の死期を悟るものだという。間もなく担がれて山を降り、国道辺でトラックに積まれ、一路屠殺場を指して落ちて行くのである。

彼はそういう運命に気がついて不安と焦燥に苛《さいな》まれているのだ。迂闊にも手足を縛られてしまい、今更縄を解くことも牙をむいて身を守ることも出来ない。しかも今までひたすらに味方と思い、主人と思っていた私が、実は彼を屠殺場に売る張本人であり裏切者であった。昨日まで主人面をしやがり、鱈腹物を食べさせてくれたのは何も愛情あってのことではなく、大きくして売り飛ばそうという魂胆に過ぎなかったのだ。僅か三千なにがしの端金《はしたがね》が欲しくて、ああ何と賤《いや》しい男だろう。万物の霊長だとて我々弱小動物を保護し得るところに、少なくとも地球上でボスのような顔がしたかったら、もっと徳性あって然るべきなのだ。

それにしてもむざむざと欺かれてしまった自分の愚かさは歎《なげ》いても歎き尽くせるものではなかった。人間の不信を知ってしまったブウスケめの絶望は余すところなく私の肌に感ずることが出来た。最早私には目もくれず、ひたすら神に縋《すが》ろうとして悲鳴を上げている彼に私はなじられている気の咎めを感じないではいられなかった。がもう致し方ないことだった。ブウスケめはすでに私のものではない。

そこへ娘が帰って来たのである。私はふとあるものを感じた。娘は三年生なのだ。三年生の下校が午後の四時以前になるのは土曜以外にはなかったはずである。どうしたの——?という私の問いに応えて、彼女は先生が会議に行ったのだと答えた。先生が会議に出向くのは過去にも確か二度ほどあった。が今私は娘の言葉のなかに嘘を嗅ぎとった。彼女はブウスケに別れを告げるために早退して帰ったに違いないのだ。

だが私は叱る代わりに胸を打たれた。実は此処数日来ブウスケを売ることについて私は娘になじられていたからである。何故ブウスケを売らねばならないの？　売ればブウスケは殺される。それを知っていて売りに出すの？　家にもうお金がなくなったわけじゃないんでしょうと彼女はいうのである。

あんなに可愛がって育てて来たブウスケを売る、それは人非人に近い行為なのだ。どうしてそんなことが出来るの？若しお家にお金がないんだったら自分は学校を止めてもよい。もっと悪いものを食べてもよい。新しい洋服なんか欲しくない。もしパパが草刈りが嫌いなら自分が刈ってもよいというのだ。一々もっともであった。娘にいわれるまでもなく、私自身心の優しい人間だった。ブウスケめは私にとっても家族の一員だった。彼に愛情を感じている点では私も決して娘に劣るものではなかった。彼を売ることは私とて本意ではないのだ。たかが三千なにがしかの金のために売るのではないことも確かだった。

彼を売らずに済ませるものなら十年でも二十年でも養ってやりたいのも本当だった。が、不幸にして彼は実によく食べた。今や二百斤を越した彼は、かつて三匹の小豚めに与えるべく私がてんてこ舞いをした餌を一匹でぺろりと平らげるのである。飼養頭数こそ一匹だが、私はその昔と同じく一朝をかけて三籠分の草を刈り、刻み、釜にかけ、しかもそうやって苦労して作り上げた餌を彼は綺麗さっぱり平らげた上で、まだ不足気味であることを不思議そうな顔をして私に訴える始末だった。雨が降ろうが風が吹こうが、私が病気していようと、そんなことに拘りなく餌ばかり求めるのである。

三十斤をほぼ標準通りに排泄するようになった糞めは、無論果樹にとっては天恵の佳肴《かこう》であったろう。がそれを掃除し畑まで運んで行く労働は、毎日のこととて私にはかなりの苦痛だった。そして三十斤は一応標準ではあったが、一匹だけでは沼気の利用にまだ不足だった。沼気を燃料として利用するには少なくとも五頭の豚が必要だったろう。しかも、まずいことに我がヒルガオもすでに休眠し、今は幾許かの草根に里芋の茎やら布袋草やらを与えている始末であった。加えて豆粕も値上がりした。しかも二百斤を越した豚めはその後幾ら食べても若い時のようには増肉しないのである。

更にもう一つ重大なことがあった。パリで第二回目の国際青年芸術展が開かれるのである。それへの本国の選抜賽《せんばつさい》が政府主催の下に三カ月後に行なわれることになっていた。私はそれに応募してみようと考えたのである。大工芸家の夢から長く離れていた私は、この芸術の都で開かれる国際展への参加ということで夢を醒《さ》まされた形だった。この展覧会は仏国政府の主催により隔年に開かれる。参加資格は青年であること、そして各国政府の推薦によることとされていた。

　面白いことに、フランスでは三十五歳までを青年と呼ぶのだそうであった。三十五歳を越すと参加資格がなくなる。そして私は今年が丁度三十五歳だった。私は一挙に燃え上がった大工芸家の夢を前にして、我がブウスケめを売ることに断を下した次第なのだ。もう後へは退かないつもりだった。しかし娘は——今まで一度として私に楯つくことのなかった娘は、私に反対し、だだを捏《こ》ねた。

　細君めはめったに娘を叱ることをしなかったが、今度ばかりは声を荒げた。もともと豚嫌いの彼女であり、やっと悪臭から解放される喜びに目を輝かせている彼女にとって、娘のだだは言語道断だった。それに万一頑固者の私までが豚を売ることを中止でもしたら大変だった。

　一方娘は級長をしている身だった。聞き分けがないわけではなかった。また幾らだだを捏ねても到底自説の通らないことを知っていた彼女は、結局諦めるより仕方がなかった。今学校から帰って来た彼女はブウスケめが手足を縛られて地べたに転がっているのを見て、もう泣き顔になっていた。彼女の顔に浮かんでいたのは、とうとう豚めと別れなければならない日がやって来た苦痛の外に、こういう残酷なことを平気でする大人というもの——それは父親である私をも含めてだ——に対する不信もあったに違いない。

　彼女は私達大人には目もくれず家のなかへ駆け込んだ。が、やがて出て来た時手には何か紙包みを持っていた。彼女は鳴いているブウスケに近寄ると、紙包みのなかの物をブウスケの口に押し込んだ。それは彼女が学校へ持って行ったそっくりそのままの弁当であったらしい。鮮やかな色の卵焼きが一片地べたに転がった。それから子供の遊ぶお守り札を豚めの首にかけた。豚屋は一瞬私と顔を見合わせたが、彼の目に浮かんだ微笑みとも苦笑ともつかないものは、私と顔を合わせた途端に引っ込んでいた。私の目から熱いものが滴り落ちたからである。私は俯いたまま豚屋に担いで行くように合図し、娘の後を追って中へ入った。

　細君めは隣長さんから借りた秤を返しに行ったまま話し込んでいるのかまだ戻っていなかった。豚屋めが担ぎ上げたらしい気配が、ブウスケの鳴き立てた一際高い声から察せられた。とうとうブウスケめは、かつての日に隣長さんに担がれて我が家へやって来た同じ道を、今度は豚屋めに担がれて屠殺場へと下って行くのだった。だが仕方がなかった。私は冥福《めいふく》を祈ろうと思った。

娘は豚小屋の中にいた。柵の上に顔を伏せ両手でしっかりと耳を塞いでいた。ブウスケめの鳴き声を耳に入れまいとしているのだった。が、ブウスケめの声は今や階段畑の間道を下って門の辺りに到着したのが、広くなって淋しくなった豚小屋にまで聞こえて来た。その身も世もあらぬ絶叫は錐《きり》のように私の耳を穿《うが》った。私は娘の肩に優しく手を置いたが、彼女の嗚咽《おえつ》が激しく私の掌に伝わった。

ブウスケめはどんな気持ちをして山を下って行ったことだろう。見も知らぬ人に担がれて育った家を離れて行くのである。しかも落ち着く先は屠殺場であった。鳴いても喚いても誰も助けに来てくれないのである。豚めに生まれ合わせた不幸を不幸として諦めるべきなのだろうか。彼が最後に知ったのは人間の不信であり、しかも死の土壇場に至ってなお縋ろうとして鳴き、呼び立てていたのは私以外の誰でもなかった。が私めは彼を救うために山を駆け下り、豚屋の手から彼を奪い返すことをしようとはしなかったのである。ああ、私めは人間ではなかったのだ。

ブウスケめのいなくなった小屋のなかは妙に広々としていた。つい一時間前まで彼の寝そべっていた寝藁が今は冷たくなって地べたにまみれていた。食べ残しの昼食も餌槽に残っていた。小屋の隅には淋しい形にいくつかの糞が蹲《うずくま》っていた。豚小屋は突然にだだっ広い穴が出来たかのように静まり返っていた。耳を澄ますと、国道を下りて行くブウスケめの鳴き声が遠くなったり近くなったりしてまだ続いていた。

以来、娘は私めに——いや大人という大人に——憎悪を感じている。

と同時に、妻めが二、三日しょんぼりとしていたのも、これまた、一体何故だったのだろう。

仙桃の花

毎朝、夜明け近くになると、おじいさんはふっと目が覚めるのです。あるかなしかの風がおじいさんの室の窓を叩いて、おじいさんを呼びおこすのです。それは毎朝、そよ風がおじいさんに挨拶《あいさつ》をしに来るみたいでもありましたが、おじいさんには風が誰かの使いでやって来るようにも思われました。おじいさんは寝床の上に起き上がると、呼びおこしてくれた風にお礼をいいます。それから敷布団の上に坐ったまま、痩《や》せ細った腕を上下に二、三回動かします。こうすると眠気がきれいにふっ飛んでしまうのです。

やがて寝床を這い出したおじいさんは、毎朝のことでしたが、足音をしのばせて隣室との境になっている唐紙の襖《ふすま》をそっと開きます。おじいさんの家は洋館です。でも二階が和風の畳の部屋となっていました。隣の室にはおばあさんが眠っています。おばあさんが安らかな寝息を立てているのを見とどけると、おじいさんは安心して、再び襖を閉めます。それからおばあさんの目を覚まさないように用心しながら、自分の室から外へ出ます。

おじいさんは曲った腰を伸ばしながら、固くなった脚を一歩一歩踏みしめて階段を下りて行きます。そして風呂場に行って顔を洗ってしまうと、戸棚の中から綺麗《きれい》な絹を貼《は》った小箱をとり出し、それをもったまま庭へ出て行きます。

この小箱は今から三十年も前に、つまりおじいさんがまだ若かった頃、庭の仙桃の花を見るために山へ遊びに来てくれたおばあさんが下さった、手づくりの小箱でした。

おじいさんは庭に出ると、庭の真ん中に生えている大きな仙桃の木の下へ参ります。仙桃の木は毎年、夏のはじめになると小さな丸い、あたかも緑色の宝石のような花を沢山着けます。この花は花びらが互いにくっついてしまったような丸っこい管形をしています。一輪一輪がまるで神様によってつくられた翡翠《ひすい》の玉のようです。清純で本当にかわいらしいのです。仙桃の花は夜に開いて、明くる日の日の出頃、はらはらとこぼれるように地面に降りそそぎます。こうして夏のはじめの一か月ほど、毎晩咲いては毎朝一面に降りこぼれます。それをおじいさんは毎朝拾いに来るのでした。

おじいさんは仙桃の花のできるだけ丸い、できるだけ清らかなものを八十八輪拾います。八十八輪拾うのはおばあさんに少なくとも八十八歳まで生きていて欲しいと思うからです。願かけなのです。おじいさんはそれを絹の小箱の中に拾いとると、再びとことこと家の中へ戻ります。

　おじいさんが仙桃の花を拾うのは、それを紐《ひも》に通して花くびかざりをつくるためでもありました。ごらん、今おじいさんは紅い絹糸を出して、一輪一輪と仙桃の花をつないで行きます。花くびかざりは後で目の覚めたおばあさんの首へかけるためのものです。このようにして、おじいさんは夏のはじめの一か月ほど、毎朝毎朝おばあさんのために仙桃の花くびかざりをつくるのでした。

　いいえ、そればかりではありません。仙桃の木は今ではおじいさんが腰を伸ばして上を見上げても、梢《こずえ》が見えない位に大きくなっていますが、先にも申しましたように、今から三十年前、その時におじいさんはおばあさんと知り合ったのですが、その年にこの一株の仙桃が初めて花を着けるようになったのです。あの日、おじいさんは降りこぼれた仙桃の花を紐でつないで花くびかざりをつくり、おばあさんに差し上げたのでした。あの頃からおじいさんはおばあさんが好きだったのです。でも、おばあさんは他人の奥さんだったので、おじいさんは滅多にしかおばあさんには会えませんでした。若い頃、おじいさんは詩を書くことが好きでした。そしておばあさんも詩を書くことが好きだったのです。こうして二人は詩の会で知り合ったのですが、若い頃のおばあさんはそれはそれはとても美しい人だったばかりでなく、とても清純で優しく、町中で一番の才女だといわれておりました。花くびかざりを贈ってくれたおじいさんの心情にいたく動かされて、次のような詩をおじいさんに書き送りました…

　花くびかざり
仙桃の花をひとつひとつつないだ
花くびかざりをもらった日
私は幸せな女の童《わらわ》
その頃よく摘んではつくった
じゅずだまに似て
もっともっとこわれやすくて
ほのかに生臭い甘さが
胸の上で切ない
明日はもうしおれてしまうのに
そんなはかないことをしている人の姿が
かなしいほどに私の胸の上で匂う

この時以来、おじいさんは毎日毎日、いや毎年毎年、こうして三十年も夏になると毎日毎日、仙桃の花くびかざりをつくって来たのでした。もちろん、もろくてこわれ易く、明くる日にはしおれてしまう仙桃の花くびかざりは、他人の奥さんだったおばあさんのもとに届けられることもなく、おばあさんもそんなことを知らなかったのですが、でもおじいさんは純情な少年のように、一途にそれをしないではいられなかったのです。しおれてしまった花くびかざりは、庭の隅に掘られた穴の中に、丹念に埋められました。

　仙桃の花くびかざりをつくってしまうと、おじいさんは今度は綺麗に洗って乾かしておいたおもちゃのような小さな洗面器をもって、もう一度外へ出て行きます。この頃には夜は本当に明けきっています。風が頬に冷たく、何か草花の匂いもしているようです。

　おじいさんは庭つづきになった裏の山へ入って行きます。裏山は相思樹の林になっていて、そのうち特にいかつく巨大な一株が、まるで裏山の王様のように立っていました。おじいさんはこの一本に素戔嗚尊《すさのおのみこと》という名前をつけていましたが、その根元近くに清らかな泉が湧《わ》いているのです。おじいさんは毎朝その水を汲《く》みに来るのでした。もちろん、おばあさんの顔を洗って差しあげるためです。林には沢山の小鳥や栗鼠《りす》が棲《す》んでいて、おじいさんの姿を見ると、小鳥たちは枝から枝へと飛び移りながら囀《さえず》ります。おじいさんを歓迎しているのでしょう。小鳥たちは相思樹の枝々を揺すっては、葉っぱに溜まった朝露までをおじいさんの洗面器に振るい落としてくれるのでした。

　冷たい清冽《せいれつ》な水を入れた洗面器をもって家へ戻ると、おじいさんはとことこと階段を上がって、おばあさんの寝室を覗《のぞ》きます。

「ああ、もうお目覚めになりましたか」

　おじいさんは目を覚ましているおばあさんを見ると、いそいそと中に入り、おばあさんを抱き起こします。おばあさんはもう大分前から話ができなくなり、毎日何を考えているのか誰にもわからなくなっていますが、でもおじいさんの顔だけはよく覚えていて、毎朝おじいさんを見ると嬉しそうに微笑みます。おじいさんはついさっき汲んで来たばかりの朝露の混じった泉の水に、オゼという名前のフランスの香水を一滴垂らして、その水でおばあさんの顔を洗って上げるのでした。泉の水はこの世のものとは思えないほど清冽でしたし、朝露は星の世界からの贈り物でもあります。これで顔を洗うと皮膚が若返って少女の肌のように初々しくなるのです。殊に相思樹の葉に溜まった朝露には過去の何万という恋人たちの霊魂が宿っており、一層おばあさんを美しくしてくれます。

一方、オゼという香水は若い頃のおばあさんの最も好きだったもので、おばあさんがおじいさんに手紙を書く時には必ず手紙の中にオゼの一滴を滴らせるのでした。他人の奥さんだったおばあさんとしては、おじいさんが好きだなんてはしたない言葉は口にすべきではありませんでした。ですから一滴の香水の中にありったけの心を含ませていたのでしょう。少なくともおじいさんにはそう思われて、おばあさんから手紙を貰《もら》うと、鼻にそれを押しあて、または胸に抱きしめ、夜は自分の懐の中に入れて一緒に寝るのでした。

オゼというフランス語は「大胆な」という意味でしたが、若い頃のおばあさんは決して大胆な人ではありませんでした。星の好きだったおばあさんは沢山の夢をもった少女でした。でもある日にある人に出会って結婚してしまうと、教養やら理性やら家庭やら、もろもろの現実にとり巻かれて、どうしても大胆にはなれない人でした。かつておじいさんは‥

天上の星の数多《あまた》を数へつつをみなの夢はいつも地を這《は》ふ

という歌をつくったことがありましたが、それに対しておばあさんは‥
きのうは婦徳《ふとく》を褒《ほ》めてくれ
きょうは婦徳を恨まれる
石にあらざるわが心
行方も知らずさまよいて
いかにすべきと嘆くのみ

という詩をおじいさんに送って参りました。その反面、おじいさんが「あなたが遠い所へ行ってしまったら、僕は石になってしまう、あまり恨めしいからお化けになってやる」などというと‥

石になどなりたもうな
おばけになどなりたもうな
ふたひらの緋桜《ひざくら》を
たいせつにノートにしまっているひとのために
緋桜は今も血潮のように紅い
ふたひらは寄り添って
ひっそりとノートの間に眠っている
静かに……静かに……

という詩を送って来るのでした。「緋桜」というのはある年の春におじいさんの家の庭に咲いていたのを、手紙に添えて二輪おばあさんに送ったのです。それをおばあさんが栞《しおり》にしたのでしょう。おばあさんとはそういう人でした。おばあさんはまた次のような詩をおじいさんに送ったことがあります：

ひとりの孤独な女がいた
語る相手のなかった女は
夜毎夜毎思いを綴《つづ》っては
日の出の空に白いハトを放った
こうして何百何千のハトが
と翔びたっては一片の白雲となり消えた

ある夜女は息絶えようとしていた
その時星の彼方より
何千何万の白いハトが帰って来て
女を星の彼方に連れ去った

このような詩を通じて、おじいさんは相手が自分を慕ってくれているのに違いないと考え、現実の世界からかけ離れた別の世界で、おばあさんの面影を一心に抱きしめるのでしたが、とにかく、このように才女だったおばあさんが、今では心の中を表示すらできない人間になってしまい、おじいさんのするがままに任せ、顔を洗って貰っているのでした。何でもご主人がおばあさんを捨てて外国へ行ってしまってから、こんな風になったらしいのです。その時以来おじいさんがおばあさんを引きとってお世話しているのでした。

顔を洗ってしまうと、おじいさんは若い頃にいつかおばあさんに上げようと思ってつくった手づくりの櫛《くし》で、おばあさんの髪を梳《けず》ります。おばあさんの髪は柔らかい栗毛色の髪でしたが、今では綺麗な銀色になっています。おじいさんはその髪をいとおしむように丁寧に梳ると、それをお下げに結ってその端に紅いリボンを結びつけます。それからさっきつくったばかりの仙桃の花くびかざりを首にかけてやります。すると、見てごらん、おばあさんは花嫁さんのように恥ずかしそうに、それでも嬉しそうにおじいさんの顔を見て微笑んでくれます。

朝は軽い食事に慣れているので、おじいさんは食パンを蒸し、チーズを挟んでおばあさんと一緒に食べます。食パンを蒸すのは、その方が柔らかく、おばあさんの喉《のど》を痛めないと思われたからです。おじいさんは次に大粒の紫色の葡萄《ぶどう》ともぎ、一粒ずつ皮を剥《む》いておばあさんに食べさせます。傍《そば》で見ているとままごと遊びをしているようですが、おじいさんは真剣に、葡萄の種子の一つ一つを綺麗にとり、また葡萄の汁がおばあさんの胸に滴り落ちないように注意しています。葡萄の次は牛乳です。若い頃から胃のあまり丈夫でなかったおばあさんなので、甘すぎないように半さじほどの砂糖を加え、また熱すぎてはいけないので、口でふうふう吹いて熱を冷まし、おばあさんに飲ませて上げます。おばあさんは童女のように大人しく飲んでくれます。

食事が終わると、おじいさんは冷たいおしぼりでおばあさんの唇を拭います。この時、おじいさんは心なしか・今でも胸が何だかときめくのです。若い頃のおじいさんにとってどんなにか紅い唇だったことでしょう。でも三十年も経ってしまった今、おじいさんは若い日の情熱を今も心の真ん中に隠しもったまま、静かに、丹念に唇を拭いて上げます。決して素手では解れるべきでない、大事な大事な場所なのです。

こうして朝食をすませると、おじいさんはおばあさんの手を引いて庭先の芝生の中に置かれた花崗岩《かこうがん》の上に坐らせます。ここで朝日にあたるのです。おばあさんは朝日の美しい遠い国に生まれ、大人になってから突然ある青年に出会い、はるばると南のこの国へ嫁いで来たのでした。ご両親にも別れ、お友達とも別れ、岡の上の月見草やかたくりの花にも別れ、ご主人一人を頼ってお嫁に来たのでした。そのようなおばあさんの淋《さび》しい心を誰よりも――あるいはご主人よりも――おじいさんは優しくいたわって来たのでした。

おばあさんを花崗岩の上に坐らせると、おじいさんも向き合って坐ります。そしておじいさんの「治療」をはじめます。「治療」というのはおじいさんが考案したもので、右手と左手、左手と右手をしっかりと握り合うのです。するとおじいさんの霊魂が手を通じておばあさんの体へ流れ込み、一方の手からはおばあさんの霊魂がおじいさんの体内へ流れ込んで来ます。意識のはっきりしなくなったおばあさんの霊魂には悪い毒が祟《たた》っているので、おじいさんは自分の健全な霊魂でそれを清めようとするわけです。こうしておじいさんはしっかりとおばあさんの手を握り、「さあ、しっかりするんです、しっかりするんです」とおばあさんをはげまし、一方ではおばあさんの体の中に流れ込んで行く自分の霊魂に、「さあ、おばあさんを治すんだ、おばあさんを治して差し上げるんだ」と言い含めます。おばあさんがここへ来た当初に比べて、この頃ではよく笑顔を見せるようになりましたが、それもこの治療が効いているのだとおじいさんは信じています。きっと自分の愛の力でおばあさんを治してみせる、きっとその時が来ると、おじいさんは信じているのです。おじいさんもおばあさんも血液が同じA型だったので、手を握り合っていると血液が自在に交流できるのです。

もっとも、おじいさんがこの治療法を思いついたのは、実は今から三十年前のあの日、つまりおばあさんがはじめておじいさんの家へ来て下さった日に、何かの拍子に二人の手が触れ合った、その時に電流がおじいさんの体中を稲妻のように走り去ったことがあり、それ以来、おじいさんは丸で電流の一族のように風邪ひとつ引かない丈夫な体になり、神通力をもつようになったからです。当日、おじいさんは願いをも籠《こ》めて「握手」という詩を書いています：

握手（1）

さあ　握手いたしましょう
またしばらくお会いできませんもの

いいえ
僕は左の手が欲しいんです

右の手は誰もが誰にでも触れ
魚屋さんからは魚を受けとり
郵便屋さんからは郵便物を受けとり
いうなれば
右の手は公共関係の手　みんなの手

それに引きかえて左手は内輪の手
身内の人にしか触れることのできない手
あなたご自身の手
温かい柔らかい宝物の手
ああ　あなたはそれを私に下さった

握手（2）

あの方の手に触れて
あの方の手はたわやめの手

右の手と左の手が
左の手と右の手が
しっかりと握り合わされて

ああ
霊魂が交流する

霊魂が交流する
私の命が片方の手からあなたの体の中へ流れて行く
あなたの命が片方の手から私の中へ流れ込んで来る
ああ　霊魂の交流

手首の脈拍は
水道のメーター
廻っている
廻っている
ああ　すばらしい勢いで
霊魂の交流

毎朝こうしておじいさんは昔つくった詩やあの頃のおばあさんを思い出しながら、庭先でおばあさんを治療します。今では二人の血液や命が混ざり合ってしまい、どこまでがおじいさんの命でどこからがおばあさんの命なのか、おじいさんにもわからなくなったようです。しかし、おばあさんはなかなか意識を回復してくれませんでした。

お午《ひる》になると、おじいさんはおばあさんのために手料理をつくります。鯛の塩焼きや鱈《たら》の味噌和《あ》えなどは至って上手ですが、なぜか卵焼がうまく巻けないのが残念です。時々おむすびもつくります。干瓢《かんぴょう》を煮込んで巻ずしをつくることもあります。若い頃、日本へ勉強に行っていたおじいさんは日本式の食べものの方が好きでしたし、おばあさんもそれが好きだったのです。はじめから何となくうまの合う二人でした。

昼ごはんがすむと、おじいさんはおばあさんを揺り椅子に坐らせて、団扇《うちわ》で風を送りながら静かな一ときを送ります。子供の頃、おじいさんのお母さんがよく団扇でおじいさんを煽《あお》いでくれました。扇風機の風は機械の風だから身に毒だといって、使わせないのです。今おじいさんはおばあさんを煽ぎながらそれを思い出します。すると何だかお母さんを煽いでいるような錯覚を覚えて、ちょっと不思議な気がいたします。

外では蟬《せみ》が一心に鳴きしきっています。いつかおばあさんからクマゼミとアブラゼミとはどう違うかということを教わったことがあります。どちらか一方の翅《はね》がまだらになっており、一方は透きとおっているのでしたが、どちらがまだらで、どちらが透きとおっているのか、何回聞いても覚えられませんでした。というより、聞けば聞くほどこんがらかって、今になっても、どっちがどっちなのかおじいさんにはわからないのですが、今、蟬の鳴き声を聞きながら、遠い遠い昔のあの日のことを、おじいさんは懐かしそうに思い浮かべるのでした。

またある時、暑い暑い日でしたが、おばあさんを博物館へ案内したことがありました。五億年前から生きている「生きた化石」とよばれる龍宮翁戎《りゅうぐうおきなえびす》貝の貝殻をおばあさんに見せるためでした。あまりに暑いので、博物館の販売所でレモンジュースを買い、そこに腰かけて一休みしました。その時におじいさんはもっていた扇子でおばあさんに風を送って上げましたが、今こうして団扇で煽ぎながら、不思議と昔々の出来事が鮮やかに思い出されるのです。

また時には、おばあさんの爪を切って上げます。おばあさんは娘時代に学校の先生をしていたこともあって、多くの奥さんたちのように爪を長く伸ばして紅く塗ることを嫌いました。おじいさんはその爪を丹念に切り、小さなやすりで磨きをかけて滑らかにします。すると爪の一つ一つが、一ひらずつの花びらのようにほのかに匂い出すのです。

また時には、この時刻にお伽話《とぎばなし》をすることもあります。おじいさんの話すお伽話の中にはよく星からの使者が出て来たり、花の精が白馬の王子に見染められたりしますが、その中の一部分に昔おばあさんの書いた詩も出て参ります。でもおばあさんがそれを覚えているのか、聞いてわかるのか、おじいさんにははっきりしません。ただおばあさんが時々思い出したようにあの童女のような笑顔を向けてくれるので、おじいさんは嬉しくてなりません。

おじいさんの語るお伽話を聞きながら、おばあさんはいつかうとうとと快い眠りに入ります。おばあさんが眠ってしまうと、おじいさんは夏布団を軽くかけてやり、それからそっと炊事場へ立ちます。音を立てないように注意しながら食器を洗ったり、洗濯をしたりするのです。

夕方になると、附近の農家の若者で野菜を売りに来ます。野菜売りをしている馮《ひょう》さんが、三輪自動車で野菜を売りに来ます。魚や肉なども売っています。若い頃に大分学問があったらしいおじいさんに敬意をもっている馮さんは、おじいさんのために新鮮なまぐろの切身を用意することを忘れません。おばあさんに美味しいお刺身を食べさせるために、おじいさんが頼むのです。一度うっかりしてワサビを多くしてしまったためにおばあさんが噎《む》せて、目から涙をぼろぼろと流しましたが、その涙を拭ってやりながら、おじいさん自身までがぼろぼろと涙を流したものでした。

夕食のあと、しばらく休んでからおじいさんは風呂場から熱いお湯を汲んで来て、おばあさんの体を拭います。本当は風呂場へ連れて行って洗った方がよいのですが、おばあさんを丸裸にしてしまうのが申しわけないのです。それで特に汗をかいた日以外は居間で体を拭いて差し上げるのでした。それもおばあさんの肌を見てしまうのはおばあさんが恥ずかしがるだろうと思われるので、いつも日が暮れてから、それも電燈を消してから拭くのです。おばあさんはおじいさんにとって本当にかけがえのない宝物なので、少しでもその宝物を汚してはいけないのです。

こうしてお風呂の終わったあと、おじいさんは過ぎ去った若い頃の思い出話を、半ば自分にいい聞かせるように、おばあさんに語って聞かせます。ある初夏の風薫る日に、二人で山を歩いたこと、またの日には、日が暮れるのも忘れて図書館の広間でいつまでも語り合ったこと。それからある日には公園の池のほとりでいつまでも鯉《こい》を見ていたこと。別の日には大学の標本室で、三千年も前の人達の遺骸《いがい》の並んだ中を恐る恐る歩いたこと。また別の日には土砂降りの中をバス停まで走ったこと。それからある時には駅前の広場をおばあさんの赤いパラソルに入れて貰ったこと。それから…それから…もう何十年も前のことが、どうしてこうもよく記憶に残っているのかと全く不思議です。

夜のとばりが下ろされると、星がおじいさんの山の家に降り注ぎます。おじいさんは家中で一番星のよく見える室におばあさんを寝かせます。少女の頃から星の好きだったおばあさんなのです。若い頃におばあさんの書いた童話の一つに、星からやって来た少年が、地球上で心の最も美しい一人の少女——それは盲《めしい》の少女でしたが——を見染めるというとても美しい物語がありました。おじいさんは今では話のできなくなったおばあさんに代わって、この美しい物語を語って聞かせます。するとおじいさん自身が何だか星から来た少年だったような気がして来るのでした。ああ、いつかおばあさんを連れて星の世界へ戻って行こうとおじいさんは考えるのです。

おじいさんはまた、おばあさんのために子守唄《こもりうた》を歌って聞かせます…

ねんねんころりよ　おころりよ
坊やはよい子だ　ねんねしな
……
……

かつておばあさんは、ひとり暮らしで淋しがり屋のおじいさんのために、藤村の詩などを歌って聞かせてくれたことがありましたが、今では逆におじいさんがこうして唄を歌って聞かせて上げるのでした。

　とにかく、このようにして、おじいさんは若い頃に好きで好きでたまらなかったおばあさんと、こんな風にお話もできなくなったあとになってから、はじめて一緒に暮らせるようになったのですが、ところがです、ある日の午後、一人の闖《ちん》入者《にゅうしゃ》がおじいさんの山の家へ訪ねて来て、割れるように戸を叩いたのでした。おじいさんが戸を開けてみると、それは忘れもしない、おばあさんの昔のご主人でした。おばあさんを捨てて勝手に外国へ行ってしまった人です。その人が今頃戻って来たのでしょう。その人は家の中におばあさんがいるのを見つけると、

「こんな所で何をしとるんだ」

　といいながら、つかつかと家の中へ入り、おばあさんが話もできず意識もはっきりしないのを見ると、大声で、

「さあ、目を覚ますんだ。ぼさっとしてないで」

　といって、おばあさんの肩を手づかみにし、乱暴に前後左右に揺すぶりました。すると——ああ、これは一体どうしたことでしょう。おじいさんがあれほどに深い愛情で、あれほどに霊魂を注ぎ込んでもおばあさんを正気に戻すことのできなかった当のおばあさんが、ご主人に叱られて驚いた途端に、正気に戻ったではありませんか。夫婦とは本当にこんなにも深い絆《きずな》をもつものなのでしょうか。しかも正気に戻ったおばあさんは、傍におじいさんがいるのにも気がつかない風で、ご主人を見て嬉しそうに、

「まあ、あなた、戻って来て下さったのね。やっぱり戻って来て下さったのね」

　といって涙を流さんばかりに感激しています。ご主人が「さあ、家へ帰るんだ、帰らないといかん」といって外へ出て行くと、おばあさんもいそいそと尾《つ》いて出て行きます。おじいさんはそれを止めたかったのですけれど、それができませんでした。何といってもおばあさんは他人の奥さんだったからです。

　おじいさんは戸口に立ってご主人と一緒に去って行くおばあさんを茫然《ぼうぜん》と見送っていましたが、やがてへなへなと崩れるように、そこに坐りこむと、赤子のように泣きじゃくりました。

　翌日、野菜売りの馮さんがいくらおじいさんを呼んでも返事がないので、家の中へ入ってみると、どこにもおじいさんの姿がありませんでした。ご主人に連れ去られたおばあさんを探して、町へ出て行ったのでしょうか。でもその後、誰一人おじいさんの姿を見かけた者はいなかったとのことです。そして不思議なことに、おじいさんの山の家ではそれっきり

あの仙桃の木が花を着けなくなったといいます。

輿《よ》論《ろん》

（一）

嘉義《かぎ》の岳父の家である。春福《しゅんぷく》は岳父に向かったまま、めそめそと泣いていた。十五の年に戦争へ刈り出され、昨年除隊するまで、かっきり十年間軍隊にいたとは思えない弱々しい青年である。広東《カントン》人の彼にとって台湾にいる親類縁者といえば、台湾人の妻の里家しかなかった。二人の娘のうち、現在、紡織工場につとめている下娘の恵美《えみ》と二人ほそぼそと暮らしている老人は、笊《ざる》のなかの檳榔《びんろう》［ヤシ科の高木。果実は嗜好品］を手に弄《もてあそ》びながら、慈愛深い目を婿に注いでいた。春福は妻の富妹《ふまい》と口争いをすると、こうして嘉義へやって来るのである。

昨夜も彼ら夫婦は喧嘩《けんか》したのだった。喧嘩といっても、元来、口下手の上に小心者ですぐ顔の赤くなる春福は、悪いのが女のほうでありながら逆に罵《ののし》られ、まるで人間の屑《くず》のように隣近所へ吹聴《ふいちょう》され、時には箒《ほうき》で追い回されたり、一個二十元もする茶碗を投げつけられたりして、挙げ句の果てにぽいと外へ出て行ったきり、妻は何日も帰って来ないのだった。喧嘩は毎度のことであったが決まって富妹の浮気が原因だった。一昨夜も彼女は外泊をしていた。行き先はだいたい察しがついていた。楽隊の太鼓手、倪《ニィ》のところだ。富妹はこの頃倪に血道を上げているのだ。結婚をして三年、すでに美々《びび》とよぶ女の子も出来た仲だのに、富妹は全くだらしがないとしかいいようのないほど、男ばかりつくっていた。結婚前から彼女の体は多くの男に揉《も》みほぐされて柔らかくなっていたし、婚後は婚後で、ところもあろうに亭主の家へ、平気な顔をして得体の知れない男を連れて来ては、壁一重に仕切られた隣室でこれ見よがしに酒盛りをしたり、鼻唄《はなうた》を歌ったりする。どういうものか彼女は男と仲よくなるのが実に早かった。好かれる性とでも言うのか。そして男に好かれると、あたかもその好意に報いねばならない義理でもあるかのように、相手に靡《なび》いてしまうのである。倪とできたのだって、どうやら初対面の翌日ぐらいだったらしいのだ。いや、そもそも春福とだって、軍の福利社にいた富妹に一目惚《ぼ》れしたのは春福のほうだったが、こっそり兵営を抜け出して、裏手の土手へ彼を誘ったのは富妹だった。

それにしても悪いのは妻ばかりではない。倪もけしからん奴だ。あいつは以前軍隊にいた頃の仲間だった周の紹介で、南部から台北へやって来た男である。職を探してやってほしいという依頼だった。春福とは一面識もない間柄だったが、他ならぬ周の頼みだし、また話によると倪は春福の除隊した後に彼の隊に転入して来た、それも班長としてやって来た男だそうである。十年も軍隊にいると階級の意識が頭にこびりついてしまう。たとえ倪も春福も今は除隊しているとはいえ、階級の上だった倪は、いわば春福にとっては上官のようなものだった。春福は二晩も倪を自分の家に泊め、何日も仕事を休んで職を探してやり、安い小じんまりとした下宿まで世話してやったのである。その彼が自分の妻を寝とったのだ。春福はこの新しく楽隊の鼓手になった男を憎んだ。

もっとも、春福にとって妻の浮気はもう慣れっこになっていた。第一、結婚する前にも彼女は他人のものだったから、清潔でない女と言う感じは始めから承認ずみだった。加えて下っ端の兵隊というものは、たいてい、軍隊へ来てから、兵営の近くにある女郎屋で女を知るのがしきたりだった。だから女とは初めから純潔である必要はなかった。彼が妻の浮気で腹を立てるのは、面子《メンツ》を潰《つぶ》されたということと、家が乱れているということ、相手の男の傲慢無礼《ごうまんぶれい》、それから幼い娘の美々に対する不憫《ふびん》さなどのほうが強かったのである。しかし喧嘩しても気の弱い春福には勝ったためしがなく、ことに富妹が壊れた水道栓のように、立てつづけに、臆面《おくめん》もなく、隣近所から集まった人々を前にしてまくし立てるのを耳にすると、もうそれだけで逃げ場のなくなってしまう春福だった。それに日傭《ひやと》いで賃金を稼いで来る以外に能のない彼は、今までに妻を満足させ得るほど金を渡したことがないことに、劣等感をもっていた。

その彼にとって唯一の救いは、やっと歩けるようになった美々の存在だけだった。彼は美々を可愛がったし、いわば母なし子にも等しいこの娘を、気の毒にも思った。乏しい懐を、工面しては美々に牛乳をとってやったり玩具屋から剽軽《ひょうきん》な小猿のお面を買ったりした。そして将来のとある日に、ひょっとして妻が改心でもしてくれる日があればと、それに一縷《いちる》の望みを託していた。富妹は彼にとってあくまでも初恋の女であり、妻であり、そして忘れられない存在だった。だから嫉《しっ》妬《と》とも怒りともつかない悲しみに襲われると、彼はこうして岳父に慰めてもらうために、嘉義へやって来るのだった。

天井の低い煤《すす》けた土間の竹椅子に腰かけた岳父と婿は、互いに視線を避けながら言葉少なに向き合っていた。婿は泣き濡《ぬ》らした目を空《うつ》ろに開き、老人はこけた頬《ほお》をもぐもぐさせて、これまた口下手に婿を慰めるのだった。

――わしはあんたにほんとうに申しわけないと思うだよ。悪い娘をあんたに押しつけただから……

岳父が慰めてくれる言葉はいつも同じだった。富妹が十四でえせ人相見の中年男にたぶらかされ、早く男をつくらないと運が開けないとそそのかされて以来、叱っても叱っても性こりもなく町へ迷い出たこと、彼女のことで死んだ母親がどれだけ心配し、何度、媽祖宮《まそきゅう》〔媽祖は道教の女神の一人で、台湾では広く信仰されている〕へ願をかけに行ったことか。母親は死ぬ時に富妹を呼んでこんこんと諭したのに、当の娘っ子は逆に口喧《くちやかま》しい母親がいなくなることを喜んでいるみたいだった。そして家ではもう誰もが見離していた彼女を、兵隊だったあんたが貰《もら》いに来た時、やれやれと思って大喜びで承諾したこと、ほんとうは誰も兵隊なんかに、しかも外省人に娘をやりたがらないのが普通なのだ。兵隊は人を殺したり殺されたりするのが商売だし、また外省人は戦争が終われば大陸に戻ってしまうからだ。それを喜んで承知したのは、全くあんたには悪いが厄介払いが出来ると思ったからである。あんたにやってしまえば、わしにはもう責任がない。奴によって蒙《こうむ》っている生き恥も、もはや隣近所へ晒《さら》さずとも済む。ほんとうにあんたには悪かっただよ。


岳父はぽつりぽつりと語を継ぎながら、時折り目を上げては自分の台湾語が聞きとれるかと、婿に尋ねたりした。

老人は心から春福には申しわけなかったと思っているのである。

――ところが、あんたは実直な好い青年で、あの女ごろつきを可愛がってくれるばかりか、わしをも父と呼んで仕えてくれる。こうして台北から下りて来る時には緑豆糕《りょくとうこう》〔緑豆で作られた台湾の伝統菓子〕や梅仔餅《うめこもち》〔固いクッキーのような梅味の菓子〕まで買って来てくれるのだ。このシャツだって去年貰ったものだ。わしは近来あんたがほんとうの息子のような気がしてなんねえよ。ほかに息子もいないだし……

老人は噛《か》んだ檳榔を吐き捨てると、またぽつりぽつりと語り続ける。

――わしは厄介者の尼っちょをあんたに押しつけただが、しかしわしはすぐに知っただよ。あんたは悪い青年でないとな。そしてあの女ごろつきが、あんたの誠実な心で改心出来るかも知れないと思って、期待をかけただが、やはり駄目だっただ。子供が生まれた時もそうだ。母親になってしまえば身をもち直すかもしれねえと思っただが……

今までに何人男を変えただかね。あれはお金が欲しいなんだよ。ところがあんたにはお金がないんだ。もともとお金がないのは仕方がないだ。誰でも簡単にお金もうかるでないからな。あれを養うためにあんたがどれだけ苦労しているか、あれには解らないだよ。日傭いの収入は少ないなんだし、この前なんか屋根から落ちて怪我までしたじゃないか。それを尼っちょめが……尼っちょめが……

突然老人は歯をがくがくと噛み合わせて、握りこぶしを震わせて怒り出した。

——わしはあんたがここへ戻って来る度に、胸が締めつけられて申しわけないだよ。あんたにメス猫をやるでなかっただ。わしはあれが帰って来たら、二度と浮気できねえように焼き鏝《ごて》を突っこんでやる。が奴もわしが怒ってるを知ってるだもんだから、帰って来ねえなんだ。生まれた家にも寄りつかんだよ。父親をも父親と思っておらんだ。亭主をも亭主と思っておらん……

しかし慰められているはずの当の春福は、岳父が怒り出すのを見ると、逆に妻を庇《かば》い立てるのだった。

——ちがうよ、父っさん。不是《ブッスー》「そうではない」だよ。富妹が父っさんを見に帰って来ないのは、僕が悪いだよ。汽車賃がないから……

が岳父はそれを遮った。

——あんたは人がいいだから、そう言うだよ。お金がないって、あれはちゃんと着飾ってるだ、そうだろ、どうしてお金ある？

そして老人は怒りが納まって来ると、優しい目つきで息子にでも言うように、相談をもちかけるのだった。

——なあ、わしは勧めるだが、あんな奴と手を切ったほうがいいだぞ。ぐずぐずしていると一生を駄目にしてしまうだ。手を切ってここへ越して来るだ。

そして老人はさらに思いがけないことを春福に勧める。

——富妹を捨てて、妹の恵美を貰うだ。恵美はいい娘だぞ。今日はまだ工場から帰らないだが、もう十六になるだ。あれもあんたを好いとるらしいだし、美々のためにもきっと好いだぞ、なあ……

だが春福はそれに反対するのだった。

——そんなこと不行《ブッシン》「出来ない。駄目だ」だよ。細君の妹を貰うなんて変だもの。それに父っさんは、わたしへの申しわけにそんなこと考えているだ。

春福は立ち上がった。

——どこ行くだ……？

——帰る。

——何をいうだ。二、三日泊まって行くだよ。台北からわざわざやって来たけに……

いつものことながら富妹のことで腹を立て、むしゃくしゃして嘉義へやっては来るものの、いざ来てみると結局は岳父を苦しめることになるのだった。それに一しきり涙を流した後では、春福の心も安まり、気もせいせいするのだった。

——帰るよ、父っさん。美々が心配だから……

台北では場末の、穢《きたな》らしい河岸の近くに家を借りていた。土間に竹の寝台を置いた狭い部屋に、小さい炊事場と窓のない便所がついていた。家主とは壁一重に隣り合っていたし、家財道具といえるほどのものもなかったから、別に盗難の心配はなかった。ただ家主に預けて来た美々が気がかりだった。もともと一日で戻って来るつもりだったから、ことさらに嘉義まで連れて来なかったのだが、万一、不在中にむずかったりすると家主に迷惑だった。それにこういっては不甲斐《ふがい》ないが、ひょっとして富妹が戻って来ているような気もするのだった。せっかく戻って来たのに、春福がいないとがっかりするのではないだろうか。また今までにしたって、ぷりぷり腹を立てていた春福ではあっても、富妹が戻って来たのを見ると何故か安心し、そしていそいそと彼女を迎える春福だった。だから彼はどうしても帰るといい張った。

——だったら飯でも食べて行くだ。汽車はたくさんあるだからな。

汽車はたしかにたくさんあった。しかし恵美の給料だけで生活している岳父の家で飯を食べるのは、何としても気が引けた。だから彼は食欲がないのだといった。それにまた富妹と喧嘩したこの不始末を、恵美に見られるのが恥ずかしくもあった。

——んなら……

と岳父がいった。

——この次には美々を連れて来るだよ。わしも見たいだからな。

岳父は立ち上がって仏壇の下の引き出しから皺《しわ》の寄った何枚かの紙幣を取り出して、春福に握らせようとした。

——わずかだが足しにするだ。

春福はそれを押し返した。が岳父は無理矢理、それを春福の懐にねじ込んだ。春福はそういう岳父の好意に新しい涙を感じた。が同時に台北へ残して来た美々の顔を思い出していた。そうだ、この金で新しい洋服を買ってやろう。そしてできれば駅の売店で羊羹《ようかん》を一本買って帰ろう……

春福が岳父の家を出ようとした時、ちょうど退勤した恵美が戻って来た。彼女は義兄を見るとまだ少女じみた仕草で歓声を上げた。

——わあ！　義兄さん、いつ来たの……？

そして美々は――？　と尋ねながら屋内を覗《のぞ》いた。が大好きな美々が来ていないことを知るのと同時に、義兄がまた喧嘩をしてやって来たこと、そして父と二人、しんみりと泣き合ったらしい気配を敏感に嗅《か》ぎとっていた。彼女は少女らしい慎ましさで黙りこんでしまった。どうやって義兄を慰めていいか解らないので、憂わしげに春福を見やるのだった。

春福の頬には涙の跡が乾いたまま、こびりついていた。夕方の薄明かりのなかで、彼の顔が妙に淋《さび》しげに見えた。

春福は黙ったまま敷居を跨《また》いだ。すると後から恵美の声が追って来た。

――義兄さん！

呼ばれて振り返った彼は、一瞬、義妹と目を見合わせた。と突然、恵美が顔をくしゃくしゃにして泣き出した。

彼女は嗚咽《おえつ》を噛みながら、まるで詫びるように春福にいうのだった。

――義兄さん、あんた可哀想……

（二）

ある晩のことだった。そろそろ月の出の遅くなる頃で、涼みの人影もあらかた家へ引き返した時刻だった。大学裏の堀川橋の上で、三人の中学生がハーモニカを吹いていた。付近は田圃《たんぼ》になっており、堀川の流れ口の辺りが真菰《まこも》畑となっていた。蛙が低く鳴き交わして、その向こう側に新開地の燈がちらちらしていた。市郊の淋しい一角である。

と、三人の中学生のなかの一人が橋の下に浮かんでいる異様に白いものを発見した。すでに夕闇の迫った時刻だったが、いや、夕闇ゆえに薄ぼんやりと白い、捨てものにしては嵩《かさ》の大きく感じられるものが、草に半ば隠されたまま浮かんでいるのがはっきり見えた。布ぎれのようでもあり、紙屑のようでもあった。屑籠のようにも見えたが、行李にしては何だか丈がつまっていた。

橋のたもとには外燈が立っていたが、堀川は深く、草が茂っていて、果たして何であるのか見当がつかなかった。

――何だろう――？

――布団じゃないかな――？

――だが、どうして――？

三人は不審に思いながら、しかし期せずしてこの付近に幽霊の噂《うわさ》の立っていたのを思い出していた。あたりの淋しさがそれを思い出させたのに違いなかった。三人には布団のなかに誰か入っていそうな予感がしたのだった。その時、月が何かを暗示するかのように、突然雲を割って現われた。すると、水に浮かんだ白いものが、なぜか一揺れした。三人の中学生が下駄《げた》をつっかけて逃げ出したのはいうまでもない。

ところが、そこへ新開地からの帰りと見える年若い兵隊が二人、声高に喋《しゃべ》りながらやって来た。それを中学生が囲み、三人三様の声音で一緒くたに報告した。

兵隊は橋から下を覗き「おう、布団だ」と言い、顔を見合わせてにやりと笑った。堀川を少し遡《さかのぼ》った先に大学の女子寮があり、布団はそこから流れて来たのかも知れなかった。あるいは新開地でたった今別れて来たばかりの娼婦《しょうふ》の顔が兵隊の胸に浮かんだのかも知れなかった。

二人の兵隊は連れ立って草深い土手を下りて行った。三人の中学生は好奇心に駆られて、それを覗きこんだ。

やがて兵隊が布団を引きずり上げて来た。人が一人入るだけの大きさはなかった。が水を含んで布団は——いや、それは布団ではなかった。破れた敷布を丸めて、さらにビニール布にくるんだものだった。不要の襤褸布《ぼろぬの》が入っているのかも知れなかった。だが捨てたものにしては丹念に縄がかけられていた。

——何だろう……?

——女子大生のズロースだったら山分けだぞ。

二人の兵隊は冗談を言いながら縄をほどき始めた。薄ぼんやりとした外燈のなかで好色なものが顔に浮かんでいたのを三人の中学生は見逃さなかった。

ビニールを解き、敷布を拡げて行った兵隊は、しかしたちまち肝を潰して後ろへ飛びずさった。薄目を開けた世にも無気味な女の首が現われたからである。「ひゃ!」という悲鳴とともに三人の中学生も腰を抜かし、それから慌てて立ち上がると後をも見ずに、兵隊を追って逃げ出した。彼らは派出所へ駆けこんだのである。

警察はにわかに色めき立った。電話があたかも電波を織り交わすかのように飛び交うた。警官が室を出たり入ったりした。二人の兵隊と中学生は身元を書き留められた上で放免された。やがて警笛が鳴り響き、二台の警車が現場へ駆けつけた。

数分の後、堀川橋一帯は警官によって交通が遮断された。本署からも次々と車が集まって来た。すると、今まであまり人通りのなかったこの界隈《かいわい》に、急に人が集まって来た。警笛が人を呼び寄せるのであろう。そして一旦呼び寄せられた人々を、今度は警官が追い立てて現場へ近寄せまいとした。屍体《したい》の包みは貴重品のように警官によって保護された。

警官たちの顔には時ならぬ緊張がみなぎっていた。と同時に、群衆を前にして何だか法悦に近い快感をも味わっていた。

彼らはことさらに人々の前を行ったり来たりした。分局長が行ったり来たりした。やがて本署から刑事組長、鑑識課長が踵《きびす》を接してやって来た。

懐中電燈の交叉する光のなかを、法院から迎えられて来た検察官と法医が到着し、検屍が始められた。ビニール包みのなかには、首のほかに大腿部《だいたいぶ》をつけ根より切断された胴体も入っていた。

風が腥《なまぐさ》かった。屍体の胴には両腕が欠けていた。脚部もどこへ行ったのであろうか。警官たちは真剣な顔つきで何事かを相談し、付近を嗅ぎ回り、何人かが堀川へ降りて行った。

そのなかで動かぬものは件《くだん》の屍体だけだった。両腕と両脚をもぎ取られた胴体と、側に置かれた若い女の薄目を開けた首が、ほの明るい外燈の光のなかで妙に無気味だった。

屍臭が踏みにじられた草にまみれ、土手の上に屯《とん》していた。気がつくと、いつか蛙の鳴き声が止んでいた。

やがて風のように一陣また一陣と新聞社の車が集まって来た。

（三）

新聞に報道された死者の概況は、ほぼ次の通りだった。この女は中国人としてはやや大柄に属し、年はたぶん、十八から二十五の間と推定され、肉づきはよいほうで、検屍の結果、経産婦ではないもようである。処女ではない。顔は十人並み、またはそれ以上で、パーマネントを最近かけかえている。小臼歯に虫歯が一本あり、これも最近治療した形跡がある。肌は肌理《きめ》が細かく、色白である。産毛が濃い。耳には環孔があり、血液はB型……

警察は目下屍体の身元調査に乗り出しており、一方、凶殺の現場、凶器の隠し場所、ばらばらに分解された屍体の残りの部分などに厳しい調査を展開、真相はいずれ近日中に判明するだろう……

新聞では警察の提供として、屍体を包んでいた敷布、ビニール、それから行李用の麻縄の写真を、各紙とも掲載した。

さらに翌日になると、新聞は警察の活動を次のように報じた。重い屍体は運搬に不便であり、人目にもつきやすいため、警察では凶殺現場を付近と見て、堀川橋一帯を捜査中である。屍体の残りの部分は同一地点——橋の下——には遺棄されていない。凶器も未発見である。しかし警察は堀川をせき止めて川底を調べている。また別に聞き込んだこともあるので、近く犯人を挙げることが出来よう云々……

しかるに、その翌日になっても警察は死者の身元を糾《ただ》す手がかりを何ら掴《つか》むことができなかった。

自体、堀川橋一帯を捜査するとなると、事実はなかなか厄介であった。というのは、この一帯は終戦後、大陸の赤化に伴う難民の移住によって人口が密集し、瞬く間にでき上がった界隈で、ことに現場から少し東へ寄った和平東路二段あたりには、ごみごみとしたバラックが建ち並び、居民も広東人から福州人、山東人、山西人、無論台湾人もおり、生活様式も複雑であれば、職業も無職者、雑役夫、屑拾い、三輪車夫、元軍人などと雑多であり、疑い出せばどの一軒も臭いのだ。

だが根気のいい警察は一軒一軒虱《しらみ》つぶしに「訪問」し、さらに最近、相手が虫歯を治療した形跡のあることとパーマネントをかけ直したらしいことから、歯科医と美容院をも訪問の対象とし、加えて屍体遺棄現場が大学の女子寮に近いところから、被害者があるいは大学生かも知れないと言う推測をもしている……

新聞はこうして連日にわたってバラバラ事件を報道した。

ところが、川をせき止めて上流下流を洗った警察は、遺棄現場から百メートルほど遡った上流の川底より屍体の残りの部分を発見することができたのであった。屍体は六つに分解され、腕が二本、大腿から下の脚が二本、それに先日発見された胴と首である。当日の夕刊紙によると、二本の脚には目立った特徴がなく、ただいく分か扁平《へんぺい》足の気味があり、爪《つめ》はきれいに切られている。腕のほうは左手首に小さい切り傷の痕があり、指は短く小肥りにふっくらとし、労働に携わる者のそれらしくはない。爪は長く伸ばされ、切った上で磨かれているが、マニキュアは塗られていない。右手の薬指が多少曲がっている特徴があり、指紋は渦が八つに弓が二つ。以上のバラバラにされた四肢は古い蓙《ござ》に包まれ、重しの石とともに新しい麻縄で結わえられている。なおこの麻縄は先日発見された胴部の麻縄と同一のものである云々……

そして新聞は一方では警察の労をねぎらい、一方では速やかに犯人を挙げることを望んでいた。

しかるに次の日の新聞には警察の要望として、市民の協力を希望していた。屍体は全部あがったけれども、そして付近一帯の捜査を続けては来たけれども、今に至ってまだ死者の身元を糾す手がかりが得られないのだった。死者の素性がわからなければ、姓名も住所も、ひいては交友関係、被害の原因など調べようがないのである。警察は近頃失踪《しっそう》した人間のいる家庭や死者に該当する可能性のある者を知っている人の届け出を要求し、屍体についての詳細な報告をした。それによると次の通りである。
一、身長一六三センチ、中肉、色白である

二、死因は絞殺である。咽喉《いんこう》部に指圧による皮下出血があり、鼻孔内にも些少《さしょう》の血痕《けっこん》が認められる
三、全身に石灰がまぶされ、ために皮膚が荒れているが、元来は肌理《きめ》の細かいほうである
四、身体に新しい傷はない。左手首に古い刀傷が一カ所ある。虫歯の治療とパーマネントを最近したことは既報の通り
五、陰毛が多い
六、鼻骨が凹《へこ》んで一つの特徴をなしている
七、耳に環孔がある
八、門歯は普通よりやや大
九、右手の薬指がいくらか彎曲《わんきょく》している
十、指紋は渦が八、弓が二
十一、血液はB型
十二、身元ははっきりしない。爪を長く整えている点、皮膚の日焼けしていない点などから見て、労働に従事する者ではないようである。が、最近治療を受けた左下顎《あご》第一小臼歯《きゅうし》には、安価かつ旧式のサンプラチナが充填《じゅうてん》されており、治療に当たった歯科医が旧式の医者か、もぐりの医者である成分が濃く、また胃内に甘薯《かんしょ》の葉の残留物が検出された点から、被害者は中流以下の家庭の者と思われる。バーの女、人の妾《めかけ》、あるいは学生と言うこともあり得よう
十三、戸籍も本籍も不明であるが、若い女で耳朶《みみたぶ》に環孔のある点、一応、大陸からの移民と考えられる
十四、被害者は経産婦ではない。年齢は二十前後である
十五、屍体は鋭利な刃物で解体され、解体の仕方は専門家並みである。この点から見て、犯人は病院関係者、特に医学生、または屠夫《とふ》の疑いが大きい
十六、屍体をくるんでいた古敷布に、木綿と黒い犬の毛が付着している
十七、兇行《きょうこう》当日は七月の初めと推定

そして警察は家族のみならず知人に失踪人のあるもの、最近暇をとった女中さん、帰省または旅行中の女学生、下宿を引きはらった下宿人などの届け出を要請した。

新聞の記事によると、警察は現場一帯の戸別訪問、歯科医、美容院、病院、屠殺場、学生寮などの捜査を初めからやり直し、戸籍簿を調べ、かつ凶器の捜出に懸命の努力を払っていた。しかし死者の身元は依然として五里霧中のままだった。

この頃、事件に対する世間の関心はずいぶんと高まっていた。最初この事件を知らなかった人たちも人づてにこれを聞き、事件が迷宮に入るのと裏腹に、好奇心を燃え上がらせる

ようになっていた。

ともかくも屍体発見以来、すでに半月以上経っていた。が、今もって死者の身元さえわからない始末である。人々は寄ると触ると好奇心に満ちた、それでいて薄気味の悪い顔をして、事件を話題にした。

新聞のほかにも、抜け目のない諸雑誌がこれを取り上げ、あることないことをいろいろと書き立てた。多かれ少なかれ、諸雑誌も新聞もこの事件によって売れ行きをよくしたようである。

警察に届けられた失踪人が全部で三十八名に上った。大部分は都会へ出稼ぎに出たきり音信のなくなった田舎の娘たちだった。都会のどこかで女中奉公でもしているのか、あるいは売娼婦にでもなっているのかも知れなかった。が、なかには家出した女学生、駆け落ちした人妻なども混じっていた。そのなかから屍体の主に該当しそうな者を、警察では選り出そうとしていた。

一方、堀川が再びせき止められて川底が洗われた。が、凶器はまだ発見できないでいた。歯科医の届け出がないのも、やはりもぐりの医者と見るべきなのかも知れなかった。パーマネント屋の届け出もなかった。ただ屍体をくるんでいた敷布が明星織物廠《しょう》の製品であることが発表された。

(四)

さらに数日経っていた。その間に捜査が多少進んでいた。届け出された失踪人が六十七名に達したのである。驚くべき数だった。もともと戸籍というものは居留地に置かれるのが原則だった。だから政府では人口の移動にしたがって、それぞれの遷出先の区公所へ籍を入れることを国民に要求していた。しかし出稼ぎ人や仕事をもっている人たちにとっては、一日の時間を費やして七面倒くさい役所の手続きを取るような暇はなかった。それに落ち着いた先がいつまでも落ち着ける場所だとも限らなかった。いつまた場所を変えねばならないかも知れないのである。加えて社会を転々とするこういった人々は、一般に教育程度も低く、政府の規定に無関心なことが多いものだった。自分の戸籍がどこにあるのか、自分でもわからない者さえいた。それにしても家を出たきり家族との音信も途絶えているのは、本人も本人であれば家族も家族だった。そして今、家族によって届け出されたのが六十七名というわけである。

警察ではこの六十七名の名簿を作成し、全島に手配した。また戸別訪問の範囲を「現場付近」から所属している「大安区」全体に拡げた。聞き込みをもとに空き家、倉庫をも調べた。区公所にある戸籍が万遍なく検査され、移動人口には綿密な調査が行なわれた。だが残念ながら被害人の身元は相変わらずわからないままだった。もしや身内の者では——？　と言う懸念のある人たちが呼ばれて屍体と対面したが、一様に首を振って警察局から離れて行った。身元がわからないようでは調査のしようがない道理だった。

これだけの、決して小規模とはいえない殺人、それに加えて解体と遺棄をやるには場所と人手が要りそうだった。時間も数日を要するはずである。犯人はあるいは一人ではないのかも知れない。という見方があった。少なくとも目撃者がいそうなものだったが、その届け出がないのは、ひょっとすると犯人の復讐《ふくしゅう》を恐れているためかも知れない。こういった憶測から凶犯はあるいはいわゆる「親分」と呼ばれる黒社会の人物なのかも知れなかった。そう主張する人もいた。しかしこの頃、警察がある国民小学校の小使室を取り調べているという噂が流れ出していた。だが、その結果は発表されるには至らなかった。

全島の新聞に、薄目を開けた薄気味の悪い被害者の写真が掲載された。人間とは不思議なもので、生きている人間に対してはは別に何も感じないくせに、相手が死んで動かなくなってしまうと、いや、鼠《ねずみ》の屍骸一つにさえもぞっと寒くなるものである。この正面と側面の二枚の写真は、それが半ば迷宮に入りかけた死者の写真である点で、絶大の好奇心とともに、恐るべき恐怖を家々にもち込んだ。年若い娘たちはこの写真を見たお陰で、その後新聞が家へ配達されることにいつまでも怯《おび》えた。誰もが夜間に厠《かわや》へ立つごとに、妙に首筋が冷たく、あるはずもない風に頰を逆撫《さかな》でされるのだった。巷《ちまた》では悪童たちがこの新聞を使って気の弱い少年を苛《いじ》めたりした。

警察ではさらにこの写真をビラに印刷し、戸別訪問の際に持参した。家へ来た警官にいきなりビラを突きつけられて、卒倒した婦人が何人もいた。そういうことも諸雑誌や新聞の三面記事になった。被害者はなかなかの美人だった。それに加えて年若く、しかも事件が暗礁《あんしょう》に乗りかかっているという同情心や好奇心、また生まれて始めて見た驚きもあって、この一枚の生首の写真は人々の瞼《まぶた》に焼きつき、こびりついて離れなかった。世間の話題を嫌が上にも煽《あお》り立てたのである。

堀川橋付近に幽霊が出ると言う噂が立ったのもこの頃であった。警察は事件の手がかり、または被害者の身元を報じたものに一万元の懸賞を出す旨公告した。当時の一万元は大金だった。警察はやっきになっていたのだ。

警察は注意すべき点として、次のことを強調した。

一、被害者は二十歳前後で子供を産んだことがない
二、色が白いこと
三、鼻梁《びりょう》が凹み、耳に環孔があること
四、門歯がやや大きいこと
五、犯行は六月三十日の夜から七月一日の朝にかけて行なわれたこと
六、敷布に犬の毛が付着していること。この犬の毛は鑑定の結果、どうやらセパードのものらしいこと。つまり犯人の家、または犯行のあった場所にセパードが飼われているらしいこと

等々であった。

警察はやっきになっていた。しかしそのわりには解決の端緒がなかなか掴めないでいた。

公園や映画館の便所に警察の無能を風刺する漫画が描かれるようになった。薄目を開けた生首に追われて腰を抜かしている警官の姿に、見るものは腹を抱えた。が心ある者は、この頃から事件がほんとうに迷宮に入るのではないかと案じ始めていた。

警察は犯人に自首を呼びかけた。自首すれば少なくとも法的には一死が免れられるのである。しかし……

かくして日がまた経って行った。

（五）

失踪人がいつの間にか百二名の多きに達していた。このなかから被害者に該当可能なもの、つまり年齢が二十歳前後で、色白で、鼻が凹み、経産婦でなく、そして肉体労働者ではないが、さして裕福ではなさそうな、こういった女性を調べ上げてみると、百二名中、三十一名にだけ可能性のあることがわかった。そこで警察はこの三十一名について迅速、かつ厳格な調査を展開したが、困ったことに三十一名とも行く先が見つかったのである。つまり現に生存しているわけで、したがって被害者ではなかった。要するに百二名の他に少なくとももまだ一人、被害者が洩《も》れていることになる。

警察はほとほと困り果てた。しかし事件は解決しないわけには行かない。

警察は懸賞金を一万元から二万元に引き上げた。そして密告者の名を絶対に口外しないことをくどいまでに約束した。

警察は明らかに焦りを見せていた。調査し得るだけのことはすでに調査し尽くしていた。調査できないことは——たとえば凶器は依然として上がってはいなかった。捜査は半ば暗礁に乗り上がった形である。

そうなると困るのは新聞社だった。警察がしっかりしてくれないと飯が食えない。記者は毎日のように警察局につめかけていた。ない記事を無理に引き出そうとしたり、警察が何かを隠している風に勘ぐったりした。警察の態度も記者たちに友好的ではなくなって来ていた。両者にある溝ができていた。警官たちはたかって来る蠅《はえ》を追うように、新聞記者たちを途中で撒《ま》き捨てたり、私服を着て目をくらませたりした。事実、過去の経験からも新聞記者が捜査の邪魔になることが多かった。せっかく掴んだ手づるを新聞記者に嗅ぎつかれ、発表されたために容疑者をとり逃がしたことも多かった。したがって彼等はつきまとって来る悪霊のような記者たちに、友好的ではなかったが、記者は記者で、嫌われていると知りながら警察にしがみついて離れなかった。

しかし、ある新聞には適切な社説が出ていた。人は単独には生きて行けない。だから必ず被害者を知っている者がいるはずである。その者が失踪人の届け出をしないのは、犯人の報復を恐れてのことであるのはいうまでもないとして、被害人には家族がいないのだろうか。家族ならば犯人を恐れるのと同時に、何とかして犯人を検挙したい気持ちもあるはずだからである。ということは死者に家族がいないか、または家族そのもののなかに真犯人がいるのではあるまいか。そして無論、被害者には被害者の友人がいるだろうけれども、彼女の失踪を知っていないのだ。犯人は彼女の同居人かも知れない。そしてこの家庭は隣近所とはあまりつき合いのない、男女二人っきりの家庭の可能性が大きい。

この説がどこまで警察によって受け入れられたかは誰も知らない。ただこの日、警察は法医の一人が被害者の経産婦らしい旨主張し出したことを発表した。

（六）

経産婦か否かは人によって時に判断のしにくいことがあるらしいのである。人は個体によってかなりの差異があるからである。初夜に出血を見ない女性も少なくないという。しかしこの消息は一般大衆に大きな反響を与えた。捜査の方針が大きく変わるという可能性が暗示され、事件の解決に目鼻がつくかも知れないと言う期待もあった。が同時に、経産婦かどうかといった単純な問題さえ確認出来ない警察の無能を目の前にして、人々はあきれ、また、このことは人々に警察への不信を抱かせる結果となった。人々は寄ると触るとこのことを口にし、論じ合った。新聞の三面記事や大衆雑誌などでは、大学病院の婦人科医を訪問したりして、これがまた記事となった。

ところが、ここにどうやら犯人らしい人間を乗せて現場付近まで行ったという三輪車夫が現われたのである。三輪車とは自転車の後方に客を乗せる座席をしつらえた、当時普通に見られた人力によるタクシーである。座席には二人の人間が乗れるようになっていた。

三輪車夫の名は明らかにされなかった。彼は犯行当日と目される六月三十日から二日経った七月二日の夜、和平東路二段付近を流していた時に、確か三十七巷《こう》の入口で一人の男に呼びかけられたのだった。相手は戦後に大陸から渡って来たいわゆる外省人で、ひどい訛《なま》りをもっていた。しかし三輪車夫にはそれがどの地方の訛りであるかわからなかった。年はおそらくは三十から四十の間で、粗末な衣着をしていたと記憶する。顔は何ぶんにも夜だったし、加えて犯人だなどとは考えても見なかったので、よくは覚えていない。が何故か目つきだけは覚えている。少なくとも本人を見れば思い出せる自信があるというのである。

堀川橋をやり過ごした大学裏まで三元の約束で値を決めたのだが、その男は荷物をとって来るからといって、三輪車夫をそこに待たせたまま、三十七巷のなかへとって返した。しばらく待っていると、彼は白い布にくるんだ行李ほどの大きさの荷物を抱えてやって来た。その時、車夫は布団だなと思った。相手はそれを座席の踏台に載せると、もう一つあるからといってもとの道を引き返した。いや、引き返そうとしたのだ。車夫は次の荷物が来た時に載せる場所を空けるために、件の行李を隅に寄せたのだが、それは思いがけないほど重かった。ところが、車夫が荷物に手をかけたのを見て、その男は慌てて制止したのである。そして取ってつけたように「毀《こわ》れものなんだから」とつけ加えた。無論それが取ってつけたように思い出されて来たのは、事件が発生してからである。だから当時自分は単純に食事道具か何かが入っているのだろうと考えたまでである。したがってそれ以上は手を触れなかった。間もなくして男は今度は蓙にくるんだ荷物を担いで来た……

三輪車夫は約束通り堀川橋の先まで乗せて行った。男は車から下りると単貨を払ったが、その後で、ほとんど人通りのない暗い路上に向かって「老林《ラウリン》」「老林」と二声呼んだ。どうやら「林」と言う姓の男がそこで待っているらしいのだ。自分は車賃を貰ったのだからもう用事はない。そこで引き返したのだが、ここ数日はよく考えてみると、どうも彼こそが犯人らしく思われてならない。自分が荷物に手をかけた時の彼の慌てかたが、ほんの少しだったが自分に不審を抱かせたのだ。暗い場所だったにかかわらず、何となく彼の目つきを覚えているのも、そのために違いない……

この三輪車夫の出現は半ば暗礁に乗りかかった捜査に一条の光明を与えた。屍体を包んでいた敷布やビニール布、麻縄、蓙なども彼に見せたところ、だいたいそれに相違ないことを証言したのである。もっとも彼は一つだけ弁解している。当時彼にはその荷物が敷布にくるんだ上に、さらにビニールで包んだものだとは知らなかった。ビニール製の卓布に包まれているのだと思っていたのである。しかしその荷物を縛ってあった麻縄は、彼が手に触れたものに相違ないと主張した。

車夫の出現を警察ではしばらく発表しないつもりだったらしかったが、新聞記者に嗅ぎ出されて、さっさと報道されてしまった。このことがますます警察と新聞記者との間の構を深くした。警察は記者たちの態度を不満に思い、新聞に啓事を出して新聞界の協力を要望した。が新聞界はそれに対してほとんど聾《つんぼ》を装った。ただ政府の機関紙であるS紙とC紙だけが警察に同調した。早まって騒ぎ立てては犯人に逃げられるだけだというわけである。しかし騒ぎ立てているのは新聞だけではなかった。諸雑誌はいうに及ばず、そしてその後には百万の市民が控えていた。いや、そのまた背後には一千万の島民が犇《ひし》めき合っていた。今や人々の話題はこのバラバラ事件に集中していた。何しろ高雄県の田舎の小学生までが、台北市に和平東路という町筋があり、三十七巷があることを知るに至ったほどである。

警察では「保護」の名目で三輪車夫を留置したようすである。こうして新聞記者たちは三輪車夫に会うことができなかった。がとまれ、三輪車夫の出現によって警察が活発に動き出したのはいうまでもない。彼らは一挙に三十七巷一帯を封鎖した。それをまた、新聞記者たちが遠巻きにした。

ところでこの三十七巷というのは現場から五百メートルほども堀川を遡ったところにあって、狭い路地にぎっしりとバラック小屋を押し込んだような一帯だった。堀川の東側に位置する。元来、政府の都市計画図によれば、この三十七巷の一つ手前にある三十五巷までが住宅区だった。それを戦後のどさくさにまぎれて、難民たちが勝手に三十七巷を作り上げ、バラック小屋を建ててしまったのだった。そういうわけで、三十七巷はバラック小屋ばかりだったが、それと背中合わせには堂々たる三十五巷の邸宅が並んでいた。

警察はこの三十七巷を嗅ぎ回った。その結果、ついに怪しいと目される家を一軒見つけ出したのである。

それは事件発生の一週間ばかり前まで空き家だった家で、三十七巷と三十五巷を繋《つな》ぐ奥路地の角の一軒だった。地形の利でバラックにしてはわずかばかりの空地もあり、窓枠にはは新しくペンキが塗られていた。このペンキが警察には曲者らしく思われたのである。しかも垣根に添って点々と石灰のこぼれた跡が残っていた。

警察は遠慮なく踏み込んだ。住人は劉《りゅう》と呼ぶ兵隊上がりの無職者で、彼ら夫婦の言によると、新聞の貸家広告を見て最近引っ越して来たのだそうであった。家主はこの一帯の隣長で、家賃は六百元、バラック地帯にしては割高だった。この四十歳前後の夫婦者の話しっぷりにはいささかの淀みも悪びれたようすもなかった。ちょっと犯行のあった家らしくは見えなかったのである。もっともそれだけに、前から準備してあった台詞を喋っている風に聞こえないでもなかった。無職者で一見したところ家具類も少なく、豊かそうでもないのに月々六百元もの家賃を出すのも臭いといえば臭かった。犯行のあった家を監視するために、誰かがこの夫婦者を雇って来たものと考えられなくもなかった。警察は理由を示して劉を局へ連行した。そして一方、家主という隣長にも当たってみた。土地売買代書人をしている隣長の話によると、彼は実はほんとうの家主ではなかった。ほんとうの家主は陳《ちん》といって古亭区に住んでいるのである。件の空き家は一月ほど前まである新婚の夫婦が借りて住んでいたのだが、その夫婦が引っ越して行ったので、後を陳が借りたのであった。借りた理由は、兵隊に行っている長男が近く除隊するので、彼に住まわせるつもりだった。そうすれば父親の自分とも家が近いし、家賃も四百元で手頃である。息子も一人前になったのだから、近々、嫁でも探してやるつもりだったのだ。ところが除隊するはずだった長男が、折悪しく台湾海峡の戦雲のために除隊延期になってしまった。家はもう借りたのであるから、それを又貸ししたというのである。月四百元で借りた家を六百元で劉夫婦に貸したのは、ペンキを塗りかえたり屋根を修理したりして金がかかったからである……

そういわれてみると、なるほどそういうこともありそうだった。垣根に添って石灰がこぼれているのも、あるいは単に屋根を直したためなのかも知れない。

警察では一月ばかり前までここに住んでいたという新婚夫婦を調べるべく、手配がなされた。そして一方、古亭区にいる由の真実の家主をもあたった。また隣長も乞われてバラバラ事件の屍体に立ち会わされた。件の新婚夫婦の新妻に似ていまいかというわけである。

が隣長は鼻をつまんで頭を横に振るばかりだった。新妻にも似ていないし、知り合いの誰にも似ていない。しかし警察は隣長の言を信ずる前に、隣長を洗う必要を感じていた。何しろこの一軒の空き家にからまる人事関係が複雑過ぎるようだ。もし犯人が別にいて、この空き家を利用したものとすれば、この空き家の事情をよく知った者でなければならなかった。新婚夫婦が出て行ってから無職者の劉夫婦が入って来るまでに、きっちり一週間空いていたことが計算された。しかもこの一週間の間には屋根の修理やペンキ塗に費やされた三日間が含まれている。だからもっとも怪しい人物としては、むしろ隣長なのではあるまいか。

当然のことながら警察ではペンキ職人、左官屋をも捜査の範囲に加えた。

しかるにこの空き家を捜査した警察は、ここに一大発見をしたのだった。客間の床に血痕が残っていたのである。

警察の緊張は推して知るべしである。この家には周囲から縄が張りめぐらされ、立ち入り禁止の札が立てられた。

これに加えて例の新婚夫婦の調査に当たった一群の警官たちが、これまた貴重な資料を持ち帰った。その夫が明星織物廠の職員だったのである。明星織物廠と言えば、例の屍体をくるんでいた敷布の製造元である。

しかしながら警察の調査によれば新妻はちゃんと生きていた。したがって被害人は新妻ではなかった。とすると、被害者はあるいは彼らの知人――それとも三角関係にあった女ではあるまいか。そう言う可能性は充分にあった。そして犯人はこの夫婦かも知れない。

新聞では一体どこから手に入れたのか、新婚夫婦の写真を掲載した。彼らの過去の経歴、恋愛の経過から友人関係、それはどこまでが正確なのかわからなかったが、ともかくも発《あば》き立てた。

世間の人たちは、写真になった女工上がりの新婚夫人が思ったほど美人でなかったことに少しばかり失望した。

また一部の人たちは、どうやら真犯人が挙がりそうだということを、残念に思った。事件は迷宮に入ったほうが面白いに決まっているのだ。しかし世のなかには物好きな人間がいて、わざわざ明星織物廠まで出かけ、工場を参観する者が少なからずいた。新聞ではこれがまた記事になった。織物廠にしては良い宣伝になったわけである。が、これに反して人々は明星織物廠の製品を敬遠するようになった。

ところが新開に記事が出て、世間で騒いでいる時に、警察ではすでにはっきりしていたのだ。客間の床に残っていた血痕は人血ではなかった。どうやら鶏の血らしいというのである。ごみごみとした界隈であるから客間といっても粗末でもあれば居間をも兼ね、時には寝台も置かれるような家々である。たぶんここで鶏でも殺したのだろう。当地では鶏を殺めるのに、庖丁で首を切って血を抜くのが普通である。

しかもそれだけではなかった。警察では先に留置した無職の劉を放免したのである。これを見ると、どうやらこの家は事件とは関係がないもののようであった。

新聞や諸雑誌では当然これを取り上げ、記事にした。かくして捜査がまた一頓挫《とんざ》して来ると、世間では再びざわめきが起こるのであった。心なき人々は事件がまた迷宮に戻って来たことに有頂天となり、賭《か》けに勝っただの負けただのと賑《にぎ》やかなこと一通りではなかった。一方、警察に同情的な人ももちろんおり、嘲笑《ちょうしょう》的な者もいた。そして大部分の人たちは、心中、犯人の手際のよさに喝采《かっさい》を送っていた。

事実、犯人はよほど頭の良い者に違いなかった。事件は発生以来ゆうに一月を越えていた。それなのに屍体は身元さえわからない始末である。

世間にはいろいろの憶測が行なわれていた。死者は台湾で殺されたのではないかも知れないという説があった。大陸沿岸から密輸のように漁船で運んで来るにしても一晩あればこと足りた。誰かが持ち込んできたのではあるまいか。しかし何のために――？　運んで来てどうするのだ。それから被害者が高砂族《たかさごぞく》〔戦前、高山に住む台湾の先住民族を指して日本が命名した呼称〕なのではなかろうかという憶測もあった。山で殺されたということもありそうだし、都市へ稼ぎに出ていた少女なのかも知れない。こういう出稼ぎに来た山の少女は決して少なくないが、辺鄙《へんぴ》な山のことである。彼女らの戸籍はきちんと整理されているものなのだろうか。何しろ死者は素裸のままで衣着がないのであるから、衣服からその身元を判断することはできなかった。そういえば戦後、特に教育の普及につれて耳環をつけるために耳孔を穿《うが》つ風習は少なくなっているが、被害者にはそれがある。高砂族たとえばパイワン族〔台湾先住民族の一民族。主に台東県の南側に住む〕などの場合、未婚の少女は耳環をつけないが、幼時から耳孔を開けておくこともないではない。

また一説によると、これには政治的な因素が含まれており、被害者は中国大陸から派遣されてきたスパイではあるまいか。そして犯人もまたスパイである。したがって戸籍もなく、ためにいくら調べても身元がわからないのではなかろうか。

いずれにしても、件の空き家が事件と関わりがあるかないかが事件の決め手であった。なるほど警察の発見した客間の血痕は人血ではなかったという。だが客間で鶏を殺すことがあり得ないではないとはいうものの、当然のこととして受けとってもよいのだろうか。だいたい、新婚夫婦がかつて実際に鶏を殺めたのであろうか。犯罪を隠蔽《いんぺい》するためにことさら鶏を殺すということはないだろうか。若い夫婦が事件発生の寸前に突然引っ越したのは、どうも臭い。隣長にしても、ペンキを塗りかえた点など、考えれば考えるほど怪しくなって来る。しかしこの家には犬が飼われていないから、屍体の敷布に付着していた犬の毛はどこから来たのだろう。

考えによっては、警察が客間の血痕を鶏の血だといったり劉を放免したりしたのは、実はある計画の上に立ってのことで、一方では新聞記者を欺き、一方では劉を監視することによって何かを得ようとする目論見かも知れない、と見る者もいた。

しかし警察が新しく出直したらしいことも事実だった。ビラが印刷され、再び戸別訪問が繰り返されたからである。捜査の範囲も市内のみならず、郊外から他県市へと拡大された。屍体はあるいは南部から運ばれてきたのかも知れなかった。懸賞金は二万元から四万元に上げられ、役所にある戸籍簿は一巻一巻と頁を余さずに目が通された。

警察が再び犯人の自首を呼びかけた。

一方、日本から法医学者が何人か招聘《しょうへい》されたことが伝えられた。経産婦かどうかが相変わらずはっきりしないらしいのである。ホルマリンに漬けられた屍体がホルマリンのなかでふにゃけて行った。

警察は八方破れであった。新聞は民衆には嘲笑されるし、ことに大衆雑誌では推理を働かせて、勝手に犯人をいろいろとつくり上げていた。しかもこれに便乗して政府の反対党である民報紙が社論で政府を攻撃し出した。戸政が徹底していないから、人が死んでも身元がわからないのだ。だいたい、失踪人が百人もいるとは何たることか……

民報紙はさらに法医学の落伍《らくご》をなじった。被害者が経産婦かどうかさえわからないとは驚き入った話だ。無論人には個人差があり、例外ということもある。だが専門家には勘というものがあるはずだ。またそれでなくても、かりに被害者が経産婦かどうか判断できないならば、一応、経産婦と見て調査を進めても悪いことはなかろう。百二名の失踪人のなかにはあるいは被害人も混じっているかも知れないのだ……民報紙が警察の無能をなじっている一方で、政府の機関紙S、C両紙は逆に警察を庇《かば》った。警察がいかに綿密に行動し、民衆を尊重し、民権を擁護しているかを称えた。警察はS、C両紙によって辛うじて面子を保っていた。

（七）

ところがここに警察の態度が突然、はた目にも慎重になってきたのである。警察では形ばかりであったにしろ、日に一度、記者会見をしていたが、急にそれを取り消すようになった。それればかりではない。誰の目にもそれとわかる私服警官が和平東路一帯に溢《あふ》れだした。

何かが起きている！ 警察の態度が新聞記者たちの嗅覚を刺激しないはずはなかった。そしてついに敏腕な記者の誰かによって、真相が暴露されたのである。

和平東路二段三十五巷から三十七巷へ曲がる角の一軒、つまり問題になった空き家と背中合わせになった大邸宅――胡公館の傭人《ようにん》二人が連行されたのである。胡公館の主は胡秀辛《こしゅうしん》といい、軍令部に勤務している陸軍中校（中佐）だった。この三百坪の敷地をもった邸宅は主屋から離れたところに傭人部屋と倉庫があり、倉庫の横が車庫となっていた。問題は倉庫から日を経た血痕のある綿布が発見されたのだった。そして背中合わせの空き家との境にある煉瓦塀《れんがべい》の上にも、こぼれた石灰が付着しているという。それればかりではなかった。傭人部屋の床下からも若い女の晴れ着が見つかったというのだ。加えて胡公館には犬が四頭も飼われていた。

連行されたのは運転手とコックだった。しかも二人が連行されたのは、実はもう一週間も前のことだった。

しかしながら、この記事を発表したのは不思議なことに政府側のS、C両紙だった。この点から見て、どうやら消息は両紙にだけ洩《も》らしたものらしかった。民報紙は肩すかしを食ったわけである。それが民報紙をむくれさせる結果となった。同紙は翌日と翌々日にわたって、自社の調査に基づく真相を発表し、同時にS、C両紙に肘鉄を食らわせた。

民報紙によると、S、C両紙の発表には大きな手加減がなされているというのである。胡公館の主はもちろん軍令部に勤務する軍官であり、低いというほどの官ではないが、そうかといってとても高いというほどの官階でもない。しかし事実はなかなかどうして一筋縄の人物ではなかった、というのである。少なくとも特殊な背景をもたない限り、陸軍中校の官階で、傭人つき、車庫つき、三百坪という邸宅に住んでおれるはずはない。

同紙によると、胡秀辛は陸軍大学を出た後、選ばれてアメリカへ留学し、そちらで現在の夫人と結婚したが、この唐宝《とうほう》薇《び》女士こそは誰であろう、今をときめく当国の元老、唐克敏《とうかつびん》将軍の娘で、唐将軍といえば若くして孫逸仙《そんいっせん》に従い、国民革命に参加し、また第二次世界大戦は長沙で日本軍を包囲全滅させた猛将で、戦後はしばらく山西省主席を勤めた人である。現在国民政府国策顧問であり、官階は陸軍一級上将（大将）である。

つまり、少壮士官、胡公館の主は背後に大変な人物を控えていたのである。S、C両紙が手を抜いたのもこのために外ならない。両紙のこの態度を民報紙はセールスマンの悲哀だと諷刺《ふうし》し、ジャーナリズムの精神に反するものとした。

ところで、胡公館の背後が明るみに出されると、世間には大きな反響が起こった。容疑者として捕えられたのはもちろん、運転手とコックだった。が、事件に胡公館の主が関係していないとどうしていえよう。主犯はあるいは胡秀辛本人かも知れないのである。そして世間の人たちは真犯人が胡公館から出たことによって一切を了解することができた、と考えたのであった。犯人が政府高官の一族なればこそ、あのように被害者は身元さえ不明たり得たのだ。現在のわが国の戸政はそれほどに疎漏《そろう》のあるものではない。かりにあるとすれば、それは高い塀に囲まれた特殊階級の人たちに限られている。岳父が国家の顕要とあれば、密告者がいないのも道理である。おそらく彼らの高級社会ではすでに誰もが真相を知っていたのかも知れない。彼らは密告をする代わりに胡家を庇い立てたのであろう。いや、警察でさえがたぶん、かなり前から真相を知っていて、それを隠すことに必死だったこともあり得そうである。かつて三輪車夫の言によれば、屍体を運んだ男は声高に同僚の名を呼んだりして、証拠の残ることを平気でしたが、それとて高官の傭人なればこそそうしたのである。彼らは主人の命令で屍体を捨てに行ったのに違いない。が、それにしても市郊とはいえ、ともかくも市内に屍体を捨てるとはよくよく人を馬鹿にしている。真犯人は胡家の主であるが、警察と話し合いがつき、二人の傭人を犯人として処分してしまおうとしているのであろう。

翌日になるとS、C両紙は再び民報紙を出し抜き、警察からの資料を発表した。それによると、警察では連行した二人の傭人を調べているが、今のところ胡公館で凶行の行なわれた証拠は上がっていない。傭人は二人とも元軍人で独身、前科はない。また犯人とおぼしき人間に縄を売ったという小間物店の届け出があったこと、及び大学病院の外科問診所にかけてあった人体解剖図がしばらく前に紛失していること、これは本案と関わりがあるかどうか不明なるも、あるいは犯人が参考用として盗んだのかも知れないこと。それから警察が再び胡公館の倉庫を取り調べていること等々……

一方、民報紙は警察に毒舌を浴びせかけた。

――警察は法の守護者である。それなのに何故、胡公館の主を局へ連行しないのか。血まみれの綿布だの若い女の晴れ着だのが出、しかも犬まで飼っていることだし、ともかくも嫌疑は胡公館の主にも一応はかけるべきである。かつて空き家が発見された時、警察はただちに無職者の劉氏を連行したではないか。それを今これだけの証拠が揃《そろ》っていながら、連行どころか主屋の捜査さえなし得ないでいる。わが国では法治国家の名にかけて特権階級はいないはずである。少なくともいないということになっている。法の前では誰もが平等なのだ。警察は見える目をつぶろうというのか……

連行された二人の傭人のうち、コックは名を王清良《おうせいりょう》といい、運転手は李金財《りきんざい》といったが、民報紙は一つの推定をした。屍体を運んだ三輪車夫が耳にした「老林《ラウリン》」は実は「老林」ではなく、「老李《ラウリー》」だったのに違いない。「林」と「李」の音は似ているし、しかも三輪車夫の言にしたがえば疑犯にはひどい訛りがあった。だから三輪車を雇って荷物を運んだのはコックの王であり、そこで待ち合わせていたのは運転手の李に違いない。彼らが胡公館へ来たのは四年前からで、二人とも賭博の癖をもっている……

警察では当然のことながら三輪車夫に王を見せたはずであり、また傭人二人がまだ釈放されないのは、三輪車夫が王を犯人だと認めたからに違いない……

民報紙の推論は多くの同感をもって民間に迎えられた。

（八）

しかるに翌日になると胡公館の主は自宅の客間で新聞記者招待会を開いた。そして自分が事件と何の関わりもないことを主張した。

第一、自分の家は全く不幸にして件の空き家に隣接している。が、件の空き家が凶殺の現場だったという証拠は何一つないし、またかりに現場であったとしても、それだけで自分と関係があると考えるのは無茶である……

第二に空き家との境の塀の上に石灰がこぼれていたというが、石灰のこぼれは屋根を修繕した時のものである。台湾に住んでいるものなら誰でも先月初めに台風一号がやって来たことを知っているはずだ。それに屋根を修繕したのは自分の家だけではない。石灰のこぼれも空き家との境の塀にだけこぼれているわけではない。炊事場の軒の下にも車庫の上にも残っている……

第三、確かに自分の傭人二人のうち、運転手は李姓を名乗る者である。しかし李という姓はわが国には夥《おびただ》しく多く、かりに犯人の呼んだのが「老李」であったとしても、それだけで自分の運転手を疑うのは早計であるし、またコックの王には訛りがない。だいたいあのような場合に同僚の名を呼んで証拠を残すヘマを犯人がやるとは考えられない……

第四、倉庫から出た血まみれの綿布は、二週間ほど前にスピッツの一頭が流産したその時のものである。これは験血すればすぐわかるし、流産には獣医師陳登模《ちんとうぼ》氏が立ち会っている。それにかつて警察で発表した敷布の上の犬の毛は「黒い毛」であったが、自分の家に飼われている四頭の犬は、四頭とも白いスピッツである……

第五に床下から出た女の衣装。あれは家内のものである。新聞では「女の晴れ着」とあったが、実際には晴れ着でなく、着古した普段着に過ぎない。一頃、犬にダニが湧き、人間の衣着にも住みついた。それで焼き捨てるよう傭人にいいつけたのだが、おそらく傭人はそれを捨てるのはもったいなく、雑巾用にでもとっておいたのであろう。床下へ隠していたのは、知られると主人に叱られるからである……

以上の通り自分は犯行と無縁である。いたずらに他人を誹《ひ》謗《ぼう》すると法に訴える、というのであった。

この記者会の記事はS、C両紙を始め、民報紙その他に一斉に発表された。しかし世間一般の反応は胡公館にとって逆効果を生んだ。犯人はどう考えても胡公館の主である。第一に今でさえ被害者の身元が判然としないが、こういうことは事件が特殊な階級の内部に起こったものでない限りあり得ないことである……

胡氏は例の空き家と「不幸にして」隣接していたといっているが、空き家が数日間空いていたことを知るには、彼ほど便利な地位にあったものはいない。そして屍体の解体はたぶんコックがしたのであろう。コックならばお手のものだし、またコックは兵隊上がりである。兵隊は死人を扱うのに慣れているから平気でもあろう……

また胡公館の主はコックの王に訛りがないといったが、ああいう場合、ことさらに訛りを真似ることも考えられよう。でなければ、わざわざ相手の名前を呼んで証拠を残すことはないのだ。訛りは他人へ転嫁するためである……

石灰のこぼれにしても庇の上とか地上とかなら理解できるが、塀の上とは変であろう……

さらに犬は――何にしても流産の時に使った綿布をいつまでも取っておくとは不思議な話があったものだ。むしろ人血が付着しているから、捨てどころがないから秘かに隠していたのだろう……

犬の毛も、白い毛を黒く染めることが可能だし、ひょっとすると事件前まで黒い犬が飼われていなかったと、どうして知れよう……

もともと金と地位があれば女の集まるのは当然であり、彼の家に女出入りがあったことは容易に想像出来る。加えて夫人は名だたる将軍の掌上《しょうじょう》の珠《たま》である。甘やかされてわがままに育ち、しかも女権の発達したアメリカに留学した彼女にとって、夫の浮気は許せないものだったに違いない。あるいはほんとうの凶手は彼女で、その父、夫たちが寄ってたかって犯行をもみ消そうとしているのかも知れない……

ともかくも警察が胡公館に深い疑いをもっているらしいことは、二人の傭人がまだ釈放されないことで見当がついていた。今や世間の叱責は胡公館に集まっていた。

この頃、世間には一つの噂が立ち始めていた。被害者がある軍人の未亡人だというのである。どういう経緯でか、とにかく、数年前より胡公館の主と懇ろな仲となり、妾同然に囲われていた。生活は胡秀辛が面倒を見ていたのである。が、夫人がそれに気づき、何度となく亭主と口喧嘩をし、ヒステリーを起こしては泣き喚《わめ》くことがあった。それを何度も聞いたという人がいるそうだ。亭主は未亡人を愛していたが、何ぶんにも夫人の里が偉い将軍のこととて、夫人には頭が上がらない。それで最近、未亡人との仲が疎くなった。未亡人はお妾とはいうものの、かなりにつつましい生活をしている。これは屍体の胃袋に入っていた甘藷の葉を見てもわかる。しかし彼女とて囲われている以上は生活費を貰わないわけに行かない。そこで先日、金を貰いに行ったのだ。彼女が胡公館へ入るところを見た人もおり、そして、実はそれっきり彼女が行方不明になった……

噂とは不思議なもので尾ひれがつきやすい。その晩、夫人と未亡人は取っ組み合いの喧嘩を始め、結局、未亡人が殺された。胡公館の主は面喰らってしまったが夫人に自首もすすめられず、岳父と相談した結果、傭人に命じて解体させ、始末しやすいようにした。二つの荷物にして人跡まれな山へ運び、人知れず埋めるように計らったのである。近所の目をくらますために、まず運転手が大学裏へ自動車を回し、コックの王がそこへ三輪車でかけつける。二人は落ち合って山へ行く予定だったが、コックが三輪車でかけつけた時、運転手はまだ来ていなかった。コックはしばらく待ったが相手はなかなか来ない。そのうちに彼は二つの包みになった屍体と一緒にいるのが恐くなったのだ。何しろ付近は薄暗かったし、また屍体を解体したのは彼なのである。そこで彼は荷物を堀川へ抛《ほう》り込んで逃げ出したのだ。もともと人を殺したのは彼ではないので、罪の意識はあまりなかった。それに屍体が掘川へ沈むものと思っていたし、万一、事態が発覚したとしても、主人が特権階級だったからたいしたこともないだろうと考えたのである……

この説は瞬く間に全島へ広がって行った。人を納得させるものがあったからであろう。しかし噂は時に分岐することもある。被害者は軍官の未亡人でなく、ダンサーだったという説もあった。また胡公館にいた女中さんだという説もあった。さらにある午後、空き家の家主が見回りに来て勝手口を開けたところ、彼らが屍体を解体していたので、肝をつぶして逃げたと言う噂もどこからともなく立った。噂を流したのは決して民報社ではなかった。しかし民報社が噂に便乗したのはいうまでもない。彼は大声叱咤《しった》して警察に当たった。胡氏の岳父は確かに国家にとっては功臣であろう。だが、だからといって過ちが許されるということはない。警察は法の神聖なる守護者である。それでなければならないはずである。それをこんな調子では法治国家の尊厳にも関わろう。一体どうしてくれるつもりなのか……

どこからともなく、警察が百万元で胡家に買収されたと言う噂が、今度は立ち始めた。

(九)

胡公館をめぐっての噂が大きくなって行くと、狼狽《ろうばい》したのは政府だった。政府にとっては身内にも等しい高官の家から容疑者が出たことは、何ぶんにも厄介なことだった。政府としては、できれば事件のもみ消しをしたかったに違いない。だが今さら、もみ消しをするには噂が広がり過ぎていた。たぶんこういった事情によるのであろう——少なくとも人々はそう考えたのだが——政府が突然捜査の実権を警察からとり上げて警備司令部へ回すことにしたのである。警備司令部というのは軍の機関で、戦時中の軍事体制下にあって国内の治安、特に政治犯を司るところだった。

もちろん政府が捜査を警備司令部へ委ねた表向きの理由は、第一に容疑者がいずれも軍籍にあること。第二に、目下、中共との戦いがまだ終わっておらず、治安に司令部が責めを負わねばならないということ、さらに今までの調子から見て、この事件が警察の手には負えそうにないこと、警察のもっている職権だけでは扱いきれない場合がいろいろとあること、たとえば相手が軍人だった場合、または新聞記者などにある制限を加えたいような場合に、警察にはその権利がないのである。そこへ行くと、警備司令部ならば「戦時中の特別法令〇〇条により……」の一言で絶大な権力が行使できるのだった。かくして捜査は警察の手から憲兵の手へ渡ったのであった。

しかしながら、このことは一層、噂の真実性を深める結果となった。政府は身内であるところの胡家を庇い立てようとしているのだ。胡家の一族はすべてが軍人であり、軍の厳しい鉄のカーテンのなかを人民は覗くことはできない。かくして政府は胡家を裁く代わりに、彼のために何かの抜け穴を提供しようとしているのに違いない……

だが政府は冷ややかにいい放った。目下、全国は戦乱期間に属する。治安の乱れることは絶対に許されない。流言が八方に飛び、全国民がかかる忌わしい事件の虜《とりこ》となり、囂々《ごうごう》と騒ぎ立てるのはよくない。元来、たかが一個のありふれた殺人事件に過ぎないのだ。そして政府はこの事件への関心を捨てるようにと人々へ呼びかけた。

捜査が警備司令部へ渡ると、司令部はかつて警察がそうであったようには、内情の一切を発表しなくなった。のみならず記者をも含めて胡公館一帯への立ち入りを禁止した。こうして捜査は人々の日の届かないかなたへ隠されてしまったのである。これが一層、胡公館を庇い立てるべく政府がやっきとなっている風に、人々は感じられた。司令部が案情を隠してしまうと、それとは裏腹にいろいろの憶測が行なわれ、噂は際限もなく取り沙汰された。

もっとも、人々は軍の権力を恐れていた。「戦時中の特別法令〇〇条」は絶対権力をもった一条であり、それに触れれば死刑も免れられない場合があるのである。人々は軍の目をかすめ、寄ると触ると声をひそめて鼠のように囁き合った。

当初、民報紙の他にも幾多の雑誌や週刊誌その他が野次馬に混じって、あることないことを報じていたが、政府が事件を警備司令部に委ねてしまうと、諸雑誌は後禍を恐れて筆を慎むようになった。権力とは恐ろしいものだからである。が、そのなかにあって民報紙だけが軍鶏《しゃも》のように猛り立っていた。自体、民報紙は政府反対党の機関紙であり、主宰者は名を売るに汲々《きゅうきゅう》たるある立法委員の一人だった。政府は元来、かかる反対党を忌み嫌っていたが何ぶんにも民主国家の標識を掲げている以上、それを潰すことはできなかったし、逆にそれを生かしておいたほうが民主政治の恰好もつくのだった。どうせ民報紙が政府に楯ついても、びくともしないだけの組織がすでに政府にはでき上がっていた。反対党といっても議員の議席など寥々《りょうりょう》たるものなのである。それに過去二千年にわたって儒教を貴び、君子人たらんと心がけて来た中国人には忍従の徳があり、また、もとより政治には大きな関心もないこととて、たとえ政府が間違ったことをしても、ぶつぶつ不平をこぼすだけで、そのうち諦めてしまうものだった。そういう社会にもう二千年来慣れているのである。だから民報紙に楯つかれても、政府はびくともしない勝算があった。少なくとも政府はそのように高を括っていた。

が今はやや事情が違っていた。政治にはさして関心のない民衆でもバラバラ事件には多大の興味をもっていたからである。かくして――とにかく、民報紙はこの事件発生以後、大幅な売れ行きを示していた。

民報紙はちょこちょこと事件の発展を報じた。それによると、お手上げを食った警察はそのままでは引っ込みがつかず、暗々裡に捜査を進めていること。胡公館一帯には近寄れないので、ある民家の屋上より望遠鏡で監視していること……

また警察に拘留されているコックの王と運転手の李を警備司令部では引きとって行ったが、それと同時に、二人に対する警察の詢問《じゅんもん》に関する一切の書類を持ち去り、かつ警察に口止めをしたこと……

その一方、司令部では法医室ならびに屍体貯蔵室が完備していないために、屍体は依然として警察本署に保管されていること……

それから警察では小学校二年生の胡家の娘を下校の途中に待ち伏せ、こっそり局へ伴って屍体を見せたところ、「楊阿姨《ヤンアーイー》(楊《よう》オバチャン)」だと証言したこと。これによって死者が楊姓であることが判明し、また「パパの友だち」だとも証言したこと。但し、どのような友だちであるかはついに要領を得なかったこと……

ところが、それから数日経つと、この「楊阿姨」を知っているという一人の大学生が民報社へ現われたのだった。彼の言によると「楊阿姨」はある軍官の未亡人で、亭主が戦死した後、上官の一人に生活の面倒を見てもらっていた。その上官が誰であるかは青年にはわからない。ただそのように聞いているだけである。

大学生は喫茶店で彼女と知り合ったというのである。一、二度会っているうちに二人の仲が急に親しくなった。一緒に映画を見たりダンス・ホールへ行ったこともあり、旅館へ泊まったこともある。大学生はいつの間にか彼女に夢中となり、結婚しようとさえ考えていた。が彼女はあなたに経済能力があるようになるまで、このことを二度と口にしてはいけないと命じ、居所をも自分には知らせようとしなかった。二人は週に一回ぐらいのわりで会っていたが、二月ほど前、彼女は青年のことがばれて世話になっている上官の叱責を受けたことを告げ、涙ぐみ、しばらく会えないかも知れないといっていた。その後一度だけ会ったが、それっきり行方知れずとなったというのである。

青年は新聞に載った死者の写真が彼女に似ていることに気づいていたが、何ぶんにも目を閉じ、表情というものがなくなっているので似ていないような気もするのだった。またホルマリンに漬けられた屍体を見に行こうと何度も考えたが、勇気がなく、行きそびれていた。

それが数日前の晩、彼女がひょっこり自分を訪ねて来たのである。いや、夢ではない、たぶん、幽霊というものだったのだろう。自分の枕もとに立ってさめざめと泣いているのである。何かを訴えたがっているようすだった。ところがその翌日に民報紙で彼女が楊姓であることを発表し、もう間違いないと思った。彼女も楊姓だったからである。

純情そうなその大学生は彼女を殺したのが自分だといって、おいおいと泣き出した。

民報紙がさっそくこれを報道したのはいうまでもない。こうして死者の身元が明るみに出され、人々は民報紙に喝采を送った。と同時に、政府がいかにして胡家の犯行をもみ消すのか、その方法をいろいろと想像し、成り行きを見守るのであった。

その頃、民報社へ現われた大学生が失踪したことが報じられた。すると、今度はその大学生が警備司令部へ連れ去られたのだという噂が立った。

（十）

S、C両紙が時に胡家の主を庇い立てた。

胡公館にあった血まみれの綿布は検査の結果、主人のいう通り犬の血に間違いなかった。第一、常識で考えても、証拠の品をいつまでも蔵っておくことはあり得ない。敷布に付着していた犬の毛も黒い毛であり、胡公館の白いスピッツとは似ても似つかない。警備司令部へ移された二人の傭人もあらゆる方法で取り調べを受けているが、何ら犯行の証拠は上がっていない。つまり彼らはどうやら事件と関わりがないらしいのである。また民報社は自社に現われた大学生のことをいっているが、司令部で調査した結果では同紙の発表した住所にそのような人物は住んでいなかった。民報紙は虚偽の報道を行なったらしい……

そしてS、C両紙は事件の発展について、ある喫茶店の女給が一人失踪していることを報じた。屍体の主はどうやらこの宋《そう》と呼ぶ上海人の女給の可能性がある……

と同時に、両紙は司令部の命令を伝えた。

——近ごろいろいろな憶測が行なわれている。憶測をするのは別に差し支えない。しかし、それを流言として飛ばすのは「戦時特別法令〇〇条」に逆らうものである。よって禁止する……

要するに司令部はやっきになっているのだ、と人々は考えた。世間では冷ややかに司令部を白眼視した。人々の考えではもはや、犯人は永遠に上がりっこないのである。事件は迷宮入りをするに決まっていた。何故なら真実の犯人は見つからないのではなく、司令部が逆にそれを庇い立てているからである。白い犬の毛は染めれば黒くなるし、人血を人血でないと声明するのは子供にだってできる。喫茶店の女給が聞いてあきれらあ。司令部ではそのうちに必ずある架空の人物をでっち上げて、それに罪を転嫁することであろう……

事態はかなりに厳重だった。人々の心には政府への信心が失われていた。民衆が何をし出かすかわからなかった。胡公館の一家が難を避けて陽明山の別荘へ引き移ったことが報じられた。

（十一）

一方、犯罪の張本人、春福は、内心おっかなびっくりで事件の発展を見つめていた。最初に屍体が発見された時には、とうとう来たるべきものが来た、万事は尽きたと思ったのであった。ことに彼を乗せた三輪車夫が現われてからは、彼の住んでいる和平東路二段三十七巷一帯には警備の警官がうろうろしていたし、彼の家も近所の人たちと同じく捜査を受けた。ただ幸いなことに法医が判断を間違えていた。富妹は経産婦であり、ちゃんと美々という娘を産んでいた。年齢も発表されたようには若くなく、すでに三十に近かった。加えて、実は春福がちょっと手加減をしていたのである。彼は妻の戸棚のなかにある彼女の写真のうち、もっとも彼女に似ていないものだけを二、三枚残して、他は焼却していた。しかも彼にとって都合のいいことに、富妹はつい最近——というよりもっと正確にいえば、彼が嘉義へ行っていた留守の間に、生まれて始めてパーマネントをかけたのだった。だから家主でさえが彼女の顔の変わったことを知らなかった。のみならず、春福は妻の名で嘉義の岳父宛、手紙を送っていた。つまり彼女はまだ生きていたのだ。そういう証拠があった。警察とて一度、嘉義の岳父の家へ調査に行ったが、富妹の父は手紙を出して見せ、一笑に付してしまっていた。かりに春福が犯人だったとしても、岳父は彼を庇ったであろう。

春福は隣近所から足がつかないように、一応、妻の失踪を警察に届け出ていた。度胸を決めてホルマリン漬けの屍体をも見に行った。浮き上がらないように重しをつけて沈められた屍体は、明らかに富妹その人に違いなかったが、どことなく感じが違っていた。春福は戸棚にある彼女の写真を思い浮かべ、両者が似ていないことに安堵《あんど》した。とはいえ、薄目を開けた彼女の顔に対した時、彼はやはり動悸《どうき》の早まるのを押さえることはできなかった。しかし彼は悪運に恵まれていた。警官は屍体を見に来た夥《おびただ》しい身寄り人たち――そのなかには好奇心で見に来た人も多かったが――のどの一人も人違いだったことにうんざりしていた。しかも屍体の主は未産婦で、年は二十ばかりで、要するに富妹であろうはずがなかった。警察は初めから春福の挙動には注意を払わなかったのである。さらに春福は気づいていた。生前に較《くら》べて富妹の肌がきれいになっていた。腐敗を防ぐためと、流血を押さえる意味から、彼のまぶした石灰が何かの作用をもたらしたのに違いなかった。元来、富妹は色黒で、肌が荒れていた。

それからもう一つ、富妹の鼻梁が変に凹んでいたのも不思議といえば不思議だった。あるいは荷造りの時の縄のくくり具合いで、そうなったのかも知れなかった。それとも春福と一緒になる以前に、鼻の整形術でも受け、それが死後に変形したのかも知れなかった。とにかく屍体を見に来た隣近所の者や隣長さんたちが一人として、それが富妹であることに気づかなかったほど、変貌していたのである。また、春福は屍体を解体するに当たり、最新の注意を払い、いろいろ考えた末、わりと大振りな台湾竈《たいわんがま》の上で注意深く解体したのであった。滴り落ちた血液は灰に吸収され、いくらかの血痕が竈の内壁に付着はしたかも知れなかったが、その後に起こした火の焔《ほのお》に焼けて跡形もなくなっていたのである。いや、警察自体、竈ごときに初めから注意を怠っていた。ともかくも、このようにして、すべてが春福に幸いしていたのであった。

しかし、春福には恐るべき男が一人いることを知っていた。富妹の情夫だった倪有成である。彼になら富妹が見分けられそうだった。が倪有成は事件に関わることを恐れたのか、あるいは見分けることができなかったのか、それとも春福にいくらかの罪亡ぼしがしたかったのか、とにかく、二度までも警察に駆り出されて屍体に立ち会ったが、彼ははっきりと富妹でないと証言していた。それのみか、彼は富妹の太股には赤い痣《あざ》があるはずだと偽りの証言すらしてくれたのである。

このことも春福を助けることだった。もっとも警察とて一応は春福に疑いをかけ、また、富妹と倪との関係をも知っており、それが何故急に失踪したのかにも疑問をもっていた。が、これについても、最近彼女に新しい男が出来たらしいと倪が証言してくれていたのである。

そのうちに件の空き家が発見され、捜査があらぬ方向へ逸《そ》れて行った。春福はひそかに胸を撫《な》で下ろしただろうことは想像してもわかる。屍体の解体は彼の家で行なわれたのであり、決して空き家で行なわれたのではないことは、誰よりも彼自身がよく知っていた。だが心中、春福は一途《いちず》に富妹に詫《わ》びていた。何と言っても富妹は彼の妻であり、彼は妻を愛していた。彼女が情夫をつくっても、彼をないがしろにしても、彼にはそれを許すことができた。彼にはもとより彼女を殺すつもりがあったわけではない。……あの日、嘉義から帰って汽車が台北に着いたのは翌朝の七時十分頃だった。わずかの手土産を持って急いでプラットホームを出た。一晩家を留守にしただけで何か取り返しのつかない事態が美々の上に起こっていそうな気がして、胸騒ぎが絶えなかった。彼は駅前のバスに乗るとまっすぐに家へ急いだ。

……美々はあずけた家主のところでぐっすりと眠っていた。それを見て彼はやっと安堵した。すると寝不足の軽い疲れを覚えた。彼は土産に買って来た新高飴《にいたかあめ》を家主に渡し、礼をいって美々を抱きとった。家主の奥さんが細君のいない春福を気の毒そうに見つめた。

……寝台を置くと一ぱいになってしまう安普請の小さな自分の家へ戻ると、春福はまず美々を下ろし、不在にしたためにいくらか湿りを帯びてよそよそしくなった布団を美々にかけ、それから炊事場へ下りた。出かける時にそのままにしてあった食器がそのままに置かれていた。富妹はどうやら家へは戻ってこなかったらしい。

……春福は竈の火を起こし、粥《かゆ》を煮始めた。それから丸められたままになっている美々の着物を洗った。石鹸《せっけん》の泡を立て、何も考えずに体だけ動かしているのが一番楽しかった。

……と、その時、富妹が戻ってきたのだ。彼女は毎度のことだったが、帰って来ても春福に碌《ろく》に口も利かない。彼女は炊事場へ入ってくると土瓶に残っていた番茶を立て続けに二杯も飲み、それからコンロにかかっている鍋の蓋を開けてなかを覗き、次に室に入って歪《いびつ》になった箪笥《たんす》を開けた。

……春福はまたかと思った。彼女は帰って来ると身の回りのものを何かと持ち出して行くのである。彼は何ということなく、のっぺりとした倪の顔を思い浮かべ、嫌な気持ちになった。

……富妹は手頃な荷物をつくると春福には肉づきのいい背を向けたまま、眠っている美々を揺り起こした。

……それが春福の癇《かん》に触った。しかし彼は自分を押さえて黙っていた。口を開くとまた、喧嘩になるからだった。が、富妹は目の覚めた美々にこういった。

――さあ、母ちゃんが好いところへ連れて行って上げる。そしていつ買って来たのか、新しい洋服を美々に着せかけ始めた。

……美々は自分を呼び起こしたのが母親だと知りながら、別段、嬉しそうな顔もせず、妙になじめない目つきで相手を見上げている。富妹は洋服を着せ終わると襟を直し、裾をばたばたと引っぱって伸ばした。美々がそれに応えるかのように欠伸《あくび》した。

――おい、どこへ連れて行くんだ?

春福には我慢ができなかった。が富妹はそれに答えず、彼を無視した形で、美々に靴を穿《は》かせた。

――おい、どこへ行くのかって聞いているんだ!

春福が声を荒げると、彼女は取り澄まして答えた。

――わたしの家へ行くのさ。

そして鼻の先でふふんと笑った。

……それから美々を奪っての掴み合いの喧嘩が始まった。

……春福は小男だった。彼は富妹に押しまくられ、壁に押しつけられた形のまま、襟首を締めつけられていた。彼は宙を掴んで両手をもがかせた。力任せに足で蹴ったようでもある……

……そこまでは覚えていた。が後、どうなったのか覚えていない。ともかくも気がついた時、富妹が下に転がっていたのである。彼はしまったと思った。揺すぶってみた。水をかけてもみた。が彼女はついに蘇生することがなかった。

× × ×

こうして富妹は今、ホルマリンに漬けられて横たわっていた。春福は富妹に申しわけないと思っていた。できれば後を追ってもいいと考えていた。がまだ幼い美々を親なし子にするのに忍びなかった。だから彼は何度となく妻の霊に囁《ささや》いた。いずれ美々が大きくなれば、そのうちに後を追おうと。それまで待ってくれ!

春福には捜査の中心が彼から逸れて行ったことが、何となく、富妹が自分を許している風に思われてならなかった。彼が外観上、わりに平然としていたのもそのためにほかならなかったろう。

だが空き家の住人がどうやら犯罪と関係がなさそうだということになり、捜査が一頓挫《とんざ》すると、警察は再び春福に疑いの目を向けた。春福は何度か呼び出されたが、こうなると春福にはもはや、糞度胸《くそどきょう》が座っていた。だいたい、彼は一見したところ神経が細いようでありながら、事実はかなりに図太いところもあったようである。第一、富妹をばらばらにする間、彼は丸二日も屍体とともにいたのだった。こういう神経は、あるいは多感であるべき少年時代を戦争に駆り出され、酷《むご》たらしいうちに送ったことが作用しているのかも知れない。

警察では暗々裡《あんあんり》に美々から何かを探ろうとしたが、やっとよちよち歩けるようになった美々には知能がおくれているのか、話がまだほとんどできなかった。

警察では嘉義から富妹の父と妹を呼び寄せて認屍もさせたが、二人とも富妹ではないといい張った。春福には二人の気持ちがわかっていた。老父は恥知らずの尼っちょを生んだことを恥とし、世間に隠したい思いもあったに違いない。また暗々裡に春福を庇いたかった気持ちもあったろう。悪いのは富妹であって春福であろうはずがなかったからである。おそらく二人には屍体の主が富妹であるぐらいのことは知っているはずだった。その後、日とともに難は春福から離れて行った。胡公館が発見され、世間の噂はいつか胡家の主を犯人に仕立てて行った。二人の傭人は拘留されたままだし、犯人の呼んだ「老林」に該当する「老李」も存在していた。ほんとうは春福が倪に罪を転嫁するほどの気持ちがあったわけではないが、三輪車から下りた時に疑陣《ぎじん》を布《し》くため「老倪《ラウニィ》」と呼んだのである。そこに誰も気がつかなかった。こうして犯人は政府の要員らしいということになり、政府は狼狽し、捜査が警察から警備司令部へ移され、世間は喧々囂々《けんけんごうごう》として、ますます政府を不当だといい出した。何しろ隣長までが春福に政府の非道をなじって聞かせたほどである。

S、C両紙と民報紙、その他の二流紙、三流紙、諸雑誌が競ってこれをとり上げ、一殺人事件が今や、収拾のつかない国家的大問題と化して行った。もはや、春福までが、ややもすると、何だか自分と関係のない事件のような気がし出していたのである。捜査が警備司令部へ移された後、春福も一、二度司令部の調査を受けた。がすべて大過なく過ぎて行った。

司令部の調査も遅々として進まなかった。というより、どこまで進んでいるのか誰にもわからなかった。司令部で案情を発表しなかったからである。世間ではわずかに、司令部がアメリカから法医学者を招いたこと、例の大学生――楊阿姨を知っている――が司令部に監禁されているらしいことが洩れ伝えられた。

（十二）

民国四十年十一月二十日、春福は嘉義で捕えられた。依然として彼の行動に不審の点があったわけではないが（もしあったとすれば、以前にも増して美々を可愛がるようになったことが挙げられるが）、嘉義で女工をしている富妹の妹が時折塞《ふさ》ぎこむようになり、見知らぬ人を見ると警戒心を起こすことが観察された。また富妹の友人だった某カフェの女給が、ホルマリン漬けの屍体を富妹だと主張したことも有力な手がかりだった。屍体を包んでいた敷布、それの送り主が彼女だったことを思い出したというのだ。彼女によると屍体は富妹に似ていない。しかし鼻さえ高くしたら富妹らしい面影が浮かび上がらないでもない、というのだった。

司令部は長い報告書を発表した。

一、屍体は顔や肌が似ていないということ以外に、富妹でない証拠は何一つない

二、春福には富妹を殺す動機があった。富妹は悪い女であり、初対面の倪有成と翌日には旅館へ行っている

三、富妹に関係ある人々はすべて死者が富妹であることを否認しているが、それは彼らの誰もが承認しては具合の悪い立場にあるか、または内心富妹を憎んでいる人たちだからである

四、司令部では春福の家にこっそり盗聴器を取り付けたが、彼はよく娘を抱いて泣くことがあり、二度ほど「妹、待ってくれ、必ず行くから」と口走っていた。「妹」とは「富妹」のことであろう

五、さらに司令部では「富妹」という名の女を調査した結果、全島に三百十四名もいることが判明し、そのうち、三百十三名までは現存していたが、春福の妻一人だけが失踪している

六、富妹が父宛に出した手紙は、春福の筆跡を崩して書いたような字である。そして少なくとも、春福のもっているのと同じ百利牌《ひゃくりはい》のボールペンで書かれたものである

七、春福とコックの王は背恰好や顔かたちがどこか似ている。二人を三輪車夫に見せたところ、どちらが疑犯か指出することができなくなってしまった

八、司令部では日本より解剖学者、金尾太郎《かなおたろう》博士の来台を乞い、鑑定を求めたところ、死者が経産婦であることが判明した。博士は民族学、人類学の権威でもあり、戦前、台湾におられた方である。博士は屍体の骨格から死者を平埔族《へいほ》〔台湾先住民族のうち、西部平野部に住んでいた民族の総

称」の者と認めたが、これは嘉義にある富妹の実家の仏壇に祀《まつ》られていた壺《つぼ》の一つによっても証明された

九、富妹は外泊することはあっても、ともかくも春福の妻である。ところが春福の家には何故か枕というものが一つしかない。家出をするのにわざわざ枕までもち出すものであろうか。少なくとも布団は二組あった。司令部では屍体をくるんでいた敷布のなかの綿ぎれを枕の綿と推定し、かつ富妹の枕も春福の枕と同じ既成品であると仮定して調査した結果、士林綿織廠の製品であることが判明した。そして同廠には黒い毛のセパードが三頭飼われている

以上の理由から当司令部では春福を容疑者とみなし、逮捕した。のみならず春福はその場で犯行を認め、自供によって凶器に使われた包丁が淡水河第九水門付近で発見された。当司令部は四カ月の長きにわたってさまざまの流言が飛び、社会に混乱を来たした事件の解決したことを、社会の民衆とともに喜びたい。なお、春福がかつて軍籍にあった関係で、調書の出来次第、軍法に訴えて罪を問う。けだし該犯は殺人罪を犯し、しかも犯行を他人になすりつけ、屍体を遺棄し、百数十日にわたって社会を攪乱《かくらん》した。その罪は厳正なる法によって裁かれるであろう……

司令部はそのような真相を発表すると、世間にはいろいろな反応が起こった。事件の一段落にほっとする人もいたし、せっかく、迷宮に入りかけた事件の解決されたことを、残念に思う者もいた。そして一部の者は胡公館の主がとうとう、しかも堂々と無罪になったことをいまいましく思った。うまい口実をでっち上げたものだ、というのである。春福という人間が実際にいるのかどうかさえ、信じない輩《やから》もいた。が、S、C両紙は相携えて民報紙をなじり、なじることによって名誉を挽回《ばんかい》した。

一方、民報社には夥《おびただ》しい投書——それは民報紙をなじるものもあれば、逆に庇うものもあった——が舞い込んだ。

（十三）

民報社では二人の中堅記者がひそひそと喋っていた。

——大変なことになったな。

——ああ、筆が滑り過ぎたようだ。

——わが社は大丈夫か。

——社長を更迭せねば治まるまい。

——しかし言論は自由なんだ。社としては世論をとり上げたに過ぎない。

——そう、新聞はあるいは輿論を投げることはできるかも知れない。が、輿論を育てるのは常に民衆だ。罪は民衆にあってわが社にはない。あるいは民衆に罪を犯させる「動機」のなかにこそ罪があったというべきだろう。

——僕は思うんだ。春福は死刑にされるだろう。しかし、もし社会がこれほどに騒がなかったなら、彼は同情されることだろう。悪いのは女だったのだから。何しろ親でさえが春福を庇ったほどだから。

——だから春福に罪はない。いや、彼の罪は過失による殺人と解体、遺棄だけだ。これほどの大事件にはならなかったはずだ。しかし今、彼が問われようとしている罪は、むしろ治安を乱したことではないか。彼は治安を別に乱しはしなかった。社会が勝手に乱れただけなんだ。それに彼が責を負う責任があるだろうか。

——言論は自由なるべからずか。しかし輿論は野放しでないと育つまい。

——しかし春福を殺したのは実は輿論なんだ。

×　　×　　×

胡公館では祝賀の宴を張って厄を払った。民報紙は改組され、三輪車夫は幾許《いくばく》かの賞金を貰い、保護された生活から解放されて家へ戻ったが、家で彼を待っていたのは、胡公館によって起訴された訴状だった。名誉毀損、誣告《ぶこく》〔偽りの証言〕、損害弁償などである。

そして翌月、月の初めに春福は「まだ社会関心の冷めきらないうちに」処刑された。が、それから半年近く経った今に至っても、春福とは架空の人物であると主張する人が絶えない。

蟇《ひき》の恋（短歌小説）

（一）

或る夏の朝の舗石の並木路に別れしひとを今に思へり

スペイン語学ぶ小部屋に花のごと匂ひ立ちたる少女ありける

黒き目を仔馬の如く瞬きてえも稚《おさ》なげに我に物問ふ

片言に異国の言葉あやつりて共にはげみし夏を忘れず

或る日ふと何気まぐれに漆黒の髪を束ねて王女めきたる

若き子が首をかしげて物問へばほのかに甘き髪の香立つる

くるくると日傘廻《まわ》して午近き樟《くす》の並木路帰り行くひと

美しき子と学べば心浮き立ちてプロフェソーラの声も聞えず
コサ・ララとめづらしまれて白玉の頬《ほお》を染めたるひとをいとしむ
（コサ・ララ……スペイン語。類まれなものに与へる感嘆詞）
墓のごと孤独に慣れし現身《うつしみ》も今ありありと夢にをののく

（二）

世の常に異質の少女ひとり居て花の小部屋に光りばらまく
不可思議に古画の中なる人に似て学びの庭に﨟《ろう》たけて佇《た》つ
きびしとふ聖心園に学びつるひとは浮世の悪に染まらず
愛と云ふものは与へて求めずと誰ぞや云ひし我が肯《うべな》はず
コサ・ララの少女を胸に抱くより此の世はなべて金と化したり
スペインもアルヘンティナも遠からず少女とありて夢は羽ばたく

白玉の如き肌色匂ひ立ち古典とすらも呼びたき少女
宝玉は淋しきものや花よりも美しき少女も何か愁ふる
花のごと頬染むるひとを見し日より獣の願ひ胸に渦巻く
ひとを恋ふ身の蕭条《しょうじょう》とかなしきや墓と孤独を分ち合ふ夜々

（三）

八里なるひとの安否を気遣ひぬ出水は退かず空も黝《くろ》きを
美しき子をふと知り初めし嬉しさに夜も日も覚めて夢をはぐくむ
相思樹の夜風にそよぐ枝ぬちにひとの灯の間近親しも
寝《い》ねがての夜を淋しくひと思へば山より山へ風渡り行く
とつ国の大和の言葉知らぬ子を和歌に留めていとほしみ居り
魅かるるより何か不思議と宿世めく二人に妹よ悔は持つまじ

慕はるる人あるらしと恐れゐて一人淋しく堪へ居りたり
期待とはさても恐れに似たりや坂を上りて郵便屋来る
菊のごと華やぐ若さ匂はせて一人の少女我に寄り添ふ
暮れなづむ小庭に出でて岩かげの老いたる蟇としばし遊びつ

（四）

七重八重ひとを絡むる掟《おきて》など知らず聞えず見ん時もなし
醜の身の火遊びならず清純のひとに賭けたる思ひ深しも
天に地に恐るるものの又となし二人し誠分ち合ふより
少年の如くに胸をときめかせポストに落つる文の音きく
人知れず光るもの身に持つひとの肌ぬち深く春動くらし
眉清きセーラのひとを思ひゐて我が切々の胸は濁らず

夢と云ふはかなきことに真向ひて妻子を捨つることも思へり

何時か手に手を携へて西欧に飛び発つ幸もなしと云ふまじ

或る夜など神にかくれて夢ぬちにちぎりて羞ぢて花と散り敷く

めくるめくもの身に余り老蟇は土砂降る雨に坐して打たれつ

（五）

風邪の子の咫尺《しせき》に添へば何故やらにか細く見えていとしかりけり

彼我に風邪染し合ひしを思ふ時ひそかにちぎり持ちたる如し

春の風邪染し合ひゐて二人して咳込み居れば何か嬉しき

羞みを目ぬちにひそと交しゐて触れておののく心と心

白玉の子にして眉に痕《あと》一つ朝日の中に華やぎて見ゆ

常日頃咫尺に肩を並べゐて正面を今に知らぬ不思議さ

常々に横顔のみの知己にして今宵まともに坐して羞ぢらふ

彼我の顔見ることなしに過し来て思へばをかし愛と云ふもの

透きものの流行りの衣に親しまず育ちのよさも見せてたをやぐ

蓴一つ町に紛れてうきうきと見知らぬ人に声しかけたき

（六）

缺席《けっせき》のひとにせめてと書きとりしノートにひそと愛温めゐし

既に三日休みたる子をあれやこれ思ひ惑ひて胸の騒ぎし

とことはにまさか学科をなげうつと思ひ恐れて胸の震へし

何時か又戻り来る日を信じゐてノート一つに孤独支へし

離愁身に耐へず一夜を覚め居りて谷間を渡る風を聞きゐし

書き留めしノートをひそと手渡せばふと時ならず胸高鳴りし

去りて又戻り来る日のなしとまで恐れし心雲と晴れにし
書き置きのノートを手にしし驚きのその瞬刻に愛芽生えにし
いそいそと背丈伸びたる気配させ光の中を歩み去りにし
蟇一つ醜の眸《ひとみ》を輝かせ或る夜ひそかに跳ねてすらみし

（七）

子を守る親の心を知ればこそおのれ苦しき身には堪へたり
たまさかの余暇には絵筆とる幸にそなたもありと云ひて来にしに
人を思ふ幸にありとの文の来てやがて音信絶えてしまひき
或る日ふと一人の女訪ひ来たり文の絶えたる少し前
まさかとも事後に思へど或る日ふと訪ひ来し人のさても誰なる
故もなく文断ち切りしひとのこと思ふ心に堪へかねにけり

君をしもげに失ひしなば如何で又この世にありて我のあるべき
願ひごと秘めて社に立つごとくひそかに文をポストに入れぬ
片恋ふに人死にせしと聞きたらばここだかなしみいとど侘びてよ
立ち出でて山家の夕にひと恋ふる淋しき我をしも慕ふ蟇

（八）

若き子に心のものを贈りしがはて禍となりし口惜しさ
いたいけに人思ふ幸にゐるひとの心愛しみ贈りしものを
人の世は善きに悪しきに掟立ち誠を分つに道もなかりし
人に似る獣もありと恐るるや企みごとのつゆ持たなくに
世を知らぬ少女を守る親心正しと思へどつれなかりけり
諸のものなければ人は如何ばかり風の如くに気ままならんに

神にしてなほ許さるるものならば我も雄たけく人奪はんに
胸になほ信じたきもの残りゐてある夜ひそかに町に佇ちたり
何時か又人の流れに紛れゐて祈りに似たるものに堪へゐし
昨日今日夕べとなれば岩かげに出でてぞ蟇は何を待つらむ

（九）

世に類稀なる人の聡《さか》しきに驕《おご》りすらししあの日のクラス
ただでさへ傷つき易き薄倖の我につれなく触れて去りし子
或る朝は風邪のそなたの咳《せき》をすらひそかに呑《の》みて嬉しかりしを
或る時は童女の頃のそなたすら思ひ描きていとほしみしを
又の日は八十路に満ちしそなたまで思ひ描きていたはりにしを
雨だれの音を身近にこもりゐて遠きあの子を今日も思へり

淋しさに戸の面に立てば君の住む八里の空は夕焼けにけり
或る夜ふと身うちにものの燃え立ちて無頼のごとく町をうろつく
百万の人の流れに失ひし一顆《いっか》の玉を今に思へり
老蟇は山里深く棲《す》みつきて孤愁しきりに町音を聞く

（一〇）

八里なる山の麓《ふもと》の学び舎に坐して幼なく君のゐるらむ
思はるる身とも知らずに野に山に花など摘みて君やゐるらむ
或る日など川の瀬岸に下り立ちてよぎる小鮠《こはや》を追ひもするらむ
或る夜など聡しき眸またたきて琴座に星を数へゐるらむ
或る時は田中の牛の背の上の鷺《さぎ》を絵筆に写しゐるらむ
又の夜は更くる窓辺に辞書操りて異国の言葉探しゐるらむ

とある夜は窓に迷へる蟬の子を纎《ほそ》き手ぬちにいとしがるらむ
とある日は童女の如くに頰《ほ》を染めて摘みし小菊を髪に挿すらむ
ふと或る夜山の麓の寄宿舎に目覚めて侘びて人恋ふるらむ
夜さ夜さに目覚めて遠き田子の森わたる汽笛を蟇も聞くらむ

（一一）

とことはに去りにしひととなど云はじ縁のなほもあらなくなしに
夕されば思慕の心のつのり来て流人の如く門に佇ちたり
厭《いと》はるる身の淋しきに耐へ居れば広場の中にジャズ起り来る
歪《ゆが》みたる頰の泣くにも似てかなし鏡に向ひて笑ひてみしに
火をはじく炉火に対《むか》へば悔多し不勇、消極、懶惰《らんだ》、怯羞《きょうしゅう》
いつか又相見む折りのありやなし風の便りも絶えて久しき

久々に日和となれば過ぎにし日君を訪《と》ひたる山に来にけり

そのかみのクラスに坐せば言葉尻多感なりにし子のあらなくに

西欧の日のさんらんと降る中に育み合ひし夢のありしに

岩穴の小さき天地にまろまりて夢みるごとく蟇は死にたり

董《とう》さん

「董さんが銃殺されたそうだ」

「そうか、とうとう……」

「気の毒だなあ」

「というより、申しわけないんじゃないかな」

「お母さんがずいぶんと悲しがってるに違いない」

長兄と次兄が話し合っているのを僕は耳にした。民国三十六年〔西暦一九四七年〕、との曇りのある朝のことだった。

「董さんって誰?」

と僕は尋ねた。当時僕は中学の三年生だった。戦争が終わって一年あまり経っていた。

「偉い人だ。生みの親は日本人だったんだけど、董さんは自分が日本人であることを生涯恥じていた。そんな人だ。戦争中よく宮城遥拝《きゅうじょうようはい》〔皇居（宮城）の方向に向かって敬礼（遙拝）する行為のこと。戦前、天皇への忠誠を誓わせるために、君が代の斉唱、日の丸の掲揚とともに強制された〕をしてたろう。董さんは台南警察本署の警部補というかなり高い地位についていたが、絶対に宮城を遥拝しなかった。上役に『君はそれでも日本人か』と詰問されると、『いや、僕は台湾人だ』と答えたという。終戦後はそのまま台湾に残って弁護士になってたんだが……」

僕は董さんのことを知らなかった。父とは懇意で、家に何度も来ている由だった。長兄の口ぶりから長兄が董さんを尊敬していることが窺《うかが》えた。

民国三十六年といえば、戦争が終わって一年あまりしか経っていなかったが、そして当初、台湾を日本の植民地統治から救い出してくれたとして誰もが双手《もろて》を挙げて喜び迎えたはずの国民政府だったにかかわらず、この年の二月二十八日に二・二八事件が起きた。台湾を接収に来た官吏たちの腐敗ぶりに対する民衆の不満が募りつのった挙げ句に起きた、全島規模での動乱であった。政府はこれを反政府の暴乱と見なし、主謀者の一人として董さんを捕え、見せしめのために台南中正公園の広場に引き出して銃殺したのであった。

× × ×

「一目会って来いよ、董さんに」

と長兄にいわれて僕はその気になった。「董さんは僕たち台南人にとって恩人だったからな」と長兄は言葉を足した。銃殺されたという中正公園は台南市のほぼ中心部に位置する円

形の公園で、六本の道路が放射状をなしてここに繋《つな》がってい
た。日本時代には大正公園とよばれ、中央に四代総督児玉源《こだまげん》
太郎《たろう》の白い石像が建っていた。それを囲む形でかなりの樹齢
をもつと思われる栴檀《せんだん》の木が、四季折り折りの緑を広げ、ま
たは裸木の姿を寒風に晒《さら》したりした。中正公園の「中正」と
は蒋介石《しょうかいせき》の号である。

僕は自転車で行こうか歩いて行こうかちょっと考えたあと、
兄の自転車を借りることにした。何となく早く菫さんという
人の顔が見たかったし、また遺体が運び去られた後に着いて
は、もはや菫さんにお会いすることはできなかった。僕は僕
の家と、そして同じ敷地内にある叔父の家が共用する自転車
置場へ歩いて行った。父も叔父も子供が多いので自転車がた
くさんあるのである。すると、そこで僕は僕より一つ年下の
従弟《いとこ》に会った。

「どこへ行くのかい」と尋ねられた僕は菫さんのことを話し
た。それを聞くと彼も一緒に行くという。でも彼は「自転車
で行かないほうがいいんじゃないかな」といった。

彼が「自転車で行かないほうがいい」といった意味を僕は
知っていた。実は今さっき、僕自身が自転車にしようか徒歩
にしようか少し迷ったのには、経緯があったのである。

その経緯とはこうだった。事件の起きる一月ほど前に僕の
父が病気で亡くなっていた。台湾の葬儀は仏道二教の混合し
た廟宇《びょうう》〔廟。祖先の霊を祭る所〕の道士によってとり行なわれる
のが普通で、七日を一旬とし、男児、女児、嫁……などがま
ちまちの日にそれぞれの法会《ほうえ》を行ない、それを終えてから告
別式を挙行し、柩《ひつぎ》を出すのである。旬の日には廟より道士や
尼僧を招き、終日誦経《じゅきょう》をする。こうして父の法事は二・二八
事件が勃発《ぼっぱつ》し、町が軍の支配下に置かれた状態のつづいてい
た期間中にわたり行なわれ、その法会のための廟との連絡を
僕は長兄に命じられていた。そんなある旬の前々日だったか
に、僕は従弟と二人、自転車に乗って廟へ赴《おもむ》いたのだった。

当日、路を行く人の姿は町が不気味な軍の支配下にあった
こととて、何人かの学生を除けば他には殆どいなかった。少
し行ったところに交叉点《こうさ》があり、辻《つじ》の真ん中に銃剣を着けた
兵士が二人立っていた。見ただけでも物々しく、気味も悪い
ので僕たちは彼らを見ない振りをして急ぎ路を左へ曲がろう
とした。と、兵隊の一人が手を上げて僕らを呼び止めた。僕
は思わずぞっとした。

しかし呼ばれて自転車から下りないわけにいかなかった。
ついで彼は僕たちを手招きした。恐る恐る近寄って行くと、
彼は何かを僕たちに尋ねた。が、戦後間もなくのことであり、
新しく国語となった中国語を勉強し出して日の浅い僕たちに

は彼が何を喋《しゃべ》っているのか見当がつかなかった。当時台湾に来た兵士たちは大陸のどこかの田舎出であることが多く、地方の訛《なま》りの強いことも聞きとりにくい原因の一つだった。

件の兵士は意味が通じないので舌打ちをしたが、突然、手を伸ばすと僕の手を掴《つか》み、僕から腕時計をはがし取って自分のポケットに入れた。ついで僕の胸から万年筆を抜きとり、それをもポケットに納め、次に突き離す形に脚を上げて僕の腹を蹴《け》った。仰天した僕たちは自転車をそこに抛《ほ》ったらかしたまま逃げたが、その背後から彼は銃剣を突き刺してきた。幸い剣は体に届かず、彼も発砲まではしなかったため、僕たちは逃げのびることができたのだった。だが、結局僕も従弟もそれぞれの自転車を失ってしまっていた。

そんな記憶がまだ生々しかったことから、従弟が歩いて行こうといったのである。僕もそれに同意した。

× × ×

二・二八事件とは何だったのであろうか。

事件の起きた二月二十八日の前夜七時半頃、台北駅の裏通りで密輸タバコを売っていた中年の台湾人寡婦《かふ》に対して、取り締まりの警員数名がタバコを取り上げ、所持金までを没収した。それを取り返そうとした婦人に向かい、警員は銃床でその頭を殴り、婦人は血を流して倒れた。それを目にした群衆が憤慨し、警員らを囲んだ。警員らは逃げ出したが、逃げながら発砲した。弾が路人の一人にあたり、即死した。激怒した群衆の数はたちまち脹《ふく》れ上がり、近くの警察局と憲兵隊を包囲し、逃げ込んだ警員の引き渡しを迫った。が、拒絶された、というのがそもそもの発端らしい。越えて翌朝、群衆は専売局を囲み、局員ほかを殴打し、書類を投げ出して路上でこれを焼いた。群衆は更に行政長官公署前の広場に集まり、デモを行なったが、長官公署では屋上から機関銃で民衆を射撃した。行政長官公署とは戦後に設置された台湾総督府に相当する最高行政機関である。

そんなこんなから民衆は自ら堪忍袋を引きちぎり、「カンニンニャオ」(こんちきしょうめ)と喚《わめ》きながら暴れ出し、挙句の果てに「外省人を皆殺しにせい」ということになった。話しかけて相手が台湾語か日本語かで答えなければ、片っ端からぶん殴った。自家用車の少なかった時代のことであり、官庁の車や自家用車を乗り廻している者に外省人の多かったことから、自動車を見るとそれを引っくり返して火を放ち、唾を吐きかけながら焼いた。

二・二八事件の発生は民国三十四年の終戦以来、いわゆる台湾の祖国復帰からの一年あまりの間に見た、官僚の腐敗ぶりに対する民衆の不満や憎悪が蓄積された後に爆発した噴火に似ていた。そのため事件の噂はたちまち全島に広がり、翌日には島を挙げての大火災となった。

※もちろん事件の勃発には色々な原因があり、五十年の日本統治を受けた台湾人と、戦後に台湾へ渡ってきたいわゆる外省人との間には、生活習慣や倫理感などの違いがあり、肌合いの悪さもあっただろう。殊に当初、台湾を接収に来た官吏の品行がよろしからず、収賄は日常茶飯事であり、戸籍謄本を貰うのにさえ時には金を包まねばならない状態だったから、台湾人はむかむかした。折角、苛酷《かこく》な日本の植民地統治から自分たちを救ってくれた祖国への期待や憧憬が大きかっただけに、その分だけ失望も大きかった。その一方、彼ら外省人にしてみれば八年におよんだ戦争により国は痩《や》せ細り、国から支給される俸給だけで生活できるはずはなく、勢い収賄をしなければいとしい妻子が飢えた。だから、いや、むしろ収賄が貰《もら》えるからこそ官吏になった人も多かったであろう。況んや彼らには台湾人を植民地から救ったのは自分たちだという自負と、恩を着せて当然という心態を持っていただろうから、必ずしも悪の意識があったとは限らない。いわば立場や文化的形態が異なるのである。だが台湾人の身にしてみれば、誰もが役所に行かねばならない日など、その前日から腹を立てている始末だった。

いうまでもなく人はさまざまであり、教養もさまざまであった。同じ中国人にしても蒋介石の片腕といわれた楊公琳《ようこうりん》は終戦の時、蒋介石に自分を台湾へやってくれと願い出たそうだ。蒋がその理由を尋ねると、我々は台湾を日本に割譲し、台湾人に大きな借りをつくってしまった。償いをしなければならぬ、と答えたという。このような人が台湾に来ていたら、あるいは事件は発生せずに済んでいたかも知れない。

×　×　×

さて、事件の勃発したあと、外省人の官吏はどこかへ隠れてしまい、無政府状態が出現するのは必定だった。事実上、南部では多分まだ中学生のような少年が治安を守るという名義で、どこから持ち出したのか日本刀をぶら下げて闊歩《かっぽ》したりしていた。そのため台湾人は各地に二・二八処理委員会を組織し、台湾の名士や有力者を委員に推挙して秩序の維持と行政長官公署との談判をはじめた。長官公署も事件の収拾につき誠意ある姿勢を見せていた。だが談判は日を追って長引いた。後で知ったことであるが、実はこの時、長官公署は南京の蒋介石に援軍の派遣を要請し、その到着を待っていたのである。
やがて増援部隊が基隆《キールン》に入港し、主隊がその足で汽車に乗り、台北へ向かった。これらの軍隊は台北に到着すると直ちに戦闘態勢をとり、駅前広場において銃を乱射した。学生やサラリーマン、物売り、住民などがわけのわからないまま、ばたばたと倒れて行った。そしてこれを契機に長官公署では処理委員会の委員をはじめ、有力者、教師ほかの誰彼を逮捕し、または出頭を命じた。身に覚えのない者は出頭して説明すればすぐにも嫌疑が晴れると思ったが、これらの人たちは官庁へ赴いたまま、二度と家に戻ることはなかった。この事件により射殺された者は数万におよぶと伝えられる。そして董さんも日本時代に警部補の地位にあって行政に詳しく、また戦後は弁護士として活躍し、人格も高潔だったことから半ば無理強いの形に懇願されて台南市の処理委員として行政その他に関与したのであった。

× × ×

中正公園には人が沢山集まっていた。昔あった児玉総督の石像は戦後に取り除かれ、代わりに時計台が一つしつらえられていた。それを囲む形に人がたかっており、たぶんそこで銃殺が行なわれたものらしかった。僕たちは恐る恐る近寄った。

群衆の背後から背伸びして覗《のぞ》くと、かなり逞《たくま》しい体格をした初老の人が仰向けに転がっており、眉間に銃弾の孔《あな》が一つ、無気味に覗いていた。そこから幾筋かの血が流れ出し、線を引いてこめかみに垂れていた。土ほこりが血の上に振りかかり、血を求めてか蝿《はえ》が二、三匹たかっていた。人々は互いに顔を見合わせ、小声に何か私語《ささや》いていた。「撃たれる間際、『台湾万歳』と叫んだそうだ、それも台湾語で」と誰かのいう声が聞こえた。「そうだ、僕にははっきり聞こえた。僕は直ぐこの二階に住んでるんだ」という声も聞こえた。台湾の民衆は日本時代からの習慣で多く台湾語と日本語を混ぜて使う。これが正真正銘の台湾人で、この日もそのようにして人々は私語き合った。

僕にとって董さんは未知の人だったが、何か物悲しい光景だった。捕えられてどのくらい牢《ろう》に入れられていたのか、どんな審判を受けたのか、皆目見当がつかなかったものの、着ているくたびれた洋服や穢《よご》れたワイシャツの襟の乱れざまからも、董さんの捕えられた過程やその後の倉皇《そうこう》だったことが窺えた。

と、その時だった。肩を叩かれた僕が振り返ると、そこに僕の二番目の兄嫂《あによめ》が立っていた。二番目の兄は僕や長兄とは腹違いで、本宅に住む僕たちとは別に、幼時からその母親と一緒に別宅に住んでいた。成人して結婚したあとは父とともに上海に住み、上海にあった父の事業を扶《たす》けていた。戦後に台湾へ戻ったあとも僕たちとは別居していた。

兄嫂はこの場には場違いなほど盛装をしていた。上海に長く住んでいたせいか社交好きで、また派手好みで、日頃より身の飾りの品には金銭を惜しまない人だった。だが普段ならともかく、今日のような悲惨壮烈な場にあって、ただでさえ目立つ大柄で且つ目鼻立ちの整った彼女が、緑色のチャイナ・ドレスを着て、しかも真珠の首飾りまでつけて来るとは、僕には不謹慎にも程があると思われた。そしてそれにも増して僕は群衆の反応を恐れた。うっかりすると罵られるか、あるいは仕返しをされかねなかった。現に今、誰彼が眉間に皺《しわ》を寄せ、此方《こちら》を睨《にら》んでいた。

すると、その時、もっと恐ろしいことが起こった。兄嫂が人々の後ろに立っているのを目にした兵士の一人が、いきなり兄嫂に挙手の礼をしたのだった。兄嫂を誰か高官の夫人だと勘違いしたのに違いなかった。その一瞬、僕が驚いたのと同時に、人々の目のすべてが兄嫂の上に集まった。そして時を同じくして件《くだん》の兵士が前に進み出、人々に道を開けるように指図した。

その開かれた通路を兄嫂は通って前に出た。そして董さんの横に立ち、じっとその死に顔を見下ろしていたが、やがて目を外らすと今度はかの兵士に向かい、中国語で「辛苦了《シンクウラア》」（ご苦労）といった。それに対して兵士は再び挙手の礼を返した。

それから兄嫂は人々の囲みを割って外へ出てきたが、出しなに僕に向かい、「シナ兵は金持ちに弱いんだよ」と日本語でいった。それが日本語だったことと、声が必要以上に大きかったことで、むしろ群衆に聞かせるための一言のように、僕には聞こえた。「シナ兵」という言葉自体が何となくそれを物語ってもいた。

当初、僕は兄嫂が盛装をして来たのは日頃の派手好きな癖に加えて、あるいは董さんへのお別れのための礼装かとも考えた。それというのも二番目の兄は日本時代に京都大学の法科を出ており、弁護士試験にも合格していた。そして董さんとは家族ぐるみの付合いをしている由にも聞いていたからである。だが少し違うらしかった。

そういえば、と僕は思いついた。先般来、父の法会のたびに彼女も本宅へ来ていたが、その都度、場違いなほどの盛装をしていた。正直にいって僕はそれを父への不敬だと思い、内心彼女を憎んでいた。しかし、そうではなかったらしいのだ。戒厳令下の、いつ追剥《おいはぎ》に姿を変えないとも限らない中国の兵隊から身を守るために、殊更に盛装をしていたのに違いなかった。そして悠々と人力車に乗ってやって来た。僕は改めてこの兄嫂を恐ろしい女だと思い、さすがに上海に何年も住んでいただけあって中国に詳しいのだと、その時以来、別の目で彼女を見るようになった。

×　　×　　×

少し時代が遡《さかのぼ》るが、大正四年八月二日、台南に西来庵《せいらいあん》事件が起きた。西来庵は食菜堂（菜食者の斎場）で小廟だった。もとは五福大帝を祭る白龍庵に附設され童乩《タンキイ》〔呪法によって神仏を自分自身に乗り移らせ、数々の予言などをする者〕の霊場だとも伝えられるが、いつよりか抗日の志士がここに出入りしていた。中心人物は余清芳《よせいほう》という男で屏東《へいとう》の人、彼は店員、巡査補、役場の書記……などを経歴し、一度官憲に捕えられたが、のちに釈放されると名を更え、精米所を経営して軍資金にあてていたといわれる。監視の目を光らせていた日本の官憲は、余清芳の仲間の一人蘇東海《そとうかい》が対岸の廈門《アモイ》へ渡るところを押さえ、持参していた密書から余清芳叛乱の証拠を手にし、余を捕えるべく西来庵を襲った。事情を知った余はいち早く脱出し、同じ仲間の江定《こうてい》がいる台南州下の噍吧哖《タアパアニイ》（今の玉井）に奔《はし》った。そこで当局は台南守備隊と警察隊をくり出し、噍吧哖に向かった。一方、余清芳と江定も住民の支持を得て千数百名の手勢を得、ここに大がかりな戦闘がくり広げられた。攻防戦は二か月にも及び、のちに事件の被告として起訴された者が二千名近くを数えたことや、死刑の判決が八六六人に及んだことからも、攻防戦のすさまじかったことが窺える。その間、余は先頭に立って戦い、いたる所で手薄になった警察の派出所やその宿舎を襲撃したりもした。

※日本の台湾領有は明治二十八年、西暦一八九五年にはじまるが、以後の五十年の間、台湾人と日本人の闘争はほぼ絶えなかった。当初の二十年は武力闘争により、のちの三十年では新民会や台湾文化協会の設立、および帝国議会への台湾議会設置請願書の提出を機に、武力闘争から政治運動へと移って行くが、かなりの後の昭和五年に起きた霧社《むしゃ》事件を別とすれば、噍吧哖の戦いは二十年に及んだ武力闘争の最後の戦いとなった。それだけに壮烈なものだったのであろう。

×　　×　　×

その朝、阿玉《あぎょく》は主家の命により、日用品ほかの色々を需《もと》めるべく、台南までの道を朝暗いうちに出立していた。山道は険しいというほどではなかったが、石ころの混じった道には蔦《つた》が絡んでおり、時々彼女の運動靴を躓《つまず》かせたりした。でも山の朝明けは爽快であった。蝉《せみ》はまだ鳴き出してはいなかった。が、朝の早い瑠璃鳥《るりちょう》の声が時に走っては向かいの山に消えて行った。彼女は町で需めるべき品々を書いた稚《おさな》い字体の紙片を落とさないように懐に入れていた。もちろん預かってきたお金も大切だった。そしてそれにも増して、帰りには生家に寄って、久しぶりに会えるお母さんとの出会いが今から楽しく、僅かながら自分の俸給を母親に渡して上げることのできる喜びにも浸っていた。一月に一度か二月に一度の割りで、彼女はこうして奉公先の山村から山道を伝い、台南の町へ向かうのだった。奉公先は噍吧哖の南庄村で、そこを出て次の内門村を越すと、山道は大きく西に彎曲《わんきょく》し、やがてお午《ひる》近くには関廟《かんびょう》に到り、更に帰仁、仁徳を経て台南市に着く。関廟に足を入れると一応台南府城の門口に辿りついたという実感が、いつものことながら湧く。それもそのはず、関廟には彼女の生家があった。読んで字のごとく三国時代の武将関《かん》羽《う》を祀《まつ》った関帝廟のあるところで、淳朴《じゅんぼく》な民風に加えて忠君愛国の気風の強い村落であった。しかし毎度のことながら行きには生家を素通りし、帰りになってから寄るのが習いだった。山までの道を日帰りするには、道草をするわけにいかないのである。

　彼女の奉公先は田沼とよぶ日本人の家庭で南庄村に駐在する巡査の家だった。駐在所の側に宿舎があり、そこに田沼夫人とその間に出来た太郎クンとの三人暮らしだった。太郎クンは今年五歳で、タロちゃんとよばれていた。主人の田沼巡査は恐い顔こそしていたが根は善良で、また快活な質《たち》だった。日曜日など、時に「よし、手伝ってやろう」といって水を運んでくれたり、拭《ふ》き掃除を手伝ってくれたりした。山村のこととて他にすることがなかったのか、それとも好きなのか、よく隣の山本巡査と碁を打ったりしていた。奥様は厳しいところのある代わりに優しいところもあり、たとえば襖は座ってから開けなさいとか、下駄《げた》を引きずってはいけないとか躾《しつ》けがやかましい半面、お八つをつくると「あなたもお上がり」「沢山食べなさい」とかいってくれたりした。タロちゃんは隣の山本巡査に子供のいないためもあって遊び友達がなく、勢い阿玉とは大の仲よしで、また彼女になついていた。当時、阿玉は数えで十五歳だった。時々親の恋しくなることもあったが、一応は幸せであった。

　山道を下って内門村に到着した頃、日はすでに明るくなっていた。村に一つだけある派出所の前を通りすぎようとした時、彼女は派出所に何人かの巡査が集まっているのを認めた。小さな村の派出所に何人もの巡査が集まることは滅多にないことだった。その中に彼女は顔見知りの渡辺巡査がいるのを見つけた。と同時に渡辺巡査も彼女を認め、大声で「情況はどうだ」と尋ねた。以前に一度南庄に来て田沼巡査の宿舎に泊まったことのあるこの若い巡査の言葉を、彼女は「みんな元気かい」ぐらいの意味に解釈した。そこで「ええ、みんな元気です」と答えた。ところが見ると派出所内の巡査が皆外へ出てきており、帽子には顎紐《あごひも》をかけ、妙に物々しい気配が彼女にも感じられた。

「何かあったのですか」

と尋ねた彼女に対して渡辺巡査は「知らないのか」といい、今朝、嗎吧哖で住民が叛乱《はんらん》を起こし、派遣された警察隊との間で銃撃戦が行なわれている最中のはずだ、というのである。

正に心臓のきゅーっと縮む一言だった。住民の多くが日本人に反感を持っていることは阿玉も前から知っていた。誰かが煽動《せんどう》しているらしいことも聞くともなしに聞いていた。いや、現に日本人の家に奉公している彼女を見るとアカンベエをする少年もいたし、急に声をひそめる大人たちもいた。ある時など脱いだ下駄に牛の糞《ふん》を塗られたこともある。薄々ではあったが、何か悪いことの起こりそうな予感さえ、年端の行かない彼女ながら感じていたのである。

渡辺巡査から事情を聞き知った彼女は、矢庭に向きを変えると走り出した。今来た道を側目《わきめ》も振らずに走った。ご主人様、奥様、タロちゃん、どうか無事で、とそれのみを念じながらひた走りに走った。蔦が脚に何度か絡んだが、躓いては起き、一心に走った。

南庄村の主家に辿り着いた時、しかし遅かった。玄関は開かれたままになっており、ガラスが飛び散っていた。火をつけるために投げこまれたらしい、油の入った空瓶や空缶が転がっており、表札も下に投げ出されている。一歩中へ入った彼女はそこにのけぞって倒れている田沼巡査とその傍らの奥様を目にした。朝食の最中だったのか、皿や碗が転がっている。

彼女は二人に走り寄った。不思議と恐くなかった。ただ動顛《てんどう》していた。巡査は目を瞠《ひら》いていたが、奥様はうつ伏せに倒れていた。血が畳に流れていた。彼女は二人を揺すってみた。しかし二人は伐り出された木材か何かのように妙に硬《こわ》ばっていた。耳に口をあてて呼んでみた。だが二人は身動き一つ返してはくれなかった。

遠くに銃声が聞こえたようだった。彼女はふと耳を澄まし、身の危険を感じた。誰かに見つかったら？　彼らが戻って来たら？　日本人の家に奉公している自分も殺されるに違いない。逃げるべきか、と考えた時に至って彼女は突然、不思議にもこの時になってはじめてタロちゃんのいないことに気がついた。タロちゃんはどこだろう？　彼女は耳を澄まし、附近に人の気配のないことを確かめた上で、それでも声を押さえ、タロちゃんの名をよびつづけながら家中を探し廻った。押し入れから湯殿《ゆどの》、炊事場、流しの下の戸棚、便所も覗いてみた。しかし、どこにもタロちゃんの姿はなかった。連れ去られたのだろうか。彼女は改めて庭に出、植え込みのなかを探してみた。だがそこにも人影はなかつた。

「そうだ、隣かも知れない」と思った彼女は隣の山本巡査の家に入った。中も同じく何やらが乱雑に散らかっており、狼《ろう》藉《ぜき》のあとは紛れなかった。が、巡査の姿も夫人の姿もなかった。もちろんタロちゃんもいない。畳に血は流れていなかった。うまく逃げ出せたのだろうか。それとも連れ去られたのか。できれば、いや、どうかタロちゃんを連れて逃げてくれているようにと、彼女は必死に願った。

と、その時であった。家の中に何やらの気配を感じた彼女は、タロちゃんがどこかに隠れていることを直感した。「タロちゃん」とよんでみたが、しかし返事はなかった。彼女は勝手知った同じ造りのこの家の押入や戸棚の中を急ぎ調べてみた。するといたのである。タロちゃんが山本巡査の家の炊事場の、その流しの下にしつらえられた戸棚のなかに隠れていた。声も出ないほど真っ青になっていた。タロちゃんは阿玉を見ると、まるで鉄が磁石に吸いつけられるように、彼女に飛びついた。わなわなと震えている。

阿玉は再び耳を澄ませた。また銃声が聞こえたようだ。さっきより此方に近づいて来たような感じがしたのは気のせいだろうか。早く逃げねば、と思った。彼女は急ぎタロちゃんを背負うと、そこにあった誰のものともわからない布ぎれを繋ぎ合わせ、それでぐるぐるとタロちゃんを自分の背中にくくりつけ、それか韋駄天《いだてん》のごとく走り出した。

二人はこうして無事に関廟の生家に辿《たど》りつき、阿玉は家人の了解と支持を得て、改めてこの主人の忘れ形見である少年を新しい主人として仕えた。というより阿玉――いや、董氏とよぼう、董氏は生涯どこにも嫁がず、この少年、つまり董さんを自分の養子として立派に育て上げたのである。

少年田沼太郎は利発な子であった。公学校から台南の師範学校に上がったが、どちらとも首席で卒業している。一旦教師になるが、その間、独学で法律を修め、文官試験から高等文官試験、司法官試験に合格して父と同じ警察界に入った。そして太平洋戦争の終わる時まで、台南市警察本署の警部補という高い地位についていた。

董さんには生涯にわたり忘れられないことが二つあった。一つはあの噍吧哖事件の際に山の向こう側からひた走りに走り戻って自分を助け、更に自分を背負い、再び山をひた走りに走った十五歳の少女の心と、それにつづいた二十数年に及ぶ日傭《ひやとい》や洗濯や竹細工編みなどの手間賃仕事によって自分を養ってくれた、この二番目の母の心であった。そしてもう一つは、どうしても忘れられないあの事件当日の出来事である。目の前で父が斬《き》られ、走り寄った母が後ろから突き殺されるのを見て驚きと恐怖のどん底に陥った彼は、助けを求めて隣の山本巡査の家へ逃げこんだのであった。その時、変を聞いた山本夫妻は相携えて逃げ出すところだった。それに自分は「助けて」と縋《すが》りついた。それなのに夫妻は邪慳《じゃけん》に彼を払い除《の》け、二人だけで逃げたのだった。董さんはこの山本夫妻を生涯許さなかった。またそれゆえにこそ自分が日本人であることを生涯にわたり恥じたのである。警部補の職にありながら宮城遥拝をしなかったのもそのためだった。

　とまれ、董さんの父親は日本人だったために台湾人により殺されたが、董さんは台湾を愛したがゆえに中国人に殺された。

×　×　×

　中正公園から僕たちの立ち去ったしばらく後に、あとで聞いた話だが、董さんのお母さん、つまり董氏が駆けつけて来たとのことである。董氏は董さんの遺容をつくづくと眺めたあと、骸《むくろ》の上に優しく毛布をかけた。そして立ち去ったが、口を一文字に結び、涙を見せることはなかったという。

　と、彼女が立ち去るや否や、二人の兵士が毛布を剥ぎとり、奪い合いをはじめた。

蟹《かに》

（序章）

彼は海辺を歩いていた。とぼとぼと歩いていた。夕暮れの赤い太陽が彼の背中を染め上げていた。浜辺には無数の貝殻が散らばっていた。貝殻は零《こぼ》れた光を集め合って七色に光っていた。音すらも聞こえない静かな夕暮れである。そのなかを彼はとぼとぼと歩いて行った。潮が寄せては足元の砂を洗って行った。彼はさっきから腹が減っているのであった。浜伝いに彼の探しているのは蛤《はまぐり》であった。蛤は食べられるのである。無論赤貝でも好かった。烏賊《いか》でも好かった。彼は彼等の経験で食べられる貝と食べられない貝とを見分けることが出来た。しかし今浜辺に散らばっているものは——貝殻はあくまでも貝殻に過ぎなかった。彼は疲れた足を引きずってとぼとぼと歩いた。肩が無性に重かった。夕陽はまさに沈まんとしていた。彼の顔はだんだんと硬《こわ》ばって来た。彼の引きずって行く長い影がますます長くなって行った。腹は無性に減っていた。彼はすっかり疲れ果てていた。しばらく前、月の満ちかけた頃に嵐が来て海を荒らしてしまった。以来彼には獲物にありつけない日々が続いているのである。

彼は心細くなっていた。淋《さび》しくもあった。何と言っても一人ぼっちであった。遠い記憶のなかには優しい母親がいた。逞《たくま》しい父親がいた。いつも微笑んでくれる姉がいた。彼等はどうしたろう。もとより知らない。彼は泣きそうになり、もう一度太陽を見やった。太陽は沈みかかったまま、それでも彼に同情している風に彼は思えた。だが歩くより仕方がなかった。彼は歎息《たんそく》をつき、足を引きずって行った。もはや疲れ果てて体さえ重荷になるのだった。一歩一歩、歩くたびに痩せて行くような気がした。自分でも足首が不似合いなほど大きく感じられた。

だがついに運は尽きて来た。彼の恐れていた夜が刻一刻と天を圧縮しながら舞い降りて来ていたし、糧《かて》にすべき貝は湧くべくもなかった。飢《ひも》じい一夜を今宵《こよい》も過ごさねばならない様子だった。彼は屈《かが》み潮水を掬《すく》って飲んだ。一瞬芳醇《ほうじゅん》な潮の臭みが鼻をついた。胃袋がびっくりしたように縮んで、彼は思わずぶるぶると震えた。その時になって彼は秋が立っているのに気がついた。

彼は岩角に凭《もた》れてしょんぼりと海を眺めやった。恐ろしい太古と言うものを包んで、海は今も目の前に広がっていた。彼は生まれては亡《ほろ》んできた人類の宿命を思いやり、物悲しくなるのであった。その間も胃袋はごろごろと鳴った。潮が音もなく満ちて来た。

と、その時であった。彼は得体の知れない一匹の何物かが、岩かげにへばりついているのを発見したのであった。その得体の知れない何物かは、若者に発見されるのと同時に、彼のほうでも若者の存在に気がついて、突然に息をひそめたのであった。がそやつは確実に生きていた。生きている以上は食えるに違いない――

一瞬、若者は総身に身の毛を逆立てた。そして次の一瞬、彼は五本の指のなかに、その得体の知れない奴をしっかりと捕えていたのであった。再び芳醇な潮の臭みが、鼻を抉《えぐ》って喉《のど》に溢《あふ》れた。彼は有頂天になった。彼は力いっぱいそやつを岩から引き剥《は》がした。

それは逞しい甲羅を背負った、妙に物々しい動物だった。しっとりと重く、甲羅には刺《とげ》があり、足には爪があった。掴《つか》み上げると、何本もある鋭い爪を宙にもがかせて若者に絡《から》みつこうとした。若者はまだこのような動物を見たことがなかった。しかし彼は腹が減っていた。減り過ぎるほど減っていた。だからこやつはきっと食べられるに違いないと考えた。よしんば食べられないものであったとしても、せいぜい腹を痛めるのが落ちであろう。万一死んだとしても、餓死するよりはましではないか。死はもはや、彼に分別を与えるほど恐ろしいものではなくなっていた。何ぶんにも腹が減っていた。そしてこの逞しい動物は彼の手のなかにしっとりと重かった。

彼は足を一本折ってみた。嗅《か》いでみた。それから噛《か》んでみた。そして啜《すす》ってみた。甘い柔らかい味が喉を潤し、音楽を奏でながら五体へしみ渡って行った。それは思いがけない旨いものであった。この世のものと思えないほどだった。彼は今や目をらんらんと輝かせ、毛脛《けずね》を突っ張って、掌《てのひら》にあまるこの一匹の動物を逞しい甲羅から引き剥がして行くのだった。宝石のように冷やりとする快い触感が喉をくすぐり、ぞくぞくとする芳醇な肉塊は、湿りを含んで露のようにしっとりと甘かった。もはや人生はどうでも好かった。彼は舌なめずりをしながら、この一匹の動物を平らげて行ったのである。

ところがである。そやつを平らげて腹が脹《ふく》れて来ると、彼は何だか恐ろしくなり出して来たのであった。今の奴には毒があったかも知れない。不思議なことに、そう考えるとほんとうに毒を食べたような気がし出した。古来、美味なものには毒があるのが常だった。花にしても木の子にしても、美しいものは危険なのである。それに見たことも聞いたこともない動物などは、もともと食べられないものに違いなかった。死ぬぞ！　彼は目をひん剥《む》いて青くなった。とうとう浅ましいことに胃袋に負けてしまった。死んだらどうしよう。その後で彼は急いで否定した。まさか死ぬようなことはあるまい。まさかそれほど運が悪いとは考えられなかった。それに彼は今まで悪いことをした覚えはなかった。毎日腹を空かせて汀《みぎわ》を漁る以外に、神の怒りを買うことは何もないはずだった。無論蛤を拾い、烏賊を食べ、魚を殺しては来た。まさかこれを罪と言い得るのであろうか。それならば人は一体何を食べたら好いと言うのだろう。それに蛤を殺しているのは自分だけではない。悪の報いが、突然に自分一人を見舞ってくるはずはないのだ。だが、しかし……

まさか毒はあるまいかと考える後から、だがやはり頭をもたげてくるのは不安だった。毒はあるいはすでに体のなかを回り始めているのかも知れなかった。そう言えば何だか手足がむくんで来たようである。喉の奥にも死臭が漂って来た。死ぬぞ！　彼はそんなわけの解らないものは食べるべきでなかったと思った。一晩くらい飢えたところで死ぬことはなかったのだ。それを食ったばかりに今夜にでもくたばってしまうかも知れないのだ。飛んでもないことを仕出かしてしまった。彼はやにわに指を口のなかに突っ込んだ。掻《か》き回した。吐かせようとするのだった。が一旦食べてしまったものは、なかなか思い通りには出て来なかった。彼は何回もやってみた。潮水も飲んでみたし、砂も噛んでみた。胸も揺すぶってみたし、逆立ちも、くるくる舞いもやってみた。死にもの狂いであった。汗が流れた。だがついに胃袋は貯え込んだ獲物を再び元へ戻してはくれなかった。彼は石のように青ざめ、頬《ほお》を硬ばらせ、ぼろぼろと涙を流した。

ひとしきり泣いてしまうと、不思議に心が静まって来た。諦めも湧《わ》いて来た。どうせ人は誰でも死ぬのである。病気で死んでも、食べ過ぎで死んでも、結果は同じなのであった。彼は今は、もうどうにでもなりやがれと考えていた。死ぬなら死ねば好いのであった。

夜はすでに海に抱き込まれて、潮の上にたゆたえていた。汀を洗う、退いては寄せてくる浪《なみ》がしらにも宿命があるはずであった。彼は眠ることにした。浜から上がって草原に寝転んだ彼は、しかし目を閉じる前に祈ることを忘れなかった。今の奴に毒がないように——

彼はなかなか眠れなかった。それは彼には珍しいことだった。星がさらさらと彼に囁《ささや》いた。だが彼はその囁きを聞きとることが出来なかった。いつか彼はまた考え込んでいた。やはり死ぬのであろうか。が、その後で彼はやはり否定するより仕方がなかった。大丈夫だ。何も悪いことをしてはいない。彼は目をつぶってみた。すると不意に母親の顔が瞼《まぶた》に浮かんで消えて行った。母親に呼ばれたような気がした。妙に心細かった。どうして皆にはぐれてしまったのだろう。が彼はへとへとに疲れてもいた。彼はうとうととした。

と突然、彼は目を開いて飛び起きた。目をつぶったが最後、そのまま死んでしまいそうな気がしたのだった。彼は目を剥いて天を睨《にら》んだ。眼球に触れる空間の丸みすらも意識しながら、彼は眠るまいと努力した。だが、それも長くは続かなかった。いつか睡魔が彼の瞼を閉じるためにやって来ていた。すっかり疲れ切っていたのだ。遠い空の上では星が焔《ほのお》を吐いて飛び交うた。

翌朝目の覚めた彼は生きていた自分を発見して踊り上がって喜んだ。昨日の奴には毒がなかったのだ。見るが好い、若者は火の粉のように跳ね、はしゃぎ、太陽のなかを転がった。首を前に突き出し、だだっ広い浜辺を馬のように走った。生きているという発見は、何物にも増して嬉しいのであった。彼は汀に降り顔をじゃぶじゃぶと洗った。足を洗い、背伸びをし、それからとんぼ返りをした。太陽が海から上がって彼のほうへ歩み寄って来るようであった。彼は胸を張り、太陽に向かって力一ぱい手を振った。今日も幸運が待っていそうであった。

彼はさっそく蛤を一個拾った。だが蛤は一個だけでは腹の足しにならなかった。彼はやはり朝食を探しに行かなければならなかった。彼は昨日の岩の所を覗《のぞ》いてみた。するとどうだろう、昨日のと同じ物々しい武具を纏《まと》った逞しい奴が、浜から突き出した岩かげにへばり着いていたではないか。彼はとっさに昨日の甘い柔らかい味を思い出していた。喉をくぐって五臓へ流れ込んだあの冷たい汁。潮の香り。彼は唾液を飲み、心のなかからぞくぞくとした。彼はそやつが逃げないように用心しながら後ろへ回った。昨日のよりは小さいが大事な獲物だった。逃がしては大変だ。

彼は忍び寄って行った。ぱっと手を出した。捕えたのである。彼は有頂天になった。朝日が彼の捕えている何やら解らない一匹の上で燦爛《さんらん》と光った。彼は岩角に腰かけてそやつを食うことにした。

彼はまず一番小さい脚を捥《も》いだ。芳醇な潮の香りが迸《ほとばし》るなかで、しかし彼は考えざるを得なかった。一体こやつを食べても好いのだろうか。なるほど昨夜は何事もなく過ぎた。が何事もなく過ぎたと言うことは、とりも直さず、毒がなかったと言うことであろうか。ひょっとすると毒はあるにあったのだが、何かのはずみで立ち消えになったと考えられはしないであろうか。何しろ自分は悪いことをしていないのだから、神様が一度だけ許してくれたのかも知れない。あるいはまた毒の濃さが一匹分では薄過ぎたのかも知れない。とすれば今度こそ食べたが最後助かりっこはないのだった。うまいことはそうそう二度と重なるものではなかったし、神様だって二度と人を助けるものではなかった。彼は腕を振り上げた。べらぼうめ！　だがせっかくの獲物を岩に叩きつけるには、あまりにももったいなかった。何ぶんにも毒はないのかも知れなかった。そしてあの甘い柔らかい、新鮮なぞくぞくとする、音楽のように喉をくすぐって流れて行く冷たい味は、譬《たと》えようもない美味しいものであった。彼は太陽を仰いだ。太陽は吉徴《きっちょう》を孕《はら》んできらきらと彼に微笑んでいた。だから彼は毒なんかあるまいと考えた。食っちまえ！

　だが彼はもう一度念のために考えるのであった。もしも昨日の奴に毒があったとして、ただ毒の回りが遅いのだとしたらどうだろう。今頃あるいは毒は胸元まで回っているのかも知れないのだった。とすればもはや助からないのに違いなかった。しかし彼はこういうことにも気づいていた。もしも毒があるのだったら、一匹食うのも二匹食うのも同じであった。とどのつまりは死ぬのである。ならば結局は食ったほうが得であった。何ぶんにもあの甘い柔らかい味は、そう簡単には手に入るものではなかった。そこで彼は食べることに決心した。彼は捥《も》ぎとった脚をおそるおそる噛んでみた。それから啜ってみた。が、どう言うものか昨日のように美味しくなかった。いや、美味しくなかったばかりではない。彼はいつの間にか食欲さえなくなっている自分を発見していた。彼は獲物を振り上げた。至極あっさりと岩へ叩きつけた。その一匹の動物は、朝日のなかで砕けて四方八方へ飛び散った。彼はぺっと唾を吐くと、そのままそこを立ち去った。

　一体そやつには毒があったのだろうか。歩きながら彼の心は相変わらず例の一匹の上を這い回っていた。毒があるにしてはこの通りぴんぴんしていた。が毒がないにしては、どうしてこうも胸糞《むなくそ》が悪いのだろう。彼は浪の来ては砂を打ち返している汀を辿《たど》りながら、いつまでも一つことにこだわり続けた。

　が彼は知っていた。これはいくら考えてもけりのつく問題ではなかった。死ぬかどうかは日さえ経てば解ることであった。しかしいかに解ったところで死んでしまったのでは助からなかった。彼は年寄りに尋ねるに若くはないと考えた。年寄りは常に知恵深く、そして経験に富んでいるのだった。

　部落に近づいたところで一人の長老に出会った。だが長老は驚いた目をしばたいて若者を見ただけで、返事をしてはくれなかった。若者はますます心配になった。次に一人の老婆にあった。が老婆はこのような動物を見たことはあったが、ついぞ近寄って吉凶を占う勇気をもつことが出来なかった。第三にも一人の老人に会ったが、老人とてこのような恐ろしい恰好をしたものを食べた経験のあるはずがなかった。だが老人は、たぶん大丈夫だろうよと慰めてくれた。現にお前さん、まだ生きてるじゃねえかよ。最後に部落の巫婆《ブウボオ》〔巫女。女祈祷師〕に会った時、この三百歳を越した巫婆は立ちどころに若者を呪った。死ぬぞい、若けえの。誰がむやみに物を食えと言っただ。おいはちゃんと言ったでねえか。日が暮れてから出て来るもの、皆幽界に属するものじゃ。食ってはならんと言うたはずじゃ。この食いしん坊の罰当たりめが！　死ぬぞいな。死ぬぞいな……おお見るが好い、若者の顔は蒼白《そうはく》になり、泣くにも涙が出ない始末だった。

それから何日か経った。若者はほとんど何も食べる気がしなかった。夜になって眠る前に、無理に数本の草の根を噛むばかりだった。だが彼は、今日と言う日が一応無事に終わったことを神に感謝することを忘れはしなかった。そして一方明日が来ることを恐れるのであった。その翌日はまた寝る時にそのまた翌日を恐れるのであった。不安が始終雨雲のように彼を包み、恐怖は時に夢のなかにまで現われては、彼を呼び醒《さ》ましたりした。彼はだんだんと痩せて行った。が結局は何事も起らなかったのである。そやつには毒がなかったのだ。

——かくして人類は蟹を食べることを発見した。

（二）

あの頃おいは乞食《こじき》をしておった。老いさらぼうてこちこちになった臑《すね》を引きずり、終日、歎息まじりに町じゅうをうろついていた。皺《しわ》が寄って乾涸《ひから》びてしまったぺしゃんこの腹を押さえて、おいは前かがみにとぼとぼと歩いた。おいの体のなかでは、肋骨やら背骨やらが、歩く度に壊れかかった鉄塔のように軋《きし》みわたり、今にもばらばらに崩れそうになるのであった。おいはぜいぜい咳《せき》をしながら、町から町へ、ごみ箱からごみ箱を漁《あさ》り歩くのだった。台北の町はあらかたおいに歩き尽くされていたが、この町はおいに親切とは言えなかった。どこへ行っても歓迎されなかったし、どこまで歩いても腹の足しになるものを見つけることの出来ない日もあった。おいは肺病で喘息《ぜんそく》病みで、そして何と言っても腹がぺこぺこなのであった。

——おい、乞食がいるぞ。

おいを見つけると死に損ないの餓鬼どもが石を投げつけて来るのだった。毎日のことだがおいは足早にそれをよけて通らねばならなかった。宙を掠《かす》めて飛んで来た石の一つが嫌と言うほどおいの背中を打ちつける。おいは目をひん剥き、髪を逆立てて怒らざるを得ないのだった。すると餓鬼どもはおいを見てますます囃《はや》し立てるのだった。

——やい、乞食が怒ったぞ。顔は鬼のようだが、お臍《へそ》は牡蠣《かき》にそっくりや。へっへっへっ。

おいは突端に塩をふりまかれた蛞蝓《なめくじ》のように、迂闊《うかつ》にも見られてしまった腹の皮に堪えがたい羞恥を感じ、柄にもなく怒ったことを後悔するのだった。おいは喉の奥で何やらわけの解らないことをぶつぶつこぼし、前こごみに餓鬼どもを避けて回るのだった。

自体戦争が終わってから世のなかの景気はめっきり悪くなりやがった。人々は驚くほど吝嗇《けち》になったし、加えて乞食も増えやがった。戦前はごみ箱さえ漁れば飢えることは何もなかったのだ。肉のついた骨があらあ。中味の入った卵の殻があらあ。本物なんだぜ。魚の頭だって玉蜀黍《とうもろこし》だって、今と食いかたが違っていた。だからおいたちはまめに歩きさえすれば何も飢えに苛《さいな》まれることはなかったのだ。おいたちの暮らしにはゆとりがあったし、したがっておいたちの誰もが安心して乞食を続けることが出来た。

もともとごみ箱と言うのは愉快なもので、それぞれの家の秘密が一ぱい詰まっているのが普通だった。おいはいつの頃よりか、ごみ箱の中味からそれぞれの家庭の暮らしを想像する楽しみを覚え、にやにやとほくそ笑みながら漁り歩いたものだった。烏賊の背骨だとか蛤の殻だとか、こんな脂肪の少ないものばかり食べたがる家の主人は、たいていが痩せっぽちの老人趣味で、万事が控え目で、そのくせ暴君で、めったに怒らない代わりに一旦怒り出すと始末におえない頑固者で、細君は概して美しく、庭木を好み、掃除が行き届き、乞食は好まなかった。豚の骨やら缶詰の缶やら、家鴨《あひる》の卵、バナナの皮とか、こんなものを捨てたがる肉食の家には腕白盛りの男の子が何人かいて、そう言う家のごみ箱は一体に中味が豊富な代わりに、とかく犬と言う代物がおって迂闊に近寄れないのが普通だった。竹の皮だの紙の袋だのと言うものは、飲んべえの亭主が蒟蒻《こんにゃく》のように酔いつぶれて帰って来た時に、寿司だのおでんだのを買って来て細君におべっかを使った証拠で、一見臆病そうで人も好いのだが、酔いが醒めれば元の木阿弥《もくあみ》で、愛妻家でも何でもなく、むしろ偽善者で利己主義で、家ではよく喧嘩《けんか》が始まるのだが不思議なことにときどき夫婦揃《そろ》っては映画へ行ったりするのだった。こんな家のごみ箱はなかが豊富だとは言えなかったが、でも女中さんはたいていぽっちゃりとしていて、性質もよく、にこにこしているのが多かった。

新聞紙だの破れた布だのをむやみに捨てたがる家の奥さんは、見た目には気前が好さそうであったが、実際は気位ばかり高くて、我が強くて、石女《うまずめ》で、潔癖で、ヒステリーで、こんな家の女中さんこそ迷惑で、その証拠に次々と女中さんばかり変えていたし、家ばかりが大きくて肝心かなめのごみ箱にほとんど何も入ってないいんちきのまがい物は、ついぞ男の声を聞いたことのない後家屋敷で、おいにとって一番役に立たないものだった。が、こういう家の猫に限ってまるまると肥っているのは全くどう考えても不思議なことであった。

時折血のりのべったりとついた脱脂綿を見つけたりすると、おいは男だから、生理日を迎えているのが母親のほうか娘のほうかをいろいろの角度から考察し、その丸めかたに羞恥が残っていたり、あるいは色調が油ぎることなく初々しいものであれば娘のほうに間違いないのだし、この家の娘と言えば女学校に上がったばかりの頬の赤い、笑うとえくぼの出来る、おいを見ても逃げないあの子しかいないのだから、おいは大急ぎでその朱に染まった綿ぎれを掴みとり、それから誰も見られなかったことを確かめてからそっと懐に入れるのだった。

何しろこのようなことはごみ箱を漁ったことのない人間には理解出来ない楽しみで、おいにはそれぞれの家の俸給の額もだいたい見当がついていたし、ものの哀れを感ずることもあったりしてけっこう楽しかったのだ。それが戦後になると滅茶苦茶になってしまった。物価は上がるし、ごみ箱なんか潰して焚き付けに持って行く泥棒さえ出て来る始末だった。おいは楽しみを味わうゆとりなどなくなり、ただもう飢えに苛まれ、時には南瓜の皮にさえありつけない日を送らねばならなかった。もう世のなかはお仕舞いであった。しかも生来人の受けが悪く、老いさらぼうて乾涸びてしまったおいに魅力などのあろうはずもなく、嫌われているのを承知で商店街だの住宅街だのを物乞いして回る面子もなかったから、おいはやはり乏しい餌を求めてごみ箱を漁るより仕方がなかった。

ほんとうを言うとおいはいくらでも術を知っていた。体についた虱《しらみ》を摘まみ上げて綺麗に着飾った女を嚇《おど》したり、客の立て込んだ商店のなかに土足で入ったりすると、相手なんかたいていびっくりして、急いで金をくれるものだった。それに男など見え坊だったから、婚約前の女友達と一緒の時にはなかなか奮発してくれる。五元とか十元とか、凄《すご》いんだぞ、紙で出来た大人の使う金をくれるんだ。おいの同業のなかには専門に結婚式場ばかり狙って押しかけて行く奴がいるのをおいは知っている。結婚式だけはただ喰いしても追い出されないからだ。だがおいはそんな奴にはなりたくない。それは悪いことだからだ。おいはこれでも悪いことだけはしたことがない。これだけがおいの唯一の取り柄で、ああ、だからおいはいつでも腹がぺこぺこで、放尿をするような時にはよく見えるのだが、おいの腰から臑《すね》のあたりなどまるで黍稈細工《きびがらざいく》〔トウモロコシの茎と芯と皮とを材料として作る手工の細工〕のすかんぽ〔タデ科の多年草〕みたいに、風の強い日には吹き飛ばされそうになるのだった。

しかし今さらそんなことを言ったところでどうにもならないことだし、急に改業出来るものでもなかった。おいは我慢して空腹に堪えるより仕方もなかった。それに年をとって来るとけっこう諦めやすくもなって来たし、一旦諦めてしまえば空腹は死ぬほど辛くても、実際にはなかなか飢え死にするものでもなかった。現においなんか肺病で喘息病みで常々死にかかっているくせに、胃袋だけは健在で、とぼとぼと町をうろつきながら餓鬼どもに苛められ醜態を演じている始末なのだ。

餓鬼から逃げ回っているとおいはいつか小じんまりとした路地に入り込んでいた。アメリカ人でも住んでいそうな新しい香港式の住宅が並んで、ごみ箱の大きいのがまずおいの注意を引いた。人は知らないがおいたちのように長く乞食をやっていると霊感と言うものがあるのだった。おいは付近に悪童がいないのを見定めてからごみ箱に近寄った。舌なめずりをしてから蓋《ふた》を開けてみると、へっへっ、豚の画のまだ新しい大きな空缶が転がっていた。もちろん缶は空だが、だが一種異様なまでに空腹を誘う、胡椒《こしょう》の混じったような、そんな香ぐわしい匂いを発散させていた。中味がまだたくさんある証拠なのだ。それにこの缶一個だけでも一毛銭〔貨幣の単位。一〇毛＝一角。一〇角＝一元〕には売れる。おいは獲物を発見した時のくせで、下唇を舐《な》めながら誰かに見られなかったかを確かめ、それからこんな大きな缶を捨てた人の好いアメリカ人の主婦の顔を思い浮かべ、この家は傭人《ようにん》を使っていないのだなと睨《にら》んだ。

ところが辺りを見回したおいは向こうからやって来るお巡《まわ》りの姿を発見したのだった。ごみ箱を漁るのは決して悪いことではなかった。だがおいはお巡りほど嫌いなものはないのだった。どう言うわけか彼等に出喰わすと、おいは犯人に間違えられそうな気がして仕方がないのだった。だからおいはお巡りに会ったが最後、ほんとうの犯人と同じようにおどおどとし、その結果ますます犯人に間違えられそうになるのだった。おいは狭い路地のなかで逃げるわけにも行かず、仕方がないから少し離れた塀際に立ってこちこちになって彼をやり過ごしたのであった。彼は例によって、人を疑うことに慣れた下品な目つきで胡散《うさん》臭げにおいを眺め、通り過ぎる時にはわざわざ後ろ向きになっておいを観察し、あまつさえおいが何をしていたかを調べるために件のごみ箱まで開けてみたのだった。それからおいのほうを見てにやりと笑った時には、おいは胃袋の底まで見透かされたように年甲斐もなく赤面したのであった。

奴がいなくなるとおいは安心して大急ぎでごみ箱の所へ戻った。見るが好い、このすばらしい掘り出し物はとうとうおいの物になったのだ。が浅ましいもので、おいは他にも何か食べられる物がありはしないかと思って、ごそごそ底を掻《か》き回してみたのだった。その音を聞いたのか、それともおいの匂いを嗅ぎつけたのか、ともかくも門のなかからとてつもない、でっかい狼犬が二頭飛び出して来やがったのだ。二頭の四つん這い野郎は右からも左からも吠えかかって来るのだ。おったまげたの何のって、おいはもう缶詰どころの騒ぎではなかった。どうやって狼の牙から逃れ出たのか自分でも覚えていない。

どんでん返しをしている胸が少し治って来ると、おいはおびただしい人間が上手のある一軒の家の前にひしめき合っているのに気がついた。そのひしめき合っている奴等はどうやらおいの同業らしいのであった。とたんにおいはすべてを了解した。長々と煉瓦塀《れんがべい》を回らせた大きな邸宅があって、そこで葬式が行なわれているのだった。台湾のしきたりでは、それが誰であろうと路傍に座って葬列を送ってくれた人には葬家より金一封の謝礼が出ることになっていた。乞食どもはそれだからどこかで大尽《だいじん》が死んだと聞くと、たちまち蟻のようにたかって行くのだった。そして門前に座りこみ、もう何回も黴《かび》の出たような乾麺《かんめん》を並べ、わけの解らぬ経を唱えて礼金を待つのである。見るが好い、今しも吸血鬼どもは執事と思われる人間を囲んで、死に物狂いで奪い合いを始めている——

公平に分配しようとする執事に対して、乞食どもは二回でも三回でも貰《もら》おうとして手を出したり喚《わめ》いたり、果ては他人を突きのけるのは言うまでもないとしても、仲間の手から強引に引ったくったり、一つの包みをいくつかの手で奪い合った挙げ句に中味を零《こぼ》して、大騒動をもち上げるのだった。女のなかには尻の上にずれ落ちた赤子が芋ころのように潰れてしまうのも忘れて、前のめりになって先を争うのもあれば、はだかったおっぱいが群集の肩やら背やらに挟まれてへし潰され、それが抜こうにも抜きとれずに、まるで飴《あめ》かなんぞのように長々と引っ張りながら喚き立てたり、ある者はもう手に二袋も三袋も握っていながらなお小さい子供を肩車に載せて、子供に手を出させている要領の好い奴もおった。おいはその死闘を見ながら死んだ仏がこれを見たらどんな気持ちがするであろうかと考えて、おいの仲間ながら浅ましくなるのだった。しかしおいは告白しなければならないが、心のなかでは浅ましいと思う反面、羨ましい気持ちもなかったわけではない。出来ればおいだって金の一封にはありつきたいのだった。何しろおいの胃袋は自転車のタイヤのようにぺしゃんこだったし、飢えと疲れでもうへとへとだった。それにどうせこんなに人が多いのだから、飛び入りをしたところでばれるはずはなかった。だがそう考えたおいは、近くで帰る仕度をしていた鼻の尖《とが》った婆に呼びかけられたのでおじゃんになってしまった。

——お前さん、遅かったぞい。葬式は終わってしまったからね。

おいは心の中で冷やりとした。乞食婆と言うのは目の聡《さと》いのが多かった。おいは何気なく尋ねた。

——お婆はもう帰るのけ？

すると婆は喉を詰まらせて鳥のように笑った。

——もう四袋も稼いだでな。

それから彼女はこう継ぎ足した。彼女と来たらほくほくとまるで王宮の宦官《かんがん》のように満ち足りていたのだ。

——今日はふんと縁起の好い日でな、実はな、これは内緒だが、もう一カ所葬式があるんや。はよ行かんと間に合わんでな。くっくっくっ。

彼女は——おいははっきりと見ていたのだが、付近にあった他人の乾麵までごさごさとぼろ布の袋のなかへ入れやがった。それからいそいそと立ち上がると、今しも執事から金袋をせしめたばかりの亭主でもあろうか、龍眼《りゅうがん》〔ムクロジ科の常緑高木。果実はライチに似る〕の種のようなひんがら眼の男と連れ立って、そそくさと立ち去った。おいはあきれ返って一部始終を見ていたが、そのうちになんだか微笑ましくなって来たから妙だ。どうせ人生なんぞこんなものに過ぎないのかも知れない、と思ったのである。

（二）

おいは今日もぜいぜい咳をしながら、口の開いた靴底を引きずってとぼとぼと歩いていた。腹は相変わらずぺこぺこであった。一日中歩き疲れておいは生きているのが馬鹿馬鹿しいと思える時があった。しかし生きている以上はやはり空腹を充たさねばならなかった。線路の表側には戦後ごたごたと竹のバラックが建てられ、煙草だの石鹸《せっけん》だの毛布だの軍服だの、アメリカ軍からの流れものが洪水のように売られていた。通りには安っぽいレコードがどかどかとかけられて、終日めくるめくばかりの様相を呈していた。おいはもともとこういう賑《にぎ》やかな通りは好きでなかったし、またこういう所の主人は気が荒くて危険な場合も多いので、おいはいつも裏側の線路のなかを通り抜けるのであった。

ついさっきおいは賑やかな衡陽街《こうようがい》を歩いていた。衡陽街から公園へ出て水を飲もうと思ったのだ。すると三つか四つくらいの女の子がよちよちと停止脚《ていしきゃく》［二階から上が歩道の上に突き出ている建物。その突き出た部分］をよぎって、通りへ出て来たのだった。それが急ぎ足の通行人にぶつかって引っくり返ってしまった。たったそれだけのことだったが、おいのすぐ横で起こったことだし、おいは急いでその女の子を抱き起こしてやったのだ。するとどうだろう、店のなかから出て来た母親らしい女がおいに礼を言うどころか、逆に喰ってかかったではないか。

——触らないで！　穢《きたな》い手で……

そしておいの目の前でおいの触った辺りの埃《ほこり》を指で弾《はじ》き、匂いまで嗅いだりしているのである。おいはおいの手が穢くないとは言わない。何ぶんにも乞食なんだから。しかしいくら手が穢いからと言って、他人の好意をそんなに無にするものではないと思う。おいはこんなことが起こる度につくづく乞食が嫌になるのだった。そうかと言って今さら急に職業が変えられるものでもなかったし、おいは何事も運命だからと思って我慢するより仕方もないのだった。

突然列車の音が聞こえて来て、汽笛を鳴らしながらおいの側を走って行った。走りかたの早い列車であった。きっと急行と言う奴だろう。おいは何だか人生が一つすっと走って行ったような気がした。そんな人生もあるはずであった。そしてそう言う人生も悪くないなと思った。

線路から出て街筋を一本越すと円環の盛り場へ出るのであった。小さな屋台がぎっしりと並んで、いつ来てもここには無尽蔵に食べ物が揃《そろ》っていた。鶏があり家鴨があり、豚、魚、蝦《えび》、その他何でもあるのだった。いくら食べても食べ尽くせないほどたくさんあるのだった。腸詰の赤い美味しそうな姿と言い、胡麻《ごま》油のぷんぷんする匂いと言い、おいはもう涎《よだれ》をたらたらと垂らし卒倒しそうになるのだった。おいはぶつぶつと弾けながら焼かれて行く天麩羅《てんぷら》を眺め、しゃがみ込みたいほどの空腹に苛まれるのだった。みんな美味しそうに食べていた。幸福そのものであった。だがおいは朝からまだ何も食べていないのだった。懐には一毛銭の貯えさえないのだった。おいは屈んで煙草の吸い殻を一つ拾った。

と、その時であった。おいの目と一人の客の目がかち合ったのだった。この何でもない無意識の一瞬において、だがおいは心のなかに何かが起きると言う不安を感じとった。それはもちろん漠然としたものだったが心臓の縮むような一瞬であった。

おいは危険を感じた。そしてこの予感は見事に当たったのであった。客はおいにここへ来て座れと命じたのである。

おいはおそるおそる彼を窺《うかが》った。赤ら顔をした中背の逞しい四十男である。ピンと跳ね上がった背広を一着し、指にはガラス製の宝石を嵌《は》めていた。酔いがすでに顔に現われており、悪い煙草をふかしていた。商人のようでもあり破落戸《ごろつき》のようでもあった。豚殺しの兄いのようにも見え、また戦後突然に増えた成り上がり者のようでもあった。吊《つ》り上がった三角形の目は酒気を帯びて蛇のように無気味だった。おいは命令に服さなければ酷《ひど》い目に合わされると思ったので、びくびくしながら彼の前に腰を下ろしたのであった。彼はおいが言うことを聞いたので満足そうであった。が哀れなおいは蛇に睨まれた蛙のようにこめかみをひくつかせ、破れた靴のなかでは足指までが小さく縮んで、全身わなわなと震えているのだった。

彼は自分の前にあった皿をおいのほうへ押して来た。

――食いな。

おいは毒殺されるのだと思った。出来ることなら逃げ出したいところだった。が逃げたが最後ほんとうに殺されるのに違いなかった。おいはじっと息を殺していた。俯《うつむ》いてはいたが睫《まつげ》の先では鋭い警戒を周囲に配っていた一分、二分。

――おい、どうして食わねえ?

彼の声は何とか言う大王のように力があった。おいはもう逃げることを諦めるより仕方がなかった。今ここで食わなかったら殺される恐れがあるのは確かだった。おいは観念して、その油に染まった腸詰を一切れつまんで口に入れた。それから死刑囚のように頬から上を硬直させたまま、口をもぐもぐさせ鵜《う》呑みにしてしまった。目が瞼の上で引っくり返ったのは言うまでもない。があきれたことに、おいの呑み込んだ一切れの腸詰は、あたかも天界の珍肴《ちんこう》のようにおいの喉もとをくすぐりやがったのだ。堪えがたい旨さであった。おいの口のなかからは涎がこんこんと溢れ出して来た。

客はおいが食べたのを見て満足そうに頷いた。そして今度はほかほかと湯気の立っているできたてのカレーライスを、山盛りに一皿おいの目の前に持って来させた。その頃からおいは相手が案外悪い人ではないのかも知れないと考えるようになっていた。酔ったまぎれの出来心でおいにご馳走《ちそう》しようとしているのに違いなかった。おいががつがつと食べるのを見て酒の余興にしようとしているのだろう。第一おいを毒殺したって何にもならないし、それにさっきの一皿は彼自身もちゃんと食べていた。

——おい、食えよ。

言われておいはへえと答えた。おいは匙《さじ》を取り上げた。が警戒の念はおさおさ怠っているわけではなかった。ただで奢《おご》ってくれるにしては気前が好過ぎるからだ。おいだって知っている。一皿のカレーライスは一元硬貨が三つ半も要るのであった。しかしながらおいは何ぶんにも腹が減り過ぎていた。そして一皿のカレーライスは量においても香りにおいても、おいを誘惑するのに不足はなかった。おいは昨夜来大根の尻尾を少し齧《かじ》っているに過ぎなかった。おいは相手の顔を窺いながら、素早く一口を頬張ってみたのだった。カレー特有のひりひりとした香気がおいの脳天にしみ渡り、胃袋は水を与えられた木くらげのように瞬く間に脹れ上がった。もはや羞恥は問題ではなかった。食えるうちが花である。おいはもう獣であった。山盛りの皿を肘のなかに抱き込んで、吠え出さんばかりに猛《たけ》りたった。がつがつと食った。人生はもうどうでも好かった。おいは思い出して大急ぎで猿股の紐を弛《ゆる》めた。

おいは前代未聞の満腹のなかで、まるで妊娠してしまったような身動きの出来ない腹を抱えて、はあはあと息を切らしていた。がたちまちにしておいはおいの立場を思い出していた。件《くだん》の紳士がおいを見ているばかりか、屋台の主から付近にいる客、子供、皆が笑いを堪《こら》えておいを見ていた。一瞬おいは体が内部に向かってめり込むほどの羞恥に襲われた。全くとんでもない恥を晒《さら》したものであった。おいは何とかして早くこの場を逃げねばならないと考えた。早く放免して貰えないものだろうか。だがおいは心の隅ではお礼の一言を言わねば悪いのではないかと気がかりでもあった。しかしお礼を言う勇気のあろうはずはなかった。おいは年甲斐もなくもじもじとし、俯《うつむ》いて手の甲をさするばかりだった。どこからか蝿《はえ》が飛んで来ておいの耳に止まったが、おいは身動きすら自由に出来ないのだった。

——どうだ、旨かったか。

彼の声には勝利者の誇りと演出家の満足があった。おいは答えた。

——へえ。

すると彼はもう一杯食わねえかと尋ねるのであった。おいはもう満腹だったし、それにこれ以上虐待されたのでは堪らないので、必死になって断わるのであった。

——いえ、へえ、けっこうどす。いえ、へえ、けっこうどす。

おいは失礼な断わりかたをして相手の機嫌を損ねでもしたら大変だと思って、ぺこぺこと頭を下げて、辞退すると言うよりは一生懸命謝っているのであった。すると彼は立ち上がった。おいのほうには見向きもせずに、のっそりと屋台の主の側へ歩み寄った。おいはやれやれと思った。金を払って、それからおいを放免してくれるのだと考えた。が事実はそう簡単ではなかった。彼は飲み足りない酒を注文しに行ったのであった。そしてそればかりではない、彼は一斤も二斤もある、帝王のように堂々とした真っ赤な蟹を一匹、おいの前に抛《ほう》り出して来たのであった。それを食えと言うのである。おいは仰天した。

蟹と言えば盛り場だけでなく、市場のなかでも高価なものであった。縛っている草縄のほうがずっと重い計算になっている、それほどに高価な物であった。こんな大きな蟹だったら一匹で十元、いや二十元、それとも三十元くらいもするのかも知れなかった。三十元と言えばおいが金のある時に食う醤油《しょうゆ》飯が一杯八毛銭だったから、毎日一回ずつ食ったとしても、二カ月近く大尽のように安閑と日が送れる金なんだ。おいはてっきりこやつは気狂いに違いないと思った。

——おい、食えよ。

不機嫌そうな声がしゃくった顎《あご》から飛び出して来た。おいはへえと答えた。まごまごしていると叱られる恐れが充分にあった。酒飲みなんて言うのはせっかちと決まっていたし、そしていつでも人殺しがしたくて堪らないものだった。おいは観念した。が衆人環視《しゅうじんかんし》の下で恥を晒すのはご免であった。それにと言って今さら断わるのは何としても危険であった。それに万一危険が起きなかったとしても、ひょっとして蟹を取り返されでもしたら損をするのはおいのほうだった。浅ましい話だが、茹《ゆ》で立ての真っ赤な蟹を前にして、おいは実はさっきから蟹も食べたい欲望に駆られているのであった。今を逃しては金輪際おいには蟹を食べる機会がまたとあるはずはないのだった。おいは食べるべきだった。人生は短いのである。笑われようと後がどうなろうと、食えるうちが花だった。おいは何と言っても食うべきであった。しかしいつか増えて来た見物人を前にして、おいにはそのような勇気などのあろうはずはなかった。

——おい……

矢継ぎ早の催促である。彼は虎年の生まれらしく鼻息が虎に似ていた。だがどうしておいに身動きなど出来よう。すると彼は酒を一杯突き出した。これを飲めと言うのであった。明らかに見物人に見せるためにおいを苛めているのに違いなかった。

——さあ……

だがおいは酒を飲んだら死ぬことを知っていた。おいは肺病だし喘息なのだ。以前まだ肺病の軽かった時にごみ箱のなかで発見したウイスキンとか言うのを一口飲んで、もう少しで死ぬところだった。喉が焼け、咳が止まらず、息さえ詰まるのであった。病気の軽かった時でさえそうなのだから、今ここで飲んだが最後助かる見込みはなかった。おいはやはり逃げねばならないと思って、ぱっと立ち上がった。だがおいが立ち上がるのと同時に奴も立ち上がっていた。おいは奴の目のなかに殺気が一瞬浮かんだのを見て取った。それは戦時中に兵隊さんたちの目のなかにもあったあれだった。突然おいはがたがたと震え出した。

逃げるにも逃げられなかった。涙がおいの目から溢れ出した。おいはその一杯の酒を一息に飲み干したのである。観衆からはどっと歓声が上がった。がおいはむせて死にそうになるほど咳込んだ。

——酒が駄目なら蟹だけでも食って行け。

おいが酒を飲んだので満足したのか彼はいくらか優しい声をかけて来た。そこでおいは思い切って頼んでみた。

——持って帰って食べます。必ず食べますから。必ず……必ず……

おいは米搗《こめつ》きバッタのようにぺこぺこし、頼んでいると言うよりは謝っているのだった。すると紳士は笑い出した。彼は屋台の主に紙を持って来させて蟹を包ませた。おいはやっと解放される喜びに戦《おのの》きながら、包みを受けとると一心に頭を下げ、それから身ぐるみ店を飛び出そうとした。ところが何たることだろう。奴はまたおいを呼び止めたのだ。だが今度は苛めるために呼び止めたのではなかった。煙草をおいにくれると言うのだった。おいは一刻も早くその場から離れたい一心で、無我夢中のまま一本抜きとると痩せた尻をひっ抱えて表へ飛び出した。それからほっとした。がおいは決して後を振り返りはしなかった。振り返ったが最後また呼び止められそうな気がするのだった。目がかち合ったらお仕舞いであった。風の強い日であった。おいは嵐のなかの一本の枯れ木のように死に物狂いになって歩いて行った。

（三）

当時おいは台北橋の袂《たもと》の木材置場に住んでいた。あそこに昔の防空壕《ぼうくうごう》が残っていて、なかはじめじめとして蚯蚓《みみず》も湧いていたが、しかしおいを風雨から守ってくれるには充分だった。おいの持ち物としては茣蓙《ござ》が一枚とぼろ布が少しあるきりだったし、夜にならなければ帰って来なかったから誰にも知られずにこっそり住んでいられた。

当日蟹を抱えて帰って来た時辺りはまだ夜に少しの間があって、その故かそれとも蟹を抱えている故かおいは防空壕のなかに誰か潜んでいそうな気がして仕方がなかった。何しろ宝物はこっそり持っていなければならないのであった。おいは用心しながら近寄りそっとなかを覗いてみたが、なかには幸いなことに誰もいなかった。それでもおいは安心出来ずに敷いている茣蓙をめくって一応下まで調べ、それから壊れかかった板戸を閉めて始めて蝸牛《かたつむり》のように安心したのであった。

蟹の包みを抱えて盛り場を飛び出してからも、辻《つじ》を曲がってしまうまでは、件《くだん》の紳士に呼び返されそうな気がして心配でならなかったのだ。それがうまい具合にとうとう彼の魔手から逃れ出たと知った時、おいはおいの体のなかで歪《いびつ》になるほど有頂天になって喜んだ。考えても見るが好い。おいは死なずに済んだばかりか、実に一匹三十元の蟹まで手に入れたのであった。おいは有頂天になったおいがどんな顔をしていたか解らない。が気がついた時、道を行く人々が一斉にこちらを見ているのに冷やりとしたのだった。おいはしまったと思った。何しろ宝物を持っているのである。奪われたらことであった。おいはしっかりと蟹を抱き、今度は、四方八方に警戒を配った。ところがそうしているうちに、人々の目が疑い深くなっているのを感ぜずにいられなかった。何ぶんにもおいは泥棒に間違えられる恐れがあるのだった。何ぶんにもおいは死に物狂いになって宝物を抱いていた。そして急げるだけ道を急いでいた。しかも最大の危険は、蟹がおいにとって分相応な食べ物でなかったことだ。おいは刑務所へぶち込まれたおいを想像した。お巡りに殴られ蹴《け》られ、果ては焼き鏝《ごて》を当てられて泣き喚いている図を思い浮かべた。おいはいくらおいがほんとうのことを言っても、ほんとうには思って貰えないことを知っていた。おいたちはどんなに善良でも信じて貰えないのである。おいはとんでもないことになったと思わないわけに行かなかった。危険をひしひしと感じながらおいは横町ばかり探していた。

おいはそれでも人々の視線を引いていた。おいは駆け出すべきであったろうか。だが駆け出したが最後逃げ場がなくなるに決まっていたし、それにおいには早く走れる自信もなかった。蟹を捨てれば当然禍から逃れられるのは言うまでもなかった。だがこんな高価なものを捨てることはおいのような貧乏人に出来ることではなかった。おいは込み上げて来そうな喘息を呑み、頬を硬ばらせて道を急いだ。体のなかで肝臓が冷えたり熱くなったりしているのが解った。そしてその度に汗が流れ出た。

防空壕へ帰って板戸を閉めてしまうと、おいは朽ちかかった戸の隙間から外を覗き、それからあろうまいことかげらげらと笑い出した。蟹はとうとうおいの物になったのである。

朽ちた板戸から差し込む薄ら明かりのなかで、おお見るが好い、おいの宝物は一点の損傷もなく生けるがごとくそこにあった。おいはその燃える緋色《ひいろ》に驚嘆し、城を思わせる甲羅の頑丈な構成に見とれた。匂いを嗅ぐと甘い柔らかい新鮮な触感が、鼻を伝わって五臓へしみ込んで行った。そしておいの胸は無際限に拡がって行くのであった。おいは指を出して彼の腹の下をくすぐり、それから引っくり返して腋の下をもくすぐった。おいはそう簡単には手に入れることの出来ない財産を前にして、多事多端ではあったが、ともかくも幸運だった今日を感謝しないわけに行かなかった。今やおいは肩を抱いて座り、うっとりと涎が溢れて来るのを快く感じていた。

おいはこやつを食おうかどうしようかと考えているのであった。こやつはどんなにか旨いのに違いなかった。金のある時においの食う一杯八毛銭の醤油飯の何と言っても何十倍もする高価なものであった。その旨さは食わないでも想像がついた。こうやって目の前に置いただけで口のなかに涎が溜まって来るのを見ても解ると言うものだ。涎ばかりか目尻まで下がって来そうである。だがおいは分別のない人間ではなかった。たった今山盛りのカレーライスをたらふく食べたばかりである。一皿三元五角もするカレーライスは、それだけでもおいにとっては分不相応のご馳走であったはずだ。一杯八毛銭の醤油飯さえ月に何回も食えなかったおいではないか。おいは今後何日か絶食しても好いくらい満腹しているはずであった。すでにたらふく食べた今、さらに一匹三十元もする蟹を食べるなんて、そんなもったいないことをすべきでない。食うなら食うで腹が完全に減ってしまってからにするのが物の道理と言うものであった。またそのほうがよけいに旨く感じられるだろうこともおいは知っていた。それに常々貧乏に苛まれてばかりいるおいには、今こやつを食ってしまった後に感ずる淋しさと言うか心細さと言うか、そう言うものが必ずやって来ることも知っていた。こやつを平らげた後では、おいにはもう食べられるものが何もないからだった。昔通りの哀れな乞食に還るのであった。物を貯蔵していないことの心細さを、乞食であるおいは誰よりも好く知っているのだ。この際もっとも賢明な方法は、こやつを食わずにそっくり金に換えておくことだった。三十元と言えば一財産であった。蟹は食べれば一遍でなくなるが、金にすれば何日も何十日も大尽のように不自由なく暮らせるのだった。ぜいぜい咳をしながら、朝も夜もひもじい思いをして町をうろつくのは職業とは言え辛いことであった。だが浅ましいおいはやはり蟹も食べてみたいのだった。三元五角のカレーライスでさえ胃袋がいきり出すほど旨かったのである。いわんや十倍もする蟹と言う奴はどんなに旨いか知れないのである。そして今夜を逃してはもう永遠に機会がないのも確かだった。おいはぜひとも食ってみたいのである。

だが食うにしてはやはり分別がなさ過ぎるのだった。一瞬の快楽を長い苦労に置き換えるには、一晩はあまりにも短過ぎた。おいはもう人生には疲れているのであった。とやかく思案しているうちに、ふと、おいは好いことに気がついた。半分食べて半分売れば好いと言うことだった。そうだ、これは確かに名案だった。だが半分でも売れるのであろうか。また誰に売れば好いのだろう。そしておいは待てよと考え直したのであった。半分にしろ一匹にしろ売るのは危険であった。人に見られてはいけないのである。泥棒と間違えられる。何しろ蟹は乞食の食うものではないのだから。そして一旦間違えられればたちまち監獄行きだ。とすると、蟹はやはり食ってしまうのが安全であった。

おいはとうとう食うことに決心した。だが食うにしても後に悔いが残らないように、出来るだけ有効に食うべきであった。何しろおいは今日は満腹をしたのである。だから今日は一旦蔵って明日の楽しみにとっておくほうが好いのは確かだった。おいは隠す場所を探した。が隠す場所としては莫蓙の下しかなかった。あまり上等でない防空壕は床がセメントとも石灰ともつかないもので作られていたから、長年の湿気と風化でぼろぼろになり、何しろ蚯蚓が住んでいるほどだったから穴を掘るのにわけはなかった。おいはそやつを再び紙にくるんで地下深く隠したのであった。が宝物を隠してしまったおいは、相手が見えない所に行ってしまったものだから、何だか紛失してしまいそうな不安に脅かされたのであった。地獄から誰かが手を伸ばして来るかも知れなかったし、それにそうだ、地下には蚯蚓と言う奴がいた。蚯蚓が蟹を食べるものかどうかをおいは知らない。が万一あいつに食われでもしたらそれこそ目も当てられなかった。これはいけないと思った。それに人間もそうだが、埋葬するとすぐ腐り始めるものだった。腐ってしまってからでは宝もおしまいである。だから食うならやはり今であった。

おいはもう一度蟹を掘り上げた。包みを解くと、彼け相変わらず王者のごとく、城のごとく、そこにしっとりと蹲《うずくま》っていた。甘やげな匂いが汁気を含んで鼻を突いた。おいけ彼を下に置き、もう一度胡坐《あぐら》をかき直した。いよいよ食うのだと思うと胸が高鳴った。おいはたぶん結婚式が終わってこれからいよいよお嫁さんをしゃぶろうと言う時のお婿さんがやはりこう言う風に胸をときめかすのだろうと思った。おいは込み上げて来た涎が喉のなかで二、三度ゆっくりと回転し、それから慌ただしくおいに呑み込まれて行くのを愉快に感じていた。

おいは足を一本ちぎり取った。嗅いでみた。噛んでみた。それから啜ってみた。甘い柔らかい美味しい味が喉にとろけて五体にしみ透った。旨いったらありはしなかった。それはおいが想像していたのと寸分違わない、いや、その何倍も何十倍も美味しい、初々しいばかりに汁気を湛えた、味と言うよりも味のエキスだった。おいは一本、さらに一本と足をもぎ、股をもぎ、啜っては食らい、食らっては甲羅を剥いだ。今やおいは我を忘れ、鬣《たてがみ》を振りかざし、獣のように舌鼓を打った。おいは蟹を平らげてしまったのである。大満足であった。もう死んでも好かった。そして事実おいは死んだも同然に身を横たえていた。疲れてもいたし食べ過ぎてもいた。そしてこの頃からおいの腹具合が怪しくなって来ていた。外に出たおいはやにわにしゃがみ込んでいた。腸の臭いのするものがものすごいいきおいで土を覆って行った。おいはこれはてっきり腹が破れたのだと思ったほどだった。おいはじっとしていた。夜はすでに深々と垂れ込め、空には蠍《さそり》がとぐろを巻いていた。おいは皺腹を抱え、天界に恥を晒しながら、だが五臓を洗って流れ去る凄《すさ》まじいものをあたかも天界の音楽のようにうっとりと聞き惚《ほ》れていた。思えば、ああ、おいは一体何年ぶりに腹をいためたことだろう。おいはいきおいの好いものがおいを洗い浄めるのに身を委《ゆだ》ねながら、川の濁りがどんどんと押しながされて行くような恍惚感《こうこつかん》にすら浸っているのであった。

——それからしばらくして、おいはまたおもむろに腹が減り出した。

（四）

蟹を平らげてしまったおいは、翌日になると、さあ大変だった。おいは全世界で蟹が一番旨いと断定した。蟹に較《くら》べると一杯三元五角のカレーライスなど物の数ではなかった。ましておいの好物だった醤油飯など、てんで食べ物とは言えなかった。高価なものにはやはり高価なだけの価値があったのだ。つくそうめ！　おいは何とかしてもう一度蟹を食いたいものだと考えた。あの真っ赤な奴、初々しいまでに汁気を含んだ甘い触感、襞《ひだ》と襞とに挟まれた豆腐のように甘い肉をおいは指先でほじくって食べたのだが、そのもどかしさったらなかった。一口頬ばるのに何度も何度も涎を呑み込んで、猛りたった胃袋を宥《なだ》めねばならなかった。どろどろとした脳漿《のうしょう》の味は、ああ、こんつくそう！　おいは一ぺんで肺病なんか治ってしまった気さえするのだった。何と言っても蟹こそは至上のものだった。おいは蟹がかりに一匹三十元もするものであったとしても、三十元の価値は確かにあると思った。もう一度何とかならないものであろうか。たった一度で好い。もう一度食うことが出来たら神にかけておいはもう死んでも好い。

始めて蟹の旨さを知ったおいは、今までおいの食べていたものには何の価値もなかったことを知らねばならなかった。か焼き芋の皮とか、そう言う金の要らない漁りものはともか醤油なんか塩の出来損ないに過ぎなかった。大根の尻尾だとくとして、おいが年々支払って来た醤油飯の代金は、計算してみると積もり積もってやはり何匹分かの蟹には相当しているはずだった。何と言う無駄をしてしまったことだろう。まるで金を溝に捨てて来たようなものであった。おいは取り返しのつかないことをしてしまったおいの愚かさが口惜しくてならなかった。月に一回醤油飯を食うよりは一年中何も食わないで、年末に蟹を一匹平らげたほうがどれほど正しいか知れなかったのだ。おいは今や百杯の飯よりも一匹の蟹に憧れた。蟹である。何と言っても蟹である。ちきしょう！　あの真っ赤な奴。おいは何が何でももう一度蟹を食ってやろうと決心した。

おいはまた盛り場をうろついてみようかと考えた。もしかして昨日の紳士にもう一度会えないでもなかった。それに酔っぱらいは他にもいた。だが気前の好い奴はそうはいないかも知れない。それに万一昨日の彼に会ったとしても、二度と奢ってくれるかどうかは解るものではなかった。昨日は酔っていた。だから奢ってくれたのだ。もしも今日酔っていなかったら？　彼は奢ってくれないばかりか、ひょっとすると昨日の弁償を取り立てないとも限らない。それにおいの顔を見知っている屋台の主に会うのは、この際何としてもきまりが悪かった。それよりもおいは盗みをしてみようかと考えた。ぱっと逃げれば好いのだ。もともとお巡りを見てもすぐ胸のどきどきするおいは、あるいは先天的に泥棒に向くのかも知れなかった。しかしながら万一捕まったらどうする？　おいはあまり速く走れる自信はなかったし、殴られるのはご免だった。焼き鏝を当てられるのも、これまた死んでも死に切れなかった。加えておいは盗んだ蟹は食った後の後味があまり良くないだろうと考えた。盗みは悪いことだからだ。だがそれにしても、おいのような善良な人間に盗み心を起こさせるとは、例の紳士も罪深い奴だった。

ところで盗みが出来ないとすると、おいは働くより仕方がなかった。歩いて金を溜《た》める、それ以外に方法がなかった。三十元を溜めるのはあるいは容易でないかも知れない。が十元くらいなら何とかなりそうだった。十元でも蟹は小さいのが買えるのである。そうだ、おいは歩いて溜めよう。溜めさえすればいつか予定の額に達する。要は決心であった。強い意志をもつことだ。おいはもりもりと勇気が五体に漲《みなぎ》るのを感じた。一匹の蟹の旨さは、今まで眠っていたおいの生活意欲を根底から揺すぶり出したのである。おいはもう昨日のおいではなかった。一匹の蟹を食うことに、食いたさの一念に、おいは生活のなかに一条の光明をすら見い出していたのだ。

おいは蟹を食べた翌日から必死の乞食とは相なった。朝は早くから町に飛び出し、夜は野犬のように遅く家へ帰った。ぜいぜい咳はしても苦にはならなかった。寝ても覚めても瞼に浮かぶのは蟹だった。あの真っ赤な王者のような蟹だった。おいは働いた。あまり好きでない物乞いも、商店、住宅を問わず努めて歩いた。碌《ろく》すっぽ収穫にはありつけなかったし、時には犬のようにおっぽり出されることもあったが、それでも日を経るにしたがって一角二角と懐は音を立て始めていた。

おいはこっそり盛り場に来ては屋台の蟹を眺め、そやつがおいの所有に期する日を指折り数えた。ああ蟹であった。何と言っても蟹であった。あの真っ赤な奴。しっとりと重たい奴。その頃おいは傍目には精神病に見えたに違いない。

ところがである。おいはやはり何と言っても胃袋をぶら下げた一匹の人間であった。腹が減るのである。ごみ箱から上がるおぼつかない分量の漁り物だけでは、どうにも切り回しが出来かねた。おいは減り過ぎて写真機の蛇腹のようによれよれになった腹の皮を押さえ、ややもするとだらけそうになる歯を食いしばって町を歩いた。懐のなかでちゃらちゃらと鳴る小銭が辛うじておいの希望を繋いでいた。ああ、しかし腹が減るのは辛いことであった。昔から毎日減っているのだが、不思議なことにいくら減っても慣れることがなかった。おいの体は至るところ病気だらけだったが、どう言うものか胃袋だけは丈夫なのであった。おいはしばしば目眩《めまい》に襲われ、歩く度に息が切れた。そして疲れると胃袋がだんだん下へ下がって行くのであった。おいは目ばかりをひん剥き、体をへとへとに疲れさせていた。そしてついにある日、おいは真っ赤なものを線路ばたに吐き零《こぼ》したのであった。長い間見なかった、あの生臭い奴であった。

命のように大切なものを吐き出してしまったおいは、すっかりへこたれてしまった。何とかしなければならなかった。蟹は遠い記憶のなかでやはり美味しげであったし、懐のなかには少しずつ溜まって来た二元なにがしかの金がふっくらと温もっていた。だが吐き出した生々しいものは、おいに反省を促さずにはおかなかった。死は案外身近まで来ているのかも知れないのだった。死んでしまったらお仕舞いなのだ。蟹が食えなくなるばかりか、今までの苦労も水泡に帰する道理であった。とすれば無茶は禁物であった。そこでおいは一つの真理に突き当たった。腹が減れば不味いものでも食わねばならないのである。食わなければ死んでしまう。一杯八毛銭の醤油飯は必ずしも価値がなかったわけではないのだ。おいは観念して、せっかく溜めた三元近い金をそのもっとも汚れた奴から崩して飯に代えるより仕方がなかった。

それからのおいはすっかり歎息まじりのおいだった。せっかく気負い立っていたのに、この調子だと十元溜めるためには半年はおろか一年も二年もかかるかも知れなかった。しかし一年でも二年でも仕方がなかった。蟹めはずいぶんと遠い所へ行ってしまったようである。だが最後にはやはりもう一度おいはそやつを食べたかった。食べねば男の意地が立たぬのである。

ところが金を溜めるのは容易でなかったが、二元なにがしが消え去るのは夢のように早かった。おいは今や一元はおろか一角の貯えさえなくなっていた。しかも胃袋だけは毎日のようにおいから食べ物をせびることを止めはしなかった。おいは今日も腹を押さえ、ぜいぜい咳をしながら町じゅうをほっついた。ごみ箱を漁っては歎息を吐き、犬に追われては転んだ。そしてとうとう疲れ果てて公園の木陰にしょんぼりと座《い》りこんでしまった。ひやりとした風が小刻みに暮れがたの池塘《け》を波立たせていた。そろそろ秋であった。あのおいたち貧乏人にとってもっとも不安な冬もその後に控えているはずであった。ああ、おいはいつまでこうして貧乏を続けて行くのだろう。

と、ぼんやりしているおいの視野の隅っこで、さっきから何者かが蠢《うごめ》いているのに気がついた。見ると蜘蛛《くも》であった。木の枝から枝へ糸を渡して、そこに網を編んでいる何匁《もんめ》かありそうな巨大な熱帯の蜘蛛であった。一瞬おいはそやつが蟹に似ているのを発見した。ほんとうによく似ているのであった。足も何本もあり、その真ん中にある丸い体つきはしっとりと重たげであり、しかも念入りにも赤い色さえ彩っていた。歩きかたも蟹と同じであった。おいはたちまち蜘蛛も食えるに違いないと考えた。そうだ、おいはかつて何羽かの鶏が一匹の蜘蛛を奪い合っているのを見たことがあった。蜘蛛めは食べられるばかりでなく、きっと旨いのに違いなかった。そう言えば腹のなかに入っている汁っぽいもの、あれなど甘く舌にとろけそうであった。おいはこやつを捕えて食ってみようと考えたのである。もちろん、形が似ているからと言って味まで似ているとは限らない。それはおいも知っていた。だがおいたちだって戦争中ずいぶんとたくさんの代用品と言う奴を使っていたではないか。そこでおいは竹切れを拾ってそやつを叩き落としたのであった。奴はおいに叩かれていぎたなげにひっくり返った。

見れば見るほど蟹によく似ているのであった。蟹ほど大きくないとは言え、それでも丸々と肥って、ちょっと甲羅の柔らかい蟹に似ていた。話によると、古い甲羅を脱いで新しい甲羅のまだ固まっていない、軟甲の蟹が一番旨いのだという。そんなことを聞いたことがあった。へっへっ。だが何たることだろう。おいは気味が悪くて食うことが出来ないのであった。食うことが出来ないばかりか、触ることさえ無気味なのであった。意気地なし奴！　おいは身震いをし、やたらに唾を吐き散らしながらそこを立ち去った。心のなかでは一番最初に蟹を食った野郎の驚くべき野蛮さに呆れながら……奴はおいよりもっと腹が減っていたのだろうか。

（五）

おいは今日も腹がぺこぺこであった。一朝歩き回ったおいは道端にしゃがみ込んで、硬くなった足を休ませていた。目の前を国民学校の生徒が団体を組んで通って行った。彼等は水筒をぶら下げ、楽しそうに騒ぎ合っていた。おいはおいにもそう言う時代があったことを懐かしく思い出していた。何だっておいは乞食になってしまったのだろう。お母さんがあの世で心配しているに違いない。だが仕方がなかった。おいはもう終生乞食以外になれるものはなかった。胃袋をぶら下げて町をうろつくより他に生きる道はないのだった。

荷車が一台ごろごろと通って行った。どこからか枯れ葉が転がって来て、目の前を転がって行った。それを目に追いながらおいは自分がどんなに疲れているのかを感じていた。死ぬことが出来たら？　おいは事実人生に疲れ果てていた。おいにとって死は恐ろしいものではあったが、同時に安住の地でもありそうだった。おいは死んだ母さんを羨ましいと思った。

するとまたもや国民学校の子供が列をなして通って行った。今日はどうしてこうも子供が多いのだろう、何があるのだろうかと考えていたおいは、たちまちすべてを了承した。おいは動物園の近くまで来ているのだった。生徒たちは動物園に行くのに違いなかった。

と、目の前を通って行く生徒たちの誰かが一元の貨幣を落としたのを、おいは目ざとく見つけたのだった。首が縮まるような一瞬だった。一元あれば醤油飯が一杯食えた上にあまりがまだ少し残る。おいは蹲ったまま、それとなく周囲を窺った。正午近い時刻とて人通りは多くはなかったが、それでも少ないと言うほどでもなかった。おいは向こうから歩いて来た労働者風の男がだんだんと近づいて来て、何も知らずに素通りして行くのを、肝を冷やしながら見送った。それからいざり寄るや急いでそやつを拾い取った。

おいは有頂天になった。おいは子供を軽蔑《けいべつ》した。それから思い出して彼等の後を追った。子供なんざだらしがないから、いくらでも落とし物にありつけそうな気がしたのだった。霊感である。それにおいはもう十年くらいも動物園へ行ってなかったから、一度行ってみるのも悪くないなと考えた。幸い生徒たちはおいに金を拾われたのを感づいてはいない様子である。

生徒たちの列はやはり想像していた通り、動物園の入口に辻りついていた。彼等は先生に叱られながら入口で一旦瓢簞《ひょうたん》型にくびれ、それから園内に拡散して行った。おいもその後を追ったのは言うまでもない。

ところが入口を入ろうとしたおいは、すっかり忘れていたのだが入場料を要求されたのであった。おいはしまったと思った。金と言えば後にも先にも今拾ったばかりの一元しかなかった。しかもこの一元はおいにとっては貴重な飯代であった。今これを失ったのでは今日一日飢えねばならないのである。だが事はすでにここに至っていた。今さら逃げるわけにも行かなかった。おいは鳶《とんび》に油揚げを攫《さら》われた野良猫のごとく青くなり、飴ん棒をしゃぶっているキップ売りの小娘に全財産を差し出した。しかし善良なおいは心のなかで一元が足りなかった時の羞恥さえ気にしていたのである。

幸い一元は足りたが、おつりを貰うには至らなかった。おいはもともとおつりを貰うのが大好きで、おつりを貰うと何だか損をしないで済んだような気がしたし、またおつりをくれた人が善良なような気もするのであった。が乞食にとってそのような機会がめったにしかないのも事実だった。もっとも今おつりはくれなかったが、代わりに字の印刷してある、ちょっと紙幣に似ているキップをくれたので、さほど損をした気にもならないのであった。とにかく、他人の財産を横取りするにしても、食べ物屋のように奪いっぱなしではないのはなかなか好く考えていると思った。

園内ではおいはいろいろと変な動物を見た。駱駝《らくだ》もそうだったし、亀とか鰐《わに》とか、どう考えても神様は少し悪趣味であった。象はおっかないほど大きかったし、ライオンの檻は危なくて近寄れるものではなかった。おいは子供たちが捨てて行くチョコレートだの文旦の皮だのに怠らない注意を払っていた。子供等に混じって大人の見物人も少なくなかった。家族連れもあった。おいは歩きながら今日が日曜であったのを思い出していた。日曜はほんとうは市場へ行くと落とし物にありつくことが多いのだった。だが、まあ好い、動物園はたまに来るには好い所だった。

狼《おおかみ》の檻《おり》があった。猪《いのしし》の柵があった。キリンが木の葉をむしっていた。池ではオットセイが泳いでいた。おいは猿の檻の前でキャラメルを一個拾った。

草原を上がった所にちょっとした広場があって、生徒たちはここで解散して昼食と言うことになった。おいは食べるものはなかったが、それでも手頃な根株に腰を休めて動物園を面白い所だと考えていた。広場の一隅に頑丈な檻があって、巨大な猩猩《しょうじょう》が立ち上がって体を揺すっていた。生徒たちが十人ほど一かたまりになって猩猩の檻に南京豆を投げ込んでいた。猩猩は食べにくい小さな南京豆を、大きな掌でまごまごしながら食べていた。それが可笑しいと言って子供たちはどんどん投げ込んだ。袋ごと投げ入れた奴もいる。南京豆は零れて地上を転がり、溝へなだれ落ちた。

おいはそれを見ながらもったいないと思った。何ぶんにもおいは腹が減っていた。毎日腹が減っているのである。もしあれだけの南京豆がおいにあったらどれほど幸福か知れないのだった。そう思ったおいは突然ある考えが稲妻のように背筋を走り去るのを感じた。おいは思わずぞくぞくとした。好いことに気がついたのだ。だが待てよ、とおいはちょっと考え込み、それからそわそわとし出した。とうとう好いことを考え当てたのだ。

それはこういうことだった。人間だって動物である。とすると一人くらい動物園の檻に入っていても好いのではないか。動物園に入ってさえいれば少なくとも飢えに苛まれることはなかった。毎日ちゃんとご飯が食べられる上に、こうやって時には子供たちからも何かと貰える。しかも寝藁《ねわら》の温かい、冬でもへっちゃらな檻に住んでいられるのだ。つくそうめ！　まるで天国ではないか。お巡りには叱られずに済むし、おかみさんには罵られながら謝る必要もなかった。何とおいは頭の好い奴だろう。旨いことを考えついたものだ。おいは見物に見られさえすれば好いのだ。座っても好い。立っても好い。

とにかく安心して天寿を全う出来る。

　おいは一人になりたかった。誰にも邪魔されない所でとっくりと考えてみたかった。おいは場所を榕樹《ようじゅ》の裏側へ移した。

　へっへっ、どう考えても全くすばらしい思いつきだった。第一何もしないで食べられると言うのは格別にありがたかった。おいは肺病で喘息で栄養不良で、血も足りぬし歯も痛い。目も悪ければ耳も遠い。さしずめ上等なのは胃袋だけなのだ。それがこれから大尽のように笑って生活出来る。ああ、つくそう！　おいは何と言うことを考え出したのだろう。おいは興奮し、枯れ枝を拾ってぽきぽきと折った。

　だがおいは、園に入ったおいが裸にされるであろうかと気がかりであった。おいは人間だから羞恥心をもっているのである。それにおいたち痩せっぽちは、どういうわけか肥った人間より羞恥心に富んでいるものだった。これは歩いている恰好を見ても解るし並んで座ればもっと解る。がおいは裸でもかまわないと思った。飢えには代えられぬのだ。贅沢など言っていられる場合ではなかった。それに恥ずかしいと言ったって最初のうちだけであった。始めて乞食になった時だっておいはずいぶんと恥ずかしかった。それくらいおいには我慢が出来る。小便だってして見せても好い。それに、待てよ、ひょっとしたら——？　おいはそこまで考えてみるみる血の気が頭にのぼって来るのを感じた。心臓がいびつになって踊り出した。ひょっとして動物園ではおいに女を一人当てがってはくれないであろうか？　猿だって虎だって一対ずつ入っているのである。おお、女だ。女は柔らかいんだ。汁気があって。おいは昔抱いたことがある。それが一緒に住めるのだ。何と言う素敵なことだろう。おいはおいも男であったことを思い出して何だか嬉《うれ》しくなってしまった。広場では先生が生徒たちを呼んでいた。が、もうおいにはそれが耳に入らない……

（六）

　一旦好いことを考えついたおいは、しかし園長のところへ頼みに行くことがどうしても出来なかった。臆病のためか、羞恥のためか、あるいは頼んだところでとても望みが叶えられないのを知っていたためか、ともかくもおいは行かなかった。猿でさえ鼠《ねずみ》でさえ安閑として日が送れるのに、おいは一匹の獣にすら値しなかった。動物園ではライオンは一日に三十斤の牛肉を食べ、大蛇は二日に一回丸々と肥ったためん鶏を平らげている。しかし無理もないのだ。おいは少しも珍しくない動物なんだし、万物の霊長と言う奴は飢えても見せ物にはならないのだった。

しかしながら動物園へ行ったおいは必ずしも徒労であったわけではなかった。あの日おいはいろいろ珍しいものを見た。水族館と言うところではいろいろの奇怪な魚を見た。尻っぽに剣をもったのもあれば顎が鋸《のこぎり》になっている奴もあった。ガラスのように透き通った奴は置物時計に似ていたし、鶏冠状に鰭《ひれ》を打ち立てた奴はインデアンのように勇ましそうであった。そして彼等は思いがけないことに糸蚯蚓の球をほぐしながら食べていたのである。蚯蚓と言えばおいの寝床の下にもたくさんいるのであった。丸々と肥って小指くらいの太さにもなっているのだった。彼奴は食べられるらしいのである。おいは鍋をもたないから料理は出来ないが、でも泥を押し出せば刺身くらいにはなるのに違いなかった。それはかりかりとして案外旨いのかも知れない。だがそう考えたおいはたちまちあの日の蜘蛛を思い出してぞっとした。いか物はしょせんはおいに食えるはずはないのだった。おいは臆病のくせに腹ばかり減るのだから始末に負えない。

ところで水族館を出て別館へ入ったおいは突然一種異様な潮の臭みを嗅いだのであった。甘いようなぞくぞくする臭みである。見るとそこは海水館になっていて、岩を組んだ池があり、人工の潮が満ち満ちているのであった。そして岩かげには、おお、見るが好い、あの逞しい甲羅をもった蟹がへばりついていたのである。一瞬おいはあの日の蟹を思い出していた。のみならず蟹を食うはずだったのも思い出していた。と同時に、そうだ、海へ行けば好いのだと言うことに気がついたのである。海には蟹がいる。蟹ばかりか魚、蝦、蛤、何でもいた。しかしもっともありがたいことに、それは誰の物でもなかった。捕えた人の物になるのである。金がなくても食えるのである。べらぼうめ！　こんな旨い話がまたとあるものではなかった。おいはみるみるうちにある日の甘い新鮮な蟹の味を思い浮かべていた。とうとう蟹の食える日がやって来たのである。そう言えばおいはどこかで海を見た記憶がある。岩が浜に突き立っていて、蟹が這《は》っていた。そうだ、牡蠣と言う奴もくっついていた。砂浜には小さい穴があって小蟹も走り回っていたようである。ああ、ちくしょう！　どうして今までそれに気がつかなかったろう。

それから一月ほどしておいはほんとうに海へ行くべく大決心をしたのであった。どう考えても海ほど好いところはないのだった。毎日毎日飢えた腹を抱えて町をうろつき、警察に叱られ、子供たちに石を投げつけられる。犬に吠えられ、涙を流し、喘息に苦しめられる。こんな生活を無際限に続けるくらいなら思い切って海へ行くべきだった。海には魚がいる。

烏賊も拾えるし貝も拾える。おいは小さい草小屋を建て、自由自在に生活出来る。ああ、ちくしょう！　おいは蟹を捕え、鋭い爪のついた足を捥ぎ取るのだ。それを嗅ぎ、噛み、それから啜る。甘い冷たい新鮮な肉がするするっと喉を通って五体にしみ渡って行く。おお、甲羅のなかにある脳漿の味！おおおいは一匹食う度に肺病が治って行く。喘息も治って行く。おお！　おいは頭をもたないためにいつまでも町をうろつくより仕方のないおいの同業たちを軽蔑した。

出発の前夜おいは荷物をまとめた。荷物と言ってもそれほどたくさんのものがあるわけではなかった。拾って来たいくつかの薬の瓶や缶――それは何の薬なのか解らないが、ともかくも急病の時に役立つはずだった――とか破れた衣服、ぼろ布、そんなものだった。ぼろ布はなくてはならないものだった。おいたち貧乏人にとって一番恐いのは寒さと飢えであった。人はよく人類は偉大だとか、科学が発達したとか、原子時代だの、歴史が何千年だの、そんなことを言って威張るが、おいに言わせたら地球上から飢えと寒さが追っぱらえない以上、人間はちっとも偉くなかった。

荷物をメリケン粉の袋に入れると準備は完了した。他の物はもう要らない。おいは茣蓙を畳み、それから防空壕の真ん中に糞を垂れた。こうすることによってこの防空壕がおいの勢力圏に属していることが誰にも解るのだ。牡犬が至る所で尿をするのと同じ道理である。これで防空壕はおいの同業に横どりされずに済むし、おいだっていつでも帰って来て住むことができる。

出発の朝おいは台北橋の上に立ってこの都会に別れを告げた。台北はおいに対して親切であったとは言えないが、少なくともおいを養ってはくれたのであった。おいはいかに生活のためとはいえ、今彼を見捨てることに忘恩不義の徒のような気がしないでもなかった。いくらか心細くもあった。しかしおいはもう決心していた。男と言うのはめめしくてはならないのであった。おいは悲壮な気持ちで町を後にした。

郊外へ出るとおいは一つの事実を発見した。田舎とは食べ物を作る所であったのだ。畑に植えられているものはすべて食べられるものだった。いくら食べても食べ切れないほどたくさんあった。威勢の好い大根は爪先を立てて伸び上がり、早とりの甘藍《かんらん》はみずみずしい腹を抱えて陽光のなかで羞んでいた。白菜もチシャも、食べられるものは無尽蔵であった。芋畑があった。茄子《なす》畑もあった。遠い所には竹林がありミカン園もあった。一、二本引き抜いても誰にも叱られそうになかった。嘘《うそ》と思ったら見るが好い、一個で一元もしそうな走りのトマトが水牛に踏み潰されてぺしゃんこになっている。

おいはこれから飢えに悩まされずに済みそうだった。おいはこれらの物を見、前途が開けているのを知った。そう言えば今朝から咳も軽くなったようである。おいは子供の真似をして草の穂をむしりながら歩いた。太陽が無限においを祝福しているようであった。

トマト畑が続いていた。胡瓜《きゅうり》もまだ実っていた。茄子の色合いは特別に鮮やかだったし形も悪くなかった。春菊の苗はぎっしりと揉《も》み合っていたし、冬瓜は驚くほど大きかった。それらおいは至る所でおいにも馴染《なじ》みの野菜たちに会った。それらは決しておいには珍しいものではなかった。しかしたとえば胡瓜がぶらんとぶら下がったところは確かにおいには珍しい風景だった。おいは一人で感心していた。

おいは歩きながら百姓が大変な働き者であるのを思いやった。これだけの物を植えるのは並大抵のことではなかった。だが待てよ、とおいはふと気になるのだった。これだけのものがあるのに百姓と言う奴は――おいは市場で見たことがあるのだが、彼らは物を売るのに一々秤にかけて売る。一匁でも一毛銭でも損をしまいとしている。こんな吝《けち》な奴等の畑から大根の一本も盗んだらただでは済まないのかも知れない。おいはごりごりと盛り上がった逞しい百姓の腕を想像した。あれでぶん殴られたらおしまいであった。だがおいはどうにかなるだろうと考えた。田舎にだって夜はやってくるのである。それにおいはこれでも都会人であった。都会人はどう言うわけか田舎者より何だか高級なのである。

一つの部落へ入った所でおいは一群の鶏がおいを見て逃げるのを愉快に思った。上には上があると言う言葉があるが、下にも下があるのだと思った。しかし数羽の鵞鳥《がちょう》がおいを追っかけて来たのには胆を潰《つぶ》した。道は遠かった。でも海は間違いなく西にあるはずだった。西は太陽の落ちる所である。おいは果てしなく続いた平原を辿って一路西へと急いだ。

このようにして日は経って行った。その間おいは人知れず大根を盗んだ。薯《いも》を盗んだ。肩に担っているなけなしの袋には目立たない程度にいつも何かが入っていた。おいはもう大丈夫であった。食べ物を貯蔵していると言うことは実際嬉しいことだった。袋は以前より脹らんでいたにかかわらず、おいにはむしろ軽くなったようにさえ感じられた。

おいは大根をかじりながら歩いた。田舎の大根は都会のより新鮮であった。甘く、しかも鋭い味が舌にヒリヒリと快かった。薯畑は一面にはびこっていたし落花生は鈴なりになっていた。空腹はもはやおいにとって心配すべき問題ではなかった。喉が渇けば甘蔗《かんしょ》があった。池塘の水は濁っていたが菱《ひし》の果実はおいの鼻先で香ばしった。おいは満足であった。不思議なもので、そうなると海が案外近いように思われた。おいはやがて報われる一匹の蟹を瞼に描いて人知れずうっとりとした。心なしか田舎へ来てから少し肥ったようである。

夜は道端で寝たり積み藁に潜ったりした。雨季がそろそろ北部へ回って来る頃であったが、幸いなことにどこかで道草を食っていた。ただ田舎の人は朝が早いので最初のうちはこれに悩まされた。いきおいおいも早起きと言うことになった。

西へ行くにしたがって——実際は太陽がもうすでに南へ回りだしていたのだが、おいはそれを知らなかったのだ——甘蔗畑が増えて来ていた。ここは全くのところ、糞を垂れるのにはもってこいの場所だった。ときどき蜂に追われることはあったが、誰にも見られないで済むのはありがたいことだった。おいは田舎へ来て初めて後ろ向きにならないでも安心出来るようになった。おいはよく道を歩きながら今までにおいの落として来た温かい物が、かしこに一つここに一つ、それぞれ残っているであろうことをすこぶる愉快に感じた。歴史を後世に残して行くような感じである。おいは道を急いだ。

ところがである。日を経るにしたがっておいは人間が何故火を発明したかを嫌でも知らねばならなかった。それは物を煮て柔らかくしたり消毒したりするためではなかった。火を通った食物は味が抜けるのである。味を抜いて鋭さを消すためであったのだ。そうすることによって飽きが来ない仕組みになっていた。何しろ生ものを十日も続けて食べていると、葉っぱも薯も人参も一切合切鼻につかえてどうにもしようがなくなるのだった。いくら献立を変えても強いあく汁は考えただけでむかつきそうになった。おいはとうとう大根を捨て甘藷を捨て、仕舞いには草まで食ってみた。が草のあく汁こそものすごく濃いのだ。ほんとうに食う物がなくなっておいは事態の重大さに気づいたのであった。しかも困ったことに、胸はむかついても腹は減るのだ。今さら台北へ引き返すにはあまりにも遠くへ来ていたし、枯れ葉はかさかさとして食べられるものでもなかった。おいはわずかばかりの鼻糞をほじくって食べ、手の甲に浮いたいくばくかの塩分を舐《な》めてひもじい思いと戦った。恋しいものは油であった。骨であった。そして沢庵《たくあん》の味であった。その頃になっておいは始めて田舎には漁るべきごみ箱がないのに気がついた。

海は思ったよりも遠かった。どう言うわけか部落のかげも見かけなくなっていた。道を間違えたのかも知れない。道はだんだんと細くなって来たし野はだんだんと荒れて来ていた。農作物の影もいつか消えつつあった。腹はぺこぺこである。喉は渇いてやり切れなかった。おいは歎息を吐き、心細い思いに今は見えるはずもない台北を背伸びしては探したりした。

何回も引き返そうかと考えた。しかし海はあるいはもう近いのかも知れなかった。少なくとも引き返したほうが近いかどうか解らなかった。そして海にさえ行けば、おいは助かるのだった。だがおいはその前に飢え死にするかも知れなかった。おいはむかついては草を食べ、食べては草を吐いた。田舎にはもう食べられるものは何もなかった。蝗《いなご》の死骸《しがい》さえ見当たらなかった。

しかも困ったことに雨季がとうとうやって来たらしいのである。風も吹き始め、気温もぐっと低まって来た。本物の冬がやって来たのである。そして夜露に濡《ぬ》れたおいは喘息にまでぶり返されてしまっていた。おいは込み上げてくる窒息に堪えるべく草株にしがみついて嗚咽《おえつ》した。命までが吐き出されそうになるほど咳き込んだ。あまつさえ肺から出た血も点々と草に迸った。誰かが「死」のように冷たい手で首筋を撫《な》でて行ったのも感じていた。おいに捨てられた都会が復讐《ふくしゅう》のためにやって来たのを、おいは知っていた。悪の報いがとうとうやって来たのだ。だがおいには防備の道がなかった。おいは地べたに這いつくばい、喘息の発作と戦いながら今を最後とのた打ち回るのであった。都会の姿が脳裏を掠《かす》め去った。高い煙突、目まぐるしく走る自動車、アスファルトの冷たい感触。盛り場の音楽と醤油の匂い、握ると汗ばむニッケル貨。それらが頭のなかでぐるぐる回っている合い間合い間に、一匹の赤い蟹が姿を現わしては消えて行った。ああ！　蟹は食べてみたいものだった。そして蟹は海には無尽蔵のはずだった。が海は今はどこにあるのか解らなくなっていた。

発作が終わるとおいは腹を押さえてよれよれと立ち上がった。ここでぐずぐずしても腹が減るばかりだった。日暮れもやがて間近である。おいはなけなしの袋を捨てた。だが一歩を踏み出したおいは糸のようによじれて足元にくたばった。

もう一歩も歩くのは嫌であった。無性に眠たかった。が眠ったが最後そのまま目の覚めなくなる恐れがあった。そして事実、この時においが一塊の豚の骨を発見していなかったら、どうなっていたか知れたものではなかった。草かげに犬の落として行ったらしい骨を拾ったのであった。それは長く憧《あこが》れていた動物性の餌《えさ》であった。おいはそやつにかぶりついた。そやつはよほど古いものででもあったのか、ビスケットのように脆《もろ》かった。だがほとんど命の糧とも言うべき旨さをもった、正真正銘の動物の骨であった。味は多少抜けてはいたが、草のようなあくがないことだけは確かだった。いや、古びて軽くなった骨のなかには、今もって髄の美味しい味がかすかに記憶を呼び覚ましていた。

おいは久しぶりに満腹したのである。と飢えの納まったおいは耳のなかに、ふとせせらぎの音を聞き咎めたのであった。近くに川が流れているらしいのである。おいはしめたと思った。川を伝って行けば海へ出られる。そう言えばさっきからおいにはある予感があった。誰かに呼ばれているような、そんな予感である。海はきっともう遠くはないのだ。

が土堤を上ったおいはたちまち仰天して立ち尽くした。ぞっとしたのである。美しい瀬音を立てて川は間違いなくそこにあった。がおいが驚いたのはそんなことではなかった。小川を越した、おいからほど遠くない所に一塊りになって人間の骨が転がっていたのである。しかも思いがけないことに二人の男がそこに立っていた。二人のざん斬《ぎ》り頭の人間は——おお！そこは墓場であった——彼等は棺《ひつぎ》を発《あば》いていたのである。

一瞬おいは足元の砂が崩れ去るような錯覚に見舞われた。おいの平らげた骨もその出所を知った。おお！おいの戦《おのの》きは声に変わり、胸は詰まって死臭が溢れた。おお！おいは抜けた腰をひっ抱え、逃げては転び、転んでは走った。そしていつまでも同じ所を転げ回った。

それから一月ばかり経った頃、おいは疲れ果てて動けなくなったまま、砂にまみれて苗栗県の海岸に転がっていた。おいは見えない目をどんよりと濁らせ、かすかに息を通わせていた。辺りは静かであった。何も聞こえなくなっていた。おいの体は生きながらにして死斑《しはん》を浮かべ、臓腑は爛《ただ》れて死臭を漂わせていた。おいはだんだんと死んで行くのに違いなかった。昼か夜か解らなくなっていた。風が立っているのか、海が凪《な》いでいるのか、それも解らなかった。

ただおいはさっきから下腹の辺りに何者かが蠢《うごめ》いているのを感じていた。その何者かは、どうやら鋏《はさみ》のようなものでおいの肉を鋏み取って食べているようすであった。たぶん四、五匹はいるらしかった。世上の一切はおいから遠退いて行くようであった。おいは刻一刻と深み行く幽遠の世界に身を委ねながら、だがはっきりと感じていた。生涯おいに強請《せび》ることを止めなかったあの哀れな胃袋が、今もってひくひくと動いていたのを。この期に及んでまだ何かを求めてたのかも知れない。哀れな奴。

（終　章）

子供の頃から落ちぶれて乞食になってしまいそうな予感のあった私は、いきおい乞食になった後のことばかり考えていた。

先年帰省した私は安平港に釣り糸を垂れ、去って戻らない幼年時代の夢を懐かしく思い起こしていた。釣り糸は垂れたままであった。どういうものか魚はなかなか針にかからなかった。私はいくらか霞んだ午後の日射しのなかで、風が運んでくる沖合の浪音を聞くともなしに聞いていた。すると私の座っていた岩の下から一匹の小蟹が走り出したのであった。彼は走り出したところで、たちまち岩の上にいる私を発見して足を止めてしまった。彼は逃げようかどうしようか考えている風であった。が今動いたが最後、私に発見されるのに違いなかった。彼は平たくなって息を潜めていた。

私は彼を可愛いいと思い、鶏を呼ぶ時のように口を鳴らした。が、呼ばれた彼は呼ばれたがために驚いて、とっさに岩かげに逃げ戻った。私はそれを見ながらおのずから微笑がこみ上げてくるのを禁ずることができなかった。私は長いことそこに座っていた。そしてその間、私の頭のなかにはいろいろの断片的な事柄が次々と現われては消えて行った。馥郁《ふくいく》と凪《なぎ》は潮にたゆたっていた。

——この日、私は蟹を一匹釣り上げた。

違うんだよ、君　―私の日文文芸―（評論）

前言

一九四五年に太平洋戦争が終り、台湾は中華民国の範囲に入った。養父が破産したために養子を生家へ戻したのに似る。当時六百万いたという台湾島の島民はこぞって植民地の枷《かせ》を解放してくれた中華民国を救世主がほどにも歓呼して迎え、猫から杓子《しゃくし》までが改めて幼稚園に通い、中国語を学びはじめた。こうしてしばらくあと、台湾の文壇に幾人かの中文作家の登場を見たが、同時に幾人かの勝れた日文作家を失った。この頃から私の日文による文芸創作がはじまる。後年、私のこの行状に対し「黄めは日本人の糞《くそ》を食べて生きている男だ」と評したご仁がおんじゃった。また日本語は私にとっても屈辱の言語だったはずなのに、なぜそれを今もって用いているのかという質問を百回ほども受けた。思惑は人まちまちであるから私はこれにかかわらない。だが次の点には首が傾《かし》ぐ。かつて双手を挙げて中国語を迎え入れた作家たちが、半世紀を経た今日、郷土意識の高揚により、台湾語で書かねば台湾の文学に非ずと言い出した。人はこうして際限もなく新しい排泄物をつくり続けていかねばならないものだったのであろうか。一体人とは何？　文芸とは何？

×　×　×

天性という言葉がある。

ある日、バスに乗った。麓《ふもと》の町に向かう田舎バスである。車に上がった私は途中で下りることもあって昇降口に近い運転手の後ろに立った。と、運転手が私に向かい、後ろに座席が空いている、といった。私は盲《めくら》ではない。車に上がった時点で後方に空席のあることぐらい知っていた。私はそのままそこに立っていた。すると奴《やっこ》さん、今度は私を叱った。なぜ坐《すわ》りに行かないんだ。それを聞いて私の旋毛《つむじ》はたちまち渦を巻いた。何をもってお前さんの指図を受けねばならないんだ。ところが奴さん、言ったのだ。「年寄は立っていると危いんだ」。天下の名言とはあるいはこのようなことをいうのかも知れない。塩に出合った蛞蝓《なめくじ》はたちまち縮む。だが一旦脳天から火の噴き出した私は、もはや後ろには退けない。私は喧嘩《けんか》を吹っかけた。「さてはお前さん、免状をもっていないんだな」。そして更に言葉を足し、車を止めろ、もう降りる、と喚《わめ》いた。

そもそもあの頃、私はまだ五十代だったから老の意識は毛頭なかったものの、私の性分には天性的にこの種の狂いざまがあるらしい。そして一たび狂気に至るや筆が走り、食までが進んだから妙だ。

×　×　×

ところで文芸とは何？　また文学とは何？　世間では一般に混同されて呼ばれているように思われる。頭の単純にできている私は簡単にこれを割り切り、文芸は文（言葉を文字として止《とど》めたもの）を工具として扱った芸事をいい、その行為者を芸事師—つまり職人とよぶ。その芸に長けたる者を特に匠《たくみ》と称し、一名芸術家とも称する。もう一方の文学は文芸を研究する学問をいい、いわば文芸学のことだと考える。学者は真と理を究めんとして日々に顕微鏡を覗《のぞ》き、望遠鏡を覗く。文芸家は時に目覚めては舞台に上り、何やらを踊る。両者似て非。では文芸の目的とは何だったのか。それを私は美の探求ないし創造にあったと考えたい。たとえば杖、杖の当初の目的は身を支え、または犬を追い、更には枝を弛《ゆる》めて桃を盗んだりするのに用いられた。その実用の目的をもった杖はやがて持つに持ちやすく、長さも適切で、重からず軽からず、しかも丈夫で見た目にも美しいことが求められ、且つ稀少《きしょう》と来ておれば最高だった。こうして当初実用の目的から用いられた用品がだんだん高級化し、ついに芸術品として納まってしまうのである。今日、派手な蛇紋を纏《まと》ったスネーク・ウッドの杖をついて山道をてこてこ歩く不粋の輩《やから》はどこにもいない。かの一両の値黄金五両とも十両ともいわれる印石の田黄《でんおう》に豚児の名を彫り、役所の認め印に使ううつけ者は途絶えてすでに久しい。およそ芸術なるものはすべてが実用品から登場出発し、のち高級化され、芸術品に格上げとなったものばかりであり、一つの例外も見当らない。こうして我らが文芸も当初の「志を述べる」「意を伝える」ことからはじまって、ついには「伝わりやすく」「より効能的に」、そして「より美しく」という決めの一手が最後を締めくくった。ゆめ疑う勿《なか》れ。つまり、つづまるところ文芸とは美の探求ないし建造にほかならない。よって美とは何か、ということを考えねばならない。

×　×　×

美とは何だろう。私は詩の異名だと考える。光のように現れてはすぐに消える一種抽象の概念である。無きがごとくでいて、確かに存在した。それは人の心霊が一瞬ゆらめいたことから実証できる。

たとえてみよう。ここに一人の無頼の者がいて貴君の家の壁にペンキを噴きつけたとする。あなたは驚き、怒り、警官をよんで来る。だが彼はうそぶく。「先月ロンドンの糶《せり》でピカソの画が千万ドルに売れたんだ。ご存知かね」。「それをこのおいら一銭も求めずして画いてやったんだ。感謝もしないで」。まさに道理は通った。だがそれには条件が伴う。件《くだん》のペンキ画が美しいかどうかである。ところがここで困るのは何分にも美の概念が抽象に属するために感受性が人さまざまになるということだ。でも別段さまざまであっていけなくはない。美を覚えない人は千万ドルを出さないまでだから。少なくとも千万ドルを出した人にとっては心霊に感応して美を覚えたからであり、美を覚えない人がいるからといって、それだけで美しくないとはいえない。そしてこの美なる概念は、いささかの歪《ひず》みもなく詩の構造と合致する。すなわち美のあるところ必ず詩があり、詩のあるところ必ず美があると私は信じて疑わない。芸がもつ根元的条件である。

×　×　×

個人の生立ちにつき述べておきたい。

私は幼時、台南州立台南花園尋常高等小学校付属幼稚園に通った。名称が長々しいので子供心にも四角張った由々しき気配を肌に感じていた。当時の学制として小学校は主として日本人子弟のための学びの場とされ、台湾人子弟のためには公学校が設けられ、教科書が少し異なっていたらしい。台南市には小学校として他に南門小学校があり、花園とは生徒の毛色が違っている、とこれは兄から聞いた言葉である。つまり花園の子らには官庁や学校、警察…などの子が多く、南門の方では商社や銀行、商家…の子らが多いとかいうことであった。私の家では―父の子らはすべてが花園に学び、叔父の子らは当初の一人二人を除き、あとは南門に学んだ。なぜだったのかはわからない。わかるのは叔父の家系、従兄弟姉妹のどの一人を見ても人格円満の士ばかりであるのに反し、私の父の家系―自体、かく言うそれがしからしてバスに乗るやたちまち風雲急を告げ、敵人の存在には事欠かない。三児《みつご》の魂の何とやら、ででもあろうか。とにかく父自身凝り出すや狭い敷地に馬を飼い鹿を飼い、折角あった便所を写真用の暗室に改造してしまって平気な男であった。

×　×　×

幼稚園では台湾人の子供は私一人だけだった。いや、他に二人、台湾人らしい女の子がいた。身なりから推しても先生が呼ぶその名から推しても、何だか見当がついた。ただ男の子は私一人だけだった。事毎に私は台湾を代表しているのは自分だ、という気負いと責任のようなものを感じていた。省みて私には生涯この種の枷が仮にとんちんかんだったにしても、事ある毎に顔を覗かせ、目が屡叩《しばたた》く。

× × ×

幼稚園での夏の出来事。森田たま先生が結婚される、ということが伝わった。先生は私が台湾人だったためからか特に目をかけて下さり、しばしば「黄クン、いい子ねえ」と誉めて下さった。先生に勝る美女は天下に又といなかった。それがお嫁に行くだなんて許されるはずは毛頭なかった。相手は小学部の福田先生だとのことである。顔を見知っていた。南国台湾には少ない色白の美男で漆黒の頰髭《ほおひげ》を蓄えていた。加えて校長先生の媒酌だそうだ。幼な子はもはや逆上するしかなかった。あわれ幼な子は拳大《こぶしだい》の石を拾い、それを手に教員室の前を往き来した。福田が出て来たらもちろん投げつけるつもりである。やがて黄昏近くなった時、福田が現れた。と、幼な子は自分でも驚いたことに石を投げ捨てて逃げてしまった。

× × ×

一年が経ち、私たちは幼稚園を卒業することになった。学部に上がる前に台湾人の子は学年部の先生の口頭試問を受けることになっていた。当日、試験場に入ると三人の先生がいて、うち一人の先生が私を見てにやりと笑った。私には虎が舌なめずりをしたがほどにも肝が冷えたが、あとでわかったところではこの先生は私の二つ上の姉の級主任で私の家にも何度かいらっしゃっていることがわかった。

試験は簡単であった。いろいろな形に切った紙片を見せて、それに私がマルとかサンカクとか答える仕組みである。私には姉が四人、兄が三人いて、家での会話は多くが日本語であったから、試験には自信があった。何せ「ダエンケイ」という大人の使う高級な言葉まで知っていたのだ。ところが最後に四角い紙が出された時、私ははたと困ってしまった。シカクというのかヨンカクというのかわからなかったのである。仕方がないのでワカリマセンとお答えした。後年、友人の一人にこのことを話すと、両方ともいえばよかったのにと残念がってくれたっけが…。実は日本語にはたとえば四や七の数詞のほかにも漢字の音読やら訓読、重箱読み…などいろいろがあって、かの幼児ばかりか能者をも苛《さいな》む。したがその実、これらのややこしさこそは日本語の特質の一つであり、文芸という表現芸術の場を息づかせ、色のみか彩を添え、匂いまでをももたらしてくれる財宝であり、かの勲一等、明治政府の大臣たちの馬車の響きほどにも帝都を闊歩《かっぽ》する代物なのだ。このことについてはのちにまた触れる。

× × ×

一九四五年に突然戦争が終った。人々はうろたえ、世は暗雲に閉ざされ、蟬《せみ》までが鳴りをひそめたという。まさに日本国天中殺の年であった。

自体、かつての日に乾坤一擲《かんこんいってき》の大志を抱き、この南国の孤島に渡り、血みどろにも働き、今は小康を得たり栄誉の大座にやっとこさ就いた人を含め、これらの日本人居民は、幾人かの留用者を除き、総勢日本へ引揚げることとなった。かくして町村いたるところの路上に茣蓙《ござ》が敷かれ、家財道具から身づくろい万般の品々、売れる限りは二束三文で売られた。後年台湾に古物商が氾濫した原因の一つが日本人の引揚げにあったことは疑う余地がない。ここで私はある一人のオジサンから文芸書の数々を〆《しめ》て荷車で二台分買った。多分千冊近くもあったであろうか。オジサンが荷車を曳《ひ》き、私が後ろを押し、桃太郎の凱旋《がいせん》よろしく、私はもう文芸家の端くれとは相成った。そして道々この一大宝蔵の置場をあれこれと考えるのであったが、当の売手のオジサンはどのような心境だったのであろうか。顧みて物を買うとは非道の一種だったのかも知れない。が、ここで私は今までに台湾にあまり紹介されていなかったらしい室生犀星《さいせい》や田山花袋…秋声、鏡花…更には「我楽多《がらくた》文庫」や「上《うえ》つ文《ぶみ》」の存在をも知った。マッシモ・ボンテンペッリや引いてはアルキペンコやラグーザの名をも知り、まことに宇宙が広くなった。すべてオジサンのお陰である。あの日のオジサンの素戔嗚尊《すさのおのみこと》にも似た伸び放題の髭が今も目に浮かぶ。

× × ×

ところで、いくら二束三文に身を窶《やつ》した二台の宝物だったにせよ、たかが書生っぽの分際としては小遣銭で賄える金額ではなかった。ここで一つの曰くが登場する。

そもそも私の家では書物を買うことは法度ではなかった。父からして若い頃、蔵書家たらんとした形跡があり、書庫にかなりの本を入れていた。知友と計って本屋を一軒開いてもいた。本屋を経営していると古書や珍本の類が手に入りやすい道理であった。この本屋は少年時代の私を育んでくれた恩人の一人でもあった。店の名は浩然堂。台南の本町通りに大きな看板を掲げていた。

もう一人恩人がいた。私の姉婿だ。社会学者として学界に大きな足跡を残した人であったが、安物のタバコを吸って倹約する一方では大金を擲《なげう》ってネパールの古文書を漁ったり、かと思うと「街娼《がいしょう》研究」とか「賭博《とばく》の話」「昆虫学」、「薩摩藷《さつまいも》の歴史」から「イタリア語講座」「マレー語読本」に至るまで、客間から便所までが本だらけの学人であった。私が中学校に上がった時、どしりと重い顕微鏡を贈ってくれた人でもあった。鬼籍に入ったあと、その厖大《ぼうだい》な数の蔵書は半分に分けられ、片方は台湾大学に、半分は中央研究院民族学研究所に、遺族により寄贈されている。その家にまだ学生だった頃、私は寄寓《きぐう》していた。

とまれ、このような環境が私の成長に役立ったにせよ苛《さいな》んだにせよ、作用を及ぼしたことは否定できない。

当日、桃太郎の帰宅に仰天した姉は、しかしこの可愛いい弟のために本代を賄ってくれ、且つ幾許《いくばく》かの金子を包んでオジサンに渡し、「今後頑張って下さいね」という祝福の言葉をもかけてくれた。思えば古きよき時代であった。

× × ×

ここから私の乱読がはじまる。火は炭を得てよく燃えた。少年時代から憧れていた文芸作家への夢は、今や炭を得て燃えた。ところが…

ところが戦後、中華民国が台湾を丸ごと呑み、日本語禁止令を発布する。帝国主義に毒された言葉だという。はてさてこうなると―何しろ私にしては日本語以外に用い得る言葉をもたないから、啞《おし》の作家にしかなれない。熟考の上、私は文芸の道のほかにも、もう一つ興味のあった美術の道へ進まんと考え、朝倉塾出身の彫塑家蒲添生氏の門へ入り、彫塑の基礎を学んだ。文芸と美術とは同じ表現芸術の仲だったが、なぜかその前に立つや美術の世界では一目で全貌が見えたのと異なり、文芸では最初の一頁から最後の一字までを読まないと、とんちんかんに果ててしまう。事ここに至り、私はしばしば学校を休んだりしては蒲氏のアトリエに通い、彫塑の基礎を学んだ。しかるにある日、私は路上で突然血を吐いた。こうして体力を必要とする彫塑の道をも断念せざるを得なくなった。汝《なんじ》、如何すべき。とどのつまり私はもう一度文芸の世界に戻るしか途がなかったのである。

もちろん私の日本語とてまだまだ幼稚なのかも知れない。だが少なくともたった今、詰め込まんとしている中国語に比べれば、まだ舌はとちらない。その言語を活用すれば、何とか名作の一、二篇ができそうではあった。要は頑張ること大事。何語で書かれていようと名作は名作なのだ。

× × ×

一方、私はしばしば人が物を書くとはどういうことかを考えていた。そして書くとは考えることの異名だと悟った。ある一件の出来事に決着をつけるのが目的である。人は書いている間中、物を考えていた。いわば思考の工程である。そして思考をするのに聞き手の介在は別に必要ない。読者の有無は名作にかかわらないのだ。だから日本語で書いていけない謂《いわ》れは毛頭ない道理である。万一、百年後に誰かが私の作品を塵捨場《ごみすてば》で発見でもしてくれることがあったら、それもまた一興であろう。

×　×　×

ところが、日本語を工具として扱っているうちに、実は日本語がかなりにしたたかな言語で奥の深いことがわかってきた。たとえば同じ過去だったとしても、断定と確認、存続、回想を伴うものと伴わないもの…などがそれぞれに異なった過去であることがわかり、関所の多さにまずはうろたえさせられた。動詞からして語尾が活用をもち、その活用にも四段活用と下二段活用では連体形を異にする。且つそれを受けて活動する助動詞が、これまた至って微妙だ。いわゆる文法が折角の安眠を夢にまで仕込んで来るのである。たとえば「行きたり」と「行けり」は違うのだという。「行けり」と「行きにけり」も違うという。そしてこれらの字間を小柄な助詞が蚤《のみ》のように跳ね回り、休むを知らない。後年、私は「日本文化の原点」と題して一文を草したが、その中で助動詞と助詞の存在を挙げた。助動詞と助詞の微妙な働き、それは日本文化がもつ肌理の細かさに通じているはずだからだ。何しろ助動詞は動詞の尾端に着き、蝌蚪《かと》が尾を振りながらご本尊の動詞を思う方向に押し進める役目を持つが、役目の様相は多岐にわたり、微妙である。完了や存続を示す助動詞の「ぬ」「つ」「たり」の三語は動詞の連用形に接続し、もう一つの「り」という助動詞は動詞の命令形に接続する。且つ「り」は四段動詞とサ行変格活用の動詞にしか接続できない。かりに「食《く》ふ」(四段活用動詞)の場合では「食《く》へり」とはなっても「食《た》ぶ」(下二段活用)では「食《た》べり」とはならないのだ。そしてこれは口語にも受けつがれゆく。助詞にしても—この小さく身軽な奴は器用に空間を跳ねて疲れを知らず、時に土俵際で横綱を打っちゃってしまう。かかる微に入り細を究めんとする言語が他にあるのであろうか。あたかも大工に七つ道具どころか十七道具のあるが如くであり—殆んどずるいといえるほどだと、かつてどこかに書いた記憶がある。もう一つ例を挙げておきたい。助詞の「ばかり」とか「ほど」とかでは—助詞はどこにでも接続できるので、かりに「死ぬばかりなり」(動詞の終止形に接続)と「死ぬるばかりなり」(動詞の連体形に接続)とでは意味が異なってしまう。前者は「死にそうだ」の意であり、後者は「死ぬ以外に途がない」の意となる。

以上のごとく、このややこしさは言語を工具として文芸を営む文芸家泣かせの曲者《くせもの》であるが、その実、これこそは日本文化の根元的なたたずまいを孕《はら》む財宝なのであり、善用するや味に事欠かない。殊に言葉は五線譜に書かれずとも音感を去らず、舞台を踊って色香を放つ代物でもあり…。

×　×　×

日本語の人泣かせの儀はまだまだ終曲を迎えない。古来、日本人は表記にあたり和漢混淆文《わかんこんこうぶん》を採用してきた。この際に用いられた漢字と仮名の数の割合は半々と十対一とでは味わいを異にする。そして味とはわれらが求める文芸作品の風味、風格の生みの親にほかならない。しばらく前、一篇の詩が話題を播《ま》いた。「なのはな…」の一作である。

なのはな
なのはな
なのはな
……
……

とつづくこの詩は一旦これを目にした時に人はあたかも一幅の画の前に立ったがごとく、なよなよと春風にそよぐ菜の花畑が見えたはずだ。漢字のないこと、平仮名であること…などが然らしめたものである。一頃、たとえば絶版『帝国憲法論』とか『戦時国際法』とかいう明治帝時代のムツカシイ本では多く送り仮名を片仮名書きにしたりし、格調至って備わった。こうして日本語は文芸の工具として、お人よ、お人らよ、日本語は使うに足る言語なのだ。ゆめ疑うなかれ。

×　　×　　×

とまれ、かくはしかじか死病を得たが故にはじまった私の日文文芸は、今はもはや昔日の「糞」どころの騒ぎではない。

（完）

黄霊芝略年譜

一九二八年　六月二十日、台湾台南市東門町二丁目九十五番地（現在の東門路一段五十二号一帯）に父・黄欣、母・郭氏命治の五男として生まれる。本名は黄天驥。父・黄欣は日本統治下の台湾において台湾総督府評議員をつとめるなど台南を代表する実業家。「固園」と称される四千坪を越える敷地と屋敷において、霊芝は十人兄弟（兄五人、但し長兄次兄は夭折。姉四人）の末っ子として育つ。

一九三五年（七歳）　四月、日本人子弟が通う台南の花園尋常高等小学校に入学。クラスでただ一人の台湾人であった。

一九四一年（十三歳）　三月、小学校卒業。四月、台南第一中学に入学。入学式の数日後、「台湾人が日本人の学校に来るのは生意気」という理由から、日本人上級生に暴行を受ける。

一九四三年（十五歳）　二年次の終わる頃より一年間休学する。

一九四五年（十七歳）　三月、台南市内、空襲のため三日三晩にわたり炎上。母と兄姉とともに台南県北門郡学甲庄、学甲寮、茄抜村と疎開先を移り、終戦を迎える。父・黄欣は日本の官憲にスパイの容疑をかけられ、中国大陸へ脱出していた。十二月、母逝去。戦時中、母は愛国婦人会の奉仕作業に駆り出され、そこでの無理な労働がたたって発病した。

一九四六年（十八歳）　日本人子弟のための台南第一中学は閉校され、台湾人子弟は台南第二中学へ編入されたが、そこへは行かず、九月、新制国立台湾大学外文系に入学。台南から台北古亭町（現在の南昌街二段、晋江街、浦城街一帯）の次姉・阿嬌の家に寄寓する。彫塑家・蒲添生のアトリエに通う。十月、すべての新聞・雑誌での日本語使用禁止。

一九四七年（十九歳）　一月、父逝去。父の没後に台北市厦門街一〇四巷二号（旧、川端町三十九番地）の四兄・天育の家に寄寓する。四月、一回目の喀血をみる。大学を中退し、台南の病院で結核治療を受ける。五ヶ月に渡る入院生活の後、生家に戻り療養。発表のあてのないまま小説「蟹」(日本語)の執筆に取りかかる。二月、二・二八事件が起こる。

一九四九年(二十一歳) 五月、国民党政府、台湾全島に戒厳令を発令。

一九五〇年(二十二歳) 台南から台北の四兄宅へ戻る。

一九五一年(二十三歳) 国民党政府発行の日文紙『軍民導報』文芸欄に詩を投稿。これが機縁となり、九人の同人で日本語文芸の会ができる。この会は一九六四年に詩社『笠』が創立するまで続く。主要メンバーは霊芝の他、錦連、羅浪、謝喜美。小説「ふうちゃん」「紫陽花」「輿論」を日本語で執筆。

一九五三年(二十五歳) 二月、楊素月と結婚。台北市和平西路一段七十八巷五号に新居を構える。小鳥の雛を育てたり、犬の交配をして生計を立てる。自我をテーマとした彫塑を開始する。

一九五四年(二十六歳) 一月、長女・嫩心生まれる。

一九五六年(二十八歳) 八月、次女・蘭心生まれる。日本大使館員や商社の日本人により創立された俳句会「台北相思樹会」の会員となる。

一九五七年(二十九歳) 二回目の喀血をみる。

一九六二年(三十四歳) フランスで開催された第二回パリ国際青年芸術展に彫塑「盲女」を出品し、入選する。『群像』新人文学賞に「蟹」(日本語)で応募、第一次予選を通過する。

一九六三年(三十五歳) 三回目の大喀血。日本で手術をすべく渡航申請するが、政府の許可が下りなかった。一切の治療を放棄するつもりで陽明山に転居、果樹栽培を始め、あえて重労働に勤しんだ。彫塑「盲女」が第十七回省展特選第一位を獲得。『群像』新人文学賞に「輿論」(日本語)で応募、第一次予選を通過する。

一九六四年(三十六歳) 『群像』新人文学賞に「古稀」(日本語)で応募、第一次予選を通過する。

一九六五年（三十七歳）台陽美術協会会員となる。十月、詩「魚」「牛糞」（日本語を中国語に自身で翻訳したもの）が『本省籍作家作品選集⑩』（文壇社）に採録される。『群像』新人文学賞に「豚」（日本語）で応募、第一次予選を通過する。

一九六九年（四十一歳）「蟹」の中国語訳を自身で試みる。「台北歌壇」（呉建堂主宰）創立、会員となる。十月、小説「蟹」（中国語）を『台湾文芸』二十五期に発表。

一九七〇年（四十二歳）小説「蟹」により、第一回呉濁流文学賞受賞。六月、台北で開催された「第三回アジア作家会議」（日本の団長は川端康成）終了後、出席した中河与一、東早苗を台南へ案内した。東の勧めもあり、「台北俳句会」結成を決意、主宰となる。十月、小説「法」（中国語）を『台湾文芸』二十九期に発表。十一月、詩「沼」（日本語）が『笠』編『華麗島詩集・中華民国現代詩選』（若樹書房）に採録される。

一九七一年（四十三歳）一月、私家版『黄霊芝作品集』巻一刊行。九月十三日〜十月四日、「蟹」（日本語）を『岡山日報』に連載。十月、『黄霊芝作品集』巻二刊行。同じく十月『台北俳句集』第一集刊行。十一月十五日、短歌「蘑たけて」五首を『岡山日報』に掲載。十一月二十二日〜十二月二十日、小説「紫陽花」（日本語）を『岡山日報』に連載。

一九七二年（四十四歳）二月十六日〜三月十日、小説「豚」（日本語）を『岡山日報』に連載。四月、詩「因縁」（中国語・恒夫訳）を『笠』48期に掲載。五月、『黄霊芝作品集』巻三刊行。五月二十三日〜六月二十九日、小説「喫茶店『青い鳥』」（日本語）を『岡山日報』に連載。六月、詩「牛奶」（中国語・恒夫訳）を『笠』49期に掲載。十月、『台北俳句集』第二集刊行。九月、台湾（中華民国）と日本、国交断絶。

一九七三年（四十五歳）二月二十六日〜三月一日、小説「竜宮翁戎貝」（日本語）を『岡山日報』に連載。四月、小説「癌」（中国語）を『台湾文芸』三十九期に発表。七月、『黄霊芝作品集』巻四刊行。七月十一日〜七月二十七日、小説「法」（日本語）を『岡山日報』に連載。八月一日〜八月十一日、小説「『金』の家」（日本語）を『岡山日報』

に連載。九月、『黄霊芝作品集』巻五刊行。九月十八日～十月十一日、小説「古稀」（日本語）を『岡山日報』に連載。十二月十三日～十二月十七日、小説「床屋」（日本語）を『岡山日報』に連載。

一九七四年（四十六歳）　この年から七七年までの四年間、呉濁流文学賞の選考委員を務める。一月、『台北俳句集』第三集刊行。

一九七五年（四十七歳）　一月、『台北俳句集』第四集刊行。

一九七六年（四十八歳）　一月、『台北俳句集』第五集刊行。九月、民俗学、考古学、人類学などを扱う総合雑誌『えとのす』（国分直一編集主幹）編集部に迎えられ、評論、翻訳など多くの記事を執筆する。十月、詩「片詩」（中国語）を『笠』75期に掲載。

一九七七年（四十九歳）　一月、『台北俳句集』第六集刊行。

一九七八年（五十歳）　二月、『台北俳句集』第七集刊行。四月、「俳句詩」（中国語・日本語併記）を『笠』84期に掲載。六月、「生物」「片詩両首」（中国語）を『笠』85期に掲載。十月、「俳句詩」（中国語・日本語併記）を『笠』87期に掲載。十二月、「俳句詩」（中国語・日本語併記）を『笠』88期に掲載。

一九七九年（五十一歳）　二月、『台北俳句集』第八集刊行。

一九八〇年（五十二歳）　二月、『台北俳句集』第九集刊行。

一九八一年（五十三歳）　四月、『台北俳句集』第十集刊行。五月、小説「蛇」（日本語）を『えとのす』第十六号に掲載。

一九八二年（五十四歳）　四月、『台北俳句集』第十一集刊行。五月、『黄霊芝作品集』巻六刊行。

一九八三年（五十五歳）　三月、『黄霊芝作品集』巻七刊行。四月、『台北俳句集』第十二集刊行。十一月、『黄霊芝作品集』巻九刊行。

一九八四年（五十六歳）　二月、『黄霊芝作品集』巻十刊行。

七月、『台北俳句集』第十三集刊行。七月、『黄霊芝作品集』巻十一刊行。十一月、「紀念先父黄南鳴翁百歳冥誕特刊之二」として編著『固園文存其二』と「同特刊之四」として次姉阿嬌（俳号は候鳥）との『候鳥・霊芝合同俳句集』刊行。

一九八五年（五十七歳）七月、『台北俳句集』第十四集刊行。十一月、編集と翻訳に携わった『文物光華（一）』（日本語版）が国立故宮博物院より発行される。

一九八六年（五十八歳）四月、『黄霊芝作品集』巻十二刊行。『台北俳句集』第十五集刊行（刊行月記載なし）。十月、「紀念先母郭命治夫人百歳冥誕特刊之一」として『黄霊芝小説選集』と、「同特刊之二」として『黄霊芝作品集』巻六（再版）刊行。

一九八七年（五十九歳）八月、『台北俳句集』第十六集刊行。十月、『黄霊芝作品集』巻十四刊行。七月、三十八年に及んだ戒厳令が解除される。

一九八八年（六十歳）八月、『台北俳句集』第十七集刊行。

一九八九年（六十一歳）八月、『台北俳句集』第十八集刊行。

一九九〇年（六十二歳）一月、「台湾歳時記（2）」（日本語）を俳誌『燕巣』一月号より連載開始。

一九九一年（六十三歳）三月、『台北俳句集』第十九集刊行。

一九九二年（六十四歳）台北県文化センター主催の教室で、漢語俳句の指導を始める。五月、『台北俳句集』第二十集刊行。

一九九三年（六十五歳）台北県文化センターでの約一年間にわたる漢語俳句教室終了後、「台湾俳句会」創立。二月、『台北俳句集』第二十一集刊行。七月、編集と翻訳に携わった『文物光華（三）―故宮の美』（日本語版）が国立故宮博物院より発行される。

一九九四年（六十六歳）「台北川柳会」（頼天河主宰）創立、会員となる。六月、『台北俳句集』第二十二集刊行。

一九九五年（六十七歳）十月、『台北俳句集』第二十三集刊行。

一九九七年（六十九歳）　三月、『台北俳句集』第二十四集刊行。九月、小説「蛇」が『燕巣』九月号に再録。

一九九八年（七十歳）　七月、漢語俳句の『台湾俳句集』第一輯刊行。八月と十二月、小説「台湾玉賈伝」（日本語）が『東洋思想』第十九号、第二十号に再録。一九九〇年一月から八年あまりにわたり『燕巣』に連載した「台湾歳時記」を九月号で終える。十二月、『台北俳句集』第二十五集刊行。

一九九九年（七十一歳）　二月、四月、六月、九月、小説「台湾玉賈伝」（日本語）が『東洋思想』第二十一号〜第二十四号に再録。八月、「台湾歳時記」出版に向けての原稿整理開始。

二〇〇〇年（七十二歳）　一月、三月、七月、九月、小説「宋王之印」（日本語）『東洋思想』第二十五号〜第二十九号に再録。六月、『台北俳句集』第二十六集刊行。七月、「台北俳句会」創立三十周年を迎える。十二月、『黄霊芝作品集』巻十五・巻十八刊行。十二月、『台北俳句集』第二十七集刊行。十二月十日、台北国王大飯店にて「台北俳句会創立三十周年記念祝賀会」挙行。

二〇〇一年（七十三歳）　七月、『黄霊芝作品集』巻十九刊行。八月、小説「董さん」（日本語）が『練馬東京台湾の会研究資料』第八号に再録。十月、『台北俳句集』第二十八集刊行。

二〇〇二年（七十四歳）　一月、『台北俳句集』第二十九集刊行。二月、国江春菁（日本統治時代の黄霊芝の日本名）著・岡崎郁子編の小説集『宋王之印』（慶友社）刊行。

二〇〇三年（七十五歳）　四月、俳誌『燕巣』に連載した「台湾歳時記」を加筆訂正し、黄霊芝著『台湾俳句歳時記』（言叢社）刊行。この一書をもって『黄霊芝作品集』巻十六に充てる。六月、『台北俳句集』第三十集刊行。八月、『台北俳句集』第三十一集刊行。十二月、『黄霊芝作品集』巻二十刊行。

二〇〇四年（七十六歳）　十一月、『台湾俳句歳時記』により、

第三回正岡子規国際俳句賞を受賞。授賞式出席のため、生まれて初めて来日する。

二〇〇五年（七十七歳）　七月、『台北俳句集』第三十二集刊行。

二〇〇六年（七十八歳）　七月、『台北俳句集』第三十三集刊行。十一月、「日本文化紹介に寄与した」として旭日小綬章を受章。同月、台湾・真理大学台湾文学家第十回オックスフォード賞を受賞。あわせて黄霊芝文学国際学術研討会が開催される。六月、『塩分地帯文学』第七期に「黄霊芝特集」が組まれ、「台湾俳句五十首」（中国語）、詩「魚」「牛糞」（中国語・葉泥訳）が掲載される。

二〇〇七年（七十九歳）　九月、『台北俳句集』第三十四集刊行。

二〇〇八年（八十歳）　三月、『台北俳句集』第三十五集刊行。十二月、『黄霊芝作品集』巻二十一刊行。

二〇〇九年（八十一歳）　五月、『台北俳句集』第三十六集刊行。

二〇一〇年（八十二歳）　七月、「台北俳句会」創立四十周年を迎える。十二月十日、台北国王大飯店にて「台北俳句会創立四十周年記念祝賀会」挙行。同日付で『台北俳句集四十周年紀念集』刊行。

二〇一一年（八十三歳）　六月、『塩分地帯文学』第三十四期に小説「紫陽花」（中国語・阮文雅訳）掲載される。九月、『台北俳句集』第三十七集刊行。

二〇一二年（八十四歳）　四月、『台北俳句集』第三十八集刊行。

※岡崎郁子「黄霊芝略年譜」（『黄霊芝物語―ある日文台湾作家の軌跡』研文出版、二〇〇四・二）を参照の上、下岡が作成した。掲載にあたっては、黄霊芝の一閲を受けた。紙面の都合上、随筆・童話・評論類の発表はすべて割愛した。

解説

下岡友加

戦後の台湾には自らのアイデンティティの証の一つとして、日本語を使用する世代が存する。彼らは大正末期から昭和初期に生まれ、日本の皇民化政策の下で青年期を過ごし、日本語教育を強制された。そして、彼らが少なからぬ時間と労力をかけて日本語を身につけたところで、宗主国・日本は戦争に敗れる。新たな政府（国民党）のもとで台湾の公用語は中国語へと一転した。公の場での日本語の使用が禁止されたことにより（一九四六年）、右の世代は、日本語と日本語に付帯する知的財産を失う。その喪失は、より高い日本語教育を受けたエリートであればあるほど、大きいものであった。

戦後、大陸から台湾へと移動した国民党政府は、戦前から台湾に住んでいた人々（本省人）に対して圧政を敷いた。本省人の立場からすれば、戦前の日本と戦後の国民党政府による二度に及ぶ支配下に置かれたことになる。

一九八七年、三八年に及んだ戒厳令がようやく解除され、台湾は民主化を成し遂げた。台湾の歴史学者・蔡錦堂は、その民主化後に、公共の場で老婦人・老紳士が「これ見よがしに」日本語混じりで会話しはじめたことを指摘する。[1] 日本時代に青年であった彼らは、はや老齢を迎えていた。蔡の言葉を借りれば、彼らはやっと「長期にわたった『抑圧』の状態――日本語を話すことや、年少の頃の日本経験や、日本国に対する真の気持ちに対する抑圧を引っくるめて――から、ひとつひとつ解放された」。

本書の著者であり、戦後に禁止された日本語で創作を行い続けてきた黄霊芝とは、まさしく右世代の「代弁者」（澤井律之[2]）の一人と位置づけられる。

黄霊芝は一九二八年、台南の裕福な家庭に生まれた。父は日本の台湾総督府評議員をつとめるほどの有力者であったため、台湾人でありながら、例外的に日本人子弟のための学校に通った。日本の敗戦を一七歳で迎えた黄は、既に文芸家を目指しうるほどの高度な日本語使用者であった。

戦後の言語転換により、黄は一度は文芸の道をあきらめた。だが、一九歳で結核を患い、「あす死ぬかもしれないと思うと言葉の作品を作って生きた証しを残したいと考えた。だとすれば、日本語を使うしかなかった」（黄霊芝「自序」『黄霊芝作品集巻一』一九七一・一）という切迫した理由から、日本語創作にいそしむこととなる（この日本語選択の経緯については、本書所収の黄の評論「違うんだよ、君――私の日文文芸」を参照されたい）。

結果として、黄は今日までに俳句、短歌、小説、随筆、評論、童話など幅広いジャンルに渡る日本語作品を生み出した。また、彼は創立当初（一九七〇年）から現在に至るまで、四十年以上に渡り、台北俳句会の主宰をつとめている。かつて日本で刊行されて話題となった、孤蓬万里（呉建堂）編著『台湾万葉集』（集英社、一九九四・二～一九九五・一）の母胎となった、台湾歌壇（元・台北歌壇）創立当初からの会員でもある。

しかしながら、中国語が公用語となり、日本語の使用が政府の監視下に置かれた台湾における日本語創作とは、常に命の危険を伴った上に、蔑みの対象でもあった。国民党政府にとって、日本語とはかつての交戦国の言葉に他ならず、日本統治期の痕跡を残す、いわば「奴隷の言葉」であった。戦後の台湾で日本語を創作言語として選択したがゆえに引き受けなければならない、こうした蔑視に対し、黄は次のように反駁している。

ここで一応私は自分が本を出す目的を明らかにして置きたいと思う。私は中華民国人である。しかるにこの全集を日本文で編んでいる。従って売りものにするのが目的でないことは明らかである。又自国語で編んでいないと云うことで私を蔑む人が多いのも知っている。私が日本文を使っているのはそれが私に最も便利な言葉であるからに過ぎない。若しこのことに罪があるのだとしたら台湾を日本に割譲した清朝の官吏を責めるがよかろう。或いは二十数年かかって未だに自国語に精通出来ないでいる私の愚かさを笑うもよいだろう。それともエスペラントを作り上げたザメンホフ博士の崇高なる理想を今に受け入れられないでいる人類の頑迷さを呪うのも一法に違いない。がもともとこのようなことは取るに足りない小さなことだと考える私である。人類を一々国籍で分類しなければならない必要性がホモ・サピエンスの何処にあるのであろうか。人類の文化に貢献するのに国籍の必要があるのであろうか。（「序にかえて」『黄霊芝作品集巻三』一九七二・五。傍線部は下岡が私に付した）

黄は右に続けて「日本文で表現し易い主題を日本文で取り扱い、スペイン文に適する主題をスペイン文で書く。こう云う使い分けが出来れば文芸はもっと完璧になる性質のものである。私達がそれをなし得ないでいるのはその能力を持っていないからであり、それは考えようによっては、文芸家の恥でもある」とも述べている。通常、私たちの身につける言語は生まれた時代や国、政治にあらかじめ定められる要素を持つが、「文芸家」は自身が求める主題にふさわしい言語を、自らが選ぶ主体であるべきだと黄は主張するのである。このような黄の理念はまさしく「グローバル化した言語観」（フェイ・阮・クリーマン）[3]と言えよう。

ただし、日本語を選択した代償として、黄は自国に多くの読者は期待できないという、文芸家として大きなデメリットを引き受けざるを得なかったのである。

一八九五年から五〇年に渡った日本統治、日本語の強制は、こうして戦後も引き続き、台湾の人々に重い負担を強いてきた。言うまでもなく、『日本語』は日本人のみが使うのでも、使わされたのでもない」（黒川創）[4]。にもかかわらず、日本（人）はそうした事実をすっかり忘却しているように見える。戦後の台湾で日本語を使用して創作し続ける黄霊芝の文学行為、或いは台湾歌壇・台北俳句会・台湾川柳会など、現在も続く台湾の日本語文芸の活動は、『日本＝日本人＝日本語＝日本文学』という国家・民族・言語・文化を一体のものとして捉える等式の下に作り上げられ」（小森陽一）[5]てきた、〈日本文学〉という制度そのものを根本から揺さぶり、問い直すものでもあろう。

黄霊芝には、編著に『台北俳句集』全三八集（一九七一〜二〇一二）が、単著に『黄霊芝作品集』全二一巻（一九七一〜二〇〇八）がある。台湾独自の季語を選定・解説し、例句を掲げた『台湾俳句歳時記』（言叢社、二〇〇三・四）は日本で出版された。この『台湾俳句歳時記』の業績により、二〇〇四年、黄は第三回正岡子規国際俳句賞を受賞し、二〇〇六年秋には長年に渡る俳句会の活動が評価され、旭日小綬章を受けた。

さらに、黄は日本語のみならず、中国語、フランス語での創作も行っており、一九七〇年、日本語を自身で中国語に書き直した小説「蟹」で第一回呉濁流文学賞を受賞している。二〇〇六年には台湾の真理大学から台湾文学家牛津《オックスフォード》奨を受賞した。このように、特に近年高い評価を受けている黄であるが、彼の作品の多くが非売品（自費出版）に収められているという事情もあり、その受賞歴に比して彼の存在や文学の内実は、未だ十分に認識されていない。

本書は右のような状況を鑑み、黄霊芝の許可を得て、彼の日本語小説三一篇から一〇編を精選し、本書のための書き下ろし評論一編を加えて、収めたものである。黄の多岐に渡る文業全体からすればごくわずかな作品の公刊に過ぎないが、本書が日本語を使用して書かれた、台湾の文学のレベルを広く知らしめ、一人でも多くの読者の新たな台湾認識の一助となることを期待したい。

本書に掲げた黄の小説の殆どが、一九四〇年代後半～六〇年代の戒厳令下の台湾社会を作品背景としている。そうした背景が極めて重要な役割を果たしているのは、「董さん」である。「董さん」は二・二八事件（一九四七年）と西来庵事件（一九一五年）という二つの反政府事件を題材に、戦前戦後で言語も価値観も全く異なる二つの時代を生きることを余儀なくされた、台湾人の悲劇を描いた傑作である。また「輿論」も、一九五一年に発生した一殺人事件が、国家をゆるがす大問題にまで発展する過程のなかに、大陸から渡ってきた外省人の立場や台湾の混乱した社会状況を活写する。その他の小説でも登場人物の殆どが、幸せな生活の成就や調和的世界の実現からことごとく見離されており、そこに台湾の置かれた苦難の歴史の反映を見ることができる。ただし、「豚」や「蟹」に顕著なように、悲劇を悲劇として描くのでなく、人物の思いこみやユニークな思考を交えて、滑稽な悲喜劇として小説を組み立てる手際にこそ、黄霊芝文学の極めて独創的な容貌があるとも言える。そこには、長く俳句にたずさわる作家の資質、時に辛辣な人間洞察が小説にも存分に生かされ、面目躍如たり得ている。「紫陽花」「蟇の恋」「仙桃の花」では、様々な年代の恋の諸相を見ることもできる。読者の興味ある作品から自由に読んで頂きたい。

黄霊芝は、自分は決して「親日」ではないが、「親日本語」人であると公言している。[6] 他言語と日常的に接触する作家の手になる日本語表現として、黄の文学は日本語の新たな表象の可能性についても、私たちに多くを教えてくれるはずである。

注

（1）蔡錦堂（水口拓寿訳）「日本統治時代と国民党統治時代に跨って生きた台湾人の日本観」（五十嵐真子・三尾裕子編『戦後台湾における〈日本〉』風響社、二〇〇六・三）

（2）澤井律之「岡崎郁子著『黄霊芝物語』から考えたこと」（山田敬三先生古稀記念論集刊行会編『南腔北調論集』東方書店、二〇〇七・七）

（3）フェイ・阮・クリーマン（林ゆう子訳）『大日本帝国のクレオール〈植民地期台湾の日本語文学〉』（慶応義塾大学出版会、二〇〇七・一二）

(4) 黒川創『国境』(メタローグ、一九九八・二)
(5) 小森陽一『〈ゆらぎ〉の日本文学』(日本放送出版協会、一九九八・九)
(6)『非親日家』台湾人の俳句の会を主宰・魅せられた『一七文字』」(『朝日新聞』朝刊、二〇〇七・二・一)

解題

本書所収の小説(評論)の初出、掲載誌(年月)は、以下の通りである。

古稀 初出『黄霊芝作品集 巻二』(一九七一年一月)。その後、『岡山日報』(一九七三年九月十八日~十月十一日・全十五回)に掲載。さらに、『黄霊芝小説選集』(一九八六年十月)に所収。

「金」の家 初出『黄霊芝作品集 巻一』(一九七一年一月)。その後、『岡山日報』(一九七三年八月一日~同月十一日・全十回)に掲載。さらに、『黄霊芝小説選集』(一九八六年十月)に所収。

紫陽花 初出『岡山日報』(一九七一年十一月二十二日~十二月二十日・全二十四回)。その後、『黄霊芝作品集 巻三』(一九七二年五月)に所収。

天中殺 初出『黄霊芝作品集 巻九』(一九八二年十一月)。その後、『黄霊芝小説選集』(一九八六年十月)に所収。

豚 初出『岡山日報』(一九七二年二月十六日~三月十日・全二十回)。その後、『黄霊芝作品集 巻五』(一九七三年九月)に所収。さらに、『黄霊芝小説選集』(一九八六年十月)に所収。

仙桃の花 初出『黄霊芝作品集 巻十九』(二〇〇七年七月)。

輿論 初出『黄霊芝作品集 巻九』(一九八三年十一月)。

蟇の恋 初出『黄霊芝作品集 巻二』(一九七一年十月)。

董さん 初出『黄霊芝作品集 巻十九』(二〇〇七年七月)。

蟹 初出『黄霊芝作品集 巻一』(一九七一年一月)。その後、『岡山日報』(一九七一年九月十三日~十月四日・全十九回)に掲載。さらに、『黄霊芝小説選集』(一九八六年十月)に所収。

違うんだよ、君——私の日文文芸 本書のための書き下ろし。

著者略歴
黄霊芝（こう　れいし）
1928年、台湾台南市に生まれる。
作家、彫刻家。台北俳句会主宰。
主な著作：『黄霊芝作品集』21巻。
編著『台北俳句集』38集。
『台湾俳句歳時記』（言叢社、2003.4）等。

編者略歴
下岡友加（しもおか　ゆか）
2002年、広島大学大学院博士課程後期修了（博士・学術）。
現在、県立広島大学人間文化学部准教授。
主な著作：『志賀直哉の方法』（笠間書院、2007.2）
「戦後台湾の日本語文学ー黄霊芝「董さん」の方法ー」（『昭和文学研究』第58集、2009.3）等。

戦後台湾の日本語文学　黄霊芝小説選

2012年6月20日　発　行

著　者　黄 霊 芝
編　者　下 岡 友 加
発行所　株式会社　溪水社
広島市中区小町1-4（〒730-0041）
電　話 082-246-7909
F A X 082-246-7876
E-mail:info@keisui.co.jp

ISBN 978-4-86327-186-9 C0097